纽扣花开

晓风过处 / 著

图书在版编目(CIP)数据

纽扣花开 / 晓风过处著. —重庆:重庆出版社,2022.12
ISBN 978-7-229-17313-5

Ⅰ.①纽… Ⅱ.①晓… Ⅲ.①长篇小说—中国—当代 Ⅳ.①I247.5

中国版本图书馆CIP数据核字(2022)第238934号

纽扣花开
NIUKOU HUAKAI
晓风过处 著

责任编辑:何 晶
责任校对:郑 葱
装帧设计:徐 图
插图绘制:珠子酱

重庆出版集团
重庆出版社 出版

重庆市南岸区南滨路162号1幢 邮编:400061 http://www.cqph.com
重庆出版社艺术设计有限公司制版
重庆市国丰印务有限责任公司印刷
重庆出版集团图书发行有限公司发行
E-MAIL:fxchu@cqph.com 邮购电话:023-61520646
全国新华书店经销

开本:720mm×1000mm 1/16 印张:28.75 字数:380千
2022年12月第1版 2022年12月第1次印刷
ISBN 978-7-229-17313-5
定价:65.00元

如有印装质量问题,请向本集团图书发行有限公司调换:023-61520678

版权所有 侵权必究

目录
contents

- 一　跳龙门　001
- 二　临行意　013
- 三　初相识　023
- 四　别样中师　032
- 五　饿滋味　044
- 六　第一个教师节　053
- 七　告发风波　063
- 八　欲说还休　077
- 九　师者　085
- 十　挣馒头票　093
- 十一　大学梦　102
- 十二　见习实习　107

十三 青春萌动	112
十四 保送名额	121
十五 "中师骗人!"	126
十六 认命吧	134
十七 初为人师	140
十八 这就是现实	152
十九 小小成就	161
二十 相亲	168
二十一 欣欣然	173
二十二 情窦初开	179
二十三 重相聚	191
二十四 是龙是虫?	199

二十五 家长会	208
二十六 做一回主	220
二十七 『我算服你了！』	227
二十八 喝喜酒	235
二十九 爱相随	240
三十 成人高考	258
三十一 一道风景	268
三十二 永远的班长	273
三十三 一曲终了	282
三十四 『尧点子』	291
三十五 志愿风波	296
三十六 百年好合	304

313	三十七 成人大学
327	三十八 透心的凉
335	三十九 一百个爱
343	四十 留点尊严
348	四十一 别梦寒
366	四十二 接力棒
377	四十三 "出来跟我干！"
385	四十四 女儿情
398	四十五 教育桃花源
411	四十六 留守的爱
422	四十七 师生情
433	四十八 喜相逢
444	四十九 纽扣花开
453	后记

一

跳龙门

1985年暑假,天气格外燥热,还有十来天假期就结束了,南方正忙着收割稻谷。天刚露出鱼肚白,尧定远一家人六口已早早起床,他们要赶在太阳出来前把稻谷割到大石坝去晒。

父亲背着打谷斗小心翼翼地走在最前面,像一座山在兀自移动。定远跟在后面,不时伸手扶一下打谷斗,生怕碰到邻居家的谷穗。大姐定辉和母亲负责割稻谷,定远和父亲负责打谷,弟弟定平和妹妹定兰负责用稻谷枯叶缠谷把子。

定远娴熟地接过妹妹递给他的谷把子,使劲挥下,接触打谷架的瞬间,快速翻转,扬起,跟着父亲的节奏,交替着把稻谷打进谷斗里。打谷的声音震响了整片田野,远处村庄时而传来狗叫声,鸡开始打鸣。

"注意扬起前抖一下,不要天一半地一半的。"父亲闷声说道。

"哦，知道了。"定远格外小心起来。他才15岁，还没长开，一米六刚出头，在家已算主劳动力了。

"交公粮，交学费，定辉和定平每周还要拿粮食换饭票。"父亲边打谷边说。

过了好一会儿，定远才回了句："我呢？"

"你不是读中师吗？读中师就吃皇粮了。"父亲转头看着定远，扬起的谷把子停在了空中。

"还不一定呢！"定远用力把谷把子挥向谷架，谷粒窸窸窣窣掉进谷斗，一阵乱响。

"黄老师说你能考上就能考上！忙完这几天去乡邮局看看，录取通知书该到了。"父亲说着，扬起谷垛来似乎更有劲儿了。

"哦！"定远应了一声，不再言语。

"啪"的一声响，定兰因为打盹儿，举着的谷把子掉到了地上。定兰吓醒了，嘤嘤地哭起来。

"哭什么哭？就你瞌睡多。"父亲没好气地呵道，"在那儿打个记号，等天大亮了，把谷子一颗颗捡起来。"

"爸，让定兰回去睡吧，她才11岁，起这么早还没睡醒。"定辉直起腰来劝道。

"就是，爸，我一个人能行，我动作快，能跟上您的速度。"定远怜惜地看着妹妹，叫妹妹不哭。

"定平，带妹妹回去煮早饭，昨天外婆送来一些米，今天就煮沥米饭，吃饱了才有力气干活儿。"母亲也直起腰来，捶着腰说道。

"就你们惯吧，明年定兰也读初中了。一个高中，两个初中，都指望这点粮食哩！"父亲有些生气。

母亲努了努嘴，示意定平、定兰回去煮早饭。

太阳渐渐升起来，邻居们也纷纷下地了，得赶快把打下来的稻谷挑到大石坝去晒。长年的肩挑背磨，父亲的肩上有三个明显的肩包，肩包上长满了老茧，有的地方皮绽开着。

定远看得双眼生疼，说道："爸，我来挑。"

"你不行，你还没有腰力。"父亲挑了满满一大挑稻谷说，"你就到那边坎上扶我一下就行，过了那个坎，那边就平顺了。"

"别挑多了，小心像上次那样闪了腰。"母亲急忙过来帮忙。

父亲个子不高，挑那么重的担子，很是吃力。在离稻田不远处，有一个必经的陡坎，定远跟到那个陡坎处，帮父亲扶着箩绳，不让箩兜撞到坎上。父亲的脚滑了一下，差一点摔倒，定远忙扶住父亲的腰，明显感到父亲的腰在颤抖。父亲喘着粗气，终于爬上了那个坎儿。

"爸，歇一歇，我来试一下。"定远执意要挑一程。

"你不行，读了中师，你就跳出农门，不用像你爸这么肩挑背磨了。"父亲说着，蹒跚地挑着近200斤的稻谷走远了。

望着父亲的背影，定远只想快点长大帮父亲挑一肩。他更想长大了把父母接到城里享福，这是班主任黄老师常说的，农民的孩子只有读书这条路，对父母最大的孝敬就是努力读书，跳出农门，把父母接到城里过城里人的生活。定远曾把这句话写在日记本第一页，时刻提醒自己努力学习。

定远的学习成绩很好，从来都是班上第一名，每次考试远超第二名六七十个大分。中考前，班主任黄老师叫他报了中师。7月24日，黄老师还带他去丹丰县师范参加了面试。体育测的50米短跑和掷铅球。50米短跑，他像一支黑箭，唰的飞到了终点，可从没掷过铅球，推出铅球时脚总踩到圆圈外，犯规不能记成绩，黄老师在一旁急得差点上前逮他的腿。美术考的是画一个坛子，与家里装咸菜的坛子一般大，定远从没画过，画出来的坛子像歪扭的房子。至于朗诵嘛，朗诵的《小马过河》，没有结巴，还算过得去。还有就是在一本彩色书里找数字和动物，定远觉得太简单了，完全没必要，直到一个同学什么都看不出来急得大哭时，他才知道那是在筛查色盲。最让他感到难以启齿的是一个面试老师把小组二十多个男生带到一间教室，让他们把衣服鞋子连同内裤全脱了在教室跑圈，老师说是看他们发育正不正常，还让他们把脚抬起来，看是不是实心脚板。定远羞红了脸乖乖照做着，只希望这一环节快点过去。面试结束，黄老师问他感觉怎么样，定远说不怎么样。黄老师倒很自信，认为定远分考得高，面试好不好无所谓。

定远穿着一件旧得发白的蓝色背心，皮肤晒得很黑。他揉了揉眼睛，定了定神，回到打谷斗后边，几乎匍匐着身子把打谷斗往前推了一段，一个人开始打谷。他是个孝心比天高的孩子，总想多干一点活儿，让父母少累一点儿。

"远儿，别逞能，慢一点儿，辉儿也休息一下。"看着辛苦的孩子们，母亲很是心疼。

"没事儿，妈。开学了，我们一周才回来一天，有的是时间休息。"定辉快速挥舞着镰刀大声回道。

此时，整个田野，到处都是单调的打谷斗的声音，时而夹杂着知了的叫声，大清早就叫人有些透不过气来。

"定远，定远——"村口传来村长的喊声。

母亲先听到，应道："啥事儿，村长？"

"你家定远考上啦！"村长气喘吁吁地跑了几步。

"啥？"母亲拿着镰刀的手在抖，她还想再求证一下，生怕听错了。

"你家定远的录取通知书来啦，我在乡邮局小黑板上看到了他的名字，专门跑回来告诉你们，快，快去——去！"村长说得太急,被口水呛住了。

"定远考上了。"

"尧家出秀才了!"

……

一时间,田里的乡邻们也停下了手中的活儿,跟着叫嚷起来,好像他们自家的孩子考上了一样高兴。方圆十里,一年难得有人跳出农门,这个爆炸性消息一下打破了田间地头劳作的沉闷。

这时,父亲晒稻谷回来了,走到半道听到村长的喊声,挑着箩兜边跑边喊:"远儿,远儿,快去,快去!"

在那个陡坎处,父亲几乎是连滚带爬下来的,还破天荒叫定远"远儿"。定远呢,"哦"了一声,继续打谷。他第一声就听清村长喊的话了,他怕听清楚,又想听清楚,索性把自己屏蔽起来,什么都不听,什么都不想。

看着父母和姐姐,还有邻居们的高兴劲儿,定远还是放下谷把子,说:"爸、妈,我马上去。"

"远儿,快来洗洗。"父亲在田边小水凼处捧起一捧水就往定远手臂上浇。定远本能地缩了一下手,因为双臂、双手被稻叶割了无数小口子,水浇上去,一阵刺痛。

"嘿嘿!快去快回!"父亲伸出他那粗黑的手,拍了拍定远的肩。

父亲突如其来的温和,让定远有些不适应。

"定远,不得了哦,吃上皇粮了。"

"那叫吃三两米——"

"我们村终于有个端铁饭碗的了!"

"定远,这辈子不穿草鞋穿皮鞋了哟!"

"小子,跳出农门了,以后可别瞧不起人!"

"人家是鲤鱼跳龙门！"

……

邻居们你一言我一语地冲着定远嚷嚷，定远不知怎么回答，光着一双大脚板向尧家乡方向去了。

穿皮鞋，呵，我连草鞋都还没有。定远下意识的看着自己这双大脚，脚背上全是泥，刚才忘了洗一下。管他呢，农村人光脚赶场的多的是。皇粮？皇粮是什么，定远不是很清楚。中师？中师是什么，他也不很明白，只听黄老师说毕业后要教书，但他想同表舅一样考大学，然后到大城市工作，把父母接到城里享福。去年表舅回家，看了他的试卷，说他一定能考上大学呢！读中师能在城里工作么？听说不能。不行，今天得问问黄老师。定远边走边想，走了一个小时才到了场上。

快到乡邮局，远远的，定远看到站在邮局门口四处张望的黄老师。当了七年民师的黄老师不到四十岁，头发已经花白，戴着一边镜片已摔坏的厚厚的眼镜，两根裤管上补着两个大大的长方形补丁。

黄老师也看到了定远，三两步过来一把拉住定远说："小子，不错，争气，全乡考上三个，我们农中就考上一个。嘿嘿！我就说你行嘛！嘿嘿！你是我教的第一个端铁饭碗的学生。"

"黄老师，我想问——"

没等定远问，黄老师把准考证递给他说："给，就知道你今天会来，专程把准考证给你送来，快拿去领录取通知书。"

定远这才想起中考后把准考证交给黄老师统一保管了。邮局的小黑板上写着"录取通知书"几个大字，下面真有自己的名字，定远心里"咯噔"一阵跳，有些高兴，也有些许失望。

邮局的工作人员接过准考证，投来赞许的目光，说一个乡难得考上一个。另一个工作人员也凑过来，帮忙翻出录取通知书递出来，说道："恭喜你，小伙子，快回家报喜吧！你家爸妈该乐坏了！"

录取通知书上赫然写着"尧定远"三个字，黄老师欣喜地凑过来念着：丹丰师范学校新生录取通知书，尧定远同学，你被录取为我校一九八五级统招新生。

"嗯，这下好了，比老师强，端铁饭碗了，这下好了，这下好了！"黄老师欢喜得不停地搓着双手。

"黄老师，我想读高中，考大学！"定远突然冒出一句话来，把自己都吓住了。

黄老师听后半天没回过神来："啥？"

"我想读高中，考大学！"定远补了一句。

"啥？小子，你知道吗？我当年就是读高中，高中读了一半碰上文化大革命，只得回家当农民。你也想像我一样当农民，当民师？"

黄老师急得脸都涨红了，继续说道："到口的三两米不要，其他同学眼巴着要呢！再说，你家的情况，四个娃子读书，你爸妈能供得起？"

"我，我……"定远知道，家里劳动力少，每年都青黄不接，五月一过，基本是吃玉米糊糊盼新谷出来。

"尧定远啊，尧定远！我说，你就别好高骛远了，要不是碰上国家政策好，初中毕业能吃上三两米？你这是鲤鱼跳龙门，龙门不进还想当鱼虾不成？"黄老师分明有些生气了。

"听说中师生只能回农村教书，是吗？"定远期盼黄老师能给他一个准确的答案。

"这个我也不清楚，我县第一届中师生明年才毕业，其他县几年前就有中师生了，教书是肯定的，至于会不会全部回农村教书还说不准。不管怎样，先跳出农村再说，谁知道政策哪天会变?"

黄老师又拿过录取通知书,翻来覆去看了又看,生怕是假的一样。

"黄老师,您不是常抱怨这辈子没机会考大学吗?我……"定远满脸疑惑,他没想到,这话一出,黄老师的脸红一阵,白一阵,他没敢再往下说。

半晌,黄老师把录取通知书还给了定远,拍了拍他的肩,说:"我回去了,你师娘在家等我回去挑稻谷哩!你回去和你爸妈商量吧,你的事我做不了主。"

黄老师转身走了,定远立在那儿不知如何是好。黄老师转身离开前看他的眼神没有了刚才的欣喜,有一丝哀怨,还有一丝无奈。定远很后悔刚才说的话,他知道黄老师心里的苦。1977年恢复高考,黄老师刚好结婚了,公社说结了婚没资格报考。后来才知道,其他公社结了婚的也有报考的,就他没报上名。1978年,他在河坝村校当民师抵工分,一家人日子过得紧巴巴的。

定远拿着录取通知书,本想跑快点回去收稻谷,可怎么也走不快。知了在四周"知了知了"的叫着,吵得人心烦。

"尧定远,尧定远——"

远处田地里传来喊声,定远循声望去,是初中同班同学王大明,他正在和家人一起收稻谷。王大明戴着一个破草帽,一路小跑着过来了,跑到跟前就给定远胸前一拳,兴奋地说道:"祝贺你,尧定远,听说你考上中师了。"

定远不知怎么回答,笑了一下,说:"你呢?打算复读还是读高中?"

"还说不准,也可能不读书了,在家务农。"王大明轻描淡写地说着,手里拿着一根谷穗儿不停地转着圈。

"怎么不读了？你成绩又不差。"王大明可是他初中最好的同学，定远有些急了，反复叮嘱道，"你一定要读高中，将来考大学。"

"家里没钱读。"王大明怏怏地回了一句，抬起头羡慕地看着定远。

"还是你好，跳出农门了，祝贺你！"王大明又给了定远肩膀一拳。

"你一定要读高中，王大明，回去和你爸妈商量，一定要读高中。"定远反复叮嘱着，感觉此时自己就像黄老师。

王大明苦笑着叫定远快回去。已是晌午，太阳很毒，路上的石板烤得双脚生疼。烈日下，庄稼人还在挥舞着油黑发亮的臂膀打稻谷，女人割谷的镰刀时而反着亮光，很刺眼。整个田野，知了声、打谷声混成一片，谁也没有停歇的意思。

"定远回来了。"

不知谁叫了一声，整个田地的人都朝定远跑了过来，嚷着要看录取通知书。

"你就给他们看看吧！"父亲笑得合不拢嘴。

定远大伯也乐呵呵的，拿着半盒皱巴巴的小南海烟不停地散。父亲不抽烟，大伯算半个主人。

"有什么好看的！"定远嘀咕着想往自家田里走。

"你看，瞧不上人了不是？你就拿出来让我们见识见识，让我们开开眼。"一位大爷拦住定远说。

"就是，就看一下，又不会飞。"几个大妈附和道。

定远把录取通知书拿给了父亲，就下自家田去了。母亲和定辉瞥了一眼定远，见定远脸色不好，也没作声。

当天，一家人忙到星星出来才收工，稻田的蛙声又此起彼伏地响起来，知了终于停止了一天的喧嚣。

"稻花香里说丰年，听取蛙声一片。哥，辛弃疾的词说的是不是这个场景？"定平很崇拜定远这个当哥的，什么都爱问他。

"说的个什么丰年，一家人吃的都不够。"定远没好气地回道。

定辉忙拉了拉定平，示意他别再追问。

劳累了一天，吃过晚饭，定远定平像往常一样，躺在自家院子苦楝树下的石凳上纳凉。夏天蚊子多，定远拍了一下大腿，挠了挠，一声不吭翻过身睡了。

"哥，那条银河究竟有多宽？你说牛郎和织女今晚真的能见面么？"定平推了推定远，定远没理会他。前几天兄弟俩商量好七月初七晚上一起找星系的，定远早忘了这七夕节。

定平又推了定远一下，定远没好气地答道："见不了面。"

定平搞不清楚哥哥为什么不高兴，只好不作声了。

定远爸妈端来凳子坐在旁边乘凉，时而帮两个孩子扇扇蚊子。只听定远爸说："定远考上中师了，等割完谷，请亲戚朋友、邻居们来家里吃顿饭，热闹热闹。他表舅当年考大学也请客哩！"

今天拿了通知书后，定远心情本来就不好，在石凳上根本没睡着，听到父亲的话，突然翻身坐起来说道："请个什么客？丢不丢人？考个中师还请客！"

定远爸吃了一惊，一扇子拍在凳子上，怒道："丢什么人？这是光宗耀祖的事儿！"

"要请你们自己请，与我无关。"定远甩下一句话，起来穿上拖鞋进屋去了。

"嘿！这孩子长本事了，你——"

见孩子心情不好，定远妈忙劝住定远爸，没让他再说。

定远进屋里，煤油灯也不点，一头倒在床上就睡了。定辉正在隔壁看书，下学期就读高二了，他每天忙完农活就是在煤油灯下苦读。

母亲进到定远屋里来,用火柴点上煤油灯。蚊子在蚊帐里嗡嗡乱飞,母亲用蒲扇在蚊帐里扇了几个回合,然后小心地放下蚊帐。

从小到大,母亲是定远最亲近的人。一到夏天,睡前都是母亲来帮他扇蚊帐里的蚊子。凉凉的,暖暖的,定远感觉自己就是天下最幸福的孩子。定远还在母亲面前撒过娇,说要母亲一辈子帮他扇蚊帐里的蚊子。母亲总是笑着说,怕是到时有了媳妇就忘了她这个娘了!

母亲放下蚊帐,准备把煤油灯扇灭离开。她知道儿子在想啥,定辉今天下午都告诉她了,只是定远不说,她也不先问,得让儿子先想想。

"妈,我不想读中师,我想读高中。"定远终于说了出来,母亲扇向煤油灯的扇子停住了。

迟疑了一会儿,母亲在床边的凳子上坐了下来,叹了一声气,说道:"远儿,我知道你的心思,可你看我们这个家,连糊口都难,还要供你们四姊妹读书,哎!"

"妈,我就想读高中考大学。"定远掀开蚊帐坐起来。

"我……"在掀开蚊帐的一刹那儿,看到母亲正在偷偷抹眼泪,定远说不下去了,忙把蚊帐合上,紧咬着嘴唇,强忍着不哭出声来,眼泪却不争气地往下掉。

"妈,要不我退学。"不知几时,定辉站在了门口。

"别瞎说,我的孩子,不管是儿是女,能读到哪儿,我和你爸供到哪儿。我不会像你外公那样重男轻女。"母亲语气很坚定,这是她常挂在嘴边的一句话。

屋里很静,一时大家都不说话,只有嗡嗡的蚊子声和定远急促的呼吸声。

定辉站在门口，低着头用钢笔在指甲盖上不停地画着圈儿。好一会儿，她抬起头说道："妈，我自己去年没考上中师，定远成绩比我好，读高中能考上好大学。"

"不行！"母亲和定远几乎同时说出了"不行"两个字。

定远掀开蚊帐坐到床沿上，低着头看着地板，绝不能让姐姐因为自己辍学。去年姐姐就差十几分考上中师，在家哭了好几天，他怎会忍心让姐姐因为自己不读书呢！

定远抬起头来，眼泪花花儿地看着姐姐认真地说："姐，你不能退学。我，我去读中师。"说完，忙又低下了头。

一时无语。

定辉鼻子一酸，含着泪跑回自己房里去了。

母亲叹了一声气，示意定远躺下，拿起扇子扇蚊帐里的蚊子，边扇边自言自语道："蚊子又跑进来啦！"

定远的眼泪滚豆似地滑向面庞两边，滑进耳朵里。母亲吹灭煤油灯，想坐一会儿，犹豫了一下，还是拿着扇子出去了。

定远一把抓过蚊帐，咬在嘴里，浑身抽搐着哭起来。

接连几天，大家都不再提录取通知书的事，定远每天在日记本上使劲写着：读中师，读中师，读中师！他反复写着，反复提醒自己，生怕自己反悔了。

二
临行意

8月28日，是定远升学请客的日子。各家的稻谷基本收完，亲戚朋友、邻居都来道贺。父亲特地请了黄老师，还有村长。定远躲在屋里看书，他想不明白，考个中师请个什么客，又不是像表舅那样考的大学。

定远大伯提着一口木箱进来了，父亲跟在后面说道："定远，快接过去，你大伯专门给你做的箱子。"

大伯打开箱子说道："定远，大伯没什么给你的，给你做了一口箱子。你看，我在这儿做了一块隔板，一边放衣服，一边放书和吃的，我花了两个通宵才做好的。"

箱子是朱红色的，做工很仔细，上面还画有两串淡紫色的葡萄，看得出大伯很是花了一番心思。

定远忙接过箱子，连声说着谢谢，感激大伯农忙这么忙还帮自己做箱子。

"谢啥，你这孩子还见外呢！你是咱们尧家第一个吃皇粮的，大伯我脸上也有光，咱尧家祖坟冒青烟啦！"临出门，大伯又回头叮嘱道，"定远，好好读书，给尧家争口气。你大伯我和你爸当年就是因为家里穷，高小都没读毕业，成了睁眼瞎了。"

是啊，尧家几代人都是地地道道的农民，好不容易有个跳出农门的，大家能不高兴吗？看着大伯乐呵呵走出去，定远突然感到身上有一副沉重的担子压下来。

屋外，亲朋邻居来了，村长在礼簿上一一记着他们三元两元送的礼钱。在堂屋，"天地君亲师位"的下方，父母正虔诚地祭拜祖先。父亲跪在地上磕了三个响头，嘴里说着一些感谢列祖列宗的话，然后进屋来，叫定远快到堂屋祭拜列祖列宗。

定远来到堂屋，双手着地，磕了三个响头。父亲在一旁说道："列祖列宗，尧家子孙定远跳出农门啦，你们还要保佑他多福多贵，光宗耀祖。"大伯在一旁也说着什么，定远没听清楚。这个时候，他是不能说话的。

开饭了，黄老师也到了。定远爸妈把黄老师和村长请到上席坐下，在农村，只有最尊贵的客人才能坐上席。大家坐下开始吃饭，祝贺声、喝酒声、玩笑声混成一片。父亲还特意准备了一串鞭炮，噼里啪啦放了起来，他的脸啦，笑得如炸开的鞭炮。

"尧定远呢？"黄老师问道。

父亲忙进屋，见定远还在拿着书看，拉起定远就要往外走，有些生气地说道："定远，你躲在屋里干什么？你黄老师到了，还有亲戚邻居都到了，快出去倒杯酒。"

"我不去。"定远把身子向里转了转，升学宴就算了，祭拜祖先也罢了，还要敬酒，读个中师敬个什么酒，定远心里有一百个不乐意。

"你是新媳妇不成？"父亲急道，"你黄老师叫你了。"

定远是个懂事的孩子，一听说黄老师叫自己，不好不出去了，何况这几天心里一直觉得对不住黄老师。

定远跟着父亲来到黄老师跟前，母亲忙端上一碗酒，说："快，敬黄老师。"

"黄老师，敬您酒。"定远毕恭毕敬把酒递到黄老师面前。

黄老师应了一声，端起酒一饮而尽，然后用手擦了擦嘴，说道："我喜欢定远这娃，聪明，好学，懂事。嗯，懂事！"

大家都附和着说定远懂事，有出息。

黄老师继续说道："不怕你们笑话，为了教我班那几个娃学英语，我是边学边教，哪想到定远这小子学得比我快，这叫什么呢？这叫青出于蓝而胜于蓝。"

"黄老师，我们不懂什么青啊蓝的，就知道定远这娃有出息。"村长大声说道，大家又是一阵称赞。

黄老师凑近定远耳朵说道："定远，到师范好好学英语，学了回来教我，等会儿我送你一本英语书。"

定远呢，也不谦虚，点了点头。他对英语很感兴趣，他就是好奇外国人的语言，越好奇，越想学。

"定远，听说县城都用那个什么灯，绳子一拉，屋子就亮了，你去了回来告诉我是不是的，我不信。"邻居王大婆大声说道。

王大婆一辈子连尧家乡都没去过，大家就打趣她说："王大婆，那叫电灯，乡场都用上电啦，县里能不用上电？"

村长喝得满脸通红，站起来说道："定远，我跟你说，县城有个客车站，公路上的客车就是从那里开出来的。几年前，我去过一次县城，客车站那个广播里传出来的女娃子的声音才好听。"

村长清了清嗓子，噘着嘴学道："各位旅客请注意，各位旅客请注意，开往尧家乡的客车就要发车了，开往尧家乡的客车就要发车了,请大家赶快上车,请大家赶快上车。"

村长一学完,全场人都笑了,定远也忍不住笑了。

黄老师笑着说道:"那叫普通话,那叫普通话!"

"这么好听的话还普通?"大家又是一阵笑。

"定远,一定学了回来教我们。"大伯说道,"就教这个普通话。"

定远不停点头:"是,好,好!"

"大家都吃好喝好哈!"父亲乐呵呵地招呼着。

"定远他爸,你算苦出头了,要享福了。"村长大声说着,打了一个酒嗝。

"要托你的福,村长!"父亲回道。

村里几个嫂子在一旁开玩笑起哄,叫定远到时找个城里的媳妇回来。臊得定远不好意思起来,脸一阵通红。

升学宴终于散了,黄老师也醉醺醺地走了,母亲和定辉在忙着收拾残汤剩饭。

一连几天,母亲都在抽空给定远收拾行李。衬衣的衣领烂了,背心有几个洞,裤袋是漏的,母亲都一一检查缝好了。特别是衣领,不仔细看,根本看不出是补的。定远说衣服穿一身带一身就够了,其余的就带一本英语书,那是黄老师升学宴那天送给他的。

母亲拿出十块钱要塞给定远,都是一块两块的,是升学宴亲戚朋友和邻居送的礼钱。定远不要,说黄老师说了,读中师就不花钱了,学校发饭票。再说自己初三时有三块奖学金还没有用,车费够了。母亲坚持要把钱给定远,说到了县城不比在村校读书离家近,来回坐客车要钱,还要去买个碗,买个桶,买个枕头,用钱的地方多。

"碗就不用买了,家里拿去。"定远从碗柜里拿出个破旧搪瓷碗放在箱子里。

母亲一会儿翻这儿，一会翻那儿，把她一直舍不得用的一床线毯放进箱子里，这是她结婚时唯一的嫁妆。母亲总觉得还有什么没考虑到，突然，她想起了什么，叫定远把衣服脱下，说要在里面缝个布包，把十块钱缝在里面，不然怕丢了。定远顺从地脱了上衣递给母亲，身上露出被太阳晒的背心印子，好像还穿着件背心似的，黑溜溜的身子，显得更瘦小了。

灯光下，母亲一针一线地缝着。定远看着母亲疤上重疤的衣服，心里很难受，暗下决心，等自己有钱了一定要给母亲买块新布料做衣服。

"出门在外一定要小心，不要露财。"母亲边缝边嘱咐，"车费单独放，这十块钱到了学校再取出来。"

"嗯！"定远乖巧地回答着。

"好像还要运动衫、运动裤和鞋，我记得你爸说录取通知书上写得有。"母亲放下针线又愁起来。运动衫、运动裤是什么样子，定远不知道，母亲更不知道。

"运动鞋应该就是解放鞋吧？我就带双解放鞋去。"定远拿出一双洗得发白的军绿色解放鞋，拍了拍上面的灰尘，放进箱子里。定远说运动衫、运动裤到了学校问清楚再去买，母亲说也只能这样了。

通知书上说要带一挑箢篼，父亲正连夜编织着。

"看来读中师还是要劳动，不要怕吃苦，气力死了气力在。"父亲编着箢篼也叮嘱着。

8月30日，农历七月十五，定远答应了陪定平、定兰到苦楝树下看大月亮，定平希望定远给他讲星系，定兰希望能看到嫦娥和玉兔。

月亮很大，定远无心欣赏，他向弟弟妹妹交待道："你们在家要多干活儿，定平要多挑水，挑不起整挑，半挑也要挑，不要让爸去挑水，他腰不好！定兰也要打猪草割牛草，能让爸妈少做就少做。"

"知道了，哥，你放心吧！"定平定兰都保证道。

8月31日，定远还有一件事要做，那就是围着苦楝树摞稻谷草堆。不知从哪年开始，父亲的腰受伤后，这个活儿就是定远打主力。定远呢，很享受这个过程。一家人接力，先把一个一个的草垛攒到一起，然后扔给定远。定远站在草堆中央，灵敏得像只猴儿，不一会儿就摞了半人高。

"定兰，怎样算草堆的体积？"定远边摞草边问。

"底面积乘高。"定兰自信地大声答道。

"定平，为什么你一扔，草垛就会飞上来？"定远又问。

定平正在歪着头想，定辉一旁打抱不平道："人家还没学物理。"

"就是，我说我怎么不知道。哼！"

大家都笑了。这时的定远忘了前几天的不快，毕竟他才只有15岁，好多事他本来就拿不准。此时的他，只想把草堆摞好，能让父母少累一点儿是一点儿。

晚上，定远躺到床上，母亲又来给他扇蚊帐里的蚊子，不放心地叮嘱道："远儿，到了学校，不要担心家里，不要想爸妈。"

"知道了，妈！我都长大了。"

定远突然翻身坐起来说道："妈，还没摞完的草垛等我国庆回来摞，千万不要让爸去摞，他腰不好！"

"嗯，这些不用你担心。出门在外，要多交朋友，不要得罪人。"

"知道了，妈！"

"不要节约，要吃饱，家里有粮食，你不要担心。"

"嗯!"定远鼻子一酸,忙把头转向里边。

9月1日,定远就要到丹丰师范报到了,他和父母一大早就起了床。父母各挑了一担粮食,准备到粮站交公粮后再送定远去县城。定远左边挑着箱子,右边箢篼上挑了一小包粮食,也是要交的公粮。

到了粮站一看,交公粮的人已排了很长的队。父亲很着急,怕误了送定远去县城。尧家乡离县城很远,一天只有两趟客车,不能耽搁了。父亲挤到前面去了,他想找个熟人商量,看能不能插个轮子。

定远坚持自己一人坐客车去,母亲执意不让,说县城人生地不熟的,一定要送。定远说来回花那个钱不值,他中考和面试去过县城,不用送。定远边说边取下箢篼里的粮食,一手提箱子,一手拿着扁担箢篼走了。母亲追上来,从怀里掏出一个鸡蛋塞给他,说:"给,在车上吃,还是热乎的。"

定远要推给母亲吃,母亲推了回来,说道:"还有十几天就是你姐姐生日,你不得有一个?"

定远只好接过来放进口袋里。因为在定远家有个不成文的规矩,四兄妹哪个过生日,另三个也有鸡蛋吃。这样,大家都盼着别人过生日,把其他三人的生日记得牢牢的。鸡蛋成了四兄妹最奢侈最美味的食物,可是父母从来都说他们不喜欢吃鸡蛋。小时候定远真的认为父母不喜欢吃鸡蛋,长大了才知道父母是舍不得吃,好的东西都要留给孩子们吃。

开学人多,定远老远就看见平常客车上下客的地方挤满了人。他赶紧跑了几步,挤到了人群里。等了一个多钟头,客车终于来了。人群跟着车门整体移动着,定远挤在中间,几乎是被人群抬着在走。

车门开了,售票的大姐粗声粗气地喊着"先下后上,先下后上",可大家哪里肯听,使劲儿往车上挤。有人在下车,有人往车上挤,乱成一团儿。

"你,扁担,箢箢,拿到车顶上。"售票大姐伸出手,推了推定远拿的扁担。

定远只好退了出来,赶紧跑到客车后面。他把箱子放在地上,拿着扁担箢箢准备爬,但又担心箱子被人拿了,又退了回来,索性把箢箢用头顶着,一只手提箱子,一只手拿扁担往上爬。

车顶上放了许多鸭子,见定远上来,"嘎嘎"乱叫。定远好不容易找了个空隙把扁担箢箢放下捆住,然后一手提箱子,一手扶梯子,一步一步往下挪。到了最后一步,定远正准备往下跳,车子发动了。定远忙大声喊:"还有人,还有人。"

车下的人也帮忙喊着:"后面还有人,后面还有人。"

定远一个大步,跳了下来,鸡蛋从口袋里摔了出来,摔破了。他赶忙捡起来,吹了吹灰尘,放进口袋里,又一个箭步跨向车门。车门处挤满了人,定远抓住门上的扶手,踏上一只脚,另一只脚却悬在门外边。

"坐下一班车嘛!"车里有人喊。

"不行,我的东西在车棚上。大叔大妈往里面挤一下,我另一只脚站不进来。"定远朝里面喊着,然后使劲往里一挤,另一只脚终于站了进去。他把箱子顶到了头上,用手死死护着,车门这才关了过来。

"定远,定远!"父亲卖完公粮跑来了,母亲紧跟在后面。父亲手里拿着根冰棍,朝定远挥了挥,粉色的冰棍水直往下掉。车已经开动了,父亲扶着车门跟了几步,只好把冰棍放下。

"爸,妈,你们回去吧!"定远望着车外喊道。

"哎,远儿,好好读书,别想家。"母亲一个劲儿挥着手里的筐篼。

车子开过去的一瞬间,定远又看到了父亲肩上的肩包,好像擦破了皮,渗着血。定远转过头来,想哭。他还记得读小学时,和定平赶场卖挖的"麻芋子",卖了一毛四分钱。在街上,哥俩第一次看到冰棍,觉得稀奇,想买了吃,结果被父亲骂了一顿。就这件事,父亲一直觉得亏欠了两个孩子,今天交了公粮,他专门买了根冰棍给儿子送来,可车却开走了,冰棍水掉了一地。

颠簸了两个多小时,终于到了县城。定远还是第一次到车站,中考和面试是区小学包的车,没进站来。区小学负责五个乡小学、乡初中的管理,对定远他们几个上了中考预考线,特别是进入面试的同学关爱有加,吃住行都由区小学妥帖安排好,所以,来了两趟县城,定远还是分不清东西南北。车站的车很多,车站真的传来村长说的好听的广播声,定远循着广播声望去,想起升学宴上村长的模仿,笑了笑。

出了车站,几辆人力三轮车赶紧围过来揽生意,定远挥挥扁担,示意自己不坐。他哪里舍得花那个钱,今天坐客车花了九毛钱,就让他心疼得不忍拿出来。

定远下意识摸了摸母亲缝的钱袋,感觉有些不对劲儿,忙放下箱子和筐篼,把衣服解开翻过来找。钱袋呢?哪去了?定远急得把衣服脱了下来,抖了抖,还是不见钱袋。哪去了呢?那可是十块钱啦!他赶紧往车站里走。是不是掉到地上了呢?可地上除了纸屑、瓜子壳、橘子皮,什么也没有。他又回到刚才那辆客车上到处找,该趴着看的地方他都看了,该摸的座位缝隙他都摸了,越找越着急,头上冒出了汗,可还是没有钱袋的踪影。

售票员大姐在前排嗑着瓜子儿,白了定远一眼,说道:"别找了,今天车上几个小偷,知道你们学生开学身上有钱,早得手下车了。"

"那你怎么不说?"定远急红了眼。

"我敢惹他们?都是些尧家乡的二流子、摸包客,小学没读毕业就开始出来摸包。穷山恶水,我最怕跑这条线路。"

"你?"

听到售票员说自己的家乡是穷山恶水,定远想反驳,可又不知怎么反驳,只好耷拉着脑袋下了车,拖着行李,一步一步往外走。

十块钱,是十块钱呀!都是亲戚朋友送的礼钱,每一分钱都来得不容易,怎么向母亲交代呀?定远心里越想越不是滋味儿。穷山恶水,穷山恶水,自己的家乡几时得了这个臭名?

说来也奇怪,定远这次居然流不出眼泪。他走出车站,抬头望了望天,天阴沉沉的,要下雨了,一个人失落地向丹丰师范走去……

三

初相识

定远提着行李问了好几个路人，才找到丹丰师范。上次来面试，黄老师带着怎么走就怎么走，定远只顾怯怯地跟在后面，完全记不得怎么到的学校。学校在半山腰，远远望去，一览无余。最为醒目的是学校正中那栋楼上的八个字——学高为师，身正为范，红色的，很耀眼。定远放下行李，看着八个字，念了一遍，不大懂是什么意思，奇怪的是自己上次来面试怎么没发现这八个字。

学校已经来了很多同学和家长，新生都围着张贴栏看自己分到哪个班。定远挤进人群，找到了张贴栏上自己的名字，他分到四班，班主任姓许。

许老师三十多岁，很和蔼，一直面带微笑，定远想到了他的黄老师。报到之后，定远找到寝室，寝室是六人间，每间床沿写

024　纽扣花开

着名字,已经来了四个人。定远一进去,坐在里面顶铺的一个同学就探出头来问道:"嘿,同学,你叫什么名字?我叫欧必进。"

定远正准备回答,只听那同学又道:"你先别说,让我猜,只还有夏浩男和尧定远没来,你,你应该是尧定远,夏浩男,浩男应该要高大些。嗯,我来帮你铺床。"

欧必进边说着,一个翻身就跃下地来,站在定远面前,比定远高出了一大头。他指着另外3个同学热情地介绍道:"这个是王超,这个叫白川杨,上面那个是黄石山,以后我们都是一个寝室的。"

欧必进说着,把桌上的一床蚊帐递给了定远,说是学校给每人发的一床蚊帐。

王超正躺在床上看《青春之歌》,朝定远笑着点了一下头,又自顾自地看自己的书。

白川杨白白净净的,长得很俊,戴着一副眼镜,正坐在床边清洗口琴,站起来朝定远笑道:"你好!我叫白川杨,百步穿杨就是我。"

"嘿,又来了,哪有拿口琴百步穿杨的?"欧必进接话道。

同学们的友善,让定远感到了一丝温暖,暂时忘记了钱被偷的不快。

"我叫黄石山,我去给你打桶水来把床上的灰尘擦一下。"顶铺的黄石山爬下梯子,到阳台接水去了。他个子也不高,但显得很成熟。阳台上有水龙头、洗衣槽,摆满了桶、盆子和开水瓶。

这时,来了一个花白胡子老大爷,他站在窗外喊着:"川杨,川杨!"

"爷爷,您怎么又回来啦!快回去,您不是说今天有病人找您抓中药吗?"白川杨起身迎道。

"不打紧,不打紧,你看我给你买的啥?"白爷爷拿出一本厚厚的《成语词典》在白川杨面前晃了晃。

"哇,《成语词典》,谢谢爷爷,谢谢爷爷!有百步穿杨吗?"

"有有有,这是爷爷给你考上中师的奖励。好好学习,天天向上,好啦!我回去啦!"

"好好好,您快回去,晚了赶不上车了。"白川杨推着爷爷。

"嗯,你们几个小伙子也一样,要好好学习,天天向上!"白爷爷走到门口又回头对大家说道。

"嗯!谢谢白爷爷!"欧必进笑着礼貌地答道。

过了一会儿,进来一对母子,母亲右手抱着薄薄的被子,还提着一个开水瓶,左手拿着箢篼、扁担。儿子呢,背着一个双肩包走在前面,一看就不是农村长大的。

"嘿!你就是夏浩男吧!就差你了。"欧必进是人来熟,忙去接过她母亲手中的箢篼和扁担。那个箢篼很小,定远下意识地看了看自己这挑大而结实的箢篼,自顾自地打扫着床。

"同学招呼你呢!"母亲用抱被子的手肘碰了碰夏浩男,夏浩男也不理会。

夏浩男见自己睡的是顶铺,说了一句:"我不睡顶铺。"

一时间,大家都望着他们母子。

他母亲忙赔笑道:"浩男,顶铺好,不潮湿。"

"我说了,我不睡顶铺。"夏浩男突然提高音量吼了一声。他的母亲怯怯地往后退了一步。

大家看着这一切,不知如何是好。

"要不,我们换一下,反正我还没开始铺床。"定远解围道。

"不需要。"夏浩男冷冷地说了三个字,然后把背包扔到了顶铺。

大家都觉得怪怪的,才说不睡顶铺,又不同意换。他的母亲站在那儿不知该怎么办,表情有些不自然。

夏浩男站在窗前，望着窗外，头也不回地说道："开水瓶提回去，我不要。"

"这是你爸给你买的……"

"不需要，告诉他，拿去给他的新娘子用，我不需要。"夏浩男几乎是在歇斯底里地怒吼。大家你看看我，我看看你，不知道说什么好。

他的母亲不再坚持，提着开水瓶走了，转过寝室门时，在偷偷抹眼泪。定远很想说夏浩男一句，他怎么可以这样吼自己的母亲呢？太不应该了。欧必进想追出去安慰他的母亲，走到门口又退了回来。

晚上，睡到床上，大家有些睡不着。欧必进探出头来，提议大家自我介绍一下，由王超先说。

王超翻了个身，咳了两声，稍停了一下才说道："我嘛，五中毕业，家在农村，离县城远得很。我在家排行老大，还有两个妹妹。因为要供我读书，两个妹妹小学没毕业就在家务农了……"王超似乎还有话，可没再往下说。

"哎，你比我好，还有父母，还有两个妹妹。我是跟着我爷爷长大的，我的父母长什么样我都不知道，他们只给我留了一支口琴。"白川杨讲话声音很大，好像讲别人一般。

"我家也好不到哪儿去，家里有三个哥哥全在务农，几个嫂嫂经常为鸡毛蒜皮的小事吵架。我差点连书都没读上，九岁多才开始读小学。我这个名字都是自己取的，读小学一年级时，老师问我叫什么名字，我说家里人叫我幺毛，老师说要报学名，我抬头看到远处的石山，就说叫黄石山。"黄石山似乎在自嘲，不过大家都没笑。

"好听的名字呀！"欧必进说道，"尧定远呢？你的名字让我想起了马致远，你爸妈一定是希望你志在远方吧！"

"我爸妈没多少文化,哪里想这么多,随便取的,不过我喜欢这个名字。我家也在农村,家里四兄妹全在读书,穷得很。我不来读中师,家里就更没办法了。"定远没有多的言语。

"哎,我们农村人都差不多。"王超淡淡地说道。

"夏浩男,你呢?你家该住城里吧?"欧必进伸手推了推邻床夏浩男的脚。

"住城里,我爸妈离婚了。"夏浩男翻了个身,说道,"我们初中一个班五十多个同学,只有我一个人来读中师,其他人全读高中了。城里的学生,稍微家庭好一点的都不读中师,只有我这种……"夏浩男突然停住了,没往下说。

一时间,大家都不再说话。

过了好一阵儿,欧必进无话找话,说还是这个寝室好,他读初中时,一个大寝室,睡50多个人,连走路都要侧着身子走。

没有人接话,他又说道:"嘿,我就很喜欢当老师,我在村校读的小学,只要老师到中心校开会,一个班都交给我管,我从小就想当老师。我哥哥今年也考上了大学,读的师范大学,这样家里的日子总算好过一点儿了。我这个名字是我哥给我改的,叫我一定要追求上进。"

"你哥今年也考上了大学?"除了夏浩男,其余几个同学几乎同时探出头来,异口同声地问道。

"那你怎么不读高中,考大学?"定远追问。

"几年前我父亲就去世了,母亲长年生病吃药,哪里有钱读高中,能读中师就是我的造化了。"欧必进接话道。

一时,大家不再言语……

9月3日,新生开学典礼。主席台上,五十开外的张校长,精神矍铄。听说他是一个很有威望的校长,新生年级的学生只要他到班上点一次名就能全记住。全校所有的学生,他都能叫出名字。

只听张校长语重心长地说："同学们,你们很幸运,前两个年级,每个年级只招了70个中师生,今年几乎扩招了一倍,招了4个班138人。如果不是扩招,在座的有一半的同学今天就不可能坐在这里,所以,同学们,你们要珍惜这个难得的学习机会。同学们,我们的祖国还不富有,我们的祖国要实现四个现代化,缺的就是人才。人才哪里来?就得靠教育。可是,我们的学校,特别是农村小学师资严重不足。今天,国家把你们招进来,免费培养你们,不交学费,不交生活费,就是希望三年后你们能够挑起我国小学基础教育的大梁!"

这时,台上其他领导带头鼓掌,同学们也跟着鼓掌,定远也跟着鼓掌。同学们似懂非懂,还不太明白自己身上的责任。

张校长继续说道："同学们,从今天开始,你们要记住八个字——学高为师,身正为范,这是著名教育家陶行知先生的名言,你们不仅要有扎实的专业知识,还要有良好的道德品质。学识渊博的人才能成为老师,行为端正的人才能成为典范。三尺讲台,没有高尚师德和扎实学识是立不住的。作为师范生,要用一生践行这八个字。"

又是一阵雷鸣般的掌声,定远四下望望,忙又跟着鼓掌。

下午,同学们早早到了教室,新书发下来了,文选与写作、语文基础知识、代数、几何、物理、化学、历史、地理、生物、音乐、体育、美术,整整一大摞。

"许老师,怎么没有英语书呢?"定远发现差英语书,举手问道。

其他同学也发现没有英语书,班主任许老师和蔼地解释道："中师不学英语了。"

"啥?为啥不学英语呢?英语那么有趣。"定远急了,脸已红到了耳根子。

许老师示意定远坐下，走到定远跟前，随便拿起一本书说道："同学们，读中师，所有的学科都很重要，没有主副科之分，每科都要考，连音体美都要考试，考不及格还要补考，如果一学期有三科补考不及格就要降级。"

"啊！"同学们望着许老师，一脸惊讶。

许老师继续说道："每科除了考文化知识，还有能力考试，普通话、'三笔字'都要考。所以，同学们，你们要学的东西很多，中师就不学英语了。你们必须把自己锻炼成万金油，希望我们班34个同学都能顺利毕业！"

万金油，万金油是什么？同学们耳语着，农村的孩子没听说过这个。

许老师说："万金油是一种药膏，什么小病都能治。我们中师生要像万金油一样，什么都要懂一点，什么都要学。"

"那为什么不学英语，许老师？"不知哪来的勇气，定远又站起来发问。

"你叫尧定远吧，尧定远同学，你们以后教小学用不着英语。"许老师仍然和蔼地解释着。

同学们纷纷议论开来：

"就是，以后教小学又不教英语，少一科是一科。"

"我初中学了三年，只会读几句，学的是哑巴英语，不想再学了！"

"我跟尧定远一样，也很喜欢英语，不想丢了英语。"

"啊，难道这辈子就与英语无缘了吗？"

大家你一句我一句地说着，一些想学，一些不想学。

定远反应最强烈，他接受不了不学英语这个事实，他还答应学好英语回去教黄老师呢！

"早知道这样，早知道这样我就不来读中师了。"定远倔脾气上来了，甩下一句话冲出教室，在门口和张校长撞了个满怀。

张校长早在教室外看到了这一幕，他一把拉住定远，语重心长地说："你就是尧定远，嗯，记住你了。想学英语，是吧？你可以自学呀！这三年，你们的主要任务是练就当一名小学老师的扎实基本功。至于英语嘛，作为业余爱好我不反对。"

晚上，定远早早躺在床上，他始终想不明白，小学也没有物理化学，怎么要学物理化学而不学英语。他拿出黄老师送给他的英语书，胡乱地翻着。黄老师夸过多次，说他读英语很有语感，很好听。初中时，每次教英语课文，都是定远带读。他是那么喜欢学英语，他就好奇外国人的语言、外国人的思维，他甚至期盼有一天能和外国人说说话，看能不能相互沟通。

"Long Long ago, a little boy had a dream."定远翻到一个故事小声读起来。

dream, dream, 是[drem]还是[dri:m]？他翻到后边的音标，又念道："[dri:m][dri:m], 梦想。"

梦想，梦想！一股失落感突然涌上心头，他感到自己的梦想正在一点儿一点儿破灭，后悔来读中师的念头又来了。初中的其他同学应该有人在读高中，他们应该在学英语吧！王大明，对，王大明读高中了吗？

"dream, dream, 梦想、梦想……"

定远念着"梦想"这个单词，慢慢睡着了。

早上醒来，他手里还拿着黄老师送给他的英语书。不行，我一定要学好英语。他从枕下摸出日记本，反复写道：我要自学英语，我要自学英语。写完之后，心情好了许多。

四

别样中师

食堂的馒头很好吃，早上一两稀饭两个馒头，定远只能吃个半饱。如果要吃饱，至少还要吃两个馒头。可是，每月饭票是固定的，30张一两的稀饭票，30张二两的馒头票，60张三两的饭票，得计划着吃。

食堂大厅没有桌椅，全校几百个学生，三五成群围在一起吃饭。定远和寝室的几个同学围成一圈，津津有味地吃着饭，只见他仰起头把最后一点儿稀饭汤喝了个精光。

白川杨见了，打趣道："尧定远，你的脸被搪瓷碗全盖住啦！"

定远这才放下碗，不好意思地笑了笑。

欧必进说："不行，我还得去买两个馒头吃，昨天早上吃两个馒头，一上午肚子都在咕咕叫。"

"我也是。"白川杨也跟着欧必进去买馒头了。

定远和王超互相看了看,去洗碗槽洗碗了。王超碰了碰定远说:"哎,你说这三两米咋吃不饱呢?"

定远笑了笑,没有回答,他知道如果让他敞开肚子吃,吃六个馒头都不在话下。回寝室的路上,一群人正在围着看什么,两人也好奇地挤了进去。只见一张海报写着:

新学期寝室才艺比赛
时间:9月4日晚上6:30
地点:男生寝室内坝
欢迎大家观看!

八四级男生恭候光临!

"寝室才艺比赛,比什么呢?"王超低声问。

"就是,比什么呢?晚上去看看就知道了。"定远答道。

晚上六点刚过,男生寝室内坝就围了许多人,还有些女生也来了。

6点30分一到,只见一个同学走到坝子中央,大声报幕:"亲爱的同学们,新学期寝室才艺比赛现在开始!有掌声的给个掌声,有笑声的给个笑声,有赞美声的不要吝啬你的赞美声。"

话音刚落,又是掌声又是笑声。新生年级的同学更是好奇地往里面挤。

"首先,请八四级101寝室才艺展示《牧羊曲》。"

只见一个男生吹着笛子,另一个男生弹着什么乐器,中间一个男生深情地唱着:"冬去春来十六载,黄花正年少;腰身壮胆气豪,常练武勤操劳,耕田放牧打豺狼。风雨一肩挑,一肩挑……"

唱罢，全场掌声四起。前排几个学生拿着本子在打分，听说是学生会的干部。

"那个男生弹的是什么乐器？"欧必进用手肘捅了捅黄石山低声问道。

"我不知道，没看到过。"黄石山也不知道，便也捅了捅旁边高年级的同学问。

"那叫吉他，你们以后会学的，中师生每人必须会一门乐器。"高年级的同学友好地介绍道。

"哦，哦——"欧必进又好奇地看了几眼那个叫吉他的乐器。

旁边的定远低声问道："什么他，怎么写？"

欧必进压低声音说："我也不知道，我可什么都不会，高年级的同学怎么这么有才华呀？"

"就是，我也什么都不会。"王超挤了过来。

"我也啥都不会。"定远几乎看呆了。

接下来是102寝室的歌伴舞——《在那桃花盛开的地方》。唱歌那个男同学一出来，还没开口唱，全场就响起热烈的掌声。

"这是我们学校的'蒋大为'，我们就是冲着他来的。"旁边几个女生看出了定远他们一群新生的疑惑。

"在那桃花盛开的地方……"

那个男生一开口，全场又是一阵掌声。后边还有几个男生拉着手跳芭蕾舞，很滑稽，逗得大家一阵笑。

中师就是不一样，一场寝室才艺比赛，把新生年级的同学个个看得目瞪口呆。大家回到寝室，白川杨还在哼《牧羊曲》，黄石山也跟着在哼。

欧必进拿出小圆镜照了又照，说："哎，同学们，我这个形象以后可以上台表演节目吗？"

"欧必进，我发现你投错胎了，最爱照镜子。"白川杨说道。

"爱美有错吗？哪像你长得这么白净，你才投错胎了。"欧必进回道，拿着镜子还在侧着脸看那颗讨厌的青春痘。

白川杨拿出口琴来，试试音，不成调，把口琴又放回了布袋里。

"哎，白川杨，吹一个呗！"欧必进放下镜子说道。

"这是我爸爸留下的遗物，我只吹得来一首幼儿歌曲，我爷爷教我的。"白川杨说道。

"吹吹吧，吹吹吧！"大家嚷道。

白川杨又拿出口琴，吹了起来。

听着那曲调，王超突然跟唱起来："红公鸡，咯咯咯，抓抓脸蛋笑话我……我会唱，我小妹经常唱。"

王超说着，又跟唱起来："笑我不学习，笑我不劳动，只有伸手要馍馍，羞呀羞死我。"

大家很羡慕白川杨，居然能吹口琴，尽管只吹得来一首。

"王超，把歌词写下来大家一起唱。白川杨，你再吹一遍，我们跟着唱。"欧必进来劲儿了，安排道。

白川杨又认真地吹起来，大家跟了一两遍就唱会了，居然把其他寝室的新同学吸引到门口来了，他们脸上还带着几分惊奇和羡慕。

"其实，我也有笛子，初中班主任送给我的，我也能吹一点点儿《牧羊曲》。"黄石山见大家高兴，到床边拿出笛子来。

"怎么不早说？"白川杨和欧必进都责怪道。

黄石山指了指夏浩男的床，示意大家不要影响夏浩男，因为夏浩男没去看才艺展示。

这时，夏浩男从蚊帐中探出头来，递了一个小本子给黄石山，说道："给，我初中抄的《牧羊曲》的谱和词，这是电影《少林寺》的插曲。"

"你看过《少林寺》电影？听说很好看。"欧必进接过歌本递给黄石山。

夏浩男没有回答，关上蚊帐不再理他们。

"我真的吹不好。"黄石山有点打退堂鼓。

"没事，吹吧！"欧必进鼓劲儿道。

黄石山试了试音，吹了起来。一个音一个音地吹，完全不成调，大家哄笑起来。

黄石山被羞得有些恼："就你们非要我吹，不吹了，不吹了。我毕业时一定能吹好，像八四级那个师兄那样。"

"是是是！"大家又是一阵笑。

第二天有一堂语基课，上语基课的是一个很认真的老教师，姓江。他说语基课要从"a、o、e"的发音开始学。拼音字母大家都会认，但是发音不标准。

三声的调值是214，同学们基本读成了313。江老师耐心地纠正着，又示范了一遍："ā—á—ǎ—à"。

同学们学着江老师的样儿用手边划边读，俨然一群小学生。定远有些想笑，但看到一脸严肃的江老师，马上又念了起来。

"好，现在以开火车的形式，每个同学都起来念一遍。"江老师示意同学们停下来，说道，"开火车的形式也是小学经常会用到的方法。"

"把我们当成小学生来教了。"王超歪过头来对定远小声说。

定远也点了点头，小声回道："214，313，用得着那么精确？"

江老师分明看到了王超和定远在讲小话，用教鞭指着王超说："王超，你先来。"

"ā—á—ǎ—à。"王超连忙站起来念道，ǎ 明显念得不对。

"尧定远，王超念对了吗？"江老师用教鞭示意定远站起来回答。

定远站起来，看了一眼王超，小声说道："好像没念对。"

"首先纠正你的普通话，是 hǎo xiàng，不是 hǎo qiàng。你家是尧家乡的吧？我们县那里的人，q 和 x 不分。"

定远的脸红到了耳根子，突然想起那个客车售票员说自己的家乡是穷山恶水，怎么又是尧家乡？自己以前可没有发现这个问题，心里也不得不佩服起江老师来。

"你教教王超。"看得出江老师在惩罚两人刚才讲小话。

"ā—á—ǎ—à。"定远刚念完，就传来前面女生偷偷的嬉笑声，定远的脸又是一阵红。读了这么多年书，还是第一次被女生笑。

江老师没再为难定远，示意他坐下，说道："同学们，你们三年后是要当小学老师的，如果你们自己都发音不准，是会误人子弟的。当老师最怕别人指着脊梁骨说'误人子弟'四个字。"

江老师有些激动，继续说道："给学生一碗水，你们得有一桶水。知道吗？一桶水，中师三年，就是一点一滴往桶里装水的过程。"

同学们全部低着头，大气不敢出。

"还有，普通话要考试，是每个人能力考试的必考内容，过不了关会补考，补考还不及格就麻烦了。所以，你们平时在日常生活中要坚持说普通话，课堂上更要说普通话。"江老师似乎气还没消。

这时，下课铃声响了，同学们松了一口气。

江老师刚走，林小丽就跑到讲台上学着江老师的样子板着脸说："普通话要考试，补考不及格就麻烦了。"又逗得同学们一阵笑。

白川杨对欧必进说："这个叫林小丽的女生长得真好看，就是像个小学生。"

贾丹个子高大，比林小丽高出一头，留着短发像个假小子。只见她拿着粉笔在黑板上写着："普通话不普通，普通不普通。扑通！"然后转身用手指一弹，粉笔头不偏不倚正好落在定远的桌上。

"你?！"定远气得站了起来，将粉笔头扔向了讲台。

贾丹呢，也被吓得张大了嘴巴，摆着双手连连说："对不起，对不起，我不是故意的，我以前这样弹粉笔头弹惯了。"

"我看你就是故意的。"王超也生气地站起来帮腔道。

"不是，不是……"贾丹还要解释。

"你们女生降了二十分才考上中师，得意什么？"王超生气地说道。

"你说什么？"林小丽在一旁打抱不平道，"降二十分咋了？国家的政策，女尊男卑呗！"全班只有10个女生，全都回过头来露出不满的神情看着王超和定远。

贾丹听了这话来气了："什么降分，我需要降分吗？我中考426分，我需要降分吗？我要是个男生，早读高中了，还读什么中师，当什么老……"

欧必进赶快过来解围，使劲示意贾丹不要再说了。原来，班主任许老师早已铁青着脸站在了贾丹的后面。

许老师是教思想政治课的，他一改往日的和蔼，放下课本，看了看黑板上的字，说："如果这是粉笔字考试，这样的字是及不了格的。"

贾丹把头低了下去，这回轮到后面的男生嗤嗤地笑了。贾丹抬起头扭向后面，正好看到欧必进在笑，欧必进连忙捂住嘴，贾丹"哼"了一声，生气地扭回头。

"同学们，尽管你们才初中毕业，班上最小的林小丽同学还不到15岁，但你们要记住，你们一只脚踏进中师校园，另一只脚已经踏上了讲台。你们时刻要记住，将来你们是要当老师的，老师就得有老师的样子。"

许老师边说边捡起地上的粉笔头放进讲台上的盒子里，继续说道："不能为了一点小事，像小学生一样吵闹。刚才江老师已经说了你们上课心不在焉的情况，从今天开始，班上的同学只要进教室、进办公室，必须说普通话，班干部负责监督。"

许老师清了清嗓子，又说道："同学们，下面开始选班长，班长再去组建班委，当然大家也可以毛遂自荐。"

同学们纷纷拿出笔来写。这时，欧必进站起来说道："老师，我毛遂自荐当班长，我愿为同学们服务。"

"我反对。"贾丹立即站起来说道。

"还有其他人反对吗？"许老师问道。

没有人吱声。

"这样吧，同意欧必进同学当班长的举手。"许老师说完，全班只有贾丹生气地用双手托着腮帮子，其余同学都举起了手。

"好，全班33人同意欧必进同学当班长，鼓掌通过。"

许老师说完，掌声哗啦哗啦响了起来。

下午休息时间，寝室里，白川杨在床上翻看《成语词典》，欧必进和黄石山正在练普通话："八百标兵奔北坡，炮兵并排北边跑……"

"是标 bīng，不是标 bīn，是后鼻音。"夏浩男走过去纠正道，他的话比刚来时多了。

"标 bīng，标 bīng。"欧必进和黄石山学着念道。

"哎，我初中的老师全说方言，哪知道普通话这么多讲究？我得天天练习，不然那些女生又该瞧不起我们了。"欧必进说道。

"班长，我俩天天一块练。"黄石山说。

"加上我一个,我还能用口琴吹普通话。"白川杨凑过来,拿出口琴吹出了"八百标兵奔北坡,炮兵并排北边跑"的调调来,逗得大家一阵笑。

"王超,别一天拿着《青春之歌》看,起来练普通话。"欧必进去床头拉王超。

王超说:"好,我也要练好普通话,让那个贾丹看一看,还有那个林小丽。"

"生活的海洋,只要你浮动,你挣扎,你肯咬紧牙关,那么,总不会把你沉没。"王超拿着《青春之歌》念起来。

"写得真好,是书里的句子吗?"定远听了,放下手中的英语书,过来一把夺过王超手中的《青春之歌》。

"生活的海洋,只要你浮动,你挣扎,你肯咬紧牙关,那么,总不会把你沉没。"定远若有所思地念着。

"拿去看吧,我已经看了好几遍了,我家一远房亲戚送我的。"王超把书递给了定远。

"我也要奏响青春的每一个音符,让青春之歌响彻云霄!"一旁的白川杨凑过来,摆出弓步,做了一个大步向前的姿势。

"我也是!"黄石山也在白川杨身后跟着做,做完两人都哈哈大笑起来。

这时,白川杨突然想起一件事,说道:"喂喂喂,告诉你们一件事,今年9月10日是我国第一个教师节,要隆重庆祝,听说八三级八四级的同学都在紧张地排练节目。我们去看看,怎样?"

"这个主意好!"欧必进附和道,"全都去,全都去!"

"我不去,我要看《青春之歌》。"定远只顾着看书。

"估计他已被女主人公林道静迷住了,我们走。"王超打趣道。

"我也去。"夏浩男已慢慢融进集体,主动说道。

"好吧！我去。"定远也跟了去，他不愿扫同学的兴。

整个校园，一派生机。教学楼，器乐声此起彼伏，一间教室里又传出了《牧羊曲》的笛声。

"等会儿我去向八四级的师兄请教，我也要学会吹笛子。"黄石山认真听着笛声说道。

路过琴房，好多高年级的同学正在练琴，这是小学、初中全没有的景象。

"咪依依——妈啊啊——"有人在边弹边唱。

"嘿，这是唱的什么？"欧必进疑惑地问道。

"我也不知道唱的什么。"白川杨摸摸后脑勺儿。

"这是在练声，听说能把声音练得更好听。"夏浩男说，"我爸妈离婚前，我爸教过我。"

"你学过？"大家向夏浩男投来羡慕的目光。

"行啊，这个都懂。"欧必进碰了夏浩男一下。

夏浩男淡淡地笑了笑。

前面的篮球场上，有人在打篮球，四周围满了人，不时传来喝彩声。他们几个挤了进去。

"怎么男生女生各在一边？不是在比赛呀！"欧必进纳闷道。

旁边一高年级男生回道："这是体育老师在训练校男女球队，教师节那天有县领导来，要展示给他们看。"

男生这边，体育老师在一角扔球，队员依次去接球，然后一个漂亮的三大步上篮，几乎球球命中。每投进一个，周围的同学都喝彩一声，一投一喝，比看打比赛还精彩。

女生这边呢，老师在指导攻防。只见一队员起身一跃准备投篮，防守队员立马跃起挥臂阻挡，而投球的女生却在投球的一刹那手腕一转，巧妙地把球传给了侧方的队友，队友得球后迅速转身投篮命中。

"漂亮！"体育老师不由得叫了一声。大家报以热烈的掌声，定远他们几个也跟着鼓掌。白川杨和欧必进在一旁反复学着那个女生转手腕的动作。

"喂！又是你们！"林小丽和贾丹也在这儿看球，林小丽主动打招呼，她早已忘了上午的不快。贾丹呢，只顾自己看球，跟没看见定远他们几个男生一样。

"哎，林小丽，你们会打篮球吗？"白川杨问道。

"我不会，贾丹会。"林小丽边说边指了指旁边的贾丹，说道，"她初中是校队的。"

"哦！我不会。"白川杨看贾丹那爱理不理的样子，也不敢再问。

"你不是百步穿杨吗？打篮球还不会？"欧必进调侃白川杨道。

旁边的林小丽咯咯地笑起来，贾丹也抿着嘴笑。

"哎，听说那边后花园在排练舞蹈，我们去看看。"黄石山说。

"好呢，好呢，走！"林小丽说着拉起贾丹跟着定远他们这帮男生走了出来。

后花园在教学楼后面，有好几组排练舞蹈的。有一处在排练扇子舞《红梅赞》，一个女生拿着录音机倒好磁带说："好，再把'昂首怒放花万朵，香飘云天外'这一句练一下，相邻两个人的扇子要连接好。"

只见十来个女生围成一圈，面朝外，拿着扇子舞动起来。扇子拼成了一个大大的圈，由前往后逐渐抬高，像一个大大的花环在转动。

"跳得好，跳得好！"欧必进居然一个人鼓掌叫出声来，全场都笑了起来。

"班长,你像是内行似的!"林小丽指着欧必进边笑边说,一点不给他留面子。

"就是,还是别在这儿充内行了哦!"旁边的贾丹挖苦道。

"你这人——"王超看不惯,想打抱不平。

定远拉住王超说:"别和这种人一般见识,人家瞧不起咱们!"

"没事,没事!哈哈,贾丹同学,我确实是外行!"欧必进忙解围道。

"这还差不多,不必客气!"贾丹不屑地说。

几个人一直在后花园看到吃晚饭才离开,中师校园与中小学确实不一样。

五

饿滋味

星期六下午，班上的同学除了定远和王超，其余的都回家去了。定远也想回家，离开家八天了，每天晚上一躺到床上就想家，有好几次还悄悄抹眼泪。看着同学们欢天喜地背着书包回家，定远攥着仅剩的两块一毛钱，差点就跟着欧必进他们去车站了。可一想，回家一趟来回要一块八的车费，够定平在学校半周的午餐费了。何况十块钱被偷了，运动衫和运动裤也没钱买，还要攒钱给母亲买布料，想到这些，只好打消了回家的念头。

同学们走后，整个教室空荡荡的，定远和王超孤零零的坐在位置上。窗外传来笛子声，整个校园显得更加孤寂了。

"定远，我知道你想家，我也想，我陪你。"王超碰了碰定远。

"好，走，我们去练黑板字。"定远起身和王超来到讲台上。

王超学着老师的样儿，站在讲台上，向教室四周环视了一下，说："哎呀，这么大间教室，只有三十几个学生，怪不得我们一讲小话就会被老师逮住。"

"你还说，前两天语基课上我俩出够洋相了。哎，王超，你说我们来读中师，是不是错了？我感觉我什么都不会。"定远边说边用粉笔在黑板上写写画画。

"我没想过这个问题，能来读中师，已经很幸运了。我那两个妹妹小学都没毕业就辍学在家帮家里干活儿了，一想到这儿我就觉得很对不起她们。我很幸运了，幸运得我都想揍自己，为什么让两个妹妹读不了书？"王超说得很激动，说话的语气都变了。

王超边说也边在黑板上写着，就这样，两个人不再说话，各写各的。

定远胡乱地在黑板上写着：普通话、大学、中师、万金油、学高为师，身正为范、英语、英语、青春之歌、青春、大学、牧羊曲、定辉、定平、定兰、黄老师、表舅、大学、āōē……

王超也使劲地写着：揍你、揍你、揍你、青春之歌、林道静、卢嘉川、江华、妹妹、妹妹、妹妹、学高为师、身正为范、万金油、哈哈哈、普通话……

一支粉笔快写完了，王超正要用手指弹出去，突然想起许老师捡粉笔头的情景，忙把粉笔头轻轻放进了盒子里。

"你写的什么？"定远探过头来，边看边念。

王超也跑到定远那边一边看一边念。一读完，两人会意地笑了，互相给了对方一拳。

定远说："我就知道你会写'学高为师，身正为范'八个字。"

王超说："我也知道你会写那八个字，天天都听老师说，耳朵都听出茧子了。"

定远又看了一下黑板，学着班主任许老师的语气说："如果是粉笔字考试，这样的字是及不了格的。"

"快擦了，快擦了。"王超说着，一阵风似的把黑板上的字全部擦掉了，冒起一片粉笔灰，定远挥着手忙往一边躲。

突然，王超把沾满粉笔灰的双手往定远脸上一抹，说："叫你躲，叫你躲，来，吃点粉笔灰，老师就要吃粉笔灰。"

定远成了白花脸，边用手擦脸边追着王超满教室跑。这时，他们似乎忘记了周末的孤独，笑声在整个教室回荡。玩累了，两人互相搭着肩，回到寝室。

洗漱时，定远说："王超，今晚你必须答应我一件事。"

"什么事？你说，我答应你。"王超想都没想就答应了。

"帮我扇蚊帐里的蚊子。"

"嗯？为什么？"

"不为什么。"

"好吧，可没有扇子呀？"王超停下刷牙，说道。

"用衣服扇就行。"定远脱下衣服递给王超，他身上的背心印子还没有消去。

"好呢！"

王超接过衣服，帮定远扇起蚊帐里的蚊子来。定远闭着眼，带着满足躺在床上享受着。

"好了吗？蚊帐里应该没有蚊子了。"王超准备放下蚊帐。

"嗯，这儿还有蚊子在叫，嗡嗡嗡，你听！"定远用手指着帐顶说。

王超又在蚊帐里扇起来。

"哦，好舒服，好舒服，再扇一会儿。"

王超又扇了几下，歪头看了看帐顶，说："这下里面应该没有蚊子了。"

"嗯,还有,还有。"定远还想耍赖。

"呵,你耍我,不给你扇了。"王超扔下衣服说。

"好,不扇了,不扇了。平时在家是我妈给我扇蚊子,想感受一下……"定远没说完,鼻子一酸,说不下去了。爸妈该在院里乘凉吧!定平呢?一定在研究他的星系。姐姐呢?还有定兰呢?他们在干什么呢?哎!在家真好。

王超也躺到了床上,他何尝又不想自己的父母呢?爸爸扎的扫帚卖完了吗?妈妈的风湿病好些了没?两个妹妹在玩抓石子吧,小妹输了一定在哭鼻子。两个人不再说话,各自想着自己的心事。

第二天上午,定远躺在床上看《青春之歌》。王超坐着没事,练习起绕口令来:"粉红墙上画凤凰,红凤凰、粉凤凰,粉红凤凰花凤凰。"

每次念到"粉凤凰",王超都要念成"粉hòng huáng"。

定远忍不住放下书纠正道:"粉凤凰,不是粉hòng凰,你多念几遍粉hòng凰。"

定远也说错了,两人笑做一团。

"哎,你说,我们普通话考试如果不及格咋办?"定远一本正经地问王超。

"还能咋办,补考呗!"

"那多丢人,我的字典里就没有过不及格三个字。"

"那就练呗!"王超说着,又念了起来:"粉凤凰,粉—凤—凰……"

定远又拿起《青春之歌》看了起来。

"在那个年代,林道静一个弱女子居然敢离家出走,真佩服她的胆量。"定远边看边说。

"人家那叫不向命运低头,敢和命运抗争。"王超回道。

"是呀,敢和命运抗争,有几个人能做到呢?"定远说着,合上书,想着心事。

一周下来,定远有很多话想说,突然想给大学毕业已工作的表舅写信。他拿起笔,把自己的苦恼一股脑儿倒了出来。

他在信中写道:表舅,我想读高中考大学,我想学英语,可又不得不来读中师。中师管理很严,要求很高,我有些不适应。表舅,我以后有机会读大学吗……

信写完后,定远和王超来到邮局,花了8分钱买了张邮票,把信寄了出去。这时,已是中午了,肚子早已咕咕叫。看着路边摊桌吃面条的人,他俩口水都快掉下来了。

王超吞了吞口水说:"定远,我们中午不回学校吃饭,就在街上吃面条吧,好久没吃面条了。"

定远摸了摸仅有的两块一毛钱,咬咬牙说:"好,吃二两面条。"

两碗热气腾腾的豌豆面上桌,馋得他俩呼啦呼啦几下就把一碗面吃了个精光,最后的汤也一饮而尽。

碗沿还有半粒豌豆,定远用筷子夹起来放进嘴里一嚼,说:"嗯,豌豆这么好吃,刚才我都没尝出来。"

"吃饱没?"王超压低声音问定远。

定远摸着肚子说:"没有,还饿,要不再来……"

"老板,再来二两,两碗。"没等定远说完,王超转头就对老板喊道。

第二碗面下肚,定远用手抹着嘴说:"啊,太好吃了,这几天来,今天才吃了顿饱饭。"

王超抹着嘴起身问道:"老板,多少钱?"

"一块六,一人八毛。"漂亮的女老板边涂口红边说。

"啥，八毛？"定远和王超脱口而出。

"是呀！这条街面条卖得够便宜了，知道你们中师生钱不多。"女老板解释道。

定远不舍地掏出八毛钱付了账，责怪王超道："都怪你，要吃面。"

"谁说的再来二两？还好意思怪我。"王超也舍不得付钱。

回学校的路上，两人互相埋怨着，都为刚才吃面的冲动后悔。

"好了，好了，晚上我不吃饭，把今天中午多吃的节约回来。"王超说。

"我也不吃。"定远说着，捂了捂肚子。

星期天下午，同学们陆陆续续返校了，寝室热闹起来，整个校园又沸腾了。琴房又传来"咪依依——妈啊啊——"的反复操练声，教室又传出悠扬的笛声，篮球场上一场比赛正激烈地进行着。

晚自习时间到了，没有老师辅导，全凭学生自觉，好几个女生拿着明信片在给老师写教师节贺卡。定远很后悔，忘了给黄老师写信，至少也该买张明信片。

后面黑板上，贾丹正用彩色粉笔写着大大的"教师节快乐"几个字，每个字好像是立体的一样，很醒目。欧必进站在一旁，端着粉笔盒，递着粉笔，不时用手指指这儿该修修，那儿该画画。

贾丹说："我初中是在省重点中学丹丰中学读书，老师教过我们写美术字，你学过吗？"

"什么叫美术字？我没学过。"欧必进摇着头说道。

"所以，班长，你就别在这儿指指点点的。"贾丹说完，把粉笔头一扔，回座位了。

欧必进赶忙从地上捡起粉笔头放进盒子里，不好意思地笑了笑。

这时，班主任许老师面带笑容走了进来，后面紧跟着张校长，还有两个人抬着东西也跟了进来。许老师说道："同学们，停下来一下，张校长来看你们了。"

只听张校长说："同学们，明天就是我国第一个教师节，首先祝同学们教师节快乐！"

同学们你看看我，我看看你，露出惊讶的表情。

"我们也过教师节？"不知谁说了一句。

"是的，第一个教师节，你们就赶上了，祝你们教师节快乐！"张校长又补了一句，同学们这才反应过来，不由自主地鼓起掌来。

张校长示意大家停止鼓掌，接着说道："同学们，从今年开始，我国有了教师节，标志着教师在中国将受到全社会的尊重。在座的每一位同学虽然现在还不是真正意义上的教师，但正在为当一名合格的教师做准备，所以，第一个教师节，也当属于你们。明天，县上的领导还要亲自来看望你们，你们一定要拿出中师生的精神头来，好不好？"

"好！"同学们异口同声地答道，欧必进的声音最响亮。

张校长继续说道："同学们，我知道你们还小，有的同学甚至还躲在被窝里抹眼泪想爹娘。"

大家低着头你看看我，我看看你，抿着嘴不好意思地偷笑。

"但是，我相信你们。在初中，你们是优秀学生，优秀的学生读中师，可塑性很大。三年之后，我们必将还社会一批优秀的人民教师，我们有这个信心！"说到激动处，张校长挥了一下手。同学们坐得笔直，目不转睛地盯着张校长。

张校长继续说道："同学们，明天是第一个教师节，我把我一个月的工资拿出来给我们学校每个同学买了一个面包,我想告诉同学们,只要我们努力!面包会有的,希望会有的!全社会都会尊重我们教师!明天的教师节就是开始!"

"好!"欧必进叫了一声,激动得站起来鼓掌,同学们也跟着站起来使劲鼓掌。经久不息的掌声就是指的这样的时刻。

"好,现在发面包!"张校长带头发起面包来。

他发给定远一个面包,说:"尧定远,平时多吃点,要长个儿。"

定远拿着面包笑了,他开始有点喜欢这个校长了。

到了白川杨那儿,张校长说:"你叫白川杨,嗯,好听的名字!"

"我爷爷说是我爸爸给我取的,百步穿杨,成语,我现在坚持每天背5个成语。"

"哦,不错,贵在坚持!"

"嗯!"白川杨认真地点了点头。

到了欧必进那儿,欧必进双手接过面包,然后轻声在张校长耳边说:"张校长,我以后要当您这样的校长。"

张校长听后连连点头说:"好,好!有志气,我等着。"

定远和王超没吃晚饭,肚子正饿得咕咕叫,看着面包就想吃,又有点舍不得。定远拿着面包左看右看,说道:"原来面包是这个样子,我还是在学英语单词bread时看到书上画的面包,不大一样。"

"我也没吃过面包。"王超说完,咬了一大口。

"喂,王超,你是要bread,还要是dream?"定远一本正经地看着王超问道。

"dream是什么意思?"

"梦想。"

"我会先要bread，再做梦。"王超说完，又咬下一大口面包。

"bread，dream，dream，bread。"定远拿着面包嘀咕着，咬了一口，咀嚼着……

定远心中有个梦想时隐时现，若有若无，似乎一直在萌发，又一直在隐去。只是心中有一股子力量，较着劲儿，道不出来，压不下去，不是个滋味。

六

第一个教师节

9月10日上午,校园一片欢腾,到处都悬挂着"热烈庆祝第一个教师节"的标语。全校师生早早来到校门口,分列两边,夹道等候着,欢迎分管教育的副县长到来。九点一刻,两辆小轿车在校门口停了下来,张校长和几个副校长赶忙迎了上去。

"同学们,县上的丁县长来看望你们,大家欢迎!"张校长示意大家鼓掌。

后排还有八三级、八四级的女生挥着花环,整齐地喊着"欢迎,欢迎,热烈欢迎"。她们满脸笑容,欢迎的"迎"字,后鼻音发得特别标准,因为江老师在语基课上专门纠正过。

丁县长示意大家停下,说:"老师们,同学们,今天是我国第一个教师节,首先祝大家节日快乐!"

全场鼓掌。

丁县长接着说："今年1月21日，第六届全国人大常委会第九次会议同意国务院关于设立教师节的议案，确定每年9月10日为中国的教师节。从今以后，老师们有了自己的节日，这是当老师的荣耀！"

又是一阵掌声。

"今天的鲜花和掌声当属于我们每一位老师，包括即将成为老师的同学们！现在，我提议把花环献给培育老师的老师们！"丁县长说完带头鼓掌。

"好！"张校长激动地鼓着掌，他的掌声特别响。

后排的女生把花环献给了在场的老师，丁县长同他们一一握手问好，好几个老教师激动得热泪盈眶，说教了一辈子书，还是第一次受到这么高的礼遇。

"哪一位是带病坚持上课的江老师？"丁县长转过头问张校长。

"这位是江老师，两年前省城一所大学要他去，他没去，他说这里的中师生更需要他。"张校长向丁县长介绍道。

丁县长握着江老师的手，说："江老师，早听说您的事迹，您就是大家学习的榜样。希望您能保重好身体，和其他老师一道，为我县乡村教育输送更多优秀的教师。"

"谢谢丁县长！"江老师很感动。

丁县长从随从手中接过一束鲜花送给了江老师。接下来，丁县长一行在张校长的陪同下，欣赏八三级、八四级同学的各种才艺展示。

先来到学校礼堂，今天有八三级一班精心准备的一台节目，台下早已坐满了人。

见丁县长和张校长一行入座，大家热烈鼓掌。

舞台上响起了《红梅赞》的音乐，领舞者从伴舞者围成的圆圈中缓缓站起,她围着一条米色围巾,目光坚毅,凝望着远方……

"嗯,这个江姐扮得不错。"丁县长点头称赞着。

"是的,这些孩子入校时什么都不会,经过两年的培养,你看,那举手投足还很有江姐的范儿。"张校长自豪地说。

"编舞也不错,这些孩子很有创意!"丁县长赞不绝口。

"这些舞蹈都是他们自编自排的。一二年级每学期两个班一台节目,三年级每学期每个班都要出一台节目,所以,这个礼堂几乎周周都有演出。"张校长补充道。

"嗯,组织一台节目很锻炼人,乡村学校最需要这样的教师。"丁县长频频点头。

下一个节目,诗朗诵——《我骄傲,我是中师生》,主持人报幕结束,台下又是一阵热烈的掌声。

只见5名同学来到舞台中央,声情并茂地朗诵——

> 两年前,我还是一个懵懂的初中生;
> 两年前,我曾做着科学家的梦;
> 两年前,响应祖国的号召,我成了一名中师生。
> 从此,沐着春风,我们努力向前奔跑,
> 因为中师生的骨子里有一股不服输的力量!
> 是中师,滋养了我的灵魂,
> 是中师,爆发了我的能量。
> 你看——
> 教室里,我们依然是好学的尖子生;
> 操场上,我们不再是过去的书呆子。
> 三笔字、手抄报、普通话,我们样样在行;
> 琴棋书画、吹拉弹唱,我们样样精通;

> 我骄傲，我是中师生。
> 或许，我们这辈子成不了科学家；
> 或许，我们这辈子圆不了大学梦；
> 但是，我，我们——
> 会像一粒粒种子，
> 播撒在祖国最需要的地方，
> 挺起中国基础教育的脊梁。
> 我骄傲，我是中师生！

"好！"丁县长情不自禁地鼓掌叫好，全场报以更加热烈的掌声。

他们真的自豪吗？我怎么一点也自豪不起来？定远杵在那儿，机械地随着大家鼓掌。

"朗诵得真不错，诗也写得好！"丁县长连连举起大拇指。

"诗里所朗诵的就是这些中师生的真实写照，走，我们到内操坝去看看就知道了。"张校长说着，带着丁县长一行人走出礼堂。

内操坝布置了很多书画作品、手工作品、手抄报，还有些同学在现场展示。

来到三笔字展示处，张校长介绍道："这些都是八三级、八四级学生的作品，粉笔字、钢笔字、毛笔字这'三笔字'每学期都要考核打分的。"

丁县长拿起一块写着粉笔字的小黑板说："不错，不错，写好黑板字是一个老师必备的基本功。张校长，你们对学生的培养很对路。"

八五级的新生今天算大开眼界了。龙飞凤舞的草书，清新隽永的小楷，行云流水般的行书，定远和王超站在那儿看得入神。

"我真不敢相信,这些都是八三级、八四级的同学写的。"定远说。

"你看,还有那些画,也是他们画的?"王超也觉得不可思议。

国画、水粉画、水彩画、工笔画、素描画,八五级的新生看都没看过,更别说叫出名字来。

有几个同学拿着画板,正在进行人物速写,定远和王超在一旁看得不肯挪步。

"定远,你们快过来看这些手抄报。"欧必进和黄石山在那边喊。

定远和王超应声过去,一张张手抄报字迹工整,配图简洁,美观大方。

王超不禁问道:"班长,你说我们以后也能像八三级、八四级的同学这么行吗?"

"肯定行,他们行,我们咋不行呢?"欧必进自信地说道。

"我想也是,功夫不负有心人。看了今天这些作品,很庆幸自己读上了中师,要学好多技能呀!"黄石山也感叹道。

"我就感觉我不行,学书本知识还行,这些我一概不会。"定远说。

"谁说的,难道八三级、八四级的同学天生就会,还不是练出来的。"欧必进反驳道。

来到篮球场,丁县长饶有兴致地看着篮球比赛,赞扬道:"这些小伙子球技不错,个个生龙活虎的。张校长,音体美抓得好,乡村小学就需要这样的全才。"

"是的,我们就是要把他们培养成万金油。"张校长说。

"万金油,好,很恰当的比喻嘛!"丁县长笑着说,"还有,劳动教育也不能落下。邓小平同志说,我们的教育要培养德智体美劳全面发展的社会主义'四有'新人，这些孩子得让他们先学会吃苦，以后才能吃得下扎根乡村教育的苦。还有，这些学生的文化课怎样？文化知识和能力培养要齐头并进。"

"文化知识没问题，这些学生都是初中生中的佼佼者，学文化课对他们来说很轻松，能力提升对他们来说难一些。"张校长回答道。

临走时，丁县长拉着张校长的手激动地说："张校长，今天到丹丰师范走一趟，让我吃了定心丸。乡村的孩子正眼巴巴地盼着这些老师，我们的乡村小学教师后继有人啦！我代表县委、县政府感谢您和老师们！"

"我们一定尽最大努力把这些孩子培养成合格的小学教师，请丁县长放心！"张校长郑重承诺。

激动的一天还在延续，晚上，各班开起了庆祝教师节的茶话会。同学们把桌子摆成了U型，桌上摆满了花生、瓜子，大家边吃边聊。

许老师走到中间，带着标志性的微笑说道："同学们，今天是你们，也是我过的第一个教师节，你们一定有许多话要说，这样吧，大家自由发言，想说什么就说什么，然后有才艺的同学再展示才艺，这就是茶话会，不要拘束，大家自由发挥。"

大家你看着我，我看着你，都不敢先站起来发言。

王超小声在定远耳边说道："我还以为茶话会是边喝茶边说话呢！"

"我还以为茶话会就是为你这个插话大王开的呢！"定远边说边捂住王超的嘴，王超忙捂住自己的嘴不再说话。

欧必进只好带头站起来说道："同学们，我先来说几句，今天我很震撼，感觉高年级的同学有十八般武艺，可我自己还一样都没有，但我有信心在三年后和他们一样出色。"

"班长说得好!"林小丽向欧必进竖了个大拇指,贾丹听了却满不在乎地把头转向一边,一副不屑一顾的样子。

不知黄石山哪来的勇气,也站了起来,有些激动地说:"同学们,对我这样一个农村孩子来说,能读上中师,跳出农门太不容易了,我会珍惜这个难得的学习机会。"

又是一阵掌声。

这时,平时不苟言笑的夏浩男居然也站了起来,念道:"走进你,才发现你的美,明月装饰着你的梦,你装饰着别人的梦!"

"哇,诗人!"女生们尖叫起来。

"是'明月装饰了你的窗子,你装饰了别人的梦'!"又是贾丹,爱较劲儿的贾丹。

"这叫化用诗句,好不好?"白川杨解围道。

"他们在说什么?我咋听不懂?"定远小声问王超。

"我也不懂。"欧必进也凑了过来。

"他们在说一首诗,好像是卞之琳的《断章》,我初中的语文老师朗诵过这首诗。"王超低语道。

"哦!"欧必进似懂非懂地点点头。

"这样吧!欢迎贾丹同学朗诵一首现代诗《断章》。"白川杨起哄道。

"朗诵就朗诵!"贾丹毫不示弱地站起来清了清嗓子,朗诵道:

断　章

卞之琳

你站在桥上看风景,看风景的人在楼上看你。

明月装饰了你的窗子,你装饰了别人的梦。

刚一朗诵完,不知哪个男生叫了一声"才女",好像是欧必进，"才女"两个字还没说完，就被捂了回去。全班同学笑了起来，贾丹得意地扬了扬头，笑了。定远第一次觉得贾丹还是漂亮的，甚至有点可爱，至少心中对她没有了讨厌。

"白川杨，该你表演了！"贾丹不会饶过白川杨。

"我会吹口琴，只不过要三年之后才吹给大家听。"白川杨说着，调皮地把头转向一边，悄悄做着鬼脸。

这时，黄石山又站起来说道："我来吹《牧羊曲》，这周回去我找初中老师才学的，吹得还不熟。"

笛声一响，大家安静下来，黄石山认真地吹着，尽管有的地方还不连贯，同学们却陶醉着跟唱了起来——

"日出嵩山坳，晨钟惊飞鸟，林间小溪水潺潺，坡上青青草，野果香山花俏，狗儿跳羊儿跑，举起鞭儿轻轻摇，小曲满山飘满山飘……"

这时，只见林小丽伴着音乐，踏着小碎步来到教室中间跳起舞来。同学们忘情地边唱边挥手舞节拍。

"莫道女儿娇，无瑕有奇巧，冬去春来十六载，黄花正年少。腰身壮胆气豪，常练武勤操劳；耕田放牧打豺狼，风雨一肩挑一肩挑。"

几个调皮的男生学着林小丽的样子舞动着手臂，欧必进站起来做出打豺狼的姿势。白川杨呢，呆呆地看着林小丽。夏浩男双手托着下巴坐在那儿，似听非听。贾丹跟着音乐摇晃着脑袋，她唱的声音最大。只有定远坐在那儿，眼里闪着泪花儿。

王超转过头来问道："怎么啦？想家了吗？"

不知怎么的，一听到"冬去春来十六载，黄花正年少"这句，定远就想流泪，王超拍了拍定远的肩，自己的眼圈也红了，或许只有王超最懂定远。

这时，许老师走到教室中间清了清嗓子，同学们这才想起班主任在这儿。

许老师说:"同学们,今天的茶话会,我一直在旁边看着你们,被你们的一言一行、一颦一笑感动着。我看到了你们的激情,也看到了你们的才华。我甚至在想,你们才十五六岁,黄花正年少,让你们来读中师是不是屈才了,但是,同学们,你们是金子,在哪儿都能发光。中师三年,常练武勤操劳,风雨我们一肩挑!"

"对,风雨一肩挑!"欧必进带着同学们激动地鼓掌,为许老师,也为他们自己鼓掌。

风雨一肩挑。回到寝室,定远把这句话工工整整地写进了日记本里。他不再想他的大学,他要为一家人挑起风雨。

教师节后,定远明显感觉自己的心静下来了一些,一天有很多事想做。中师生活紧张而忙碌,早上六点起床,做广播体操、跑步,然后是早自习,上午四节课,下午两节课,晚上还有两节晚自习,与中学作息时间差不多。不同的是下午第二节课后,有一节课的课外活动时间,同学们可以根据自己的兴趣爱好报不同的兴趣活动小组,每个兴趣活动小组都有专门的老师辅导。还有一点不同的是作业少,晚自习一节课就够了,另一节晚自习同学们就安排做自己喜欢做的事。

定远一口气报了两个兴趣小组,一个是诗歌朗诵兴趣小组,辅导老师是江老师。教师节那天才知道江老师的事迹,他很感动,也为自己那天在江老师课上的无知感到羞愧。另一个是毛笔书法兴趣小组,他希望能像高年级的同学一样写一手漂亮字。

每天下午第二节课后,全年级各班的同学都被打乱了,分别进到不同的班级参加兴趣活动。星期四下午,定远参加了毛笔书法培训班。辅导老师介绍道,横要平,竖要直,撇有锋,捺有脚,辅导老师示范着,写出的字跟字帖上的字差不多。

定远看了看自己的字，发现自己的字难看，原来竖是斜着的，于是一笔一画认真地纠正起来。如何起锋，怎样收笔，他都认真临摹着。

辅导老师走到定远跟前，纠正了一下定远的握笔姿势，又看了看定远写的字，说："只要用心练，每个人都能写出一手好字来，不能死练，死练出来的字是死的，没有灵气。"

定远颇以为然，使劲点了点头。

一连几天，定远爱上了练字，周末也基本在练字中度过，练字让他的心平静了许多。只是练字时，由于过于投入，写撇时下嘴皮跟着向左咧，写捺时下嘴皮跟着向右咧。王超发现了这个秘密，说定远写字是用心用嘴用手一起发力，定远也不在意，照样认真练。有时一写就是一两个小时，弄得满手满脸都是墨，成了黑花脸。别人笑他脸花了，他也不理会，照样咧着嘴写字，好几次被前面几个女生偷笑议论，他也装作没听见，教师节那天看到的那些字就是他的目标。

七

告发风波

新的一周开始了，班会课上，许老师说国庆节要到了，要求每位同学办一张以"庆国庆"为主题的手抄报。许老师的话一说完，同学们都发出唏嘘声，纷纷说不会。

"没有哪一个人天生会做某件事，你们要学会把说'我不会'改成'我可以学'，我相信你们会办出一张令你们自己满意的手抄报，因为我了解你们，你们骨子里都有不服输的劲儿。"许老师鼓劲道。

"这倒是事实，班里的每个同学，哪个初中时不是班里的佼佼者呢？"王超讲小话的老毛病又犯了。

定远用手肘碰了碰王超，示意他别说话。

"王超，你在说什么？"又被许老师逮住了。

"我说我能行。"王超机灵地站起来答道，然后坐下来低头和定远相视一笑。

许老师又说道:"还有一件事,同学们,为庆祝国庆节,9月27日晚上,全校要举办一台大型文艺晚会,每个班至少出一个节目,还要评比。同学们想一想,我们班出什么节目?"

大家议论着,都说在初中连舞台都没上过,更别说表演节目了。这时,贾丹站了起来说道:"许老师,表演《牧羊曲》怎样?黄石山吹笛子,林小丽伴舞。最后几句我们全班在台下合唱,形式一定很新颖,这样我们全班同学都参加了。"

贾丹一说完,大家都拍手说好。欧必进向贾丹投来赞许的目光,贾丹回头向他得意地笑了一下,自信地扬了扬头。

"我可以吹口琴伴奏。"白川杨自告奋勇站起来。

"你会吗?"欧必进拉了一把白川杨,想叫他坐下。

"许老师刚才不是说了吗,要把说'我不会'改成'我可以学'。"白川杨故意提高音量。

许老师听后欣慰地说道:"好样的,白川杨。你们抓紧准备,欧必进和贾丹负责节目排练,至于怎么编排就是你们的事,你们也可以去听听音乐老师的意见。"

下课了,欧必进把几个参加节目的同学叫到一起,商量节目准备的事情。

欧必进说:"本周之内,每个人把自己负责表演的内容练熟,特别是白川杨,口琴得抓紧练。黄石山的笛子也还不是很熟,周末全都不回家,在校排练节目。"

"没问题,保证完成任务。"黄石山拍了拍胸脯。

"你呢?"欧必进戳了一下白川杨的胸膛。

"班长大人请放心,我一定会练熟的。"白川杨也拍着胸脯说道。

"《牧羊曲》是电影《少林寺》的插曲,我看过电影《少林寺》，我们这个节目能不能加点武术动作进去？"贾丹鬼点子最多。

"这个主意好！可是我们不会武术呀！"欧必进说。

"又来了，许老师咋说的？"白川杨说道。

"我们可以学——"贾丹、林小丽、黄石山、白川杨异口同声地说道，把"学"字拖得老长。

"那好，先定表演武术的人！"欧必进说道。

"我！"贾丹第一个举手。

"你？哪有女生学这个的！"这回是欧必进露出不屑的神情。

"你小瞧人，我初中可是校篮球队的，学起来不会比你们差。何况《少林寺》中的女主角白无瑕都会功夫。"贾丹反驳道。

"好！算你一个，也算我一个。嗯，想起来了，找夏浩男，他也看过电影《少林寺》。"

欧必进去把夏浩男找了来，夏浩男一听，也来劲儿了，说："我家还有《少林寺》的连环画，今天下午我回去拿来学。"

"太好了，夏浩男。"贾丹居然跳起来，搂住了夏浩男的脖子，夏浩男连忙后退。

"真是个假小子！"欧必进伸手过来把贾丹的手拉开。

贾丹说三个人少了，还得找个小个子男生，可以让小个子站到欧必进的腿上。

"尧—定—远！"贾丹和欧必进几乎同时想到尧定远，异口同声说道。

"耶！"两人高兴地击了一下掌，前段时间的不快早已不见了踪影。

欧必进拉来尧定远，尧定远一听连连摆手说："我从来不会武术，我初中连体育课都没上过几节。"

"许老师咋说的？"贾丹装作生气的样子。

"我们可以学呀！"这次是欧必进来说这话了。

"那好吧！我试试。你们负责教我，没学会我可不上场。"定远说。

"行，没问题。"贾丹满是自信。

下午，大家开始分头行动。黄石山和白川杨坐在一起练习吹曲子。夏浩男回家拿来连环画，同欧必进、贾丹、尧定远四人挤到一块学动作，一个说选这个，一个又说选那个，都不大满意。

贾丹累得坐到地上说："不行，感觉是杂乱的，连不起来，我觉得还是去找找音乐老师。"

几个人又一同去找音乐老师，音乐老师听了他们的创意说很不错，建议他们表演时用灯光制造剪影，以剪影的形式呈现更有一种朦胧美，更契合整首曲子的美。

"什么叫剪影？"四人都发出疑问。

"是这样的，你看——"音乐老师拿出手电筒和一张纸，用手指比画着给他们解释剪影的原理。

大家都觉得确实这样很美，至于武术动作，音乐老师叫他们去找会武术的体育老师。四个人又一起去找体育老师。

体育老师见是几个新生年级的学生，说道："嗯，才进校，对参加活动这么积极，不错不错。我负责教你们武术，关键是动作要和音乐协调、呼应。"

体育老师哼着歌认真教起来，四个人一招一式照着比画。

体育老师说："有没有不恐高的，我教你们两个难度大点的动作。"

"老师，我不恐高，我在家堆草堆，两三米高我都不怕。"定远鼓起勇气说道。

"好，依个子，也只有你合适。"体育老师叫欧必进蹲下，定远踩到他的肩上慢慢站起来。

欧必进缓慢站起来，站不稳，差点把定远摔了下来。

"算了吧，危险。"体育老师说。

"不，老师，我们行。"欧必进说着又回过头来问定远，"你说呢？尧定远。"

"我们能行。"尧定远犹豫了一下，也说道。

"那你们下去多练习，夏浩男在旁边护着，站稳后，定远做几个猴拳动作，然后跳下来，跳下来时注意屈膝，不能伤了腿。"体育老师边示范边说。

"还有，你们会做侧空翻吗？可以连续几个侧空翻出场。"体育老师又提议道。

"我们会，小时候经常和小朋友玩侧空翻。"欧必进说。

"我也会。"贾丹凑过来说道。

"我在家也经常玩这个。"定远也说道。

"我不会。"夏浩男拉了拉欧必进。

"学呀！"欧必进答道。

经体育老师的一番指点，动作有了初步眉目。

从体育老师那里出来，欧必进感叹："中师的老师就是不一样，这位体育老师没上我们班的课，同样这么热心，佩服佩服。"

夏浩男也点了点头。

贾丹接话道："就是，我们也要像少林寺的武僧一样，夏练三伏，冬练三九，先分别练，周末不回家，集中编排。"

"好好好，按贾导说的办。"欧必进赔笑道。

只有四天各自练习的时间，大家都在抓紧准备。

一有空，黄石山和白川杨就跑去向高年级的师兄认真请教。下午课外兴趣小组活动后，他们会到后花园反复练习，一个音一个音的校正。晚上回到寝室，他们还要抓紧练习。经过几天的认真准备，他们吹得不算很好，但也已经很熟练，很默契了。

林小丽初中就是学校的舞蹈苗子，很快就把完整的舞蹈编排出来。欧必进、尧定远、夏浩男、贾丹每天中午、下午都会到操场练习,每次侧空翻进场,他们玩得最嗨。

定远站在欧必进肩上的猴拳动作一直做不好,欧必进吃力地扛着他,气急了眼,说道:"你平时爬过树吗?在树上都干过什么?"

"哦,我知道该怎么做了。"定远像一下被电触了一样,全身灵活起来。他想起了自己在家堆草堆时的动作,还想起了爬树看星星的场景,几个动作一连贯,活像一只猴儿。夏浩男和贾丹连连说好,王超也在一旁给他鼓掌。

星期六晚上,排练节目的几个同学全部留了下来,王超也留下来帮忙跑腿。他们早早来到礼堂抢占舞台排练。

贾丹说:"我们先听听黄石山和白川杨的笛子口琴合奏,再一句一句配舞蹈和我们的武术动作。"

经过几天的苦练,黄石山和白川杨早已胸有成竹,他俩站在舞台的一侧吹奏起来,不时还有眼神交流。一曲终了,从来看不起人的贾丹冲了过去,给了两人一人一拳,说:"行啊!我佩服你们。"

黄石山高兴地回了一句:"那是,我们可请教了很多人。"

"好,现在乐曲、舞蹈、武术一句句练习,配合到位。黄石山和白川杨就站在台前三分之一处吧,这样不会遮住我们表演。"贾丹指挥着。

一句一句配合,一句一句纠正动作、反复练习,排一遍就花了近两个小时,但大家兴致很浓。欧必进和夏浩男还从连环画上学了"铁砂掌",蹲马步、憋内气、出拳收拳,"嘿哈"两声,直窜屋顶。

"王超,你就负责看哪个动作不到位,哪个位置偏台,告诉我们,我们从头到尾拉练一遍。"在舞台上指挥,永远是贾丹的份,欧必进他们只有乖乖听话。

一遍拉练完,王超一个人在台下鼓起掌来。

"怎么样,怎么样?"欧必进明知故问。

"非常好,太棒了,我都想上台来表演了。"王超回道。

大家一听,更来劲儿了,夏浩男说:"我们在表演时要拿出中华男儿的豪气来!贾丹也要拿出巾帼英雄的霸气!"

"她本来就自带霸气。"欧必进说。

"那是!"贾丹回道,"倒是尧定远,还得拿出风雨一肩挑的劲儿来。"

"行,没问题。"定远接了一句,大家都愣愣地看了定远一眼,自信满满的定远让大家有些刮目相看。

欧必进说:"尧定远,这是开学至今我听到你说出的最好听的话。"

定远笑了笑,说:"我找到一点儿感觉了。"

"好了,都快十点钟了,今天就练到这儿,明天接着练。"欧必进说道。

回寝室的路上,大家打开了话匣子。

白川杨走到林小丽身边说:"林小丽,我觉得你的舞跳得太好了,特别是'莫道女儿娇'那句的动作,很美。"

"是呀,我们班的舞蹈仙子非她莫属了。"贾丹插了一句。

"其实,黄石山和你吹得也不错。白川杨,你哪天教我吹口琴。"林小丽说道。

"好呀,好呀,我教你。"白川杨求之不得。

"黄石山,你教我吹笛子,我想学吹笛子。"定远对黄石山说道。

"那没问题,笛子不难,哪天我教你。"黄石山兴奋地说。

星期天,他们又苦练了一天,对参加比赛信心满满。

星期一下午,大家约好了再到礼堂排练,左等右等,就是等不来黄石山。欧必进和尧定远只好分头到教室和寝室去找。

欧必进一到教室门口,见同学们都站在走廊上,神色凝重。这时定远也从寝室跑来,告诉欧必进,说黄石山寝室的东西全搬走了。一打听,才知道黄石山已经走了,说是被人告发了,告他岁数超过了18岁,不能读中师。

"什么时候走的?"欧必进一下急了。

"才走,刚出后校门。"一同学说道。

"走,去追。"欧必进和尧定远追了出去。

远远的,他们看到黄石山的背影,背着铺盖卷,斜挂着书包,一手拿着笛子,一手拿着箢箕扁担,夕阳把他的背影拉得很长。

定远大声喊道:"黄石山,黄石山——"

黄石山听到喊声,没回头,一直憋着的眼泪唰地挂了出来:别了,我的中师;别了,我的同学;别了,我的笛子;别了……黄石山的肩在不停地抽搐。

欧必进和定远喘着粗气追上黄石山,欧必进一把拦住他,急道:"黄石山,你怎么着也该跟我们说一声呀!"

看着黄石山伤心的样子,定远碰了一下欧必进,示意他别再指责。

黄石山抬起泪汪汪的眼睛,委屈地说道:"我没有超岁数,是我爸当年到公社登记户口时给我填错了一年。"

"没事,黄石山,去读高中,考大学。"定远安慰道。

"我就想读中师,我家没有钱让我读高中,我家几个嫂子也不会让我读高中。"黄石山说着,眼泪又滚了出来。

一时,定远也不知道说什么好。

"来,我们送你一程。你家那么远,现在没车怎么回去?"欧必进说道。

"有月亮,我自己走路回去,你们别送。"

黄石山转身走了,他拿出笛子吹了起来:"日出嵩山坳,晨钟惊飞鸟……"

一滴泪,顺着笛子滑落……

欧必进和尧定远站在那儿,望着黄石山的背影,眼里也是泪。

突然,黄石山转身回来,把笛子递给定远说:"尧定远,你不是想学笛子吗?给,笛子送给你,我不需要了,也不能教你了,你一定好好练,以后吹给我听。"

黄石山说完,苦笑了一下,转身走了。

"你一定要读高中,考大学,一定要!"定远接过笛子,望着黄石山的背影,哭喊道。

欧必进一阵铁砂掌,打得旁边的大树沙沙作响。

定远擦了擦眼泪说:"黄石山是我们寝室最喜欢读中师的一个,怎么偏偏走的是他?我伤心的是我们的命运怎么都不能掌握在自己手里,怎么……"

"别难过了,我们回去吧,命运会掌握在我们手里的。"

回到学校礼堂,大家都听说了黄石山的事,坐在舞台上,排练节目的心情全没了。

晚上,班主任一脸严肃地对同学们说:"同学们,黄石山同学的事我也无能为力。对他来说,好不容易跳出农门,我也很难过。他家里很穷,但是我会想办法让他读高中,请同学们放心。"

教室里有人在抽泣,定远听了许老师的话,心里好受了一点。

还有两天就比赛了,欧必进把几个参加表演的同学叫到一起鼓劲,一定要把国庆节目排练好,为了八五级四班,也为了黄石山。贾丹说现在没有笛子,白川杨的口琴要抓紧练。她还想加点旁白，在前奏时由她亲自朗诵。至于朗诵什么，她说到时就知道了，不肯透露一个字。黄石山的离开好像给同学们打了鸡血，大家排练格外认真。经过两天的反复练习，同学们信心更足。

9月27日晚上，全校不上晚自习，全体师生早早地来到礼堂观看国庆节目。一个个节目都很精彩，八四级那个"蒋大为"唱了一曲《三峡情》，把全场都震住了。

"我觉得他应该当歌唱家。"白川杨听得入神，自言自语地说道。

"是啊，他来读中师可惜了，他该读高中考音乐学院。"夏浩男也感叹道。

"是太可惜了，中师要埋没好多音乐家、美术家呀！"定远补了一句。

"不对，是中师培养了这么多音乐家、美术家。读高中的话，他们的天赋可能都不会被发现。"欧必进纠正道。

"那倒也是。"夏浩男接话道。

该八五级四班的节目上场了，只见白川杨穿着白衬衫、黑裤子、白网鞋，站得笔直，显得格外精神，他最先上场。随着口琴声起，只听贾丹在后台念道："同学们，今天的舞台上，本来还有一位吹笛子的同学，他苦练了很多天，可因为不能继续读中师而无缘今晚的表演。或许此时他正在家里干农活儿，或许他读上高中正坐在教室上晚自习，或许他、或许他正想着我们……今天的《牧羊曲》为他而奏、因他而舞。小曲送给他，让我们风雨一肩挑！"

贾丹声情并茂地朗诵，感动着八五级四班的每一个同学，他们的眼里都噙着泪花。台下，响起了掌声，台上的同学表演得更认真。从第二段开始，全班同学站起来，手拉着手，随节奏挥舞着手唱了起来："冬去春来十六载，黄花正年少。腰身壮，胆气豪，常练武，勤操劳，耕田放牧，打豺狼，风雨一肩挑，一肩挑……"

不知什么时候，许老师也和同学们一起拉着手忘情地歌唱。表演完毕，全场响起了长时间的掌声。今晚，定远表演特别卖力，风雨一肩挑，风雨一肩挑，这句话一直萦绕在他的耳旁，他希望把这股力量传递给不知此时在干啥的黄石山。

公布成绩的时间到了，只听主持人念道："一等奖《三峡情》《牧羊曲》。"

八五级四班的全体同学欢呼起来。

欧必进代表班级上去领奖，张校长拿过主持人的话筒说道："八五级四班表演的《牧羊曲》形式新颖，是花了苦功夫的，关键这里边饱含了对同学的真情，这是最难能可贵的，也是最让我感动的。祝贺他们！"

台下又是一阵掌声。

同学们围着许老师，许老师高兴得合不拢嘴，说："我就知道你们行！同学们，这是你们进中师的第一个节目，你们自己编排，自己找老师指导，自己苦练，你们变'我不会'为'我可以学'，变'我不敢'为'我能行'，这个过程，你们在成长，你们打败了自己心中的豺狼，这比得奖更让我高兴。孩子们，我看好你们！"

八五级四班的同学怎么也没想到会得一等奖。演出结束后，回到寝室，大家迟迟不肯洗去脸上的妆。定远坐在床头，拿出黄石山送给他的笛子默念道："黄石山，我们得了第一名，你还好吗？你一定要读高中，一定要读高中。"

欧必进拿着小圆镜，一边照镜子一边洋洋自得地对大家说："你们看，我老欧也这么帅！不，叫仪表堂堂。"

"就你臭美，你怎么不说你是天下第一美男子呢？"白川杨最喜欢跟他抬杠。

"去去去，嫉妒！"

大家一阵笑。

欧必进爱美是大家公认的，就连平时，他也是天天洗头，走起路来，每一根头发精神抖擞，没有一根会发蔫的。

突然，欧必进有一个想法，他想照张照片留下自己的帅照，于是神秘兮兮地关上寝室门，小声对大家说道："喂，同学们，走，去照相！"

"好！"

没想到，欧必进一提议，大家都叫好，就连定远也没反对。白川杨正要洗脸，才把香皂拿上，刚要往脸上抹，一听欧必进的提议，忙放下香皂说，差点都洗了，幸好，幸好！夏浩男正在阳台刷牙，一听说要去照相，"咕嘟咕嘟"三五下漱了口就进寝室来。王超也被拉上了，说他排练服务有功。

几个人关上寝室门，做贼似的溜出男生院，偷偷摸摸出了校门，一路小跑到了县城唯一的相馆——丹丰相馆。没想到相馆挤满了人，全是丹丰师范的学生，确切地说全是丹丰师范八五级的新生。

欧必进一进门就在人群中看到了贾丹和林小丽，忙挤过去欣喜地说道："嘿！你们在呀，我来时还想去叫上你们呢！"

"我们早来了，也想叫你们，晚上又不敢进男生院。"林小丽说道。

"这怪班长，晚会一结束就该一起来的。"贾丹责怪道。

"是是是！我们一起照相怎样？留个纪念。"欧必进赔笑道。

"好！就选中间那幅最大的画做背景。"林小丽欢呼起来，指着那幅背景画说道。

那幅画上有棵古树，树下是一片金黄色的叶子，远处还有湖泊、雪山，非常壮观。大家一致认为那幅画最漂亮，忙挤了过去，嘻嘻哈哈照了一张合影。欧必进还特地拿着一把油纸扇照了一张单人照。

照完相，大家担心校门关了，几个人又一路往学校飞跑。贾丹和林小丽在后面跟不上，几个男生跑一阵等一阵，催她们快一点，不然被逮住了会被扣操行分。

到了校门口，校门早关了。情急之下，欧必进小声说道："爬，女生先踩男生肩膀上。"

一声令下，来不及犹豫。欧必进蹲下，白川杨把林小丽扶到欧必进肩上，正要翻校门，只听不远处"哼哼"两声，大家怔住了。这声音他们太熟悉了，是张校长，守株待兔把他们逮了个正着。林小丽慌忙跳了下来，差点摔倒，幸好白川杨一把扶住了。门卫拿着手电筒打开了校门。

"你们，哪儿去了？"张校长走过来问道，明显很生气。

"照相。"

"照相——"

"照——相。"

……

每个人怯怯地回答。

"谁的主意？"

"我！"贾丹和欧必进同时说道。

"究竟是谁？"张校长分明更生气了。

"我！"欧必进用手拉了贾丹一下，抢着回答道。

"为什么要去照相？"张校长追问。

"留个纪念！"欧必进低声回道。

大家等着张校长训斥，可等了两分钟，张校长一直不说话。每个人脸上的妆不知什么时候也弄花了，一个个狼狈不堪，低着头大气不敢出,刚才出去照相的高兴劲儿全没了。要在日常,借他们十个胆儿也不敢翻校门,今天真是高兴过头了,心里不免一阵自责。

"看看你们的脸,都花成什么了?"张校长用手指着每个人的脸说道,语气缓和了些。

大家偷偷你看看我,我看看你,全是花脸,都忍不住笑了起来。

"还笑!快回寝室,小声点!"张校长也笑起来了。

大家一听,撒腿就跑。

张校长一把拉住欧必进说道:"欧必进,以后有晚会提醒我安排老师免费照相。"

"好,张校长!您是好校长!"

"别贫,快回寝室!"

这一夜,注定无眠。

八

欲说还休

9月28日，上完课要放三天国庆假。早上一起床，大家归心似箭，都忙着收拾东西，因为三天假的第一天还是中秋节。定远已经一个月没回家了，他太想回到温馨的家了。

"带点什么东西回家呢？"定远寻思着，摸摸口袋里的钱，不行，要积攒下来给母亲买布料。

来到食堂，看到热气腾腾的馒头，定远有了主意，就买馒头回去，爸妈没吃过馒头，定平定兰也没有吃过馒头。他把剩下的馒头票全部拿出来，买了6个馒头，自己一个也舍不得吃。

那天，他饿了一上午。

课间时分，白川杨从外边跑进来，举着一封信喊道："尧定远，你的信。"

定远忙接过来，一看是表舅回的信，迫不及待撕开读起来：

"定远表侄，我知道你是读书的苗子，不读高中确实可惜了。如果你确定想读高中，表舅可以支持你每学期的学费，但每周的生活费还得你爸妈给你凑，我能力有限，只能帮你这些了。你家里的情况我也知道，你得和你爸妈好好商量。读中师能减轻家里负担，读高中能圆你的大学梦，不留人生遗憾……"

不留人生遗憾，不留人生遗憾！一上午，六个字反复在定远的脑海里打转儿。

前段时间忙着排练节目，读高中考大学的念头似乎已淡忘了。表舅这封回信，让定远心里的大学梦又"突突突"地冒了出来。如果表舅能支持自己学费，生活费可以背粮食到食堂换饭票，自己也可以少吃点。定远的心又被激活了，这周回家，一定给爸妈说这事儿，不留人生遗憾！不留人生遗憾！不行，得把行李带回去，一定要说服爸妈，定远下定了决心。

中午，定远回到寝室，把所有的行李收拾好。他看了一眼黄石山送给他的笛子，放进了木箱里。至于篼篼，到时写信送给夏浩男。

下午放学后，定远一口气跑到客车站，好不容易才等到客车上了车。回到家时，天快黑了。见定远回来了，定平定兰围了上来，定辉也从里屋出来，接过定远手中的木箱，打了声招呼，又进屋学习去了。

这时，父母干活回来了，见了定远格外高兴。母亲一见定远就说他瘦了，心疼地问是不是学校吃不饱。定远接过母亲肩上的锄头，说吃得饱，每顿都有三两米的。

母亲掸了掸身上的泥土，忙吩咐泡糯米，明早打糍粑。

"我去泡糯米，你陪远儿说说话。"父亲应道。

"远儿，走，我们去厨房炒南瓜子，边炒边给我说说你在学校的事，学校好不好？都吃的啥？老师和同学待你怎样？"母亲一连发了好几个问，一边说一边拿出一大包南瓜子来。

定远和定平并排坐着烧火，定兰则站在灶台边看母亲炒南瓜子。炒到半熟，母亲把半碗盐水倒进锅里，锅里"嗤"的一声，顿时一片白，再翻炒了几下，香气扑了出来。母亲铲了半铲放到灶台上，定平定兰立即抓着吃起来。

"给，哥，这是天下最好吃的东西，香得不得了。"定兰抓起一把递给定远。

母亲说："定平定兰少吃点，给你哥多留点带到学校去分给同学吃，在学校要多交朋友。"

"定兰，还有你没吃过的好东西。"定远想起买的馒头，起身到堂屋把木箱提到厨房，拿出了馒头。

"定远，你怎么把木箱提回来了？"母亲问道。

"我，我想——"定远想说读高中的事，可看到一大家子这么高兴，不忍心，便说道，"用木箱装，馒头不会压坏。"

"这就是馒头呀？美术书上画得有。"定兰好奇地拿起一个馒头。

"你怎么花那个闲钱？"母亲责备道。

"不是花钱买的，是用馒头票在学校食堂换的，我的馒头票吃不完。"定远解释道。

"你呀，自己不多吃点，你看，一个月下来，瘦啦！"父亲在一旁也心疼地说道。

"我能吃饱。爸、妈，你们不知道，昨天晚上学校举行国庆节晚会，我们班的节目得了第一名，我还上台表演武术呢！"

"行呀，哥，一会儿教教我和定兰。"定平立马说道。

"你看，我说嘛，定远有能耐呢！叫你不操心，你还不信，天天晚上在那儿睡不着觉瞎琢磨。"父亲对母亲说道。

"我放心，我放心了！"母亲高兴起来。

母亲把馒头蒸好，一家人，围着桌子吃起来，刚好一人一个馒头。

定兰说："哥，我还是第一次吃馒头，太好吃了。"

"吃吧，我的给你，我不饿。"定远怜惜地看着妹妹，把馒头递了过去。

"定兰，像你哥那样努力读书，跳出农门就可以天天吃馒头啦！"母亲用筷子头敲了一下定兰的手，不许定远把馒头给她，定兰只好缩回了手。

"哥，馒头太好吃了，我也要考中师。"定兰舔着手指上的馒头渣说。

"你们不读中师！"定远突然抬高音量说道。

母亲怔了一下，笑容收了起来。想了想，起身捧来一捧蚕茧，说："远儿，你不用担心家里，这一季养的蚕又能卖好些钱哩！你看！"

母亲太了解定远了，她知道定远是个孝顺孩子，反复叮嘱定远在学校不许节约，要吃饱；下次不许买馒头回家，家里有粮食。

母亲捧蚕茧的手上，有许多黑黑的裂口。看着那双手，定远心里特别不是滋味，应了一声："知道了，妈。"

第二天早上，一家人高兴地围在一起吃着糍粑，算是过了中秋节。

母亲叫定远一会儿把糍粑给黄老师送点去，说人要学会报恩，没有黄老师就没有他的今天。还说前几天碰到黄老师抓药，师娘又病了，他家日子越来越难了。

吃完早饭，定远拿着糍粑到黄老师家去了。一进门，见黄老师正在熬药，师母躺在床上，不停地咳嗽。几个孩子，大的蓬头垢面在给小的梳头，一家人还没吃早饭。

见定远来了，黄老师高兴得很，说："我就估摸着国庆节你会回家，怎么样？中师生活还习惯吧？学了很多东西吧？"

"嗯。"定远应了一声，招呼黄老师的几个孩子过来吃糍粑。

"走，我们出去说。"黄老师见定远不回他的话，知道他心里一定有事。

"怎么了，闷闷不乐的样子？"黄老师问道。

定远迟疑了一下，说："黄老师，这一个月我在试着忘掉读高中考大学的事，可我表舅一来信，我又想读高中了。他说他可以帮我交学费，我以后工作了还他，可我回家就不知道怎样向爸妈开口。"

"哎，也罢，读高中，我也支持你。像我，当个老师，一家人都养不活，不如在家干农活还多打点粮食，还可多搞点副业。"黄老师摇头道。

黄老师突然想起了什么，又说道："王大明读上高中了，我可没少给他爸妈做思想工作。"

"太好了，黄老师，我——"

定远还想说，可见黄老师一副愁眉苦脸的样子，又不忍心再说下去。

"好好回家和你爸妈商量，估计他们那一关不好说。"黄老师说着，又进屋熬起药来。

告别了黄老师，定远失落地回到家。一家人正坐在院子摘蚕茧，见定远回来，母亲问道："你师娘好了没？"

"没有，黄老师一家人过得很苦，他家中秋节糍粑也没打，幸好我带了点过去。"定远说道。

"哎！黄老师以前教书是为了抵队上的工分，现在那点工资少得很，不够一家子开销，你师娘身体又不好，哎！"母亲摇头叹道。

"就是，这个老师真没当头。"定远说着也坐了下来。

母亲抬头望了定远一眼，好一会儿才说："今天把蚕茧摘完，明天一早我和你爸背到双龙场去卖，听说那边一斤贵8分钱。"

"双龙场太远了，来回有40里路！"定远不赞同。

"没事，天不亮就去，打火把去。"父亲说道。

"定辉定平每周都要生活费，开学学费还是找你大伯借的，得赶快卖了还上，多卖一分是一分。"母亲一边快速摘着蚕茧一边说。

父亲正用竹篾扎蚕蔟，身上的白背心烂得只剩几股线连着。母亲呢，总是穿着件打满补丁的衣服。养了一辈子的蚕，自己却没有件像样的衣服，刚才在路上想好的话又被吞了下去。

那一晚，定远睁着眼，一宿没睡。

第二天早上，天还没亮，就听见父母起床的声音。定远也起床来，说："妈，我和爸去卖蚕茧，你在家歇着。"

"不行，卖蚕茧还得嘴甜，那些收蚕茧的人要评蚕茧的等级，你一个小孩子家，不会卖。"母亲一边再次打理蚕茧一边说。

父母各背了一大背蚕茧，拿着火把出发了。村里的狗被惊醒，叫了起来，远处的狗也跟着叫起来。

定远开门跟了出去，看着黑暗中被拉长的背影，还是忍不住喊道："爸、妈，我想……"

"啥？"母亲停下来，转过身问道。

看着父母被一大背蚕茧压弯的腰，"读高中"三个字到了嘴边却怎么也说不出口。

"啥事？远儿。"母亲有些不放心。

"没事，妈，你们到了先吃饭，不要饿着。"

定远说完，眼泪再也包不住了，滚豆似的直往下掉。他坐在门口，望着渐渐远去的佝偻的背影和隐去的火星，想大哭一场，为父母的辛劳哭,也为自己的大学梦哭。他知道,自己再也说不出退学读高中的事了。

国庆节后,定远背着铺盖卷,提着木箱回到了学校。晚上,定远把母亲炒的南瓜子分给寝室的每一个同学。大家也纷纷把回家带来的红薯干、炒玉米拿出来吃。

欧必进伸出手说:"我们寝室的五个人,不,是六个人,还有黄石山,我们要做一辈子的好同学、好朋友。"

"对,有福同享,有难同当。"白川杨伸出手叠在欧必进手上。

"好,同居一室,终生为友!"王超也伸出手。

"我思想抛锚时,你们拉拉我!"夏浩男也把手放了上来。

"我也要打败心中的豺狼,当一个踏踏实实的中师生!"定远伸出双手,五个人的手紧紧地握在了一起。

"我也是,做踏踏实实的中师生。"夏浩男激动地补了一句。国庆节回家,他也经历了痛苦地退学抉择,是母亲的眼泪把他逼回学校的。

"不!要做优秀的中师生。"欧必进补道。

第二天一早,寝室的同学早早起床洗漱后,开始了一天的第一件事——打扫寝室。铺盖叠好,洗脸帕挂整齐,牙膏牙刷倾斜角度一致,鞋子摆成一条直线。这是宿管老师的要求,他每天要检查打分。一屋不扫何以扫天下,张校长常说这句话,宿管老师就把这句话挂在嘴边。

欧必进边拖地边说:"同学们,就冲张校长那天原谅我们翻校门,我们也要争取评文明寝室,绝不拖后腿。"

大家一致赞成,王超说还差点什么,建议把"同居一室,终生为友"写出来贴在墙上,这八个字是他在书上看到的,很喜欢。

"好主意，可是我们的大字写得还不行。"白川杨说道。

"这样，毕业时，谁的字好就写出来送给大家。"欧必进说道。

"同意！同意！"白川杨附和着。

定远和夏浩男各自摆着牙膏牙刷和洗脸帕没说话，国庆节差点退学的他们，毕业似乎还遥遥无期。

九

师者

　　星期三上午第一节课是几何课，老师是一位快退休的老教师，姓鲁。只见他拿出粉笔，不用直尺和三角板，随手画了一个立柱体，像是从黑板上立起来的一样。

　　"哇！太神了。"同学们张大了嘴巴，啧啧赞叹。

　　鲁老师温和地说道："同学们，板书是一个老师的基本功，在板书前心中要想好，不要边写边擦，更不要用手去擦。你看，这个立柱体，在画之前已经在我心中了，这叫胸有成竹。当然，这是花苦功夫练出来的。只要你们肯花苦功夫，你们也行！"

　　同学们对鲁老师佩服得五体投地，他的声音不大，但有一股魔力，能吸引学生的注意力。下课后，同学们都围着讲台，七嘴八舌地问鲁老师板书功夫练了多长时间。

　　鲁老师笑道："教了多少年书，就练了多少年，每一次板书就是一次练习。"

定远对王超说："中师的老师个个都身怀绝技，我们要学的太多了。"

"是呀，我要向鲁老师学习，单板书就让学生不得不佩服。"王超说道。

接下来是历史课，历史老师是才从师范大学毕业的新老师，微卷的头发，一等一的帅。他没带课本，也不翻教案，讲起课来眉飞色舞、口若悬河，讲着讲着就讲到课外去了。讲到长征，一口气说出长征途中开的几十个会议，同学们像在听相声，又像在听评书。下课铃声响了，大家还想听，要他继续讲。他把手一拍，说了句"铃声如军令，且听下回分解"，然后，提着教案本昂首而去。

午休之后，下午第二节课是生物课，大家早就盼着生物老师了。生物老师姓廖，才出来工作两年，年轻帅气有活力，一点没有老师架子，同学们都很喜欢他。

廖老师早早来到教室，叫同学们到公园去上生物课，那里动植物多。一听说到公园，同学们欢呼起来，因为绝大多数同学还没去过公园。公园离学校只有十分钟的路程，到了公园，廖老师边走边给同学们介绍公园里奇奇怪怪的植物。

"这是抠痒树，轻轻一摸，它的枝叶就会摇。"廖老师说完，同学们就争先恐后摸起来。

"其实，抠痒树有个美丽的学名叫紫薇树，属千屈菜科……"廖老师继续讲着，同学们既新奇，又好奇。

"同学们，你们看，这棵大树的叶子像什么？"廖老师又指着旁边一棵大树问。

"像羊蹄，我家喂得有羊。"王超抢答道。

"对，这棵树就叫羊蹄甲。"廖老师说。

定远低声对欧必进说:"公园的树真稀奇,这些名字我都没听说过。"

"是呀,不走出来,我们这些农村娃就是真正的井底蛙了!"欧必进很是感慨。

此时,王超暗暗发誓,工作了一定要把两个妹妹带到公园来摸摸抠痒树;定远却想的是工作了一定要把父母带到公园来玩,让他们过一下城里人的生活。

廖老师又带着同学们往动物区走,边走边说:"同学们,我们去看那边的孔雀,运气好的话,会碰到孔雀开屏。"

"呵,有孔雀,还是童话故事里听说过。"大家欢呼起来,加快了脚步。

"快看,孔雀!"走在前边的同学已经看到了孔雀。

同学们兴奋得很,三步并作两步跑了过去,一共有四只孔雀,其中有一只正开着屏,阳光下熠熠生辉。

"骄傲的孔雀,我们比比美吧!"风趣的贾丹高声说。

全班同学笑了起来。

廖老师也笑了,说道:"那是小学学过的童话,用来教育你们不要骄傲的。同学们,你们说开屏的孔雀是雄性的还是雌性的?"

"雌性的,雌的漂亮。"白川杨脱口而出。

又是一阵笑。

"不对,动物中多数是雄性比雌性漂亮。所以开屏的孔雀是雄性的。"廖老师纠正道。

"啊!原来是爱炫美的孔雀男!"贾丹吐了吐舌头。

其他男生听后忍着笑,你看看我,我看看你,不说话。

"呵,孔雀男,路易十四和拿破仑才算。"廖老师饶有兴致地介绍说。

"什么什么？"大家听不懂。

"路易十四发明了高跟鞋，拿破仑总系着精致的丝巾，世界历史上有介绍，你们自己去图书室看吧！"廖老师解释道。

又一个让大家佩服得五体投地的老师，生物老师居然也精通历史。

"那男生穿喇叭裤算不算？"不知谁调皮地说了一句，大家哄笑起来。因为廖老师正穿着一条深红色喇叭裤，走起路来像踩着风火轮。

"回去了，回去了，一节课快到了！"廖老师不正面回答，挥了挥手，也笑了。

王超偷偷对定远说："班长也算孔雀男，最臭美。"

"呵呵呵，说的是。你讲小话的毛病在户外也没改。"定远也笑道。

大家从来没有在教室外上过生物课，感觉中师老师的教学方法与小学和初中老师的教学方法完全不同，从公园回学校的路上，同学们还在兴奋中。

回到学校后，同学们又赶紧到兴趣小组参加课外活动。练字、画画、学乐器，各得其乐，充实而忙碌。

星期四上午第三节课，在音乐室有一节音乐课。音乐老师是一位年轻漂亮的女老师。一进教室，大家就追着问老师教什么歌。她问同学们会不会识简谱，全班同学除了白川杨，全都摇头说不会。

音乐老师皱了皱眉头，说："同学们，音乐课不是只教歌，你们将来是要当小学老师的，可能一个班的所有课都由你一人上，所以你们得学会识简谱，学会打节奏、击节拍，以后还要学五线谱。"

什么节奏、节拍，什么简谱、五线谱，同学们一头雾水。音

乐老师在黑板上画出××|×××|××|××|×××|的节奏，先教同学们击节奏，学习区分4分音符和8分音符。

同学们坐在矮凳上，用右手学着老师的样儿在膝盖上边敲节奏边念："打打|打打打|打打|打打|打打打|……"

什么4分音符、8分音符，对这些音乐基础基本为零的学生来说，学音乐比学文化课难多了。听着同学们念"打打打"的声音，天生爱笑的林小丽和贾丹捂着嘴在偷笑。欧必进在后排看到音乐老师在盯她们，用脚踢了踢贾丹的凳子。贾丹忙碰了碰林小丽，乖乖地跟着节奏念起来。

"打打|打打打|……"

一段学完，音乐老师欣慰地说："同学们，专注的神情是中师生的注脚，学得挺快，不错。"

受到表扬的同学们像小学生一样，满心欢喜。下课后，欧必进拉着白川杨缠着音乐老师不肯走。自从第一次看到吉他后，欧必进就心心念念想学吉他，音乐老师告诉他，八四级二班有个同学吉他弹得很好，叫他自己去请教。从此，教室外的走廊上，经常会看到欧必进跟几个高年级的同学一起练习弹吉他。自从学了节奏节拍，同学们有时走路都在拍着大腿练，开会也偷偷敲着膝盖练。

在师范，定远最不喜欢上的是体育课，不为别的，就为自己没有运动衫运动裤。因为钱被偷了，一直没钱买。体育老师要求穿运动服运动鞋上课，定远只能穿秋衣秋裤和解放鞋上课。秋衣灰得发白，衣领有几个洞，秋裤是绿色的，裤脚绽开了一个口子，就这还是表舅穿旧了给他的。站在队伍中，一个人格外显眼，定远总感觉不自在。体育老师好像时刻盯着他，一会儿说穿绿裤子的同学出来示范一下，一会儿说穿绿裤子的同学走成同边手了。体育老师每次这么说，同学们都会笑。同学们一笑，他就更会错，脸像红果子，连走路都不会了。这或许也是国庆节定远想退学的原因之一吧！幸好女生不一起上体育课，定远最怕女生嘻嘻嘻地嘲笑。听说教女生的体育老师就特别和蔼，课前还教女生跳芭蕾舞、练形体操，女生们像着了魔一样，平常走路都在偷偷练"天鹅颈"，贾丹也会练。最得要领的当数林小丽，脖子又细又长，似乎一下长高了许多。她一进教室，男生的目光就像被磁铁吸住了一样，随着她转。白川杨几次发呆到欧必进用书晃他的眼睛，才不好意思地回过神来。

国庆节返校那天，定远发现床上有一套崭新的蓝色运动装，是夏浩男偷偷送给他的。夏浩男不让他声张，定远既感激，又难为情，要也不是，不要也不是。夏浩男好说歹说，定远才接受了。可是体育课上，体育老师还是老叫他穿绿裤子的，同学们笑得更欢了。下课后，夏浩男找体育老师说了什么，体育老师就再也没有叫定远穿绿裤子的了。就这事，定远一直记得夏浩男的好。

深秋，县城公园里的菊花开得正艳，美术老师带同学们到公园写生。每个同学拿着一块层板做的简易画板、几张画纸和笔，欢呼雀跃地跟了去。对大家来说，是第一次听说"写生"这个词，当然也是第一次写生。

公园的菊花园叫"千秋不败园"，里面各色各形的菊花，让这群农村娃目不暇接。美术老师介绍着，这种叫天鹅舞，有天鹅跳舞的灵动；那种叫羞女，像害羞的女子；边上那种叫白牡丹，像牡丹仙子一样……

"太漂亮了。"同学们赞叹着，欣赏着，不时弯腰闻闻花香。

"同学们，画画之前先构思好，要画出菊花的神韵。"美术老师边说边示范，三五下，一朵灵动的菊花就闪现在画板上了。

菊花园的另一边，八三级一个班的同学也在写生。同学们围了过去，看着他们从容地舞动着画笔，很是羡慕。他们学了两年就能画这么好，太不简单了，同学们纷纷赞叹。

"你们也会的，我们每年都要到公园来写生，开始也什么都不会，慢慢坐下来画，就会了。"八三级一个师兄说道。

同学们也开始寻找自己心仪的菊花画起来，边画边修改，一丝不苟，非常认真。

看着同学们第一次写生的认真劲儿，美术老师一会儿给这个同学修改几笔，一会儿又给那个同学指点一下。他拿起定远画的画，肯定道："嗯，不错，行笔很流畅，关键是抓住了这朵菊花的神韵。"

旁边几个同学围过来，向定远投来羡慕的目光。

写生结束时，美术老师说："同学们，今天是你们第一次写生，所有的作品都交给我保管，毕业时我再还给你们，让你们自己比较三年的变化。"

其他同学都交了作品，定远还在那儿反复琢磨修改，他拿起画看了又看，满意地对在一旁催促的王超和欧必进说："嗯，我开始喜欢上画画了。"

"尧定远，真有你的，学什么都快！"欧必进佩服地说。

"那是，不然怎么成得了万金油？"定远自嘲道。

"尧定远，我觉得你跟刚到校时完全变了，那时不爱说话，现在可开朗多了，我喜欢现在的你。"欧必进一把扶住定远的肩，发自内心地称赞着。

"嗯，我也这么认为。"王超说道。

回校的途中，夏浩男说："估计我毕业时还是画成今天这个样子，我没有画画天赋。"

"错了，天赋也是练出来的。"欧必进纠正道。

"是的，我不相信八三级的那些同学初中会画画，还不是进了中师练的。只是对我们来说，要学的太多了，书本知识还不说，单就普通话、钢笔字、毛笔字、黑板字、简谱、乐器、画画、体育等等，我感觉我每样的基础就是零，都得从头学，我得把一分钟分成两分钟用。"定远说着加快了脚步，王超和欧必进也快步跟上，心中对眼前这个尧定远又多了一分称赞。

十

挣馒头票

  自从黄石山把笛子送给定远之后，定远就告诉自己，一定要吹好笛子，到时吹给黄石山听。经过一段时间的摸索练习，定远已经可以吹奏一些简单的练习曲，伴着音乐，他的心在慢慢平复。

  一天，定远、白川杨、欧必进三人正在教室里反复练习吹奏《故乡的云》，刚在兴头上，一个女生慌慌张张进教室说道："哎哟，告诉你们，林小丽咬断了针尖，送到医院去了。"

  "怎么回事？"白川杨放下口琴问道。

  "林小丽今天中午在寝室缝被子，针拉不过棉絮，就用嘴去咬针，结果针尖断了刺入喉咙，现在正在县医院取。"那个女生说道。

  白川杨一听，急得站起来说道："她年龄最小，你们怎么不帮她呢?"

女生们觉得白川杨这话说得很奇怪,白了他一眼,嘻嘻地笑着走开了。

白川杨已无心练习吹奏,拉起欧必进就要往医院走。这时,许老师进教室来了,后面跟着林小丽和贾丹,林小丽双眼红红的,刚哭过。

林小丽刚坐下,白川杨就探过身来问道:"怎么样,取出来没?"

"去,她现在不能说话,刚取出来。"贾丹阻止白川杨道。

许老师说:"同学们,今天林小丽同学的事大家都知道了,以后大家做什么事都要小心。同时,大家要互相帮助。"

"许老师,我会缝被子,我很小的时候爷爷都教我了,同学们不会缝被子的找我,我乐意帮忙。"白川杨火急火燎地站起来说道。

"好!好!我不会,到时帮我。"贾丹回头说了一句,全班笑了起来。

许老师接着说:"从缝被子这件事上,说明同学们平时劳动还不够。劳动是我们最基本的生存技能,能培养人的坚韧品质。以后你们参加工作了,很多事都需要自己做,很多苦都需要自己吃。"许老师说着,俯下身问林小丽还疼不疼,林小丽摇了摇头。许老师直起身又说道:"同学们,我今天还要告诉大家一件事,今年学校要修综合楼,以后美术课、手工课、实验课、音乐课、书法课都在综合楼上,但是校门口到综合楼有400来米的距离,还要爬几处梯步,经学校领导研究,由全校同学负责挑砖,女生每人至少挑200块砖,男生每人至少挑300块砖。"

"啊!"同学们张大了嘴巴,好多同学在家都没挑过东西。

许老师补充道:"同学们,完成任务后,学校会根据你们挑砖的数量发给你们馒头票,算是劳动报酬,你们可以多挑,这也算勤工俭学。今天下午就开始,学生会有同学在专门计数。"

一听真要挑砖,女生们叽叽喳喳议论开了,都说力气小,其他劳动还行,就是挑不行。

林小丽一听要挑砖,眼泪吧嗒吧嗒往下掉,天鹅颈也耷下了。白川杨见了,忙探起身对林小丽小声说:"别怕,我挑完帮你挑。"

听说挑砖可以换馒头票,定远心里一阵窃喜。当天下午,同学们开始挑砖了。男生一次挑十来块砖,女生一次挑七八块砖,每天挑两趟,至少也要挑十几天才能完成任务。

定远一次挑十二块砖,七十来斤重,平路上挑着还行,三十多步梯步处,定远感到双脚在打颤。他想起了父亲,想起了父亲的话,走过这陡坎,上面就平顺了。他一咬牙,硬着头皮挑上去了才歇气。梯步旁边有一棵柑子树,树干倾斜到了梯步这边。上一周语文老师带他们来观察过,说这棵柑子树叫驼背柑,造型很美,叫他们发挥想象写一篇散文。定远一直想不出一棵驼背柑该怎么写,一个字还没动。呵,驼背柑,自己刚才不就是一棵驼背柑!定远想着,笑了笑。

此时,王超还在梯步中间,他实在坚持不住了,放下箢箢,弓着腰,满脸通红,不停地喘着粗气。定远跑回来要帮他挑上去,他不肯。

定远说:"我再不帮你挑上去,你就成第二棵驼背柑了。"

王超只好把扁担给了定远,定远边挑边说:"驼背柑啦驼背柑,你也是被压歪的吧!"

王超跟在后面,看了看驼背柑,接话道:"被压歪了仍然坚强地活着!"

哈哈!有了,作文有了。两个好朋友几乎同时领悟到了。

096　纽扣花开

夏浩男的箢箕太小，一次只能装七八块砖，背上的背包还背着几块砖。开学时目中无人的他，那股傲气早不见了。这时，欧必进和白川杨挑完一挑已经返回了。贾丹和林小丽才吃力地挑着砖爬梯步。

"喂——"

欧必进刚要打招呼，只听贾丹急道："别说话，我快撑不住了。"

白川杨迅速跑了下去，要帮林小丽挑梯步这一段。一看林小丽居然挑七块砖，就一再告诉林小丽不要挑了，他挑完帮她挑。

"那得哪年哪月，我还是自己慢慢挑吧！梯步这儿帮我挑上去就行，谢谢啦！"林小丽把担子给了白川杨。

欧必进也想帮贾丹挑，可贾丹不让，非要自己挑。

晚上，定远和寝室的几个同学到澡堂洗澡，才发现双肩已经磨破了皮，水浇上去一阵刺痛。

"哎哟，好疼。"王超叫道。

"我知道我爸肩上的肩包是怎么长成的了。没事，长疤就好了。"定远自言自语道。他闭着眼，把水浇到肩上，咬紧牙，没有叫出声。

夏浩男的肩上除了擦破了皮，还有两道书包带的勒痕。定远见了说："明天别背砖了，我挑完了把箢箕借你挑。"

夏浩男边抹香皂边说："我爸专门给我买的小箢箕，以为可以少劳动，自私自利人一个。"夏浩男很少说他家里的事，只要一说，大家都会识趣的不接话。

连续挑了三四天砖，同学们都累得不行，可是任务在那儿，每天生活委员要公布完成的情况，谁都不想落后。第五天，林小丽挑了一挑砖，在爬梯步时实在挑不动了，放下担子歇气，箢箕没放稳，砖散落在梯步上。情急之下，她居然小孩儿般坐在梯步上嘤嘤地哭起来。定远刚好路过,忙帮她捡起砖,问她闪着腰没有。林小丽摇着头,只是哭。

这时,白川杨来了,不由分说夺过扁担,急道:"你别挑了,我的300块砖挑齐了,剩下的砖我帮你挑。你那天鹅颈怎么受得了这罪?"说着,帮林小丽挑走了砖。

"白川杨真是百步穿杨,怎么那么快?"王超不解地问道。

欧必进说:"有动力呀!"说完,神秘地笑了。

晚饭时,同学们排着长队打饭菜。自从挑砖以来,大家都饿得很快,胃口特别好。在打饭菜处,张校长正在教训食堂师傅,这个的饭打少了,那个的菜不够。

"哎!你打肉时为什么勺子要抖一下呢?"张校长又在指责师傅。

定远低声对身边的夏浩男说:"夏浩男,我发现一个规律,只要张校长在的那个打饭窗口,排的队特别长,因为师傅打的饭菜准少不了。"

"我也发现了。我初中三年在县中学,吃饭时从没见过校长进食堂。"夏浩男说道。

欧必进探过头来说:"你们在说张校长吧,他真是个好校长,我以后要是能当校长,就要当他这样的校长。"

王超回过头说道:"这已经是你的口头禅了,班长!先把饭吃饱了再说吧!"

接下来的两三周,定远坚持天天下午去挑两趟砖,他给自己定的目标是挑500块砖。他想多挣点馒头票,到时给一家人多换点馒头回去吃。还有,他想把被小偷偷去的钱挣回来,攒下来给母亲买块布料,给父亲买件背心,还要挣点馒头票给夏浩男,不能欠别人的人情。想到这些,他顾不上擦额上的汗。爬梯步时,双脚还是打颤,他硬是咬牙挺着,从不在梯步歇气。

"风雨一肩挑,风雨一肩挑……"每走一步,他都默念着这句话。

王超见了,劝定远说:"定远,你也别太逞强了,够了。你比驼背柑还驼背了!"

"没事,我的腰力、腿力比以前好了,练好了回家还能帮我父亲一把,关键能多挣点馒头票,值!"定远喘着粗气说。

"我算佩服你的毅力了。"王超看着定远挑着砖一步一步走远,驼背柑一文的主人公有了。

一天,定远同寝室的几个同学从澡堂出来,贾丹和林小丽追了上来,林小丽手里提着一大袋豌豆油钱(一种民间枣食,用豌豆、糯米为原料,油炸或烘烤而成,口味清香,口感酥脆。南方一些地方至今还有卖的)。

"来,你们一人一块,谢谢你们帮我捡砖挑砖。"林小丽把豌豆油钱递给了白川杨。

"女生就爱吃零食。"欧必进打趣着抓了一块吃起来。

贾丹反驳道:"哼,我们这叫助人为乐。你们看到成天在寝室门前卖豌豆油钱那个大娘了吗?她的两个孩子都在读大学,她就靠卖豌豆油钱给孩子凑学费。"

正说着,那个大娘端着豌豆油钱过来了,眼巴巴望着定远他们,嘴里不停地喊着:"豌豆油钱,买豌豆油钱——"

大娘个子很矮,皮肤很黑,嘴唇乌青,穿着件打满补丁的蓝布衣服。一时间,定远感觉那个妇女很像自己的母亲,特别是衣服上的补丁,很是扎心。

定远想到母亲,想起了挑砖得的馒头票,把白川杨拉到一边问道:"白川杨,挑砖发的馒头票,你要吗?我卖给你。"

"我有,林小丽给我的。"白川杨低声说,"你找夏浩男,他每个月都在买馒头票。哎,你怎么还卖馒头票?男生的馒头票都不够吃。"

定远笑了笑没回答。说到夏浩男，定远回寝室偷偷将50张馒头票放到他的枕头底下，算是对他的感激。晚自习下后，夏浩男发现了，心领神会，也不声张，他知道定远自尊心很强，也没有推辞。

接下来的日子，定远把学习安排得更满了。练字、学笛子、自学英语，天天坚持，充实的学习生活让定远感到些许满足。

一天，体育课结束时，老师说要补选校篮球队队员，同学们都很兴奋。个子高的欧必进、白川杨、夏浩男报了名。定远前几次看到高年级的同学打篮球，很是羡慕，他也想报名，可一想到自己的身高又不好意思报名。

"还有人吗？进校队训练很苦，但学校会补助一点馒头票。"体育老师说。

"我报名。"体育老师话一落，定远就大声说道。

"你？"体育老师看着定远的小个子打趣道，"绿裤子，哦，不，尧定远，你是冲着打篮球还是冲着馒头票呀？"

"都是。我要练成万金油！"定远高声答道。

同学们很是吃惊，日常的尧定远不苟言笑，今天哪来的胆量？何况他的个子根本不是打篮球的料。

"老师，我短跑速度快，长跑耐力好，不信，可以马上测一下。"定远坚持道。

"不用测，我早注意到你小子身体素质好了，就凭你的这份热情，我先同意，不过先不能给你馒头票，等训练一段时间再说，不行的话还是要被淘汰的。"

"没问题。"只要跟馒头票有关，定远的勇气就会冒出来，按都按不住。

这样，定远进了校篮球队，练习运球、传球、投球，他比谁都认真。每次训练完,他总是央求欧必进和白川杨陪着一起多练习一会儿。

一天下午训练完,体育老师对定远说:"尧定远,同意你正式加入校篮球队,快到队长那儿领补助的馒头票。"

"太好啦,谢谢老师!"

"真像只猴子,灵活得很,是块打篮球的料!"看着定远跑远的身影,体育老师称赞道。

十一

大学梦

　　转眼间，两学年快到了，校园里传来爆炸性新闻，八四级的"蒋大为"保送到省音乐学院读大学啦！为此，学校专门开了一个大会，张校长亲自把录取通知书发给了那个"蒋大为"，全校同学不由自主地鼓起掌来，是祝贺更是羡慕。早听说"蒋大为"是他母亲五十岁时生的，一出生母亲就大出血死了。一个农村娃，一个没妈的孩子，有蒋大为般的歌喉，着实让人羡慕嫉妒得牙痒痒的。不过，定远却是多次在琴房碰到过他，一个人永远不知疲倦地在那儿练风琴，练"咪依依——妈啊啊——"。

　　只听张校长说，同学们，只要你足够优秀，你的光芒是遮不住的！

　　掌声再次响起。

　　掌声刚落，张校长又兴奋地说："同学们，我还要告诉你们一个好消息,今年成绩特别优秀的同学有机会留到县城教书,只要你是金子,就一定会被看见!"

"哇!"同学们欢呼起来,掌声更加响亮。

从那以后,定远心中记住了张校长的那句话,只要你是金子,就一定会被看见!

回到寝室,定远拿出日记本,把这句话工工整整写了三遍,写着写着,他仿佛听到张校长宣布自己保送读大学,同学们正在给自己使劲鼓掌。他摇了摇头,笑了笑。一定要争取保送读大学,一定要实现自己的大学梦!一定要!一定要!他又拿起笔连续写了三个"一定要"。没想到读中师同样可以读大学,这个消息着实让定远兴奋得几天睡不着觉。

定远成绩一直很好,他下定决心要加倍学习文化知识,发展特长,保证每学期综合成绩都稳居年级前茅。王超呢,与定远一样,学习也很刻苦,只要一想到两个妹妹,他就会拼了命地学习。两人成绩不相上下,包揽了年级一二名。大家都说两人是"双剑合璧",打遍年级无敌手,让其他班的同学望而生畏。

周末到了,夏浩男说:"这周我们一起去看录像怎样,据说有一部武打片很好看。"

"好好好,劳逸结合,我要去。"欧必进说道。

"我也要去,不过我是同林小丽和贾丹去看录像,琼瑶的《问斜阳》。"白川杨说道。

"你俩呢,合璧双剑?"欧必进看着定远和王超问道。

定远和王超你看看我,我看看你,都没有去的意思。

定远说:"我要去琴房练琴,穿指法和跨指法我还不熟练。"

王超说:"我也不去,我要去……"

"要去练毛笔字,对吧?"欧必进抢着说道,"穿了连裆裤,就知道你俩都不会去。好,我们走了,不能辜负大好时光,该学学,该玩玩,两不误,走啦!"

欧必进、夏浩男、白川杨三人去看录像了,留下定远和王超两人利用周末狠钻自己的弱项。确实,班上再也找不出比他俩更努力的人了。

五一节,定远回了一趟家。一回家,定平就哭丧着脸说:"哥,爸妈非让我考中师不可,班主任老师也天天叫我报中师,可我问了表舅,中师没有天文学专业,我就想读高中考大学,以后读天文学专业。"

"没事,我来做爸妈的工作。"定远安慰定平道。

吃晚饭时,定远又把带回的馒头分给了每一个人,这是他省吃俭用省下来的,他知道家里的粮食又快接不上了。

"妈,这学期学校的馒头更好吃了,您尝尝,爸也吃一个。"定远分着馒头。

父亲咬了一大口馒头,说道:"嗯,这馒头好吃。定平,你看,读中师能填饱肚子。"

"爸,我不读中师,我要读高中考大学。"定平回了一句,也咬了一大口馒头,一副桀骜不驯的样子。

"读中师哪点不好?不要学费,不要生活费,还能学很多本事。你看你哥,会吹笛子、会画画,春节还会写对联。今年全村的春联都是他写的,村里哪个不夸他?读高中能学什么?"父亲放下馒头,有些生气地说道。

"读高中能考大学。"定平提高音量顶了一句,又使劲咬了一口馒头,眼泪掉了下来。

"定平!"定远吼了定平一声,他不允许定平顶撞父亲,转头温和地对父亲说道:"爸,我们得尊重定平的想法。"

"尊重了来全家饿肚子?你去看看,米缸已经见底啦!一个农村娃,能读书就不错啦!"

"他爸!"母亲喝道,打断了父亲的话。

父亲把剩下的馒头扔进碗里,生气地端起一碗稀饭喝了一口。

"爸,我想好了,高考后我报师范院校,我喜欢当老师,读大学不花家里的钱。"乖巧的定辉忙说道,一边劝定平不哭。

"你们是不当家不知柴米贵,这一两年你们几个娃读书,家里一年比一年吃紧,幸好定远去读了中师,不然家里更没办法。你看周围邻居家,好多都盖一楼一底的楼房啦,我们家呢,土墙裂口比扁担都宽!"

"他爸!"母亲示意父亲别再埋怨。

"爸,你放心,明年我就毕业了,我负责供定平定兰读大学。"定远说道,似乎忘了心中的大学梦。

"你那点钱,教书能有几个钱?"父亲没好气地说道。

"那你怎么还叫我读中师?我不读书了!"定平扔下一句话跑了出去。

"你反了,你哥能读,你咋就不能读?"

"他爸!"

"反了他了,不读倒好,省得花钱。"父亲生气地把筷子一扔,说道,"他班主任也说了,读中师是铁饭碗,能端上最好先端上,他倒好,死活不听。"

定辉定兰跑出去追定平去了。

"爸,你也别生气,定平从小喜欢天文,他想读高中考大学,你就遂了他的心愿吧,不然他会后悔一辈子的。"定远望着父亲说道。

"你当年不也想读高中,不是也照样……"父亲还想说,母亲急得在一旁使劲拉他的衣袖。他转头看到定远伤感的样子,不再说话。

"爸，你放心，我再苦也要支持定平定兰读大学。"

"远儿，不是，你爸是说——哎！"母亲不知怎么安慰定远，叹了一口气，到厨房去了。

"好吧，我也管不了了。"父亲扔下一句话出去了。

定远站起来，看着春节贴在墙上的书法作品，默默念道：

> 伏波惟愿裹尸还，定远何须生入关。
> 莫遣只轮归海窟，仍留一箭射天山。

这是唐代诗人李益的边塞诗《塞下曲》，因为里边有定远两个字，定远格外喜欢。人生或许就是不断地选择吧，尧定远呀，尧定远，你一定要记住今天的承诺，再苦也要支持定平定兰读大学。定远在心里反复叮嘱自己，眼里不再有泪，两年的中师生活让他更加坚强。他知道，就算学校有保送名额，自己也无缘了。父亲说得对，一个农村娃，能读书就不错了！

十二

见习实习

第五学期开始了，许老师宣布了一条消息，本学期要到乡小学实习两个月，为了顺利实习，前两个月每天到师范附小见习，晚上试讲。

"耶！要实习啦！"同学们欢呼起来。

"看来同学们早想上讲台了，但是一上讲台，你们就得担起神圣的职责，所以前两个月的见习、试讲很重要。这相当于天鹅飞上天之前要助跑，只有用力助跑才能飞向蓝天。"许老师强调道。

接下来的日子，同学们到师范附小见习，就是学习老师怎么上课。白天听课，帮指导老师批改作业。晚上，回到学校试讲。同学们分成四个小组，分在教室四个角落，大家开始学着备课、试讲。

"同学们,我建议每个小组每名同学一次讲20分钟,其余的同学要指出优点和不足,这样才能有进步。"欧必进走到讲台上说道。

"好,班长就是班长,将来一定是当校长的料。"王超和定远耳语道,他们最佩服欧必进的组织能力。

教室里,四个角落,四块小黑板,大家认真地边讲边写着板书,有时也会为一个问题,争得面红耳赤。

轮到定远了,第一次当着同学们的面讲课,他有些拘谨,深呼吸两口,全组同学一笑,就放松了。只听定远说:"同学们,我们今天学习《完璧归赵》。"

当定远在小黑板上写下"完璧归赵"四个字时,同学们都发出惊呼声。

林小丽说:"尧定远,你的黑板字写得太好了,什么时候练的?"

"林小丽同学,请注意听课,请你把这个故事复述一下。"定远严肃地说道。

林小丽只好站起来复述课文,其他同学低着头偷笑。

"同学们,严肃一点,有谁能找出'璧'字的形近字?请举手。"

欧必进、贾丹乖乖地举起了手。

"欧必进,你说,哪些字和这个'璧'字相近?"

"墙壁的壁,臂膀的臂。"

定远回过头写着。

"老师,你这样背过去板书不能随时关注学生的纪律,得侧着点身子写。"贾丹站起来说道。

"嗯,贾丹同学说得有道理。"定远说着把身子侧了过来。

许老师在一旁看着定远他们这一组的认真劲儿,点头笑了。

轮到王超讲数学了,只见王超在小黑板上随手画了一个直角三角形,像用直尺画的一样,大家又是一阵惊呼。

白川杨问道:"王超,你什么时候练就的功夫?"

"请叫我王老师。"王超也故作严肃。

林小丽忙拉了拉白川杨,示意他这是在试讲。

经过两个月的见习、试讲,同学们进步很大。

11月开始,全班同学到一个偏远的乡小学实习两个月。大家都很兴奋,巴不得马上走上讲台。可到了学校之后,乡小学的校长还是安排他们听了一周的课。大家每天坐在教室后面听课,一周下来,听课笔记和听课心得都写了一大本。

一周之后,同学们就要踏上真正的讲台,面对真正的学生。课前,大家都备了详案,反复试讲。

寝室里,欧必进刚试讲完《我的战友邱少云》,着急地问定远和王超修改意见,问教育学讲的"祖父心口痛"口诀自己用得是不是到位。

王超说:"饶了我们吧,都听三遍了,没问题啦!"

定远建议道:"范读课文时再带点激情,把孩子们带入那个场景就更好了。"

定远接过书,示范了一下:"排炮过后,敌人竟使用了燃烧弹,我们附近的荒草着火了。火苗子呼呼地蔓延,烧得枯黄的茅草毕毕剥剥地响……"

欧必进听了,连连赞叹,"尧定远,你什么时候练的?朗读得真好。"

"就是每周课外兴趣小组练的,我不是报有诗词朗诵班吗?江老师手把手教的,这两年来很有收获。"定远自豪地说道。

"中师就是好,把我们一个个什么都不会的毛头小子全训练成真正的'万金油'了。"欧必进感叹道。

"嗯，第一次听许老师说中师生是万金油，心里还不是滋味，现在倒觉得挺自豪的。"定远感慨道。

"我很佩服你，学什么都很用心。走，我们去听白川杨上音乐课，听说他一节音乐课就备了18页纸。"欧必进合上教案提议道。

课堂上，白川杨像个大孩子，拉着手风琴，边弹边唱："我心爱的小马车呀，你就是太顽皮……"

然后他拿出口琴吹起来，把孩子们的注意力全吸引住了。他把学生叫起来，跟在他后面，一起欢快地跳着唱着："滴答滴，滴答滴，滴答滴答滴，不达目的不休息呀，不休息……"

这时，下课铃声响了，孩子们缠着老师还想唱。无疑这堂课是成功的，所有听课的老师和同学都站起来为他鼓掌。

"这一届中师生真不错，真不错！"一个听课的女教师不停地赞叹。

"是呀，我们这些乡小学就需要这样年轻有活力的老师。"一个老教师也说道。

定远实习的是五年级一班的数学，两个月下来，班上成绩进步很大，有几个以前数学不及格的学生居然能考及格了，指导老师很高兴，说："小尧老师，不错，你最大的优点是善于思考，总能站在学生的角度改变教学方法，这一点值得我学习。前途无量，小伙子！"

得到指导老师的肯定，定远无比开心，因为自己找到了上课的自信。

两个月的实习结束了，临别时，学生们拉着实习老师的手不让离开。白川杨身边围满了学生，他正在给学生们吹《送别》：

长亭外，古道边，芳草碧连天

晚风拂柳笛声残，夕阳山外山……

有几个孩子在一旁偷偷抹眼泪，舍不得老师离开。他们说，实习老师从来不批评他们，这两个月他们最快乐。同学们不停地劝孩子们不要哭，自己却哭了，林小丽哭得最伤心。

五一班的学生送给定远一个笔记本。定远呢，给每个学生制作了一张树叶书签，每张树叶书签上都写了一句寄语。孩子们拿着书签，笑得特别灿烂。

看着这一切，定远很感动。返程的车上，定远对同座的欧必进说："这次实习，让我开始喜欢教师这个职业，这或许才是实习的最大收获吧！"

"是呀，第一次感受到了当教师的幸福，我一定要当个好老师。"

"你会的！"定远用肩碰了碰欧必进。

十三

青春萌动

　　1987年寒假,定远特别忙,因为下学期一开学就要举办个人书画展。定远是班上推出的3个举办个人书画展的学生之一,他得拿出像样的作品。就一个"舞"字,他用废报纸练了几百遍,直到那个"舞"字灵动得像个真正的舞者,他才满意了。

　　母亲正在院坝纳鞋底,一只母鸡带着一群小鸡在一旁觅食。定远一看,来了灵感,挥动着画笔,一组动态人物速写就画出来了,只是母亲棉衣上的那个大补丁很扎眼。

　　定兰过来看到定远画的画,惊讶地说:"哥,原来你还是个画家呀!"

　　"我算什么画家?中师生什么都得学。"

　　"哥,我觉得你跟初中时完全变了个人,现在什么都会,中师学的东西真多。"定兰拿着画欣赏着。

"那是，我们可是万金油。"

"什么是万金油？"定兰好奇地歪着头问道。

"就是什么都得学，什么都得懂点儿。"

"哥，我也想读中师。"

"定兰，哥有钱了让你读高中考大学，像姐那样，大学生活才叫丰富，不信你问姐。还有，像表舅那样读大学后留在大城市生活，到时把爸妈也接进城去过城里人的生活。"

"嗯，听哥的。"定兰崇拜地看着定远答道。

新学期开始了，八五级的书画展在内操坝举行，这回轮到八六级、八七级的师弟师妹羡慕了。

书画展里有一张一年级时第一次写生画的菊花，是美术老师专门发下来的，现在看来，那时的笔法太稚嫩了。

班上的几个同学也围过来欣赏，林小丽说："我最喜欢这个'舞'字，看得我都想舞起来。"说着，她做了一个手臂舞动的动作。

"我倒最喜欢这幅小楷，李益的《塞下曲》，因为里面有'定远'两个字，我能感受到定远是用心来写的这幅字。"王超欣赏着《塞下曲》说道。

定远轻声对王超说："你是钟子期。"

"嗯，你就是俞伯牙。"王超回道。

"不敢自称俞伯牙！"定远说道。他最喜欢自己给母亲画的速写，母亲没照过相，看到儿子画的自己，逢人便夸。只要母亲高兴，定远就高兴。

欧必进说："我倒最喜欢一年级时画的菊花，因为它是我们两年多来进步的见证。"

"我就知道你会这么说，看问题永远那么乐观，这是我最欣赏你的地方，班长。"定远说道。

"不然怎么叫欧必进,是不是?"贾丹在一旁笑道。

八六级、八七级的一群女生围了过来,不停地赞叹着。有一个女生双手放到膝盖上,弓着腰,注视《塞下曲》足足十分钟,还不时用手比画,一笔一画临摹。定远仿佛看到了自己刚进校时的样子。

书画展的最后一天,发生了一件怪事,定远那幅《塞下曲》不知被谁偷走了。

夏浩男说:"怎么会有这么低素质的中师生?得报告学校查一下。"

"对,查一下。"白川杨说道。

"算了吧,一幅字,我再写一幅就是。"定远说道。

"就是,孔乙己不是说了吗,偷书都不算偷,何况是一幅字呢?作品被人偷,是对作品主人最大的认可。"欧必进说道。

"就是,算了。"尽管自己很花了一番功夫才写出的作品被人偷了,但心里被认可的感觉还是喜滋滋的。

可是不知怎么的,这件事还是被张校长知道了。星期六课间操时,全体集会不做操,张校长一脸严肃,当着全校同学的面,狠狠批评了偷字的人。什么学高为师身正为范,什么一个人的品行比能力更重要,什么言传身教为人师表,什么临渊羡鱼不如退而结网,等等,从没见过张校长这么生气。一年级时,欧必进带着同学们翻校门也不见张校长这么生气。欧必进怎么也想不通,这么点小事会惹得全校同学集体挨训,一幅字又不值钱。

"这不是值不值钱的问题,这是品行问题!"张校长还在生气。

欧必进吃了一惊,张校长怎么知道自己在想什么,忙吐了吐舌头。

定远很不好意思,区区一幅字,害得全校同学挨批评。早知道这样，自己不声张，偷偷写了拿去补上。

第二天中午，定远一个人在走廊修笛膜，白川杨给定远带了一封信回来。信封上有邮票、邮戳，没有寄信人的地址姓名，只有神秘的"内详"两个字。

白川杨看了看信，问道："是不是《塞下曲》被寄回来了？"

"可能是，你撕开吧！"定远拿着笛膜，分不开手。

白川杨打开信，念道："亲爱的定远师兄，我是你的师妹，很喜欢你……嚯嚯！"

白川杨一把把信摁在栏杆上，看着定远一脸坏笑。定远一听不对劲儿，忙伸手来抢信。

白川杨扬起信，快速念道："本来我想等展出结束后向你要那幅字的，结果被人先下手了。"

"给我，快给我！"定远伸手去抓，没抓着。

"我知道你喜欢打篮球，喜欢写字、画画、吹笛子，我喜欢你很久了……哈哈——"白川杨念着更加得意起来，像发现天大的秘密一样。

定远夺过信，脸红了又红，像自己真的在恋爱一样。要知道，张校长可是五次三番强调禁止学生在校谈恋爱的。幸亏走廊上没有其他人，定远一把夺过信，撕了个粉碎，转身扔进走廊边的垃圾桶里。

"哎，哎，哎！"白川杨想阻止，可是信已被撕了。

"你怎么也该看看是谁写的呀？真是的！你不怕伤了人家师妹的心呀！"白川杨责怪道。

"去去去！谁像你！"定远又自顾自修起笛膜来。

白川杨一年级开始就追林小丽，这是大家都知道的秘密，只是大家都不说，许老师似乎也装作不知道。在定远眼里，他们就是在谈恋爱。

晚上，睡到床上，想起这件事，定远的心还是突突突地跳，有些后悔撕了信，至少也该如白川杨说的看看是谁写的信。一晚上，定远辗转反侧，很晚才睡着。

中师生活丰富多彩，活动一个接一个。篮球场上，八五级正在开展班级篮球对抗赛，定远是班上的主力，人像猴子般灵活，几个闪躲运球，就把球传给了前锋欧必进，欧必进一个转身，三分中，全场掌声四起。场外林小丽和贾丹替他们看管着衣服，不停地挥着手吼着加油，场上的男生们更来劲儿了。

中场休息时，林小丽忙替白川杨递上毛巾，还递上一盅白糖开水。

欧必进假装生气地说："怎么不给我呀？"

"你自己叫她呗！"林小丽看了看贾丹，给欧必进递了个眼色。

"我可不敢。"欧必进偷偷瞄了瞄贾丹。就在这时，贾丹也给他递了一盅白糖开水过来，欧必进受宠若惊地接了过来，一盅开水几口就喝了下去。

"喂，班长，别喝多了，喝多了跑不动。"贾丹又递上毛巾说道。

"嘿嘿！"欧必进接过毛巾看着贾丹只是傻笑。

还有三个月就毕业了，班上又有几个同学开始谈恋爱，都是偷偷开展"地下活动"。女生暗地帮男生洗衣服呀，男生殷勤帮女生提开水呀，两人偷偷看电影逛公园啦，只要不过分，张校长和许老师也装作不知道。

只有白川杨和林小丽更加明目张胆起来，两人的饭票合在一起用，每天都是白川杨排队打好饭递到林小丽手上。有时林小丽说还想吃什么菜，白川杨就会殷勤地再去排队。大家都看在眼里，开始还取笑白川杨，习惯了就没有人再说了。看着白川杨每天哼着小曲儿春风得意的样子,男生们有些羡慕,心里也痒痒的。有时白川杨也会在寝室得意地讲他的追求史,讲八四级有个男生如何追林小丽,他又是如何把林小丽追到手的,等等。这时搭话最多的是欧必进,其他三人一般都是只听不说。

有天半夜,欧必进在说梦话,喊了两声贾丹的名字,正好被起夜的王超听到了。

早上起床时,王超问欧必进:"班长,昨晚你说梦话了,一直喊贾丹,做了什么梦?"

"我说梦话了吗?我怎么不知道?你听错了吧!"欧必进支吾着洗漱去了。

"我知道,班长在暗恋贾丹。"等欧必进出去了,白川杨压低声音跟大家说道。

"暗恋?"王超不相信。

"就是,那个目中无人的贾丹,班长会暗恋他?"夏浩男笑了笑,也不相信。

"嘘——"白川杨连忙制止道。

到教室的路上,白川杨悄声对欧必进说:"哎,班长,别再那么藏着了,把纸条写好,我叫林小丽转给贾丹。"

"这行吗?"欧必进红了脸,挠了挠头。

"行,这方面我有经验。"白川杨坏笑着眨了眨眼睛,说道。

一进教室,欧必进用手捂着,偷偷写了一张纸条,上面写着:"贾丹,周末不回去,我们一起复习怎么样?欧必进。"然后小心翼翼地折成一颗心,转交给了白川杨。

林小丽把纸条递给了贾丹,贾丹看后歪着头问道:"复习就复习,干吗写纸条呢?"

"你还不懂班长的心思,他二年级开始就暗恋你了。"林小丽轻声说道。

"你胡说些什么？小声点。"贾丹脸都羞红了，生气地撕掉纸条说，"哼，怪不得平时对我好，原来另有企图，我这辈子都没想过要找老师！"

林小丽见贾丹是认真的，就不再言语。

晚上，欧必进偷偷问白川杨纸条的事。白川杨说："递了，好像没反应，是不是你写得不够直白？要不你自己找她谈，谈恋爱谈恋爱，得谈。"

晚上，欧必进在被窝里拿着手电筒给贾丹写起情书来。写了第一句："贾丹，我喜欢你豪爽的性格。"读了读，感觉不对，把纸揉成一团，又重新写。接连揉了十几个纸团才写出了满意的一句："贾丹，从一年级排练武术开始，我就觉得你不是一般的女孩儿。你，动若脱兔，静若处子，我喜欢你的性格，我们交朋友，好吗？"

第二天，欧必进趁其他同学去吃早饭的空儿，把纸条塞到了贾丹的书桌里。

早饭后，同学们陆陆续续回到教室。贾丹发现了书桌里的纸条，看后直接在纸条上写道："我的一个堂姐一个表姐，在家务农就是找的老师，我不希望自己再找老师，但我们可以当好同学、好朋友。"

写完后，贾丹当着同学们的面把纸条递给了欧必进。欧必进看后，那个脸啦，红了又红，被拒绝的滋味真不好受，他恨不得一下钻进书桌抽屉里去。

那天晚自习后，欧必进没有如往常一样同定远、王超他们几个一起回寝室。寝室熄灯前，白川杨是不会回来的，那是他和林小丽约会的时间。熄灯了，白川杨掐点儿吹着口哨回到寝室。

白川杨一进寝室，定远就问道："白川杨，欧必进没和你一起吗？他还没回来。"

"糟了，不好，尧定远，我们一起去找班长。"白川杨说着，拉起定远就往寝室外跑。

他们一起来到教室，没人。又来到操场四下找，也没人。

"嗯，我知道了，走，到后花园。"定远又跟着白川杨向后花园跑去。

远远的，听到有人在低声唱齐秦的《我祈祷》，再一细听，还有吉他忧伤的伴奏。

"我祈祷，那没有痛苦的爱，却难止住泪流多少；我祈祷，忘记已离去的你，却又……"

"是班长。"白川杨说。

"喂！班——"定远准备喊，被白川杨一把捂住了嘴。

"走，他一会儿会回寝室的。"白川杨拉着定远走了。

路上，定远想不通，问道："哎，白川杨，为什么班长这时在后花园唱那么伤感的歌，还不许叫他？万一被张校长听到了可不得了。"

白川杨望了望四周，见四下无人，低声对定远说："班长被贾丹拒绝了，正伤心哪！"

"啊？就贾丹，她还拒绝班长？"定远嘟哝道。

"别说了，被宿管老师听见可不得了。"白川杨制止道，"等会儿班长回来什么都不要问。"

"嗯！"定远似懂非懂地点点头。

不一会儿，欧必进回到了寝室，大家装睡着了，没理他。

第二天起床钟一响，欧必进喊了声"一二三，起床"，翻身坐起来，大声说道："又是美好的一天，同学们起床啦！"

"班长，佩服你，修复能力强！"白川杨伸出大拇指。

"我要当一个让人刮目相看的中师生，你们等着瞧！"欧必进自信心爆棚。

"班长怎么啦？一早起来发感慨。"王超不解地问道。

"起床啦，王超，向班长学习，做一个让人刮目相看的中师生。"定远忙转移话题。

"对，向班长学习，起床了！"白川杨也坐了起来。

毕业在即，校园里到处有照相的同学。男生女生，三三两两，一会儿到校门口去照，一会儿到驼背柑处照，还有的到后花园去照。只要男生邀请，女生都会大大方方的一起照相，全没有平时的矜持。女生更是打扮得漂漂亮亮的，除了贾丹，都穿上了三年都没见穿过的裙子，成了整个校园亮丽的风景。

一天下课后，几个女生吵着要和班长在教室照相。贾丹一听，起身就离开了教室。欧必进看着贾丹离开的身影，心里很不是滋味。不是说可以做朋友吗？怎么连同学照相都不肯？照相的时候，欧必进挤着笑，心里却凉凉的。

这段时间，几乎每个同学都买了一本留言册，一下课就拿给其他同学留言。留言无非是一些祝福的话，写得最多的是"百尺竿头，更进一步""友谊之花常开，友谊之树常绿""桃李满天下"之类的。欧必进的留言册拿出去之后，几天都没回到他手中。写的无非是感谢他这个班长三年的付出和对他管理能力的赞扬，都说他将来一定会当校长，一个好校长。

欧必进读着每个同学的留言，心里是滚烫的，毕竟三年的班长生涯得到了大家的认可。突然，他在最后一页看到了贾丹的留言，只有两个字——珍重。一声珍重，却看得欧必进眼泪花花儿的。各自珍重吧！贾丹，我会当一个让你刮目相看的中师生的，欧必进使劲揉了揉眼睛，心里却又一阵凉。

十四

保送名额

"爆炸新闻,爆炸新闻。"还没进教室,就听到白川杨的声音。只见他气喘吁吁地跑进教室,上气不接下气地说道:"同学们,听说我们这一届有一个保送读大学的名额,其他班都传开啦!"

"会保送谁呢?"林小丽问贾丹。

"我怎么知道,反正不会是我,我怎么努力始终进不了前三名。"贾丹显得有些失落。

这时,许老师进来了,手里拿着厚厚的一摞资料,说:"同学们,告诉你们一个好消息,我们这一届有一个保送读大学的名额。刚才我们四个班主任算了一下分数,我们班的尧定远、王超两位同学的成绩,包括各项能力考试成绩,稳居年级前茅。现在有一个难题,两人分数一样多,只有请同学们投票表决。"

"啊,一样多,这可怎么办?"同学们七嘴八舌议论开了。

定远的心怦怦直跳,没想到大学一下子离自己这么近,可一想到自己曾对父亲的承诺,他又高兴不起来了。王超呢,也不知所措地低着头。两个好朋友,三年的同桌,怎么会遇到这样的事?

"这样吧,尧定远和王超分别上来说两句。"许老师说,"按姓氏笔画为序,王超先来。"

王超走上讲台,低了一会儿头,说:"我也不知道说什么,我想把《青春之歌》中的一句话送给尧定远,我的同桌,我的挚友。"

王超念道:"生活的海洋,只要你浮动,你挣扎,你肯咬紧牙关,那么,总不会把你沉没。"

王超念完说道:"我了解尧定远,他比谁都努力,他比谁都想读大学,他自学了高中的英语,他比谁都有资格保送读大学。我希望保送尧定远。"

王超说完,全班响起了热烈的掌声,许老师不停地点头鼓掌。

定远坐在位子上,眼里闪着泪花。他定了定神,走上讲台,说了句"同学们",就哽咽着说不出话来。

他把头扭向了黑板,平静了好一会儿才回过头来,对同学们说道:"同学们,我想读大学,我做梦都想读大学,我一年级时差点退学回去读高中,就想圆我的大学梦。可是,当大学之门真的向我敞开的时候,我却不能去,因为我有一个姐姐才读大一,还有一个弟弟在读高一,他一心想读大学学天文,还有个妹妹在读初二。如果我去读大学,家里经济是没办法供他们读高中上大学的。我必须尽快工作,担起家里的责任。我不希望我的母亲像那位卖豌豆油钱的大娘那样辛苦,我不希望……"

定远又哽咽着低下头，停了一会儿，抬起头继续说道："可是，可是王超不同，他的两个妹妹因为他早就辍了学，他应该去读大学，不然对不起他那两个辍学的妹妹。"

台下，王超伏在桌上失声痛哭起来，双肩抽搐得厉害。许老师走过去，拍了拍他的肩。欧必进也跨过走道，伸手拉了拉王超，不住地劝他。

"哎哟，我也想哭。"林小丽说了一声。教室里，到处都是啜泣声。

许老师有些激动，说道："刚才，两位同学的话让我很感动，我为有你们这样优秀的学生感到自豪，但今天必须要拿出一个结果交给张校长。这样吧，还是投票，每人只能投一票。"

许老师在黑板上工整地写下王超和尧定远两个名字，同学们依次上去投票，欧必进在旁边监票。

"老师，能再争取一个名额吗？"贾丹站起来说道。

"不行，全省各个中师只有一个名额。"许老师无奈地解释道。

全班33个同学，大家都艰难地做出了选择。还剩王超、尧定远、欧必进三人没投，可尧定远和王超两人刚好一人3个正字，各15票。王超上去投票了，他在定远的名字后面画了一横。该定远了，他上去时偷偷递了一张纸条给欧必进，然后在王超的名字后面工整地划了一横。

"啊，怎么办？平了。"

"班长投谁啊？"

同学们议论着，比当事人还紧张。

谁也没想到又平了，欧必进挠着头，面对着黑板，不知投谁。一会儿在王超名字前停一下，一会儿又在定远名字前停一下，下不了笔。其他同学呢，张着嘴大气不敢出，有的同学捂着双眼不敢看。欧必进拿出一张纸条来，看了又看，然后果断地在王超的名字后画了一横。

同学们如释重负地"吁"了一声。

欧必进说："同学们，尧定远同学刚才递给我一张纸条，叫我务必投王超。"说到这儿，欧必进说不下去了，大家响起了掌声。

欧必进接着说："尧定远，好兄弟，让我们一起做让人刮目相看的中师生。"

全班又是一阵掌声，贾丹居然站了起来，向着定远使劲鼓掌。

定远含着泪，不停地劝王超不哭。

还有两个月就毕业了，定远如约写下"同居一室，终生为友"八个字，一共写了六张，他要送给寝室的每一个同学，包括黄石山，有机会一定当面送给他。在寝室几个人中，定远的毛笔字最好。

欧必进接过字夸奖道："尧定远，你是学什么什么精，你不是万金油，你是精精通。"

"尧定远，我跟你说，一开始，我来读中师很有情绪，认为这是农村人的选择，城里人不该选中师。看到你的变化，我知道，没有谁天生该读中师，也没有谁天生不该读中师。我只是觉得这个社会欠你一个大学。"一向寡言少语的夏浩男一口气说出了这么多心里话。

"是呀，定远，我觉得最对不起你。我会努力学习，完成你我共同的大学梦。"王超用手扶着定远的肩。

"你没有对不起我，是我自己的选择，如果我选择了保送读大学，可能我会一直生活在痛苦中。"定远说道。

"不提那些不愉快的事了，来，我们一起合奏一曲《一剪梅》。"白川杨提议道。

经过三年的苦练，一个寝室就是一个乐队，定远和王超吹笛子，白川杨吹口琴，欧必进弹吉他，夏浩男拉小提琴。

五人合奏起《一剪梅》："真情像草原广阔，层层风雨不能阻隔，总有云开日出时候，万丈阳光照亮你我……此情长留，心间……"

一曲终了，大家笑着看着彼此，一股暖流涌向心头。

寝室门口，围了一些低年级的同学。欧必进更来劲了，喊道："同学们，再来一曲《冬天里的一把火》！"

"好好好！"大家兴致都很高。

欧必进完全放开，摇摆着吉他，扯着嗓子唱道："你就像那冬天里的一把火，熊熊火焰温暖了我的心窝……"他的每一根头发都在跟着吉他摇摆。

"中师，你就像一把火，照亮了我！"欧必进在喊。

"照亮了我们！"白川杨也喊道。大家又是一阵疯狂。

定远吹的笛子还是黄石山送给他的笛子。一曲结束，定远看着笛子说："要是黄石山在就好了。"

"要是黄石山没退学，我敢肯定，他的笛子一定吹得比八四级那个同学好。"白川杨也感慨起来。

"毕业之后我们一起去找他，许老师说他在高中成绩特别好，等他高考后去。"欧必进说。

"好好好！暑假去找他。"大家一致同意。

十五

"中师骗人!"

临近毕业考试,同学们复习起来更认真了,按欧必进的话说,不为别的,就看在张校长每天督促食堂师傅给他们打饭菜的份儿上也该拼了。

一天下午,大家正在教室专心复习,许老师进教室喊道:"尧定远,你弟弟来了,快出来。"

定平来干什么?定远忙丢下书跑到阳台。

"哥,快到县医院去,爸的腰摔伤了。"定平在楼下喊道。

"什么?"定远赶快跑了下去。

"什么时候的事?"定远边问定平边往医院赶。

"昨天下午,爸挑粪淋包谷,脚没踩稳摔了一跤,大伯把他背回来后,今天早上就起不来了,双脚使不上力。"

"现在医生怎么说?"

"医生说爸的腰有老伤,加上这次摔得不轻,以后有可能……"

"有可能什么?"定远停住脚急切地问道。

"哥,你别急……"定平眼里闪着泪花,伤心地望着定远。

"有可能什么?"定远使劲抖动着定平的肩。

"医生说爸有可能站不起来了。"

"什么?不可能的事!不可能的事!"定远的脑袋"嗡"的一声炸了,嘴里不停地念着。

推开病房门,母亲见到定远,喊了声"远儿",就哭起来。

"妈,您别急。"定远忙安慰母亲。

"爸,您怎么这么不小心?叫您少挑点儿您就不听。现在还疼吗?"定远焦急地掀开被子想看看伤在哪儿了。

"不疼,不疼。"父亲连忙说。

"两腿没有知觉,他哪儿知道疼。"母亲擦着泪说。

"没事,看你把两个孩子惊动了,耽误学习哩!"父亲责怪母亲道。

"爸,我给您揉下腿。"定远坐下来,用手轻轻揉着父亲的腿。就是这双腿,一直蹒跚着挑着一个家,想着这些,眼泪包不住,流进鼻腔,滑到嘴里,咸的。

"没事,没事。一个人哪有不摔跤的,过几天就好了,你快回学校。"父亲催促道。

定远和定平走出病房,正好碰到医生,定远一把抓住医生的手说:"医生,求求您,一定治好我爸,我有钱,我马上工作了,我有钱,求您一定治好我爸。"

医生说:"你爸这病不是一天两天了,他的腰伤是多年积下来的,这次摔到了脊椎,恢复起来更困难,有可能以后站不起来了。"

"不可能，医生，我爸一次能挑200斤，怎么可能站不起来？您一定要想法治好他，一定……"定远抓住医生不肯放手。

"孩子，我理解你的心情，我们会尽力的。"医生说。

"哥！"定平拉住定远。

"怎么可能呢？我马上就有工作了，爸他马上就可以享福了，定平，你说爸怎么可能站不起来呢？"

"哥，你别难过了，你这样妈会更伤心。"定平哭道。

定远坐到椅子上，他怎么也想不通，父亲怎么会站不起来，他才刚满40岁。

母亲出来了，看到定远难过的样子，很心疼，说："远儿，别难过，医生只是说可能站不起来，还是有希望的。"

"对对对，刚才医生也是这么说的，妈，一定给爸把病治好。您先回去找大伯他们借点钱，我工作了就有钱了，妈，钱别担心，我工作了就有钱了。"定远一下回过神来，对母亲说道。

"定平，你回学校读书，高中的课程耽误不得。妈，你回去借钱，这里有我。"定远吩咐道。

母亲和定平走后，寝室的几个同学全来了，贾丹、林小丽也来了，提了一瓶麦乳精，还有一大包苹果、香蕉。

"你看，影响你的同学们了，同学们快回去。"父亲说道。

定远看着同学们感激地说："谢谢同学们，你们快回学校吧，复习要紧。这里我一个人能行。"

"这样吧，我留下来陪定远，你们回去，向许老师给我俩请个假。"王超说道。

"不用，你们都回去。"定远执意道。

"那我们走了，叔叔您好好休息！"欧必进说道，拍了拍定远的肩。

晚上，定远给父亲削了苹果，一瓣一瓣喂给父亲吃。

"爸，这就是苹果，你还没吃过吧？"

"嗯，好吃，你也吃点。"父亲要推给定远吃。

"爸，您吃，我们班上茶话会时我吃过哩！"定远又把苹果喂到父亲嘴边。

晚上，取了输液针，定远给父亲盖好了被子。父亲让定远睡一会儿。

定远说："爸，让我拉着你的手睡，您需要什么，一动，我就知道了，不然我怕睡沉了。"

父亲伸出手来，又黑又粗的手上长满了老茧。定远一看，心里有说不出的滋味儿，拉着父亲的手，含着热泪说道："爸，等我工作了，您跟妈就不用这么辛苦了。"

"嗯，好呢！现在学校说工作分配的事了吗？"

"还没有。"

"你表舅今年春节回来说分配工作要讲关系，爸没本事，找不到人说人情，只能靠你自己了。"

"爸，您少说话。我的成绩好，按去年的规定，成绩好的同学可以留到县城教书，那时我就把您和妈接到城里来，您就可以天天理疗。医生说只要天天理疗，您的腿就可能站起来。等您的腿好了，我带您和妈去公园玩，那里有抠痒树，还有孔雀，尾巴比包谷秆还长。"

"嗯，好呢！"父亲眯着眼幸福地应着。

定远拉着父亲的手，趴在床边，一滴泪在眼角晃动。

接连一两周，定远医院、学校两头跑，晚上常常复习到深夜。毕业考试他一定要考好，只有考好了才有机会留在县城，这是他唯一的动力。

毕业考试结束了，成绩出来后才开毕业典礼。中间有三天的休息时间，同学们又开始照相、留言、排练节目，定远没有心情做这些，他一直想的是父亲的病，必须留到县城教书，父亲的腿才有救。他向许老师说了家里的情况和自己的想法，许老师说他会亲自找张校长。

毕业典礼前一天，许老师把定远叫到办公室，严肃地对他说："尧定远，你是我教过的最优秀的学生，品学兼优这四个字用到你身上一点不为过。可根据县上的政策，今年所有的中师生必须全部下到村校教书。"

"什么？不是成绩好的同学可以留到县城吗？"

"上一届是的，不知这一届怎么来了这么个规定！"

"不是，许老师，我父亲的病需要天天在城里理疗，我答应过他的，我……"定远有些急了。

"我知道，我找张校长说了，张校长回复说县委已经研究决定了，不能破例。"

"许老师，我求您，求您再帮我说说情，我必须留在城里，我爸的腿必须治好！"

"好吧，我再去找张校长说说看，你别急。"许老师安慰定远道。

第二天上午，定远又跑到许老师办公室问情况。许老师叹了一口气说："尧定远，张校长亲自给丁县长打了电话，丁县长说县委常委会定的，他也不能破例，如果破例就会有好多人去说人情，所以只能一刀切。"

"不行，我去找张校长。"定远从许老师办公室出来，径直向张校长办公室跑去。

张校长见定远铁青着脸，就知道是什么事，他和蔼地说道："尧定远，先平复下情绪，坐。"

"我平复不了！张校长，您不是说只要是金子就一定会被看见吗？可……"不争气的眼泪还是包不住，尧定远手一抹，一把眼泪掉到了地下。

"孩子，我知道你家里的情况，许老师都给我说了。我也知道你成绩优秀，这次毕业考试又考了全年级第一名，你还把保送读大学的名额让出去了，这些我都知道，可我也没有办法，我尽力了……"

"中师骗人！"

定远哭着跑了出来，他来到琴房，琴房空荡荡的，只有他一个人。他越想越伤心，自己那么努力，就是想把父母接到城里过好日子。想到父亲瘫坐在床上的样子，定远感到特别无助，感觉自己被命运捉弄了。

"中师骗人！中师骗人！中师骗人！"定远使劲用拳头击打着琴键，风琴一阵乱响，拳头碰出几道血路，鲜血一滴一滴滴到琴键上。他绝望了，再也抑制不住自己，伏倒在琴键上，放声痛哭起来。风琴发出一声沉闷的轰响，哭声在琴键上挣扎。

下午，许老师又把定远叫到办公室，看着定远伤心的样子，怜惜地说："对不起，尧定远，老师无能为力。我觉得中师亏欠了你，我去求张校长，看能不能让你到条件好一点的村校教书。哎，老师能帮到你的就这么多了。"

定远知道已经无法改变现实了，目光有些呆滞，讷讷地说："谢谢许老师，还是分到离我家最近的河坝村校吧，这样我就可以天天放学回家给父亲按摩和帮家里干农活儿。"

三年来，定远长高了不少，可还是很瘦。此时的他不再有篮球场上的生龙活虎，不再有实习时的自信满满。他显得很单薄，很无助。

许老师叹了声气，说道："好吧！我去给张校长说。"

毕业典礼上，定远被评为优秀毕业生，张校长给他颁的奖，他像木偶一般上台领奖，一句话都没说，一丝笑也没有。他甚至认为这是对自己的嘲笑，中师骗了他。张校长还重点表扬了一个人，那就是欧必进。欧必进自愿申请到全县最偏远的东山村校教书，这几天在全校都传开了。张校长说欧必进甘于吃苦、无私奉献的精神值得全校同学学习；说一个人任何时候都不能只看到自己的利益，要以大局为重；说每个人的青春都会在世界的某个角落绽放！张校长说什么，定远都听不进去，他心里只反复闪着四个字，中师骗人，中师骗人！

毕业典礼后是送别表演，白川杨和林小丽跳的双人舞《大约在冬季》，白川杨托起林小丽的动作赢得阵阵喝彩，他们这一对儿是幸福的；欧必进带着年级的一群男生跳的《北方的狼》，只是这群狼将全部下放农村；86级器乐队合奏了《送别》，还有每个年级都会传承朗诵的诗《我骄傲，我是中师生》。大家都在鼓掌都在送别，只有定远呆坐在那儿，毫无表情。

许老师叫欧必进离校前开导一下定远，欧必进还没开口，定远就冷冷地说："你的父亲没生病，你不理解的！"

欧必进说："我的父亲在我10岁时就已经死了。"

然后，两人都不说话，一直坐到同学们都离开了，才背起铺盖卷向车站走去……

7月15日，同学们到教育局拿派遣通知单。定远分配到离家最近的河坝村校，这是他小学、初中读了八年的地方，现在又不得不回去了。他知道，自己终将像黄老师一样，开始过苦行僧般的村校生活了。中师骗人！

欧必进拿着派遣通知单，自嘲道："听说这个村校只有我一个老师，这个学校的校长、老师、炊事员全是我，好得很。"

"就你最乐观。"定远看着欧必进，没有多的话。

两人来到丹丰师范操场边坐下，操场上还有三三两两的同学，有互诉同学情的，有对前途感到茫然的，当然还有像欧必进这样对前途充满期待的。他们从哪儿来，还得回哪儿去。

"尧定远！我们班上我最佩服的人就是你，要不是你，读大学的不会是王超。"欧必进无话找话。

"不说那事了，那事儿我不后悔。"定远毫无表情地说道。

"这样，国庆节到我那个学校来看我，然后我们一起找白川杨和夏浩男，怎样？"

"好吧！到时再说。"定远把手上的派遣单折了又折，直到不能再折了，又慢慢打开再折，不知道他在想什么。

"说好了，我在学校等你，不见不散。"

定远苦笑了一下，似答非答。

据说女生稍好一点，一个村校至少有同年级的两个同学一起分去，有个伴儿。男生的话，基本上是一个村校只分一个人去。听说全县有两百多个村校，一届中师生根本不够分，好多村校都是请的民师和代课教师。白川杨倒是挺高兴，因为他和林小丽分到了一个乡，尽管两个村校离得还有七八里路，但至少在一个乡，去来方便，还不用坐车。

此时的贾丹，正要去找三班同她分到一个村校的女生，说不知道那个村校在哪儿，想开学时约了一块儿去。见到欧必进和定远，说了声同学们各自珍重就走了。她还特意看了欧必进一眼，像是专门对欧必进说的。

望着贾丹的背影，欧必进自言自语地说道："我会让她刮目相看的！"

定远听了，连苦笑都挤不出来。

就这样，三年的中师生活结束了。三年的欢笑，三年的泪水，三年的磨砺，一群十八九岁的青年将在他们最美好的年纪回到农村。张校长说过，乡村的孩子在眼巴巴等着他们，他们这算赴约。

十六

认命吧

坐上回尧家乡的客车,定远闭着眼睛,头靠在车窗上,什么都不想。

下车后,他只想去看一下黄老师。定远拿着派遣单来到黄老师家,正好碰到黄老师挑着赶场卖剩的平菇回家。

一见黄老师,定远鼻子有些酸,忙用手捏了捏鼻子,说道:"黄老师,我分到河坝村校了。"

"哦,好!你说什么?"黄老师似乎没听明白,来不及放下担子。

"我分到河坝村校了。"定远补了一句。

"哦,哦!"黄老师看着定远,似乎还没听懂,脸上闪过复杂的表情。

"定远,你还不知道吧?"黄老师放下担子,从口袋里掏出一大把钱来,全是些几角几块的零钱,说道,"定远,你看我今天卖了这么些钱。"

"黄老师?"

"走,我带你去看我种的平菇。"黄老师把定远带到他家屋后的棚子下,里面种满了平菇。

"你看,定远,这些都是我种的平菇。这种才长出来,上面还有一层乳白色的绒毛,那种已经成熟,明早我又会挑到乡场去卖。粮站、供销社、食品站那几个单位有钱,买的人多。"黄老师不停地介绍着。

定远觉得黄老师怪怪的,又说道:"黄老师,我分配到河坝村校教书了。"

黄老师终于停下来,说道:"我真后悔,我真后悔呀!怪我当年没有劝你读高中,我真后悔呀!"黄老师一口气说了好几个"我真后悔"。

"不怪你,黄老师。"定远说道,"黄老师,中师三年我自学了英语,你不是让我教您英语吗?"

"不用了,不用了——"黄老师拨弄着那些平菇,过了好一会儿才说,"定远,我六月份交的辞职报告,乡教办已经批准了。你师娘长期吃药,三个娃一个高中,两个初中,教书那点工资愁死人啦!"

看着黄老师两鬓的白发,一脸的无奈,还有那副破得不成样的眼镜,定远不知说什么好,立在那儿,半天说不出话来。

"定远,你不同,你是吃公家饭的,你的工资应该高一些。好好干,那儿的孩子需要你这样的老师,把他们交给你,我也放心了!"黄老师叹道。

从黄老师家出来,定远的心情格外沉重。黄老师、平菇,平菇、黄老师,黄老师怎么会去卖平菇呢?他不是解几何题的高手吗？对了，他还会说普通话，还会说英语，还会买来英语书边学边教学生，他……定远感觉自己没了主心骨。

暑假是漫长的，大家没有如约去找黄石山，也不知道他考上大学没有，考的什么大学。欧必进一直在家照顾母亲，他的母亲有肺气肿的老毛病，这几年越发严重了。他有些后悔，自己选择偏远的东山村校是不是错了，怎么当时不想一想母亲，至少该申请一所离家近一点的村校。一个暑假，欧必进都在自责和矛盾中度过。夏浩男的父亲带着他去看过即将工作的村校了，回家后夏浩男一言不发，把自己关在房间里闷了三天。他的初中好友来约他出去玩，他也不去，因为这个同学初中与他成绩差不多，考上了上海交大，即将走向大城市，走进大学校门，而他却将走向农村。夏浩男的父亲为这事同他的母亲吵了很多架，回去又和他的后妈吵，一家人都不高兴。

定远在家，天天给父亲熬药，还要经常帮父亲翻动身体，不然怕长褥疮。每当邻居们经过门前问他分到哪儿时，他总是故作轻松地回答说分到了河坝村校，邻居们听后就借故离开了。每当这时，父亲在床上就会使劲用手捶双腿，然后把脸转向里边偷偷抹眼泪。父母亲从未问过儿子分到哪儿了，他们知道儿子不说，一定不好，因为定远从来都是报喜不报忧的孩子。包谷熟了，所有的包谷是他和母亲、定平一背篼一背篼背回来的，所有的包谷梗都是他和母亲、定平一捆一捆扛回来的。包谷梗遮住了他的脸，汗珠直往眼里钻。

认命吧，农村娃！

什么书法、什么绘画、什么篮球，通通见鬼去吧！什么"只要你浮动，你挣扎，你肯咬紧牙关就不会沉没"，通通骗人的！晚上，躺在院坝，看着满天星星，他感觉不到自己的存在。

认命吧，尧定远！

8月30日，他换了件干净整洁的衬衣，按派遣单上规定的时间，提着中师用的箱子、席子、盆子，按时到了河坝村校。这个他曾经那么熟悉的地方，三年了，几乎没有一点儿变化，上下课报时的铃铛仍放在办公室窗台左边。教室还是那几间，三间石头砌的房子，四间木结构穿斗房。窗户只有几根木条，没有玻璃，他是见识过寒风往里灌的滋味的。操场仍是土坝子，长满了杂草，还有些野花。黄老师曾说这些花草是同学们鞋底带来的，生命力顽强。篮球桩的篮板掉了一块，上面挂着一根玉米梗。

村校负责人还是刘老师，见了定远格外高兴。他上下打量着定远，说定远长高了，黑了，成熟了，然后拍了拍定远的肩膀，说："嗯，就等你了，这里的孩子有希望了！"

刘老师把他领进办公室，办公室里间就是寝室。刘老师向其他几位老师介绍道："这位就是尧老师，当年就是我们村校考进中师的，也是我们村校唯一考出去的一位同学。欢迎尧定远老师回母校做贡献！"

定远连声说着谢谢，刘老师叫他尧老师，着实让他有些不习惯。定远敬着礼，他发现除了刘老师，其余的人都不认识了。

刘老师介绍道："这位是石老师的儿子，石老师退休后，就由小石来接替他父亲的工作。小石，好好向小尧老师学习，他可是经过三年中师正规培训出来的。"

刘老师继续介绍道："这三位是白云村校合并过来的老师，白云村校上半年停办了。"

"这样吧，我们6个人，一人一个年级，小尧老师就接六年级黄老师那个班，原来教你的黄老师这学期开始不来啦！"刘老师说完，叹了一声气，出去了。

这时来了一个人，是王大明，他刚从黄老师那儿过来，听说定远分配到这儿来了，专程来看他。定远放下行李从寝室出来，看到王大明，又惊又喜。

"我来看看母校，还有你。"王大明说道。

"走，到寝室说。"定远让王大明到了自己的寝室。

"这就是你的寝室呀？"王大明惊讶地看着寝室简陋的一切，一张床，一张桌子，一口柴灶，一盏煤油灯。窗户上糊的报纸已经泛黄，上面结着蜘蛛网，网上几只飞蛾正扑棱棱地挣扎。

"是的，离家近，晚上不一定住这儿。"定远苦笑了一下。

"定远，你变了，可我说不上来哪里变了。"王大明说道。

"三年了，你不也变了么？看你，比以前壮实了。我还是我，没变，这不又转回来了吗？"定远说着，到窗前，撕下报纸一角，弯下腰，轻轻帮几只飞蛾逃脱了蜘蛛网。

"定远，你……"看着眼前的定远，王大明有很多话要说，可又不知说什么。

"哦，你呢？三年也不给我个音讯，读高中了吗？考上没？"定远直起身问道。

"本科线差十几分，省农专的通知书今天才来。要是你读高中，一定能考个好大学。"王大明拿出通知书递给定远。

"哦，不错，祝贺你，我就说你行的！"定远羡慕地拿过录取通知书看了又看。

"谢谢你，定远，如果不是你当年的鼓励和黄老师到我家反复给我父母做工作，我可能在家干一辈子农活了。"王大明感激道。

"这次轮到我羡慕你了，真替你高兴。没读上大学，是我一生的遗憾。到了大学多给我来信，给我说说大学的生活。"

"好的！不过读大学学费高，我还得回家挑粮食去卖，我爸把家里唯一值钱的老母猪也卖了。还是你好，不用花家里的钱。"王大明黯然神伤起来。

"或许这都是命吧！真心祝贺你考上大学！"定远感到一股从未有过的失落感从心底涌了出来。

王大明走了，望着他远去的背影，定远心里酸酸的，想哭，却已流不出泪来。

十七

初为人师

1988年9月1日,是开学报名的日子,也是定远初为人师的第一天,学生们陆陆续续来了。男孩子有的穿着褂子,有的穿着背心,一个个光着脚丫子,黑得像泥鳅。有个叫唐小闯的,个子很矮,光着脚,脚上、脸上到处是稀泥,手上用狗尾草提着一条小鱼儿,小鱼儿不停摆动着尾巴。见了新老师,唐小闯忙把鱼儿藏在身后,露出不好意思的表情。

看着唐小闯,定远仿佛看到了当年的自己。这个时候,黄老师会批评学生吗?

定远搜索着当年的记忆。不会,黄老师会摸着学生的头说,你这个小调皮蛋儿。于是,定远到寝室端出半盆水来,叫唐小闯把鱼儿放进去,放学时来拿。

几个女生来了,见了定远,开始还有些害羞,一会儿工夫就叽叽喳喳地打闹起来。然后围在一起,小声商量着什么,又一窝蜂地跑到操场摘野花去了。

天真可爱的学生给了定远一丝安慰,心里的阴云散了许多。不一会儿,那群女生又嘻嘻哈哈地回来了,手里捧着一束野花。

"给,尧老师!我们送给您的花!"一个女生双手举着花,笑起来有两个可爱的小酒窝。

"哦!"定远忙应着站了起来,有些手足无措。尧老师,自己是尧老师了,学生的叫声他听得真切。定远忙接过花,插进桌上一个空粉笔盒里。一朵一朵的小黄花,点缀在绿叶间,非常漂亮。

"尧老师,这种花长得像扣子,我外婆说叫金纽扣。"那个女生仰着头望着老师说道。

"哦,金纽扣,好听的名字。我在这儿读了八年的书,还不知道这种花有这么好听的名字呢!"定远端过来闻了闻,一股菊花般的清香。

"我外婆说了,这种花还是药!"

"对对对,上次我牙疼,我妈把花捏碎了敷在牙齿上,就不痛了。"

"我也是,我也是,有一次,我的腿被狗咬了,也是用金纽扣敷的。"

"我以前老咳嗽,敷喉咙这儿也敷好了!"

……

女生们争先恐后地说着,全没了刚报名时的拘谨。整个校园随着学生们的到来又充满了生机,定远的思绪被学生们的一举一动、一颦一笑充满了,没有时间想别的。

"尧老师,你会教到我们毕业吗?"一个女生趴在桌上歪着头问道,又是那个小酒窝。

"你叫什么名字？怎么问这个问题？"定远反问道。

"我叫何英子。我们换了好多老师，我都记不清了。"何英子伶牙俐齿的，一点不怯生。

同学们七嘴八舌地说起来，黄老师上学期期末说不教他们，这学期就真没来了。

在黄老师之前还有游老师、陈老师、白老师、熊老师、杜老师，换了很多老师，有的老师来教了几周就走了。黄老师教的时间是最长的，刚好教了一年。

没想到学生会这么问，定远想都没想连连回答，会教毕业、会教毕业，似乎有股魔力，支配着他不得不这么回答。

六年级16个学生只到了15个，还有何小妮没有来。她家就在学校旁边，不到100米远。刘老师叫定远下午去何小妮家，问一下什么情况没来。

下午，天空蓝得刺眼，远处飘着几丝白云，偶尔吹来一阵凉风，定远感到了久违的舒畅，长长地吐了一口气。定远来到何小妮家，她家家境不错，有三间砖瓦房，堂屋有一台黑白电视机，正放着电视剧《红楼梦》。何小妮的父亲在院坝晒着稻谷，何小妮在堂屋边看电视边踩缝纫机。

"请问，这是何小妮家吗？我是新来的老师尧定远。"定远自我介绍道。

"哦，尧老师，你就是尧家坝那个秀才，听说了。"何大伯把定远让进屋里坐下。

"何大伯，我今天来是想问一下何小妮为什么没去报名？"

何大伯燃起一斗烟，说道："尧老师，我也不怕你笑话，女娃子家读那么多书干啥？小妮今年13岁啦，她姐在乡场学缝纫，我想让她一起去学，然后进缝纫厂。"

何小妮停止踩缝纫机，在墙角低着头怯怯地站着。

"何大伯，《义务教育法》有规定……哦，不是，何大伯，多读点书总是好的，以后……"定远想继续说，却感觉语言有些苍白。

"尧老师，我这人说话直，你看你读那么多书，还不是回到农村，只是吃皇粮好听一点，收入可不一定有进缝纫厂高。"何大伯深深吸了一口烟。

这时，何小妮的姐姐何花背着一背篼桑叶回来了，一进门看到定远，不知怎么称呼，忙害羞地躲到里间蚕房喂蚕去了。

"何花，咋没见识呢？见了尧老师也不叫一声。"何大伯责怪道。

"尧老师好！"何花在里间轻声问好，也不出来。

"这孩子！尧老师你别笑话。我就两个闺女，我只希望她们学一门手艺，将来好找个像样的婆家。隔壁何老二的大闺女在缝纫厂干了三年，居然嫁到了乡场上，天天在街上收布料做衣服，日子过得好哩！"何大伯自顾自说着，也不管何小妮这么小的年龄听了有何感受。

"何小妮，你想读书吗？"定远转头问道。

何小妮低着头，两个大脚丫子不停地触碰着，她偷看了一眼父亲，低声说："想！"

"爸，就让小妮去读书，至少把小学读毕业，不要像我，当个睁眼瞎！"何花在里间说。

"你咋睁眼瞎了，你不也读到了小学四年级。"何大伯有些生气地说道，"我还不是为了你们两姐妹好。"

"你不让小妮去读书，我就不学缝纫。"何花出来，甩了一句话就出去了。

"这孩子，她——"何大伯吸了一口烟说道，"这孩子，让她妈惯的。"

定远还想说点什么，看到何大伯生气的样子，只好起身离开了。

第二天一早，何花把何小妮送到定远这儿报了名。何花说："小妮，好好学，学了回来教我，我就后悔小学没读毕业。你不仅要读小学，还要读初中、高中，考大学，姐供你。"

何花的话，让定远吃了一惊，这些话有些像自己对定平定兰说的。他抬头，看了一眼何花，说道："你叫何花吧，我会好好教何小妮的，你放心。"

何花梳着长辫，辫子上扎了一根白色手绢，不停地用手扯着。只见何花脸红了一下，好像她是学生一样。她抬起头来，把辫子甩到身后，说了句"谢谢尧老师，我放心"，就慌忙离开了。

"你放心"三个字一说出口，定远才发现收不回来了，自己能让家长们放心么？他心里还没底。上课了，16个学生全到齐了。一进教室，所有的学生都看着他。这就是张校长说的眼巴巴的目光吗？定远的心紧了一下，这多像自己当年第一次见到黄老师时的神情呀！定远第一次感受到作为一个教师肩上的责任。

一股神奇的力量在身体里涌动，定远向同学们讲道："同学们，我小学、初中都在河坝村校读书，考上中师后，我才知道外面的世界多么精彩，要学的东西太多太多。所以，同学们，一定要努力学习知识，长大后走出去看一看外面的世界。"

何小妮睁大眼睛，使劲点了点头。

"同学们，我们班的年级最高，今天第一件事是带头把操场上的杂草拔掉，边上那些金纽扣不要拔，就作为操场的花边儿吧！杂草拔掉之后我们就可以上体育课了。"定远布置道。

"上体育课，我最喜欢。上学期只上了两节体育课，我早就盼着上育课了。"何英子的声音最大，同学们都兴奋起来。

说干就干，同学们来到操场，说笑着，一会儿就把杂草拔了一大片。

定远拿出箢箕，把杂草装起来一挑一挑挑到垃圾池。这挑箢箕还是在师范挑砖的那挑，杂草可轻多了。

"小尧老师，等会儿叫学生抬就是，你挑干什么？"刘老师见了说道。

"没事，刘老师，我都干惯了，在中师三年我还挑过砖呢！"

唐小闯虽然个子很矮，但很灵活。他提着一箢箕草跟在定远后面，屁颠儿屁颠儿的，见旁边没人，小声问道："尧老师，我这么矮能上体育课吗？"

"能啊，怎么不能？上体育课能长高。"

"真的？"唐小闯的脸上闪过一丝惊喜，转而又嘟着嘴低下了头。

"怎么了？"定远问道。

"班上的同学都欺负我，说我是个小矮人。"唐小闯嘟哝道。

"你会长高的！"定远弯下腰，一手扶着唐小闯的肩，说道，"老师读小学时也很矮，现在不也长这么高了。"

"你以前也很矮？"唐小闯有些不大相信。

"是的，老师不骗你。"定远认真地说。

唐小闯的眉眼舒展开来，嘿嘿地笑得特别开心。杂草拔完了，整个校园清爽了许多，和杂草拔掉的似乎还有心中的不快，定远的心情也好了许多。

放学后，定远回了一趟家，他要帮父亲按摩双腿，好让父亲早点站起来。尽管医生说希望不大，但他必须试一下。回到家，他先给父亲端来一盆热水泡脚，然后慢慢按摩。

"没用，别瞎折腾，你才开始教书，要好好工作，不能拖后腿。"定远父亲脸色苍白，劝阻道。

"爸，我问过医生了，只要坚持天天按摩，不让肌肉萎缩，你慢慢就能站起来，我找医院医生请教过怎么按摩的。"

"哎，都是我拖累了你，还要回家忙。"

"不累，爸，我好着呢！这两天看到那些学生，跟我当年一样，我有些喜欢他们了。"

"喜欢就好，喜欢就好，要像你黄老师那样认真教书，农村娃多识几个字还是好的。哎，要怪就怪你这个爸没本事，没钱拿去找关系，结果让你回村校教书。"

"爸，您又来了，今年所有毕业生都必须下村校，这是规定，没有一个例外。还有，这些农村的孩子，确实也需要我们。"

"唉，早知如此，还是该让你读高中，像你表舅……"

"爸，怎么又说这话？"定远打断了父亲的话。

"好，好，我不说了，不说了。"

定远低着头，继续按摩着父亲的双脚。父亲伸出手来，想摸摸他的头，刚要碰到时，又缩了回去，偷偷用衣袖抹了抹眼泪。

定远一个人包班，六年级的所有课都由他一人上。许老师没骗他，中师生必须得是万金油。尽管只有16个学生，但真正开始一个人面对，他心里还是有些没底气。晚上，他安顿好父亲才坐下来备课。该怎么做学生才会喜欢呢？定远思考着。对了，像许老师那样微笑，学生喜欢爱笑的老师；还有像心理学老师那样，45分钟的生物钟一到，立马下课，不拖堂，不拖堂的老师学生喜欢；再有，像语文老师那样声情并茂地朗诵，像生物老师那样把学生带到校外……丹丰师范每一个老师的优点在定远脑中过了一遍。对！就向他们学习。当然，不能像体育老师那样叫学生外号，当年有些同学跟着体育老师叫他绿裤子，让他很难为情。嗯，还要帮唐小闯，不能让大家欺负他小矮人。晚上，备完课，定远躺在床上想了许久才入睡了。

9月3日，是正式上课的日子。定远特意刮了胡子，有精有

147

神地走进教室。第一节课是语文，上第一篇课文《长城》，定远用粉笔在黑板上几笔画出了长城的轮廓。他这画简笔画的功夫在读中师时可是经过多次考核的。

只听定远对同学们说道："远看长城，它像一条长龙，在崇山峻岭之间蜿蜒盘旋。它号称万里，从东边的山海关到西边的嘉峪关，有一万二千多里，所以叫万里长城。中国有句谚语叫'不到长城非好汉'，我们这辈子，一定要到长城去看一看。同学们，今天是我给你们上的第一堂课，我们来做个约定，从现在开始努力学习，30年后我们一起去长城！好不好？"

"好！"同学们齐声答道。

30年后，自己快50岁了，学生们也40多岁了吧！30年后究竟是什么样子，自己也不知道。定远没想到画完长城后自己怎么突发奇想给学生讲了这么些话，还有这个约定，这三寸讲台有魔力吗？但既然说了，就一定要做到。

"同学们，君子一言，驷马难追，我们一起努力，兑现30年后这个约定。"定远又说道，既是说给学生听的，也是说给自己听的。

下午第二节是体育课，孩子们很高兴。定远看到有的孩子光着脚丫子，说道："同学们，以后要穿鞋来上课，特别是体育课，一定要穿鞋，不然会伤到脚。"说完，教起体育课基本口令来。

"立正，像老师这么做。"定远一个口令一个口令喊着，纠正着动作。

"好，我连起来喊一遍。立正，向右看齐，向前看，报数！"定远喊着口令。

"一、二、三、四、五、六……十五、十六。"学生们响亮地报数。

"好，16个，一个不少。从今天开始，我们不仅要学习文化课，还要上体育课、美术课、音乐课。"定远大声说道。他想，丹丰师范是这么做的，就把中师的做法教给学生准没错。

同学们好奇地睁大眼睛望着定远，目光中充满了期待。

回到办公室，刘老师说："小尧老师，我看了你的课，嗯，不错，才来两天，我们这个村校就有生机啦！你是中师正规培训的，学的本领多，上音乐课把全校同学都叫上，好吗？"

"嗯，好的。我们就是万金油，不精，但都会一点儿。"定远爽快地答应了。

"呵，我们村校就需要你们这样的万金油老师，不然怎么包班上课？那就明天下午最后一节课，全校上音乐课，你先准备一下。"刘老师来了兴致。

"刘老师，明天早上怎样，我想教《校园的早晨》这首歌，应景。"定远说。

"好，没问题，明天早上全校同学学唱歌，学校好久没有歌声了。"刘老师特别高兴。

第二天早上，全校80多个同学端着凳子来到操场学唱歌，阳光透过操场边的树叶照进来，格外美丽。定远把用白纸写的歌单贴在墙上，同学们好奇地念着歌名《校园的早晨》。

"同学们，这是歌单，上面这些数字是简谱，下面的字叫歌词。识字的同学先把歌词熟悉一下。"

同学们自由地念起来："沿着校园熟悉的小路，清晨来到树下读书，初升的太阳照在脸上，也照着身旁这棵小树……"同学们边念边转过头去看操场边的小树。

"同学们，歌词写得美不美？"定远问道。

"美！"大家齐声回答。

"那你们也可以早晨到学校来读书，教室里、操场边、小树旁都可以读书，小树在长高，我们的知识也要增长，我们要和小树一起长成参天大树,好不好?"定远有意识地启发道。

"好!"同学们的声音特别响亮。

刘老师在一旁鼓励道:"我们农村娃有志气!"

定远范唱着,让同学们闭上眼睛想象歌词描写的画面——沿着校园熟悉的小路,清晨来到树下读书……

同学们闭着眼睛,随着歌声摇起头,有些陶醉。

接着,定远一遍遍教起来,同学们认真地学着,歌声把鸟儿惊动了,在头上飞舞着。定远叫何英子站起来领唱,自己拿出笛子伴奏,悠扬的歌声把周围的村民吸引来了,有的拿着锄头,有的挑着箩筐,还有的端着饭碗,站在学生后面听教歌。这么多年来,学校第一次传出歌声,让他们感到很新奇。看着这么多乡亲来听自己教歌,定远有些紧张,心在怦怦跳,很快又随着孩子们的歌声平静了下来。

何大伯、何大娘和何花都来了。何大伯对身边的村民说:"看不出这小子还有能耐,吹的那个叫啥?嗯,好听,好听!"

"爸,不要大声嚷嚷,影响尧老师教歌。"何花轻声指责父亲。

何大伯呢,听得入神,用烟斗跟着歌声舞起来。何花站在母亲旁边,偷偷看着定远。她看见定远正朝这边看,忙把目光躲开,心里的小鹿在乱窜。看着父亲舞动的烟斗,她捂着嘴偷偷笑了。

自从教了这首歌之后,学生早晨到学校比以往早了,教室里、操坝上,特别是小树旁,哇哇读书的孩子多了。那个唐小闯,天天来得最早。刘老师说歌曲的育人力量不可低估,叫定远以后多教孩子们唱歌。看到孩子们的变化,定远似乎找到了自己的价值,恨不得把中师所学全部教给孩子们。

第一个月的工资发下来了,定远拿着62.5元的工资,第一件事是去给母亲买了一块布料,白底上印着一朵朵蓝色小花儿,非常漂亮,三年前的心愿终于完成了。他还给父亲买了一件白背心,父亲那件旧背心早该扔了。定远想了想,又去买了一块足足有四个手指宽肥膘的猪肉,第一个月工资,得让爸妈打打牙祭。

剩下的工资他要交给母亲,母亲不肯接,说今年种上杂交水稻,产量高,吃的不用愁了,平时也用不了多少钱。定远仍然坚持说以后每月都交30元给母亲补贴家用。

"好好好,我收下,我家远儿有出息,关工资啦!"母亲笑得合不拢嘴,不是因为儿子关工资了,而是因为儿子的脸上终于有了笑容。

十八

这就是现实

　　国庆节到了，定远想起了和欧必进的约定。尧家乡离欧必进的学校需要经过两个乡镇，转两次车。定远一路颠簸，下车，上车，然后走了两个多小时的山路，问了许多路人，才到了欧必进所在的东山村校。如果不是那面国旗，谁也不会相信那是学校。整个学校就两间破烂的教室、一个简易厕所、一块长满杂草的土坝子，周围没有人家。边上有棵苍老的黄桷树，树干有些狰狞，底部有个大黑洞，一根树枝上吊着一个装满沙土的麻袋。眼前的一切让定远不敢相信，原以为河坝村校已经破烂得不成样子了，没想到还有条件这么差的学校。

　　教室门开着，里面有一块掉了很多土漆的小黑板，一张讲桌，四五张石桌子、石凳子。教室后边堆了一堆柴草，柴草旁边有一扇门。定远推开门，只见里面有一张床，一张桌子，桌上有一盏煤油灯,亮着微弱的光。墙上挂着欧必进的那把吉他,有些上灰了。角落有个土灶,灶台上有一个碗,没有洗。

这,就是欧必进一个人的学校。

"喂,尧定远,尧定远——"

听到教室外欧必进的喊声,定远忙走了出去。只见欧必进背着一捆柴,挑着一挑水回来了。见到定远,欧必进放下扁担,用衣袖擦了擦额上的汗,朝着定远笑。

这是班长欧必进吗?整个人瘦了一大圈,黑了许多。吉他、柴草,柴草、吉他,定远怎么也无法在二者之间画上等号。

"班长,我差点没认出你来,来,我帮你挑。"

"不用,我自己来,刚才我在对面山腰挑水,远远看到有人朝山上走,猜想就是你。"欧必进边说边挑起水往寝室走。

定远跟在欧必进后面,这个是篮球场上那个猛虎般的欧必进吗?是挂着吉他甩着头发唱《冬天里的一把火》的欧必进吗?是"北方的那匹狼"吗?这就是命运对一个优秀中师生的安排?他不该是这样的。张校长说每个人的青春都会在世界的某个角落绽放,可他怎么绽放?

"今天你来了,我煮焖锅饭来吃。"欧必进舀起一瓢水说道。

"班长,你?"

"你到床那边坐着,我生火,烟子熏眼睛。"欧必进打断了定远的话。

只见欧必进从寝室门外的柴草堆里抓了一把柴放进灶里,用火柴点上,然后对着灶口吹气,冒出一阵烟来。欧必进转头咳了几声,又对着灶口用力吹了几口气,还是不见火起来。

欧必进又咳了几声,说前几天下雨,这些柴草有些湿润,不容易燃。

"我来。"定远对着灶口猛吹了几口,火终于燃起来了,欧必进忙向灶里加了些才捡回来的枯树枝。

"班长，你平时就——"

"你过来，树枝燃起来就行了。"欧必进又打断了定远的话。

"欧必进，你咋上班一个月，像变了个人似的，你心里有事，以前你可不是这样的。"

"哟，忘了淘米进去了。"欧必进拿了一个水瓢淘起米来，似乎没听到定远说话。

"欧必进——"定远实在忍不住了，大声喊道。

"尧定远，能让我们先吃饭吗？"欧必进打断定远的话。

定远不再说话，不解地坐在床头望着欧必进一会儿烧火、一会搅拌锅里的米，心里很不是滋味。

饭煮熟了，半碗咸菜，两碗干稀饭样儿的焖锅饭，有点煳了。欧必进递给定远一碗，说："将就一下，这里只有这个，买菜到乡场，得走两个小时，太远啦！"

"班长——"定远望着欧必进，他的班长，欲言又止。

"吃吧，我知道你想问啥，先把饭吃完。"

这样，两个人不再说话，闷头吃着饭，饭有些生。

吃完饭，天已经黑了。两人来到教室外，坐在台阶上，山风吹来，有一丝凉意。四周静得可怕，除了虫鸣声，偶尔还有一两声远处的狗叫声。

"周围没看到人家，哪来的狗叫声？"定远问。

"有人家，分散在山里，有一家就在学校后面两三百米远。"

"哦！学生呢，也是山里的？"

"是的，只有六个学生，三个年级，来自三家人。"

"啊？那得复式教学。"

"嗯！条件稍微好一点的家庭都把孩子送到山脚下的点校上学了，这几个是家里实在困难，没有人接送孩子，才把孩子送到这里来读的。"

"你,后悔吗?"

欧必进低着头,不答话。

"怎么啦?你心里有事。"

"我妈……我妈在我来上班的第一周就走啦!"欧必进低着头哽咽道。

"什么?"

"亲戚赶了大半天的路,才找到学校告诉我,可我回去时,我妈她……她已经走了。"

定远用手扶着欧必进的肩,想安慰一下他,动了动嘴唇,一句话也没说出来。

欧必进再也忍不住了,小孩似的低头哭起来。好一会儿,他哭着说:"我妈临走前一直喊我和我哥,可还是没见上我们最后一面。都怪我,如果不是我申请到这么偏远的地方,兴许我妈就不会走,兴许我妈还能见上我最后一面。"

"欧必进,要不去申请离开这里,把这里的学生动员到点校去,这里太艰难了。"

"我也想过,可想到那六个孩子眼巴巴的样子,又狠不下心来。你不知道那几个孩子多可怜。"

"哎,我也是,本来不想到村校教书,但一看到那些孩子,好像什么怨气都没了。"

晚上,两人躺在床上,都没有睡意。

"欧必进,你最坚强,你……"定远还想安慰一下欧必进,可感觉哪句话都多余。

"说实话,以前我从来没后悔读中师,但前段时间我真的后悔了,后悔读了中师,后悔申请到离家这么远的地方,但是,我必须挺住,我不能被现实打垮,我必须前进,否则我就白叫欧必进了。平时实在难受时，就打打沙袋，练练铁砂掌。"欧必进说道。

"嗯，我最佩服你的就是这一点。"

"我不信命，我一定要干出个人模狗样来，让贾丹刮目相看！"欧必进的话语中有倔强和坚强。

"你还在暗恋她！"

"我也不知道，但我就想让她刮目相看，让大家对中师生刮目相看！"

突然，欧必进坐起来，问道："尧定远，你原来和王超经常念的那句话是什么呢？就是生活的海洋那句……"

"生活的海洋，只要你浮动，你挣扎，你肯咬紧牙关，那么，总不会把你沉没。"定远念道。

"嗯，就是那句。"欧必进跟念道，"生活的海洋，只要你浮动，你挣扎，你肯咬紧牙关，那么，总不会把你沉没。"

那晚，定远和欧必进很晚才睡，睁着眼睛想了很多很多……

第二天，欧必进要回老家到墓地看望母亲，定远也一直想着给父亲按摩腿。他俩一早就起床，赶了两个小时的路来到车站。

离别时，欧必进似乎还有话要说，几次话到嘴边又不说了。

"你怎么啦？吞吞吐吐的，这可不是你的性格。"定远奇怪地问道。

"尧定远，有件事我不知该不该告诉你。夏浩男就在我家附近那个村校教书，我妈走时他来的。他说他爸找关系把他借调回城里教书啦，还是单设中学，国庆节后就回去。他说他被村校打败啦！"

"什么？"

"你别激动。"

"中师骗人！"

"不是中师骗人，这就是现实，我们农村孩子只得靠自己硬拼才行。这也是我看到那六个孩子不忍心丢下他们不管的原因，农村孩子只有读书这条路。"

"不行，我得找张校长理论，不，找丁县长质问。"

"不要，尧定远，你这样不把夏浩男害了吗？他从小父母就离异了……"

定远心里愤愤不平："不行，他们破例了，没有一视同仁，不公平。"

"我就说不该告诉你，看你这倔脾气。"

"我今天就进城找张校长问个究竟。"定远面无表情。

"尧定远！"欧必进大声吼道，"你今天如果执意要去，我就跟定你，不准你去！"

"他们骗人！他们骗人！你知道吗？"定远伤心地摇着头。

"我知道你是为了你爸，但你得靠自己！"

"我没靠自己吗？读中师时我比谁都努力，挑的砖比谁都多，练过的字帖比谁都厚，打篮球比谁都拼命，成绩比谁都好，可这有用吗？"定远几乎吼道。

"是，没用！为了响应到偏远学校任教的号召，我连妈都没啦！"欧必进也吼道，胡子拉碴一脸的泪。

两人不再说话，各自流着泪。

好一会儿，定远回过神来，安慰欧必进："对不起，班长。你快回去看你母亲吧！"

客车来了，欧必进先坐车走了。定远在窗外喊道："经常写信！"

"我给你写来，我那个地方没有人送信。"

望着远去的客车，定远再一次感到命运的不公。

"不行，不管怎样，我要去问一问张校长，为了父亲的病，我要再争取一把。"定远最终坐上了到县城的客车。此时，他已经忘了和学生的约定，也忘了学生眼巴巴的眼神。心中只有一个念头，为了父亲的病，必须去找张校长。

车上，他回忆着毕业时找张校长的情景，有些责怪自己当时太冲动，又想起父亲唉声叹气说自己没钱拿去找关系的话，他暗暗告诉自己，今天一定要好好找张校长说。

下车后，他去买了两瓶桔子酒，一瓶麦乳精，径直向张校长家走去。

张校长开门一看，笑道："哟，尧定远，才一个月就想我这个老头子啦！快进来坐吧！"

"给，张校长，送给您的！"定远把东西递给张校长。

张校长接过礼物，看了看，说："曚，进步大，知道送礼啦！"

定远不好意思地笑了笑。

"说吧，什么事？"张校长递给定远一杯水。

"不是，张校长，我一直很敬佩您，我们班的同学都喜欢您！"

张校长笑了起来，说："您就不恨我？"

"不恨！"

"那就好，回去好好教书吧！"

"不是，张校长，我听说可以借调回县城教书……"

"狐狸尾巴露出来咯！"张校长从眼镜上方看着定远，笑道。

"不是，张校长，我不是为自己，我是为了我爸的病……"

"所以你就来看我，还给我提了酒来。"张校长取下眼镜看着定远，严肃起来。

"是——"定远的脸红一阵白一阵，低头说道。这是他第一次送礼，心里很不自在。

"是什么是！尧定远，工作一个月，好的没学会，学会走后门送礼啦！"张校长突然提高音量，朝定远吼道，"我算看走眼啦！亏我还在八六级、八七级、八八级学生面前表扬你！"

定远本来就有些怕张校长，本能地往后躲了躲。

"学高为师，身正为范，这八个字都忘了？你是这样教学生的？为人师表，为人师表，你这是为的什么师表？"

"不是，我在好好教书，我只是觉得不公平。"定远像做错事的孩子，低声说道。

"我知道，有些人到处找关系，甚至到省城找关系来压，这种歪风邪气，让人气愤，可恶！"张校长越说越生气，他的爱人在一旁也劝不住。

张校长喝了一口水，缓了缓，继续说道："你可能不知道，我也是个农村孩子，我在农村吃的苦不比你少。几年前，丹丰师范开始招中师生，我毅然放弃了省城待遇丰厚的工作，回到家乡当一名校长，就是希望为农村孩子多培养点优秀教师。如果我们农村的孩子都不愿回农村，谁还会去农村？不公平，好老师都走了，才是对农村孩子最大的不公平。不公平！你知道吗？"

定远的脸更红了，他抬起头刚想解释，只听张校长说道："我知道你的难处，你也是为了你爸的病，我也想帮你，但得光明正大，得在政策许可的范围内。我一辈子最愤恨的就是歪门邪道，如果当老师的都认为这样做是对的，教出来的学生不全学坏了吗？这个社会这样下去还得了？"

定远被说得哑口无言。

张校长站起来，把礼物还给定远，从包里掏出200块钱放在里面，说："这个拿回去，经常带你爸到县城来检查，还有，平时叫他多运动。"

"我不要，张校长。"定远推辞道。

"不要推辞,我会一直盼着你的喜讯,哦,还有欧必进,我相信你们在农村一定会干出一番事业的。"

走出张校长家,提着的礼物像是在嘲笑自己,定远下意识地拉起衣服遮了遮。

回到家,躺在床上,胡乱翻着书,张校长的话一直在耳边萦绕:

如果我们农村的孩子都不愿回农村,谁还会去农村?

如果我们农村的孩子都不愿回农村,谁还会去农村?

如果我们农村的孩子都不愿回农村,谁还会去农村?

定远的心里,隐隐为自己今天的冲动感到羞愧。

十九

小小成就

母亲干活儿回来了,见定远在家,高兴地说道:"远儿,昨天我到乡场赶集,碰到一远房亲戚,他家孩子就在你班上读书,叫唐小什么?"

"唐小闯。"

"对,唐小闯,超生的一个宝贝疙瘩。孩子回家老夸你,还说周边群众都夸你,直竖大拇指呢!"

"哦!"

"就哦一下就行啦,妈脸上可有光啦!我回来给你爸讲啦,你爸也高兴。"

定远坐起来,看着母亲,说道:"妈,您笑起来真好看,从现在开始,我要好好教书,把这些孩子教好!"

"嗯,妈信你!"母亲笑着去厨房烧水了。

定远打开笔记本，认真地写道：如果我们农村的孩子都不愿回农村，谁还会来农村？为了让爸妈笑得更开心，为了让农村娃走出农村，我，尧定远，一定静下心来教书，静下心来工作！

水烧好了，定远给父亲揉着腿，边揉边说："爸，哪天周末我带您到县城检查，顺便再买点药。"

父亲乐呵呵地说："好，听你的。定远，听人说你在学校吹笛子教学生唱歌，很好听，一会儿你也给我和你妈吹吹。"

"好！"定远应着，给父亲按摩完脚后，拿出笛子，靠着自家门前那棵苦楝树，吹起了《山丹丹花开红艳艳》。看着儿子，父母打心里高兴。

国庆节后，定远早早来到学校，已经有学生在小树下读书了，整个校园书声琅琅。定远突然觉得整个校园特别可爱，孩子们身上都洒满了阳光。

唐小闯看到老师，跑了过来，说："尧老师，您布置的古诗我全会背了，不信您抽。"

"好哇，你背一首《长歌行》我听听。"定远弯下腰。

唐小闯摇头晃脑熟练地背起来：

青青园中葵，朝露待日晞。
阳春布德泽，万物生光辉。
常恐秋节至，焜黄华叶衰。
百川东到海，何时复西归？
少壮不努力，老大徒伤悲。

"嗯，不错，把老师增加的诗句都记住了。这首诗有什么教育意义呀？"

"教育我们要趁着现在大好时光努力学习，否则等到老了后悔就来不及了，像我爸一样。"

"小机灵鬼，不错，继续加油！"

定远来到办公室，吹了吹办公桌上的灰尘，又整理了一下课本、教案、作业本。从今天开始，要静下心来，用心教这群农村娃。定远暗下决心，又使劲儿吹了吹办公桌上的灰尘。

慢慢地，定远发现，唐小闯尽管爱学习，但在班上不爱说话，同学们也不爱和他玩。下课了，别的男生上厕所都是几个人有说有笑的，他呢，基本是独来独往，有时一个人跑到操场边的大树下独自转圈玩儿。

一天，唐小闯又一个人跑到操场边转圈玩儿，定远走了过去，问道："唐小闯，怎么不和其他同学玩呢？"

"是他们不和我玩，我也不和他们玩，因为他们老说我是小矮人。"

"小矮人怎么啦！白雪公主里面的七个小矮人多可爱呀，你不在意就行，何况你会长高的。"

"嗯，尧老师以前也不高，现在不也长高了吗？"唐小闯仰着头看着老师说道。

"对呀！走，主动和那些同学玩。"

"好！"唐小闯抬起头笑了。

快到元旦，天气越来越冷。家里的苦楝树叶子早掉光了，留下一树的苦楝果。定远见了，灵机一动，有了主意。他要策划一次特别活动，叫同学们自由组合成两个小组参加。可是两个小组都不想要唐小闯，原因是唐小闯太矮了，怕影响小组的成绩。唐小闯呢，低着头坐在位子上，眼泪都快掉下来了。

定远说："同学们，我们16个同学要像亲兄妹一样团结，一个都不能掉队，唐小闯同学机灵得很，哪个队要？"

第二组的组长何小妮勉为其难地站起来说："老师，我们队要吧!"其他同学听后叹了一声气,有些不愿意。

比赛那天,第一个项目是"挤油",两组沿石头墙根一字排开。定远一声令下,两组一起往中间挤。

"加油,加油!加油,加油——"其他年级的同学也来给他们加油。

大家咬着牙,涨红了脸。唐小闯在最后,弓着腿,用肩死死抵住前面那个同学,身体几乎伏到了地上。"砰"的一声,唐小闯的裤腰带掉了下来,他斜眼看了一下,也顾不得捡,眼看屁股蛋儿要露出来了,他一把抓住裤子,仍拼命抵住前面那个同学。

一声哨响,唐小闯那个组赢了。他捡起裤腰带,提着裤子,咧着嘴不好意思地笑着。

"同学们,暖和了吗?"定远问道。

"暖和了。"大家齐声答道,一个个脸蛋红通通的。

"刚才,两个组的同学都使出了吃奶的力气,特别是唐小闯同学,尽管个子矮,但个子矮有个子矮的优势,个子矮重心低,他硬是没往后退半步,我们把掌声送给我们自己,也送给唐小闯同学,好不好?"

"好!"同学们开心地鼓起掌来。

唐小闯露出了格外灿烂的笑容,连额头上的汗珠儿也闪着光。

第二个项目是考眼力。看谁能用弹弓把苦楝果射进三米远纸板的洞孔里,三分钟内,射进最多者为胜。为了确定洞口的位置,前两天制作道具时,定远故意按唐小闯的身高来设计。他把唐小闯叫到办公室,叫他试射了几次,就在苦楝果触纸板点最多的地方开的洞。

开始比赛了,定远从家里摘来一大筼筜苦楝果。高个子同学需要弯着腰瞄洞口射,命中率不高。何英子噘着嘴,射了几次都没射中。轮到唐小闯了，洞口的高度对他来说刚好，他不需要弯腰就可以直接射。

"一颗、两颗、三颗、四颗、五颗……"

"哇！哇！哇！……"唐小闯每射进一颗苦楝果，同学们都"哇"地叫一声。

"哇，唐小闯的眼力真好。"何小妮在一旁高兴地拍手道。

"二十八、二十九，时间到。"哨声一响，第二组的同学欢呼起来。

"唐小闯一分钟射了二十九颗，单项第一名，为小组也挣了分，我宣布，第二组第一名。"

第二组的同学把唐小闯围到中间，高兴地跑起圈来，边跑边喊："嚯嚯嚯，我们得第一了；嚯嚯嚯，我们得第一了！"

唐小闯站在中间，不敢相信自己居然得了第一名，还愣在那儿，不知所措。

定远向着唐小闯伸出大拇指，大声说道："唐小闯，你好厉害，眼力很准。"

唐小闯不好意思地笑着，看得出来，非常开心。

从此以后，唐小闯脸上的笑容多了，大家都主动和他交往了。

定远在班主任记录本上写道：老师多用一分细心，多有一份爱心，就能改变一个孩子。写完之后，合上记录本，定远舒了一口气，心里是满满的成就感。

1989年元旦，定远来到乡场，先到乡医院给父亲抓了两剂泡脚的中药，再拐到邮局取到3封信。黄石山的、王超的、欧必进的。太好了！定远一下收到三封信，又是激动，又是高兴。他迫不及待地打开黄石山的信，最想了解他的情况。

"尧定远，笛子吹得怎样了？说好到时要吹给我听的！今年我已经考上省财经大学,这辈子想当老师,可是没机会啦!……"定远念着信,替黄石山感到高兴。

撕开王超的信,王超在信中说道:"尧定远,我的老同学,好同桌,很是想念和你同桌、同寝的日子。到了师范大学,才发现大学又是另外一片天地,有好多社团,有好多多才多艺的同学。定远,我听说有一种高考叫成人高考,你打听一下政策,一定要到大学读一读书,外面的世界真的很精彩。同时,也感谢你把进大学的名额让给了我。"

"成人高考,成人高考……"定远反复念着几个字,心中进大学的梦又在燃烧。

欧必进在信中写道:"上次一别,又是三个月了。此时,我一个人在学校,窗外的山风正在嚎叫,挣扎着往墙壁石缝钻进来,就让山风来得更猛烈些吧,我不怕!现在,那六个学生就是我的精神支柱,我一定会把他们教好。只是,有时也感到孤独!放假前写信来,为我加加油,我到邮局去取!好了,去练铁砂掌了。盼信!"

好一个欧必进,修复力超强的欧必进,定远相信他会振作起来。正想着,不由加快了脚步,他要把自己改变唐小闯的小成就写信告诉同学们。

放寒假了,发通知书那天,唐小闯守在办公室门口不肯走。

唐小闯跑到定远身旁,低声说道:"尧老师,今天我家杀年猪,我爸叫您到我家吃刨猪汤。"

"不行,我也得回家呢。谢谢你!"定远拒绝道。

"尧老师,就去嘛,我跟爸爸保证了,一定要把您请到家。"唐小闯坚持着,不肯走。

"今天不行。"定远还想推辞。

"尧老师,就去嘛,您去了院子里的其他人就不会欺负我了。"唐小闯拉着定远的手,央求着。

"好吧!我去。"听了唐小闯的话,定远决定到唐小闯家去一趟。

一到唐小闯家,唐小闯就迫不及待地向爸妈介绍,这就是尧老师,世上最好最好的尧老师。唐小闯边说边端过一根凳子来,用衣袖掸了掸凳子上的灰尘,让他亲爱的尧老师坐。

唐小闯的父亲忙过来迎道:"尧老师,我就担心您不来。自从您教小闯后,他的话越来越多了,每天回来还非要唱歌、背古诗给我们听,就像变了个人似的。得感谢您呀,尧老师!"

唐小闯的母亲从厨房端来一筛子刚炒好的花生叫定远吃。定远忙起身接过来放到凳子上,唐小闯上前抓了一把,硬要塞给他的尧老师。

唐小闯的父亲说:"尧老师,现在日子比以前好过了,至少不愁粮食了。这不,过年也能杀个年猪了。您就别见外,说来我们还沾点亲呢!我家小闯天天回家念您的好,还说长大了要像您一样当老师哩!"

"就是,就是!"唐小闯的母亲在一旁也笑着说道。

"其实,其实我没他说的那么好!"定远说道,想起自己国庆节去找张校长的情景,觉得有些对不住这些农村孩子,暗自在心里告诫自己要静下心来好好教书。

二十

相亲

1989年春节，定远天天给父亲煎中药泡脚，还给父亲做了一副拐杖，一有空就扶着父亲在院子里练习走路。

定远小心翼翼地扶着父亲，说道："爸，您一定要坚持多运动，不然双腿的肌肉萎缩了就一辈子站不起来啦！等您的腿好了，我还要带您和妈到城里逛公园呢！"

"好，我要天天练，不然你娶媳妇时，人家会嫌弃我这个拖累的。"父亲一步一步吃力地挪着脚步。

"爸，看你说的。她要真嫌弃您，我还不稀罕她呢！"

春节过后，定远的二姨来拜年，一进门看到定远就连珠炮似地说道："哟！定远，越长越标致了。我给你说，我给你寻了个对象，丝厂的，姑娘的父亲是粮站的，家景好，姑娘也长得好看。趁放假，明天到街上见个面。"

"二姨，我19岁都不到，还不想找对象。"定远说道。

"你这孩子，你要是在农村，早处对象了，说不定都当爹了，还等到这时候？现在丝厂的姑娘抢手得很，一眨眼就被别人抢走了。听二姨的，明天到场上那个国营大食店见面吃顿饭，我已经给那个姑娘家说好了。

"我不去！二姨。"定远心里不是没想过这个问题，但要找女朋友，至少也该自己找，他不想什么媒人介绍。

"你这孩子，二姨是替你着急。"二姨有些生气了。

母亲过来了，劝道："定远，听二姨的，明天要去，不然妈生气了。"

第二天，定远极不情愿地和母亲一起来到国营大食店，二姨早等在那儿了。等了一会儿，那个姑娘和她爸妈来了。一进门，二姨忙迎了上去，说道："哟，凤霞越长越漂亮了，我都快认不出了，快坐。"

二姨叫了一盘花生米，一盘回锅肉，一盘宫保鸡丁，还要了两个小菜一瓶酒，忙招呼姑娘的父母坐下。

"你就是尧定远？在那个叫什么、什么村校教书呢？"姑娘的父亲吃着花生米，喝了一口酒问道。

"河坝村校。"定远回道，很不自在。

"我打听了，听说你小子教书还不错。一个月多少工资？"姑娘的父亲问道。

"六十二块五。"

"啥？六十二块五。怎么老师的工资这么低？粮站工人的工资哪个不是一两百一个月？"姑娘的父亲说着，看了一眼姑娘的母亲，脸色有些不好。

姑娘只顾低头吃菜，伸出的手很白，一看就是长期在丝厂缫丝的手。

姑娘的母亲问道:"他二姨,他爸呢?"

"我爸腿脚不好。"定远抢着说道。

二姨用脚碰了碰定远,想阻止定远,可话已出口,收不回来了。

姑娘的父亲吃了两筷子回锅肉,说:"这回锅肉,炒得还没我家炒的好吃,今天就吃到这儿吧!"说着,用手抹了抹嘴角的油水,起身就要走。

二姨忙说:"怎么吃一下就要走,才吃这么一会儿……"

"不吃了,不吃了,走,我们还有很多事。"姑娘的母亲拉了拉姑娘的衣服,叫上她走了。

二姨还想跑上去挽留,定远一把拉住说:"二姨,别留了,您还没看出人家的意思?人家看不上我。"

"哼,不吃算了,我们自己吃。"二姨生气地坐下。

"二姨,我们吃,好久没吃这么香的菜了。"定远吃了起来。

"定远,你也是,老实得很。"二姨责怪道。

"我家定远就是这样的性格,撒不来谎,你就别说他了。"母亲在一旁说道。

二姨家离乡场很近,又是个热心肠,对定远的终身大事很上心。隔了几天,二姨又来了,见了定远,一把拉住她说:"定远,我说,上次丝厂那个姑娘已经和粮站的一个工人订婚了,订了就订了,我们也不稀罕。二姨又给你寻了一处,供销社的售货员,你知道吗?供销社的售货员,工作轻松工资又高,等几天二姨去她家说说,你就等我的好消息吧!"

"二姨,您就别操这个心啦!"定远说道。

"我不操心,谁操心?你这孩子。"二姨说着,乐呵呵地走了。

二姨走后,母亲对定远说道:"定远,你也不小了,也该考虑个人问题啦！你看村里和你差不多大的那几个，哪个不是十六七岁就处对象？有一个孩子都一岁啦！"

"妈，我还早，您就别操这个心！"定远有些不耐烦了。

"妈不操心，妈怎么不操心？村校就那几个男老师，到哪里处对象？你不至于读了几年书还找个农村媳妇吧？现在吃皇粮的姑娘紧俏得很。"母亲有些急了。

"好，妈，你操心。我去看书了。"定远说着回寝室关上门，不再听母亲唠叨。

开学前一天，定远早早来到学校，在黑板上认真地写着"欢迎同学们回学校"几个大字，正在描边时，小石老师来叫他，挤眉弄眼地说办公室有人找他。

定远一进办公室，见母亲、二姨和一个姑娘坐在那儿。二姨忙对身边的姑娘说："你看，我说俊吧，怎么样？"

那姑娘瞟了一眼定远，说道："人还行，就是满身的粉笔灰。"

"二姨，咋回事？"定远把二姨叫到办公室外问道。

"快拍拍身上的粉笔灰，你看，满身都是。"二姨边拍定远身上的粉笔灰边说，"你先说这个姑娘如何，就是上次说的那个，供销社的，天天坐在柜台前就有工资。"

"二姨，你们怎么跑到这儿来了？这是学校。"定远责怪道。

"是那个姑娘要来的，人家心里有这个意思。"二姨说。

这时，那个姑娘噘着嘴走了出来，看也不看定远一眼，说道："姑，我们走吧，以后再说。"

姑娘的脚有点轻微的跛，母亲着急地跟在她后面，想挽留她。

二姨轻声在定远耳边说道："小时候得过小儿麻痹症，看不大出来。话说回来，人家又不干农活儿。"

"你们这是——"定远急得脸都青了。

二姨追了上去,喊道:"喂,珍珍,还没说上话怎么就走了呢?"

那姑娘边走边说:"还是算了吧,姑,这个学校太远了,离乡场要走一个多小时,在这儿待一辈子还不把人憋死。"

母亲站在定远身旁,走也不是,不走也不是。

小石老师又在一旁挤眉弄眼,定远气红了脸,吼道:"妈,以后你们少管我的事!"

母亲难为情地小声解释道:"你二姨也是好心,怕你在村校找不到一个吃皇粮的媳妇。"

"妈,我不娶媳妇行吗?"定远说完,气冲冲到教室去了。

二十一

欣欣然

新学期开学第一天,定远面带微笑,站在办公室门口,来一个学生就伸出手和他击一下掌。

"欢迎你回到学校!"

"欢迎你回到学校!"

……

新学期新气象,定远想给每个学生新的希望,新的快乐!刘老师见了说他像中国女排教练欢迎获胜队员一样。

"对呀!刘老师,我就是向他们学的!"定远回道,"读中师时,学校组织看过很多场女排比赛。不过这也是向我中师的班主任学的,他在学生面前总是面带微笑,很少生气。"

唐小闯来了,一见到他亲爱的尧老师就说他早就想开学了,然后趁定远不注意,偷偷放了两根香肠在他的办公桌上就跑了。

何小妮也来了，她抱着一只小猫咪说："尧老师，我上次在办公室看到一只老鼠，这是我家猫咪下的小猫咪，两个月了，我姐挑了一只最漂亮的送给您。"

"好好好，谢谢你，还有你姐姐。这下我就不怕老鼠啃书了。"定远接过小猫，拍了拍，然后放进寝室。

下午，刘老师安排定远和小石老师到中心校背课本和作业本，每人背了一大包，回到学校时，天已经黑了，两人早累得满头大汗。

小石老师放下背包，叹气道："哎，哪年我们这儿有条公路就好了，不要多宽，只要能骑自行车就行。"

"乡教办主任不是说了吗，面包会有的，牛奶嘛，可能也会有。"定远擦着汗调侃道。

"你倒挺乐观。"小石老师抱怨道，"不是怕把我家老爷子心脏病气发了，我早到街上摆地摊去了，卖凉水都比当老师强。"

"石老师，这种话我俩说可以，千万别在学生面前说。"

"那有什么？我这人有什么说什么，我还对家长们说过，免得他们认为我非要来教这个书不可。"

定远听了，不知说什么好，暗自直摇头。

第二天上午，发新书了，同学们兴奋得很。

定远问道："同学们，你们闻一闻，书香不香？"

同学们真的翻开书，用鼻子这里嗅嗅，那里嗅嗅。

何英子说道："嗯，真香，有一股书香味儿。"

"那到期末时，你们希望书有什么味道呢？"定远又问。

唐小闯一下从座位上蹦起来，说道："我希望书有勤奋的味道，还有丰收的味道。"

"好有诗意的回答，士别三日当刮目相看，唐小闯同学有进步！同学们，你们希不希望期末时，也就是小学毕业时，大家都考上初中呢?"

"想!"同学们的声音特别响亮。

"好,那时,你们就会闻到丰收的味道。"

然后,定远拿出一沓报纸,挥了挥,说:"同学们,现在我教你们包新书,昨天背新书时到中心校拿的废报纸。"

"哦,太好了!"

同学们围了过来,一人一张报纸,学着老师的样儿包起新书来。四个角分别折有一个小三角形,像一个小兜,有的同学还在小兜上画了一朵小花儿。定远之所以这样做,是因为小学六年,每学期开学发新书,定远的书都是黄老师给包的,这也是定远一直喜欢黄老师的原因,不过不能像黄老师那样只偏心自己一人。不偏心任何一个学生,让每个学生都能感受到老师的爱,学生才会喜欢老师,同学们才会团结。这也是中师班主任许老师教给他的。

春天到了,柳条儿最先吐芽儿,一颗一颗的绿珍珠串成串儿,在风中拂动起舞。小河里的水又在叮咚作响,春水田泛起了涟漪。校园里,孩子们鞋底带来的野花种子在破土,一切都欣欣然。

定远决定教同学们放风筝,他从家里带来一些父亲切好的竹条,每天下午放学后,领着孩子们兴致勃勃地做风筝骨架、糊风筝,做了一周多才把16个风筝做好,有蝴蝶样儿的、燕子样儿的,还有长长的蜈蚣样儿的。

风筝做好了,还得装饰,定远说:"同学们,每人一个风筝,你们自己来装饰,想画什么就画什么,想写什么就写什么。"

同学们认真地写着、画着,上面的字特别工整。

唐小闯写了一个心愿:"风筝飞多高,我就长多高。"然后在风筝上画了一个大大的人,两条腿很长,一只手向上举着,在手的上方还画了一颗星星。旁边写了一句"手可摘星辰"。

"你这脑瓜子,想象够丰富的!"定远摸了摸唐小闯的小脑袋瓜。

唐小闯笑着,看着自己的杰作,也很满意。

何小妮拿出彩色笔,想画一朵荷花,可怎么也画不好,定远走过去,几笔就把一朵漂亮的荷花画了出来,并着上了淡淡的粉红色。

"哇,好漂亮的荷花,跟真的一样。"同学们挤过来称赞道。

"嘻嘻!我姐一定喜欢,谢谢尧老师!"何小妮高兴地举起风筝。

何英子在风筝上画了很多黄色的小花,她说是金纽扣,她就喜欢这种野花。

一连两周,每天下午放学后,定远带着学生都在忙风筝的事。这次,作为村校负责人的刘老师有些意见了,他把定远叫出教室,严肃地说道:"小尧老师,你带孩子们活动我不反对,可是你知道吗,他们还有三个月就要参加小学毕业考试了,你这样带着他们玩,会影响他们升学的。"

"刘老师,我心中有数,爱玩是孩子的天性,我们不能束缚他们的天性。"定远依然坚持。

"可是要分什么时候呀!"刘老师强烈反对。

"刘老师,义务教育法明文规定要培养德智体美全面发展的学生,我们老师眼里不能只有学生的考试分数。"定远解释道。初生牛犊,想到什么说什么,他完全没发现刘老师表情的变化。

刘老师听了这话,把脸拉得老长,心想,你才教了几天书,居然教训起我来。定远感觉到不太对劲,忙赔笑道:"放心吧,刘老师,让学生爱上学校生活,才会爱上学习,这是我中师三年的体会。"

"好吧！又是中师，我说不过你，反正学生的学习成绩不能受影响。"刘老师说道。

"不会的，刘老师，谢谢您提醒我，我带他们玩也是学习。"定远说。

"好了好了！我不管了，毕业拿成绩出来看。"刘老师生气地走了。

等刘老师走了，定远走进教室，低声对同学们说道："同学们，我们玩的时候就好好玩，学的时候也要好好学，好不好？"

"好！"同学们也配合着低声齐答。

刘老师走远了，定远说："走，同学们，放风筝去！"

同学们欢呼起来，拿着风筝有说有笑地来到学校附近的一个小山坡。小山坡上有一大块平地，是放风筝的好地方。

"同学们，我们先唱《三月三》这首歌，然后放风筝，好吗？"

"好——"孩子们把一个好字拖得老长老长，似乎把整个山坡都给震动了。他们的脸上洋溢着笑容，歌声在小山坡回荡：

又是一年三月三，
风筝飞满天，
牵着我的思念和梦幻，
走回到童年，
啦啦啦啦啦啦啦
……

新学期又是不一样的快乐，孩子们的脸上啊，全是欣欣然！

定远拿出笛子，也吹起了《三月三》，整个乡村欢快起来。燕子在空中飞舞，时而从同学们头上横掠而过，落在远处的小水塘，尾巴一点，激起层层圆晕。麦子开始抽穗，伴着歌声在风中摇曳，一阵风吹过，歌声追着麦浪播散开去。田间地头，农人们开始插秧，伴着歌声，他们的动作变得轻盈起来，趁着直起腰后退的功夫，总不忘朝小山坡这群孩子望望，然后羡慕地说上一句，还是孩子们幸福！

孩子们跑着，笑着，欢呼着，开始放风筝。

"同学们，放风筝要逆风跑，风筝晃时要注意收放线。"定远在一边大声喊。

"嘿，飞起来了，飞起来了。"

"哇！我的风筝也飞起来了。"

"我的风筝到天上摘星星去了！"

……

一个个孩子的脸上写满了幸福！

何花躲在院子的一棵树下，一直在偷偷朝这边望。她被歌声、笛声和孩子们的欢笑声吸引了，心里一阵羡慕，要是自己也是学生该多好哇！这时，她可以肆无忌惮地望着定远，定远吹笛子的样子真好看，想到这儿，她不觉心儿怦怦跳……

二十二

情窦初开

还有一个月就毕业考试了,一天下午,何小妮来到办公室,趁定远不注意,放下一包东西转身就跑。

"何小妮,别跑,这是什么东西?"定远叫住何小妮。

"尧老师,我姐姐给你做了一件衬衣,她说感谢你让我来读书。"何小妮只得停下来,做着鬼脸说道。

"这么贵的东西,我可不能收,快拿回去。"定远从包里拿出衬衣要何小妮拿回去。

"我姐说了,如果你不收,她就像《红楼梦》中那个晴雯撕扇子一样,把衬衣撕了。"何小妮说道。

"那,那我给钱。"定远把手伸进口袋里左摸右摸,只从裤兜里掏出皱巴巴的一元钱。

"我姐说了,给钱也不收,这是她独立完成的第一件衬衣,就当练手艺。我走啦,尧老师。"何小妮说完,风一样地跑了。

这时,刘老师进来了,看着定远手里的白衬衣笑道:"哟,这针脚做得真好,小尧老师,还不明白人家姑娘的意思?"

"别乱说,刘老师。"定远的脸红到了脖子根儿,忙把衬衣藏到身后。

"我都听到啦!别瞒我。何花可算得上方圆几里数一数二的漂亮。小学是我班上的,人机灵,成绩也好,可惜她那爹,哎!封建老思想,硬没让她读毕业就去学缝纫,可惜啰!"刘老师说道。

见定远还不好意思地站在那儿,刘老师又说道:"哎,小尧,如果你也有意的话,要不我来捅破这层纸。何花姑娘不错,勤快漂亮,家境也好。"

"别别别,刘老师,人家没这意思。"定远忙阻止道,脸红了又红,他也不知道自己为什么要脸红。上次在操场教唱歌,他远远看到何花,何花也在看他,两人目光相碰的一刹那儿,他忙避开了,当时也是心里怦怦跳。今天,心里又像那天一样,怦怦跳个不停。

上次,何小妮回家把风筝送给了姐姐,还说上面的荷花是尧老师画的。何花就把风筝挂在自己的屋里,学缝纫下班回来,天天琢磨着怎么画荷花。她要给定远绣一双鞋垫。只见她拿出一块布,慢慢描起来,描一会儿,看一会儿,抿着小嘴儿,笑着,有些害羞。

还有两周就毕业考试了,定远告诉同学们,这两周就是他们查漏补缺的时间,他们要做四件事:一是把书从头到尾仔细复习一遍。二是关上书把书上的内容从头到尾回忆一遍,回忆不起的打开看一下再回忆,这叫试着记忆法。三是每个人出一套题,把自己认为最容易考的知识点用试题的形式表现出来。四是互相交换试卷考试，出题者要负责批改试卷和讲解错题。也就是说，这两周，每个同学都是老师，他只负责大家有争议时答疑。

同学们一听，来了兴致。下午放学后，唐小闯、何小妮、何英子和班上的五六个同学还在教室复习。定远到教室催同学们快回家，他们却想再复习一会儿，说复习了才知道怎么出题。

"好吧！不能超过一小时。"定远叮嘱道。

这时，小石老师路过教室门口，问道："尧老师，你给学生灌的什么迷魂汤，他们怎么这么自觉？"

定远说哪有什么迷魂汤，他只是相信学生的学习能力，激发了学生的学习热情而已。

小石老师听后，露出不相信的神情，说道："就他们？这些农村娃子，还有学习热情？我班那几个巴不得天天不到学校来才好呢！"

"只要老师多引导，他们还是挺爱学习的。"定远说道，然后叫小石老师帮忙把班里这几个学生盯着点，他得早点回去给父亲按摩。

刚走出学校没多远的一个路口，正巧碰上何花去乡场。两人都有些不大好意思，定远主动招呼道："何小妮的姐姐吧，谢谢你！"

"我叫何花，尧老师。"何花的两只手不停地绕着布包带子，不好意思地低着头，轻声说道。

"你去哪儿？"两人几乎异口同声地问对方，然后都不好意思地避开目光，等对方回答。

"我回去给我爸按摩。"

"我到乡场送衣服。"

几乎又是异口同声，弄得两人更不好意思起来。

"你爸身体怎么了？"何花闪着一双大眼睛，问道。

"我爸去年摔了一跤，一年了还不能走路，我要天天回去给他按摩。现在好多了，有时可以自己拄着拐杖走几步了。"定远说道。

这是定远第一次这么近距离看何花。白里透红的脸蛋儿，胸前那条辫子依然扎着一根白手绢，像个大大的白蝴蝶。她身穿白衬衣和格子喇叭裙，确实如刘老师说的漂亮可人。

定远想着，慌忙把目光移到别处，说："哦，我走了。"

"尧老师，我送你的衬衣不合身吗？小妮说没见你穿过。"何花追问道。

"合身，合身，谢谢！"定远心里咚咚跳着，赶快走了。

何花站在原地，看着定远慌忙逃走的样子，捂着嘴笑了。

毕业考试那天，定远把16个学生带到乡小学参加毕业考试。语文考试结束后，同学们跑到定远跟前七嘴八舌地说："尧老师，作文是记一次难忘的活动，可好写了！"

"我写的是上次挤油比赛。"

"我写的是放风筝。"

"我写的是第一次学唱歌。"

……

唐小闯个子矮，大家说完了，他才说："尧老师，我写的是上次我得第一名的射苦楝果活动，我爸说了，那是尧老师专门为我个人设计的比赛，我一辈子都不会忘。"唐小闯说着，眼里有泪光。

"同学们，考完了别忙着对答案，马上要准备数学考试，老师给你们怎么说的？"

"相信自己，细心答题。"同学们答道。

"对，老师也相信你们，沉着应考就行了，你们已经复习好了。"定远鼓劲道。

数学考试结束了,同学们走出考场,这次大家更欢了,都说有好几道题自己前几天出的题里边就有。何小妮说最后那道关于池子注水的应用题,唐小闯昨天才给她讲过类似的题,今天她做对了。

"嗯,看来同学们考得不错,大家都尝到了丰收的味道,你们就回家等好消息吧!"定远说道。

"何小妮,你姐来了。"一个同学在远处喊。

定远忙循声望去,一阵欣喜,一阵心跳。何小妮跑到何花跟前,高兴地说:"姐,我肯定能考上初中。"

"好好好,姐供你。"何花说着走过来,拿了一本书递给定远说:"尧老师,我在我师傅那儿给你借了本关于按摩的书,看能不能帮上你?"

定远接过书,打开一看,里面有一双绣着荷花的鞋垫,忙把书合上,心里扑通扑通一阵乱跳。抬头看时,何花已带着何小妮走远了。

学生毕业考试后,定远有时间天天给父亲按摩了。他按照何花给的按摩书上的手法按摩,父亲的脚一天比一天好起来。早上,定远扶着父亲到田埂上训练,父亲的腿脚比以前利索多了。

小学毕业考试看成绩那天,定远早早来到中心校拿成绩。一进中心校,就看到很多老师和家长在看成绩公布栏。只见上面写着:丹丰县中学录取7人,再一看,唐小闯194分,居然是全乡最高分,也是班上唯一考上丹丰县中学的。

定远高兴得差点叫了起来。再往后看,丹丰县三中录取49人,定远一数,班上有8人。尧家乡附中录取50人,班上有3人。

定远正看得专心,刘老师和区小学的李校长乐呵呵地过来了。

李校长说:"怎么样?小尧老师,心里乐开花了吧!"

定远这才回过神来,喊了声:"李校长好!"

"定远,给我们河坝村校长脸了,破历史记录啦!"刘老师说着,使劲拍了定远肩膀一下,他比定远还高兴。

"真没想到,唐小闯考了区小学第一名,194分,据说作文得的满分。16个学生,9个学生上直属中学,中心校也才只有三分之一的学生上直属中学。这下我算服你啦!第一季就丰收啦!"刘老师说着,又拍了拍定远,满是赞赏。

"还得多谢刘老师平时的指导。"定远谦虚地说道。

"不敢了,还是你们这些新出来的中师生理念先进,教学方法灵活,点子多,我不服老不行啰!"刘老师感慨道。

"这样,小尧老师,暑假准备一下,下学期开学在区小学教师大会上做经验交流发言。"李校长说道。

"李校长,我也还在摸索中,没什么可讲的。"定远想推辞。

"就把你平时的做法讲出来,让大家学习。成功一定有原因,你好好总结一下第一季怎么丰收的就行。"李校长坚持道。

"好吧,我试着准备。"定远只好应了下来。

"李校长,我班还有4个学生没上附中,他们在哪儿读初中呢?"定远问道。

"乡教办已经定了,凡是没上附中的,就读你们河坝村校的初中班,河坝村校的初中班今年继续办起来,不然不能解决这些孩子的读书问题。"李校长说道。

"李校长,河坝村校办初中条件太差了,实验室都没有。"定远急道。

"你不就是那儿考出去的吗?没问题。"李校长说着,骑上自行车走了。

不管怎样,所有的学生都能读初中了,定远越想越高兴。回到学校,16个学生正焦急地等着他,见老师回来了,像小鸡见鸡妈妈般围了过来，急着问自己考上没有。

"都能读初中了，同学们！"尧老师高兴地说。

同学们欢呼起来。唐小闯从口袋里拿出一个烧熟的嫩包谷非要老师吃，定远只得拿着啃起来。

"嗯，香！这也是丰收的味道。"定远夸道。

"你们看尧老师，尧老师成小花猫了。"何英子指着老师笑道，全班同学都笑了起来。

这时，何花带着一个照相师傅来了。何花说："尧老师，这是我表叔，他是照相的，他来帮同学们照毕业照，不收钱，以后多给他介绍生意就行。"

"好！我正愁没法照毕业照呢！"定远欣喜地看着何花，她怎么知道自己这几天在想照毕业照的事呢？

"耶，照相了！"同学们欢呼起来！

"同学们，你们还是第一次照相吧，把嘴巴笑大一点，想做什么动作就做什么动作！"定远一说完，孩子们挤到一起，做着各种夸张的动作。

"来，把脸擦一下。"何花偷偷递给定远一张手绢，定远不好意思地接过来，擦了擦脸。一看，手绢黑了，小声说道："擦脏了，我拿回去洗。"

何花害羞地把手绢夺了回来，说道："谁嫌脏？"

这一镜头被何花表叔偷拍了下来。

"同学们，我们约好了30年后哪里见？"定远开心地问。

"长城见！"同学们齐喊道。

照相师傅咔嚓一声，又照下了这张欢快的照片。

暑假，定远把平时省吃俭用的钱拿去给家里买了一台黑白电视机。一天，定远正在屋外调天线，父亲坐在里屋喊着："好了，好了，清晰了，不要动。"

这时，母亲从里屋拿出一双鞋垫来，神神秘秘地说道："孩子他爸，你看，儿子藏着一双鞋垫，还绣着荷花，我从枕头底下发现的。"

定远进屋看到了，一把抢过鞋垫，脸羞得红红的，说道："妈，您怎么动我东西？"说完进自己房间，把门关上了。

"他爸，看到没，脸红了，肯定有事。"母亲低声说道，心里一阵高兴。

"我看也是，去问问，问问。"父亲一听，也乐了。

母亲推门进到定远屋里，说道："远儿，你也不小啦！该处对象啦！"

"妈，我的事你别操心。"定远躺在床上装着看书。

"给妈说说，姑娘是谁？我看鞋垫，那针脚要人赶，肯定是位心灵手巧的姑娘。"定远妈乐呵呵的，接连追问道，"是哪个单位的？谁介绍的？得我们男方先到女方家里提亲才是。"母亲高兴得很，一个劲儿地问儿子。

"妈，你想到哪儿去了？只是我教的一个学生的姐姐，人家感激我才送我的。"定远说道。

"哦，是这样呀！不是也罢，不是也罢。读了这么些年书，好歹也是老师，得找一个吃皇粮的。不急，你二姨正寻着哩！"

"妈，一天吃皇粮的，吃皇粮的，有什么不同，我还不是在农村。"定远反驳道。

"那可不同，吃皇粮每个月有工资，农村人哪里来？"

定远放下书，翻身朝里边，不再搭理母亲。等母亲出去后，定远拿出鞋垫，看了又看，上面粉红色的荷花真漂亮，他把鞋垫放进鞋里，不大不小，刚好。这么漂亮的鞋垫，怎能用脚踩呢？忙把鞋垫取出来，用嘴吹了吹，生怕上面粘了灰尘。她怎么知道我鞋子的尺码呢？定远躺在床上，百思不得其解，脑海里全是与何花见面的场景。想到何花递手绢给自己擦脸时的害羞样儿，不由得脸一阵发烫。

室外，电视里正在演《红楼梦》中晴雯撕扇子的情节。定远想起了何花做的白衬衣，从箱子底下翻出来试穿，不大不小，刚好合身。突然，他听到屋外母亲的脚步声，赶紧把白衬衣脱了放回箱子，然后拿出一本书躺在床上，装作看起来。可是，满脑子都是何花，怎么也看不进去。放假半个月了，何花在干啥呢？在家吗？还有，照片洗出来了吗？对了，我可以去要照片呀！定远翻身起床，又穿上白衬衣，偷偷溜出家门往学校去了。他要告诉何花，他喜欢穿她亲手做的白衬衣。

快到学校，定远又犹豫起来，想见到何花，又有些怕见到何花，不由得放慢脚步，心里"突突突"直跳。去学校该走左边这条路，到何花家应从岔路走右边那条路。定远正要往何花家走去，突然，看到不远处何大娘正在地里摘四季豆，忙回过脚往学校走去。

"尧老师，尧老师！"何大娘看到定远，探出头边招手边喊。

"唉，何大娘，我到学校拿本书。"定远回道，生怕被看穿心思。

"小妮到她外婆家去了，尧老师，一会儿过来坐。"何大娘又喊道。

"不了，何大娘，我一会儿就回去。"定远说着，拐进了学校。

小妮到她外婆家去了，何花呢？也去了吗？定远心里一阵失落。在校园转了一圈，心里空落落的，只得回家了。刚转出校园，定远一眼就望见了何花，何花刚从乡场取照片回来。定远的心跳得厉害，他下意识地扯了扯衣服，不知自己怎么走到何花跟前的。何花额上微微冒着汗，今天梳的两条辫子，从耳际垂下来,越发漂亮可人。

"你到学校干什么?"看到定远穿着自己送的白衬衣,何花很高兴,先开口道。

"我,我来取本书。"定远害羞起来,不敢看何花。

"我去取的照片,给!"何花说着,抽出最后边那张照片,其余的递给了定远。何花也有些不好意思,脸上泛着红晕。

"哦,谢谢你!多少张?不,多少钱?"定远有些语无伦次。

"照相那天我表叔说了不要钱的。"何花说着,手里紧紧攥着那张照片,不敢看定远。

"这张照片是什么?给我看一下。"定远伸手想去拿照片。

何花忙把照片藏到身后,不料却掉到了地上。定远捡起来一看,是何花拿手绢给自己的镜头。看着照片,两人都不好意思起来。何花一把夺过照片,低着头飞快往家走了。

收玉米的季节到了,定远、定平已是家里的壮劳力,母亲和定兰在坡上掰玉米,定远、定平负责背玉米。

邻居王大娘正在她家地里掰玉米,一见定远就大声嚷道:"哟,定远!瞧我给忘的。"

王大娘提高音量对玉米地掰玉米的邻居说道:"哎哟哟,我还忘了给你们大家讲,昨天我回了趟娘家,才知道定远在河坝村校教的一个学生考了全县第一名,8个学生考上了三中。"

"王大娘,不是全县第一名,是区小学第一名。"定远纠正道。

"村校的学生考了区小学第一名?"另一位大娘有点不相信。

"那可不!"王大娘继续说道,"考区小学第一名的是我侄孙,叫小闯。"

"哟!不简单不简单。"

"你那侄孙以后也会像定远那样吃皇粮。"

邻居们你一句我一句说开了，弄得定远有些不好意思。

王大娘向定远喊道："定远，以后我孙子读书了，也送去你教。"

"好，王大娘。"定远边装玉米边说道。

王大娘还在不停地夸定远，说定远是她看着长大的，全村就数他最懂事。

"喂，定远他妈，你家几个孩子一个个成绩都好，又孝顺，是怎么教的？"不远处，一大妈扯着嗓子在问。

"就是，说出来大家也学学。"王大娘也附和道。

定远妈一边掰着玉米，一边乐呵呵地说："我哪里知道怎么教，都是孩子们自己听话，懂事！"

"哎呀，我家那两个小子咋就不懂事呢？三天两头不去学校，他爸从来也不管，气死人了。"

"就是，我家旺儿也是，成天不翻一下书。"

"我家那个讨债的就是他爷爷婆婆惯的，说只要认得几个字就行了，你们说气不气人？"

"管他的，儿孙自有儿孙福，读不读书是他自己的事。"

邻居们你一句我一句说着。这时，刘大婶穿过一块玉米地，神神秘秘地四下望了望，悄声问定远道："哎，定远，你是老师，我信你。自从你姐定辉考上大学后，我家那闺女也发誓要考大学，初中毕业非要读高中，可我找八字先生给算过，说她没那命。"

定远背起玉米，认真地说道："大婶，你怎么还迷信呢？这不是命不命的问题，只要她努力，就一定行。"

"真的？"刘大婶还是不大相信。

"真的，刘大婶，一个人的命哪能听八字先生胡说？得靠自己。"定远肯定道。

刘大婶听后,欣喜地回地里掰玉米去了。村里有个样样在行的老师,大家打心里是信服的。

母亲听到大家夸儿子,自然高兴得很,叮嘱定远道:"远儿,今天大家都夸你呢,你可要好好教书,你黄老师常说的叫不能误什么呢,我忘了。"

"知道了,妈,不能误人子弟。"定远说完,背着一大背篼玉米走了。

身后,传来大娘大婶要给定远介绍对象的玩笑话,定远妈乐呵呵地应着,定远却想起了何花,一阵心跳。

二十三

重相聚

七月天,太阳火辣辣地暴晒着院坝的包谷,一地金黄,一阵热浪,定远母亲顶着烈日翻晒着。定远与定平、定兰一起正在进行搓包谷比赛,一只烂胶鞋套在板凳脚上,就是最好的搓包谷工具。

"请问是尧定远家吗?"有人在喊。

定远探起来一看,是班长他们,惊喜地喊道:"啊,班长!你们……你们怎么来啦?"

欧必进、白川杨、夏浩男、林小丽看着定远直笑。几个老同学进到定远屋里,大家你看看我,我看看你,都说长变了。

"我觉得变化最大的是班长,黑了,瘦了,有种沧桑感;夏浩男呢,也黑了;至于尧定远嘛,从来在我们女生眼里就是个谜,现在谜面还是揭不开。"林小丽一个人嘻嘻哈哈地说个不停。

"那叫深沉，小丽同学。"白川杨笑道。

"我深沉吗？我怎么从来不觉得？"定远也笑道，"倒是林小丽，还是那么漂亮。"

欧必进说："哎，毕业后我们各在一方，联系真不方便。每到晚上，只有我一个人在学校，有时听着山坡上呱呱的乌鸦叫，还真想大家。哎，不说了，说说你们吧！"

"我还好，学校有6个老师，离家也很近，半个小时就能回家。"定远说道。

白川杨问道："尧定远，我们区小学校长在期末总结会上说尧家乡有个村校考得很好，半数以上的学生考上县直属中学，有这事吗？"

"就是我教的那个班，16个人有9个上县直属中学。"定远说道，"但是五年级是我的初中老师黄老师教的，他是个好老师，不能算我一人的功劳。"

"行啊，别谦虚了，尧定远，教书又是一把好手。"欧必进赞赏道。

"我就说嘛，这个社会欠尧定远一个大学，这么优秀的人才不读大学太可惜了。"夏浩男直咂嘴。

"去去去，别提这事了。"欧必进阻止道。

这时，定远母亲端进来一盘南瓜子叫大家吃。

"呵呵，这个好吃，读中师时可没少吃定远带到学校的南瓜子。"欧必进也不客气，抓起一把吃起来。

"我至今还记得尧定远第一次分南瓜子给寝室每个同学吃的情景，让我知道了要学会分享。同居一室，终生为友，就是那天定下的。"夏浩男回忆道。

"哎，别光说我，说说你们吧！"难得相聚，定远自是开心得不得了。

"我说，我先说。"白川杨抢话道，"我在村校只教了一学期的书，结果乡附中缺英语老师，就把我抽去教英语。跟你们说实话，我可是边学边教。早知如此，我该像尧定远一样在中师时就开始学英语，结果白背了那么多成语。"

"哪有那么多早知如此，小白老师。"林小丽白了白川杨一眼。

"好啊，教英语多好。"定远很是羡慕。

"我初中英语都不是很好，只能挑50斤的担子非要我挑100斤，教起来很吃力，真的是瞎子牵瞎子，我就怕被人说误人子弟。"白川杨吃着南瓜子，继续说道，"还有，乡中学音体美课都没有，我在中师学的十八般武艺在那儿都用不上，心里憋得慌。我那口琴都有意见啦！"

林小丽又白了白川杨一眼，责怪道："我觉得是你自己的问题，怎么会有劲儿使不上呢？"

"好好好，你小两口别斗了，都斗了一路了。"欧必进忙制止。

这时，夏浩男不紧不慢地说道："你们都比我好，虽说我在县城直属中学教书，可是我的头一天也没抬起来过。全校76个老师，只有3个是中师生，其余的都是专科生，还有9个本科生，中师生在学校是没什么地位的。最气人的是我们校长经常在教职工会上说大家都是经过正规高等教育培训的，不知他是忘了我们几个中师生呢，还是故意刺激我们几个中师生……"夏浩男说得有些激动。

欧必进接话道："就是呀，上半年有人给我介绍对象，一听说我是中师生就不答应，说要找也要找个科班出身的，我一听就来气。"

"去找贾丹，她还没有耍朋友。"林小丽歪着头，看着欧必进笑道。

"别别别,她最看不起我们中师生,我可不自讨没趣儿。"欧必进忙摆手道。

"班长,你会让她刮目相看的!"定远最崇拜班长。

"对,班长!"白川杨附和道。

"别光说班长,你也该让我刮目相看才是。"林小丽处处抬杠,白川杨只好伸伸舌头,忙点了点头。

夏浩男继续说道:"你们知道我在学校教什么吗?教体育。我说我喜欢地理,想上几节地理课,校长不让,说怕我上不下来。在我们学校,中师生低人一等,分寝室,要按学历,就连给老师分菜园地,中师生分的位置也是最差的。"

"看来,还是我们在小学教书的好,至少在学校不会遭白眼儿。我教两个班的语文,还要当一个班的班主任,我的教学成绩可是遥遥领先,我们校长还说现在的中师生不简单,有本事。贾丹在她们村校的教学成绩也是次次扛红旗。"林小丽自豪地说道。

"次次扛红旗,这倒像贾丹的性格。唉,怎么不叫上她?"定远问林小丽。

"她一个人出去旅游去啦,说是在村校关了一年,想出去坐坐火车,开开眼界。她的性格你们知道,家里关不住。"林小丽机关枪似地说。

"洒脱,洒脱,这一点值得我学习。"欧必进点头说道。

"让你刮目相看了吧,班长,加油哦!"林小丽一直在有意撮合。

"你们看着吧,班长会让她刮目相看的!我相信班长。"定远接话道。

"唉,尧定远,说说你怎么教出那么好成绩的?"欧必进转移话题道。

"我呢,一个人包一个班,什么课都上,想怎么上就怎么上,反正我在中师所学的,我都在尽可能地尝试,倒很有乐趣。"定远答道。

午饭后,几个同学提议到定远学校去看看。定远也正想到学校去一趟,近日越发想见到何花,只苦于一直没找到借口。几个人来到学校,学校的内坝晒了很多包谷,篮球桩上也挂满了包谷。进校园前,定远没看到何花,心里一阵失落。

"尧定远,你就在这个学校教书?"夏浩男看着眼前的一切,不敢相信。这个学校比他待了一个月的那个村校条件还要差。

"是呀,怎么啦?"定远答道,"你们看,在这个坝子,我教全校同学唱《校园的早晨》。还有,前面那个山坡,我带全班同学去放过风筝……"

"尧定远,就在这里,你的学生一半能考上县直属中学,真不可思议。"白川杨到处转着,想找到密码。

来到办公室,定远的桌上摆着二十几本教案本,语文、数学、历史、地理、自然、音乐、体育、美术……

"这些都是你一年写的教案?"欧必进拿着教案,边翻边发出啧啧赞叹,其他几人也翻起教案来。

"天啦,这么多学科,全是详案,这得花多少时间啦!"林小丽叹道。

"我晚上没事不备课干啥?"定远说,"这些学生底子不好,我备课经常会摸索适合这些学生的学习方法,一旦一个好的学习方法被验证了,还是特别有成就感。"

"尧定远,我知道你这一年来为什么取得这么好的成绩了,因为你的心静下来了,可我的心还是浮起的。哦!不对,才沉下去一半。"欧必进一下醒悟,他甚至觉得自己白叫了一年的欧必进,上进心随着母亲的离去埋掉了一半。尽管自己对那六个孩子很上心，但还没使出全力。

"我才最惭愧。"白川杨惭愧自己教英语只是为了教读、会认，根本没想什么教学方法，根本没想过哪种教法学生喜欢，哪种教法效果好。平时老认为附中的孩子反正底子差，教不好学不好都正常。

"我才是，一直在逃避，一直没找到人生的方向。"夏浩男感慨着，相形之下，自己这一年算白活了。

几个同学一直在办公桌前看了很久的教案才离开，一股力量在他们心里潜滋暗长。从河坝村校回去之后，欧必进的内心受到的冲击最大，有股子力量按捺不住。还有一周才开学，他一个人就早早来到学校，他要把学校打扫干净，迎接新学期的到来。

烈日下，他一个人蹲在地上拔教室门前土坝上的杂草。他很自责，一年了，没给学生们正正规规上过一堂体育课。他拿出买的白纸，铺在每张石桌子上，这样，教室看起来亮堂多了。他还特意买了一盒彩色粉笔，在教室外的墙壁上，用红色粉笔一笔一画写出"新学期，新气象"六个大字，并用白色粉笔勾了白边儿。写完之后，他站到远处，欣赏着，"新学期，新气象"几个字像在对他笑，他的心和学校一起活过来了。阳光洒在身上，他站在土坝中间，张开双手，仰头享受着阳光的抚慰。突然，他高声喊道：

欧必进回—来—啦！

欧必进回—来—啦！

欧必进回—来—啦！

喊声在山间回荡，回音附和着，整座山都活泛起来。林中的小鸟被惊醒了，在校园上空飞来飞去。看着一只只欢快飞舞的小鸟，欧必进感觉自己也飞起来啦！他要拥抱整个校园，拥抱整座山峰！

进到寝室，他拿出小圆镜，细心地刮起胡子来，满意地端详着自己这张脸，吐了个字——帅！然后，出了门，他要赶在开学前到每个学生家去家访。刘细妹和刘二娃是孤儿，他们的父母几年前在山后的石子场干活，遇到山体滑坡，扔下一双儿女离开了人世，从此两姐弟跟着婆婆（南方对奶奶的称呼）生活，欧必进最挂念的是这两个孩子。一进他们家院子，看到刘细妹的婆婆正在用手搓稻谷，刘细妹两姐弟在一旁用撮箕装着枯草。

见了老师，刘细妹只喊了声欧老师，就没有多的话了。刘二娃也不说话，一只手拉着衣角拘束地看着老师。刘婆婆准备起身进屋端凳子，欧必进不让。

"欧老师，我老了，没力气，只有把谷子割回来用手搓，你不要笑话。"刘婆婆说道。

"怎么会呢？刘婆婆。来，我帮您！"说着，欧必进帮着刘奶奶打了一下午的稻谷。

"你这个老师才好哦！"刘婆婆说着，不停用围裙擦眼泪。

从刘细妹家出来时，月亮已经出来了，欧必进感到一身的轻松，居然哼起了小曲儿。

白川杨回去之后，给自己定了一个目标，那就是学好英语，练标准发音。每天早上他早早起床，跟着录音机学单词，一个单词一个单词纠正自己的发音。白爷爷在一旁摇着蒲扇，时而给他扇几下。

"爷爷，您就出去吧，在这儿影响我学习。"白川杨摁下录音机暂停键说道。

"川杨，我跟你说，你认真学习的样子很像你父亲，太像了。"白爷爷好像有许多话要说。

白川杨放下书，说："爷爷，您就多讲点我爸妈的故事给我听吧！"

"算了算了，他们不在啦，你就好好读书吧！"白爷爷好像突然惊醒，搪塞着赶忙出去了。

"哼，从小到大就这一句话。"白川杨摇了摇头，又认真学习起来。

从定远学校回来，白川杨也像突然长大了，不在教学上干个样子出来，自己都觉得无脸见定远。定远那么优秀，自己却虚度了一年，实在不该。还有，小丽经常说他不思进取，自己得努力了，不然小丽也会瞧不起自己的。想着这些，他浑身充满了力量，记起单词来更快了。

新学期第一天，欧必进领着六个学生举行了简单庄严的升旗仪式。孩子们举起右手，唱起了国歌。鲜艳的五星红旗高高飘扬，给整片山林点缀了一抹红，给欧必进的内心增添了无穷的力量。

"我——欧必进，一定要当一个让人刮目相看的中师生，一定！"望着国旗，欧必进暗下决心。

白川杨呢，学校的升旗仪式，他自告奋勇上台用口琴吹奏国歌，看着孩子们崇拜的眼神，他找到了人生的方向。中师所学，一定要用上，白川杨自信满满。

从定远学校回去以后，最自责的当数夏浩男，他感觉自己就是败下阵来的逃兵，逃兵可耻！逃兵可恶！他自己都有些讨厌自己，恨自己在村校为什么没能咬牙坚持住。开学了，他向校长递交了一份申请加课保证书，他要求加上几节地理课，如果成绩拖后腿，甘愿扣工资。体育课，他也不再应付了事。他还自编了一套游戏操，让学生们在游戏中跑跳转，在玩中增强体质。为这事，校长在教职工大会上第一次表扬了他这个中师生。还有，他喜欢写散文、写诗，他要把自己的爱好捡起来，大胆动笔，向报纸杂志投稿。开学第一周，他已经向《丹丰县报》的副刊投了一首小诗，题目叫《力量》。

二十四

是龙是虫？

新学期，区小学安排定远接着教初中并任班主任，还要上语数外三门课程。至于其他学科，由附中派老师来上。定远听了心里一阵窃喜，因为他终于可以教英语了。

老师就是这样，送走一届学生，又会迎来新的学生。定远突然明白黄老师说的"老师就是摆渡人"这句话的深刻含义，只不过现在摆渡人是自己。报名册上一共有20人，其他村校考来16人，原来班上留下4人，其中一个是何英子。何英子的语文成绩好，数学拖了后腿，差1分考上附中，得知自己没考上附中，本打算不读书也到街上学缝纫了，但一打听，是尧老师继续教自己，又开始心花怒放起来，甚至在心里，有些庆幸自己没考上附中。

9月1日，何英子早早来到学校第一个报了名，并在老师办公桌的粉笔盒里插上一束金纽扣花。然后，站在那儿只是笑，心中的歌儿一直在哼哼。

第一天，只有8个学生来报名，9月2日陆陆续续又来了10人报名，报名册上显示着还有周龙和王云梅没来。9月3日中午，周龙的父亲才把他送来。周龙拎着个旧得发白的军绿色帆布包，布包上用钢笔画满了各种图案，连带子上都画满了图案。他毫无顾忌地到处张望，也不喊老师，两个鼻孔流着鼻涕，快掉到嘴边时又被他吸了进去。

周龙的父亲说："尧老师，我家周龙成绩不好，又很调皮，本来不想送他来的，他妈说还是把他关大一点。"

定远听后，皱了一下眉头，说："您怎么当着孩子的面这么说，孩子还小，可塑性很大。"

周龙抬了一下头，顺便把鼻涕吸了进去，说："哼，教室能关住我？"说完就跑进教室去了。

定远刚想叫住周龙，转头看见操场上何小妮跟着他父亲来了。一走到办公室门口，何大伯就气愤愤地说："尧老师，我家闺女死活不到三中读书，非要到您这儿来读初中，您说这是个啥事？"

何小妮呢，双眼哭得红肿，还在不停地抹眼泪。

"何小妮，你考上三中，就该去那儿读，那儿的师资和教学设备齐一些，你看我们这儿，连像样的实验室都没有，老师也不齐，我正愁这事呢！"定远说道。

"我不管，只要尧老师教初中，我就在这儿读，不然我就不读了。"何小妮噘着嘴说道。

"哎，跟她姐一个样，倔得很，她姐也帮着她说话。你看看，尧老师，哎！"何大伯拿着烟斗不停地吸着。

"何小妮，好多同学都羡慕你能考上三中……"定远还想劝，但看到何小妮的眼泪滚豆式地直往下掉，就不好再劝了。他抬头时，刚好看到操场边何花正焦急地朝这边望，再一看，又不见了。

何大伯"吧嗒"了几口烟，只好说道："叫她跟她姐学裁缝，她不去，又非要读书。算了，就依了她这头犟驴。"

何大伯说完背着烟斗气愤地走了，何小妮破涕为笑，跑进教室去了。

还有王云梅没来，下午放学后，定远决定到王云梅家里去看看。一进院子，就闻到一股难闻的气味，有鸡粪味儿、猪粪味儿，还有些说不出的味道夹杂着。定远下意识地捂住鼻子，忙又放开。门槛上坐着一个妇女，衣衫褴褛，蓬头垢面，痴痴地笑着。这时，一个小女孩儿背着一大背草回来了，背篼太大，远远看去，像背篼自己在移动。她的后边是她的父亲，挑着一大挑枯草。

"这是王云梅家吧？"定远问道。

小女孩儿的父亲忙放下草，擦了擦满头的汗，问道："你是？"

"我是王云梅初中的班主任老师尧定远，我班就差她一人了，她怎么没到学校？"

"哦，快叫尧老师。"小女孩儿的父亲接过她背上的背篼。

小女孩儿又矮又瘦，头发上到处是枯草，她怯怯地喊了声："尧老师好！"

"你就是王云梅？"定远弯下腰问道。王云梅明显营养不足，看起来只像四五年级的小学生。定远怜惜地看着眼前这个瘦小的女孩儿，不敢相信她该读初中了。

"尧老师快坐。"王云梅的父亲端过一根凳子，招呼道。他指了指王云梅的母亲，叹了声气又说道："尧老师，您也看到了，我家这个情况，哪有钱让孩子读初中？她小学是在她外婆那边读的书,两个月前她外婆生病死了,哎!"

"你想读初中吗?"定远又弯下腰问王云梅。

王云梅用手擦了擦额上的汗,看了一眼父亲,摇了摇头。

"怎么不想读书呢?你还小……"定远没有说下去,因为他分明看到王云梅眼里闪着泪花儿。

"院子里其他该读书的小孩儿去读书了吗?"定远问王云梅的父亲。

"听说有个什么义务教育法,必须让孩子读初中。要在几年前,村里的孩子基本上读个小学就算了。你看我家,实在没办法。"王云梅的父亲又叹了声气,不再说话。

"这样吧,王云梅的书本费先由我垫着,我再到乡上给她申请一下,看能不能申请到助学金。"

"谢谢尧老师,我家就这么个女儿,看着其他孩子上学,我也觉得很对不住她,我明天就把她送来。"王云梅的父亲含泪感激道,然后低下头对王云梅说:"还不谢谢你尧老师。"

"谢谢尧老师!"王云梅一直低着头,手指不停地搅着衣角。

回到学校,天已快黑了,办公室有人点起了煤油灯。走进办公室,见唐小闯和他父亲,还有刘老师正等着他。

"唐小闯,你怎么在这儿,还没到丹丰中学去报名吗?"定远吃惊地盯着唐小闯。

"别提了,尧老师,我9月1号就送他到丹丰中学了,那个学校修得才叫好。可今天他自个儿坐车回来了,你说气不气人?"唐小闯的父亲很生气。

"为什么呢?唐小闯。"定远问道。

"他们……他们说我是农村去的小矮人。"唐小闯涨红了脸。

"这有什么嘛!他们叫他们的,自己学自己的。"刘老师说道。

"那个生物老师也叫我小矮人！"唐小闯伤心得眼泪直打转儿。

"哎，我们农村娃个子是矮，我读初中时个子也矮，到中师加强锻炼才长了一头，这一两年能吃饱饭了，才又长了一头。"定远拍拍唐小闯的肩，说道，"没事，你会长高的。"

"可是，他们欺负人！"唐小闯几乎哭了出来。

"唐小闯，我说，你不要管别人怎么喊，你还是到丹丰中学读书，那可是多少学生向往的地方。"定远蹲下来，看着唐小闯认真地说。

"我就希望您教我，不然我就不读了。"唐小闯的回答，完全没有商量的语气。

"你们看，这孩子！"唐小闯的父亲气得把脸转向一边。

"可是，我们这儿条件差很多，我上语数外三门课，另外好几门课都是附中的老师来上，以后的物理、化学还上不了实验课。"定远还想劝唐小闯。

"尧老师，您不也从我们村校考上老师的吗？我也想长大了跟您一样当老师。"唐小闯坚持道。

一时，谁也劝不了唐小闯。他的父亲没办法，只好说："算了，尧老师，就让他在您这儿读，交给您我也放心。"

"好吧！劝不过你，你来了也可给我当个助手。"定远也只好退一步。

"好，我明天就来，保证学好。"唐小闯立马嘿嘿一笑，露出了灿烂的笑容。

何小妮和唐小闯的到来，让定远感到肩上的责任更重了，自己这个摆渡人将把这22个初中生带向何方，定远心里还没有着落。

现在，学生全来齐了，还多了唐小闯和何小妮两人。定远给每个学生发了一张对折的卡片，用来制作座位牌。学生在上面写上自己的名字,并在名字下面写一句激励自己的话,然后放到课桌上,便于附中的老师来上课时认识大家。

周龙拿着卡片,在卡片上画了一条张牙舞爪的龙。见老师过来了,他也不遮挡,满不在乎地等着挨骂。

定远拿起卡片看了看,说:"嗯,画得不错,我初中时可没你画得好。你画的是一条周游世界的龙,对不对?周龙。"

周龙看了看卡片,没想到老师不但不批评他,反而还表扬他。

"来,我给你添点祥云,腾云驾雾,你这条龙才飞得起来。"定远几笔一画,龙就像活了一样。

几个同学围了过来,都说老师画得好。

"哪里是我画得好,是周龙同学画得好,说不定以后我们班会出个画家呢!"定远微笑着看着周龙。

周龙眼睛一亮,说:"尧老师,您怎么知道我喜欢画画?"

"哦,你的书包告诉我的。"定远指了指周龙的书包。

周龙看着脏兮兮的被他画得面目全非的书包,不好意思地笑了。

"喜欢画画是好事,我也喜欢画画,以后我们可以切磋切磋。"定远边说边摸了摸周龙的头。

周龙小学时是出了名的淘气包,经常把同学的书呀、本子呀拿来画画,没少挨老师的骂。今天老师居然摸了摸他的头,这是他读书以来破天荒碰到的第一次。他高兴得用手摸了摸自己的头,有些不敢相信地抬头望了一眼老师,鼻涕瞬间被欢快地吸了进去。定远见了,俯下身,对着周龙的耳朵小声说他鼻子这两条龙得治一下。周龙不好意思地点了点头,这是他读书以来第一次心悦诚服地向老师点头。

下午第一节课是思想品德课,老师是附中派来的一个矮胖的中年女教师，姓熊。她走进教室，一屁股坐在讲台边的凳子上，拿起讲桌上的一个作业本不停地扇着，边扇边没好气地说："我就弄不明白了，这么偏远的村校办什么初中？这些家长也是，连附中都考不上的娃子还读什么书？"

说完，熊老师把本子一扔，喊了声："上课了，上课了，把思想品德书拿出来。"

学生们看着熊老师不耐烦的样子，赶紧把书拿出来。周龙课间正在专心画画，老师喊拿书，他全然没听到，旁边的王云梅碰了他一下，轻声告诉他拿思想品德书，他才慌忙低头到书包里去翻，翻了半天也没翻到。

熊老师看见了，走到周龙身边，不耐烦地拿起座位牌看了看，说道："哦，是一条虫啊，怪不得这么慢。"

同学们"吃吃"地笑了起来，周龙窘得脸红一阵、白一阵。

大家还在笑，周龙觉得很没面子，突然站起来，大声对熊老师嚷道："你才是条虫，是条肥虫。"

熊老师的脸唰地红了，说道："你？你一个村校的学生，你还有脾气，说你是条虫算高抬你了。"

"你才是虫！肥虫！"周龙哭着推开熊老师，跑出了教室。

熊老师差点摔倒，说道："你给我滚，这么热的天，走一个多小时的路来给你们上课，我还错了不成！"

下课了，唐小闯赶快到办公室向老师报告了周龙的事。定远立马放下手中的教案，在校园到处找，没找到周龙的身影。

唐小闯气喘吁吁的从厕所跑回来，上气不接下气地说："尧老师，男厕所也没有。"

正在着急时，周龙的父亲带着他气势汹汹地来了，一进学校就嚷开了："我家孩子怎么是条虫了，是哪个老师说的？要他给我说清楚，我家孩子哪点长得像条虫？"

定远把周龙的父亲让到办公室，给他倒了一杯水，叫他消消气。

周龙的父亲喝了一口水，说道："尧老师，开学我都说了，我家孩子调皮，只要你们把他关大一点就行。我不求他学知识，他不是那块料，但也不能侮辱我家孩子，他长大还得成家娶媳妇，不能坏了名声。"

"就是，那个老师凭什么说我是条虫？"周龙也不服气，噘着嘴把头转向一边。

这时下课了，熊老师来到办公室门口，刚好听到周龙说的话，生气地回道："你半天不把书拿出来，说你是条虫怎么了？"

"哦，是你说的！亏你还是老师，有你这么说话的吗？我家孩子哪点像虫？你说，你说！"周龙的父亲火炮般从位子上弹起来。

办公室外边围了很多学生，定远忙叫学生离开。他拉住周龙的父亲，叫他喝口水，先消消气。

周龙的父亲得理不饶人，又说道："哼！是个什么老师？"

"我是中心校的老师，跑大老远来教你孩子教错了？"熊老师也不服气，满脸怒气，说道，"有本事告我去，我正好不想来教这个书。"

刘老师在一边劝熊老师，拉着她出办公室去了。

"哦，心里有气，拿我家孩子出气，我就要告你去，孩子交给你我还不放心。"周龙的父亲也不服气。

"告呀，去告呀！人不咋样，佐料够逗！你个乡巴佬！"熊老师火气也大，站在窗门处向里骂！

"乡巴佬，我乡巴佬怎么啦？我乡巴佬还看不起你们老师，最爱斤斤计较，买个菜，最抠门。"

"你这个家长，这里可是学校，在这里大声喧哗多不好。"刘老师劝走熊老师回到办公室责怪道。

"是呀，周龙也在这儿，您这样做，孩子以后更不听老师的话。我们老师再不好，也是为了你家孩子好。"定远也有些生气了。

周龙的父亲这才回过神来，对刚才自己口无遮拦的话感到很失态，忙说道："尧老师，对不起，我不是说你。"

"周龙，想读书的话到教室去，我和你父亲谈谈。"定远把周龙支开了，转身对周龙父亲说道："熊老师那样说你孩子是不对，我代她向你道歉，但是刚才你当着孩子的面说老师的不好，你是消气了，可你想过没有，孩子会怎么想，他还会听老师的话吗？"

"哎呀，刚才气糊涂了，对不起，我走了，我走了。"周龙的父亲连声说着，离开了学校。

周龙的父亲走后，定远叹了声气，对刘老师说道："哎，孩子的学习和性格出了问题，多半跟家长有关。我看，家长的素质提高才是一个急需解决的问题。"

"小尧呀，教书多年了，就会碰到形形色色的家长。你刚才也听到了，连这些当农民的都看不起老师。"刘老师叹了一口气说道。

"那个熊老师也是，怎么那么说学生？这些学生是龙还是虫还说不定呢！"定远还想说，被刘老师使眼色止住了。

刘老师站起来朝窗外看了看，低声说道："不知她是怎么教上书的，没经过什么培训，根本不懂什么师道尊严。中国的教育，发展起来难啰！小尧呀，你慢慢悟吧！"

"这样的人来教思想品德课，她自己的思想都有问题。"定远心里还有些不平，说道，"以后她不来上也罢，我还不放心把学生交给他！"

"好好好！反正你是万金油，你上，那个熊老师啊，巴不得哟！"刘老师说道，他心里对熊老师也是一百个不满意。

二十五 家长会

根据一周的观察,定远发现班上除了几个学生听课积极主动、作业完成认真外,多数学生是到学校混日子的。

定远拿起一个作业本,对刘老师说道:"刘老师,你看看,这些作业做得太马虎了,说是鬼画桃符一点儿没错。"

刘老师说:"能给你鬼画桃符就不错了,你问问其他科的老师,估计这些学生桃符都不会画,那些老师才懒得管,农中的初中就是这样!"

小石老师接话道:"我班这样的学生多了,管他呢,学不学是他们的事,我的工资又不会少一分。有些学生,本来就是来混日子的,烂泥扶不上墙。前两年我还把这样的学生叫到办公室罚站、面壁、打手板心,什么方法都用了,管不了几天,没用。只要有几个在学,就行啦!"

"那不行，让他们混日子，也等于我在混日子。"定远的犟劲儿上来了。

刘老师也纠正道："小石，小学可不能不管。"

定远又翻开周龙的作业本，里面除了画的画，一点作业没做。定远摇了摇头，说："我认为孩子的成长与家长的教育关系很大，我得开个家长会，一起想办法。"

"开家长会？那些个家长，算了，没用。"小石老师说道。

"我在河坝村校几十年，开过一次家长会，锣齐鼓不齐的，没几个家长来，意义不大。"刘老师叹道。

定远说到做到，隔了几天，他停课半天，通知学生喊家长来开家长会。他在黑板上写下"欢迎各位家长"几个大大的美术字，还在下面画了一些花儿装饰，并在左上角画了几只寓意展翅高飞的鸟。

本来说九点钟正式开家长会，结果快到十点钟了，家长才陆陆续续来，定远只得站在教室门口等。有的家长背着鸡鸭、提着南瓜准备开完会到乡场去卖；有的先到乡场办完事才来开会；有的背着背篼、扛着锄头，等着开完会直接去地里干活儿。一个教室，跟村上开村民大会差不多。

一个妇女拨弄着背篼里的菜说道："我孩子读了6年多的书，还是第一次开家长会，开家长会是来干啥？"

"干什么？挨批评呗，还能有什么？我最怕给我家那小子开家长会。"周龙的父亲抽着烟，吐出一圈烟雾。

有的家长第一次见定远，低声议论道："这么年轻，才来的？"

"嗯，来了一年了，听说教书很在行。"一个家长回道。

"不是在行，是很在行，我家那小子小学就是他教的，考了区小学第一名，这不，非要留在这儿他尧老师教。"唐小闯的父亲在一旁自豪地说。

"我那闺女也是,非要留在这儿读书,现在一天高兴得很。"何小妮的父亲边说边在板凳上磕着烟斗。

定远看了看手表,十点过了,用黑板刷拍了拍讲桌,严肃地说道:"各位家长,请安静,请安静。"

家长们安静了下来,想听听这个20岁不到的老师说些什么。

定远说道:"各位家长好,说的九点钟开家长会,现在十点钟了还有两个家长没来。如果您叫孩子九点钟去干农活,结果他磨蹭着十点钟才去,您会生气吗?"

"那还不生气,看我不打断他的狗腿。"一个家长大声说道。

这时,一个妇女的一只鸡从背篼里扑棱棱飞了出来,惊慌地叫着满教室飞窜。

"这死鸡,快帮我抓住,哎哟!"那个妇女慌忙站起来去追鸡,大家也站起来帮忙抓。那只鸡更加惊慌,在教室里一阵乱窜,一会儿飞到桌子上,一会儿又飞到窗沿上,刚要被周龙的父亲抓住,又扑棱一下飞到讲桌上,惊慌地发出"咯嘚咯嘚"的叫声。

定远迅即伸手一抓,只抓到一把鸡毛。那鸡一下窜到了屋梁架子上,鸡毛满教室飞。大家仰头吆喝着,那鸡在横梁上来回走着,不肯下来。周龙的父亲拿来扫帚一赶,那鸡见状,朝教室门口俯冲下来,那个妇女一下扑了上去,终于抓住了鸡。教室里一地鸡毛,定远的头发上也有一片鸡毛。

那个妇女抱着鸡,不好意思地对定远说:"不好意思,今早走得急,草绳没拴住。"

定远只好说:"没事,抓住就好。"

"尧老师,你……你头上有鸡毛。"那个妇女难为情地指了指定远的头。

定远理了理头发,打趣地说:"看来这只鸡也想到教室读书,

211

它想变凤凰。"

定远这么一说,大家都笑了。

"家长们,古语说'望子成龙,盼女成凤',我只想问你们一个问题,你们想让你们的孩子以后比你们过得好吗?"定远提高了嗓门。

"那肯定想,就是孩子不争气,不是读书的料。"一个家长高声说。

"谁不想啊,他要是能跳出农门,我睡着了也会笑醒。"

"都说'鲤鱼跳龙门',可惜我家那个小子是泥鳅。"

……

家长们纷纷说开了。

"各位家长,请安静一下,我想给大家讲一个我亲身经历的真实故事。四年前,我第一次到丹丰师范去报名,在车上,我妈给我缝到衬衣里面的钱袋被摸包客偷了,里面有十元钱。"

"哟,十元钱,不是个小数。"家长们低声议论道。

定远继续说道:"我在车上到处找,没找到。售票员大姐说摸包客早得手下车了,我问她为什么明明知道摸包客偷了我的钱不吼一声。"

"就是,咋不吼一声?"唐小闯的父亲说道。

"她说,那群摸包客都是尧家乡的一些二流子,小学没读毕业就出来学偷。"

"是有一些二流子,不仅在车上偷,还在街上偷,上次我卖鸡的钱也被偷了。"有个妇女愤愤地说。

"她还说,尧家乡是穷山恶水,她最怕跑这条线路。"

"什么,穷山恶水?我们是穷,但不能说我们是穷山恶水呀!"何小妮的父亲挥起烟斗说道。

"就是!"

"不能一棍子打死一帮人！"

……

家长们心里愤愤不平。

定远提高音量说道："家长们，不服气我们就得证明给那些人看！如果我们的孩子们不好好读书，只知道玩，保不准也会学坏。你们知道有些孩子为什么不爱学习吗？关键在于你们家长，你们当着背着孩子的面都说他们不行，当着背着他们都说送到学校来只是混大一点的。家长对他们都不抱希望，他们当然破罐子破摔呀！"

"是是是，这话在理，这话在理。"大家纷纷点头。周龙的父亲把头埋得很低，狠狠吸了一口烟。

"各位家长，孩子们的可塑性很强，小学成绩不好，不等于初中成绩不好。我们班的唐小闯同学，小学五年级的成绩还是中下水平，但在小学六年级时，因为一次活动找到了自信，成绩一路飙升，小学毕业考了区小学第一名。"

定远讲着，走到唐小闯父亲身边说："这就是唐小闯的父亲。他和其他家长最大的不同就是重视孩子的教育。唐小闯的父亲，能给大家讲几句吗？"

唐小闯的父亲忙站起来说道："其实，我家小闯进步这么大，关键是尧老师教得好，有方法。自从尧老师来教小闯之后，小闯像变了一个人，越学越有劲儿。我家小闯说，他长大后就要当尧老师这样的老师。孩子有志气，我们家长哪有不支持的理儿？我家世代都是老实巴交的农民，这一代一定要出个文化人。所以，我跟小闯说了，他想学到哪儿，我砸锅卖铁供到哪儿。"

"我也要砸锅卖铁供孩子读书，不多认几个字，处处吃亏，处处受人欺负！"一个妇女说道。

定远接着说道："家长们，孩子的教育，离不开学校和家庭的共同努力，这就是今天开家长会的目的。这里，我先向各位家长保证，我会尽心尽力教好每一个孩子。如果可能，我希望他们都能考上高中，将来读大学。"

"我孩子也能读高中？"

"他们还能读大学？"

……

定远一说完，家长们又议论开了。

"能，只要我们共同努力。"定远肯定地说道，"但是，需要我们家长做到以下五点，我已经用复写纸给每个家长写了一份。"定远边说边分发给家长。

"我念一遍，家长应做到的五件事是：一是不管男孩女孩，要告诉他们一定要读高中，考大学。二是在邻居和亲戚朋友面前多表扬孩子。三是不管农活多忙，都要让孩子到学校上课。四是不在孩子面前贬低老师。五是父母不在孩子面前吵架。"

定远一念完，何小妮的父亲说道："尧老师，我能做到，我以前老是对孩子说挣钱挣钱，那是我目光短浅。我害了我家大闺女，不能再害小闺女了。"

"我一定做得到。"唐小闯的父亲大声说道。

"尧老师，我也能做到。"周龙的父亲站起来不好意思地说道。

"好，第一件事就是给孩子一个目标，让孩子有方向。第二件事是树立孩子们的自信心。第三件事是保证孩子们的学习时间，不能随便缺课。第四件事是让孩子相信老师、崇拜老师，才会听老师的话。第五件事是让孩子们感到家庭的温暖，有安全感。家长们如果能做到这五点，我相信我们班好多孩子的命运会因为今天的家长会而改变。"

家长们听后纷纷点头。

"其实这五点是我从我父母身上总结出来的,我姐姐现在在读大学,我弟弟妹妹在读高中,也立志要考大学。知识改变命运,只有读书才能改变我们农村孩子的命运,只有读书才能让农村的孩子走出偏僻的乡村,去看看外面精彩的世界!"定远深情地说道。

"说得好!"

"好!"

"好!"

家长们鼓起掌来。

散会时,家长们纷纷拿出准备背去卖的东西要送给定远。

"尧老师,这是我准备背去卖的鸡,您收下,我家孩子就交给您了。"

"这是南瓜,还有新米,尧老师您要收下,我家孩子也交给您了!"

"不行,不行。"定远推让着。

那个女家长索性把套鸡的绳子往桌腿上一套,背起背篓走了。

"哎,等会儿我叫您孩子带回来。"家长会的成功让定远格外开心。

为了让家长们看到孩子的变化,家长会当天下午,定远就给学生们开了主题班会。黑板上,有定远用遒劲有力的美术字写的"农村娃志在四方"几个大字。

学生们围在讲桌周围,欣赏着老师的美术字,发出赞叹声。唐小闯反复念着农村娃志在四方,农村娃志在四方,仿佛这几个字正在给他注入能量。

定远说:"同学们,你们想走出农村去看看吗?"

"想!"唐小闯第一个答道。

"我也想。"何英子说道。

"我也想,但估计我爸不让。"周龙说道,大家笑起来。

"但如果我们自己努力读书,考高中读大学到大城市呢?"定远清了清嗓子。

大家不说话,低着头你看看我,我看看你,这是他们从没想过的问题。

"尧老师,我们能行吗?"何小妮扑闪着一双大眼睛问道。

"只要努力,就一定能行。我姐姐曾经和你们一样,读初中时连尧家乡都没出过。现在,她就在大城市读大学。"

"哇!在大城市。"

"大城市有火车吗?"

"有"

"有飞机吗?"

"有苹果吗?"

"当然有!"……

学生们不停地问这问那,又是一阵羡慕。

"同学们,只有读书才能改变命运,特别是我们农村孩子,否则,你将和你的父母一样,永远困在这个偏僻的小山村里,永远不知道外面的世界有多大。"定远激情洋溢地说道。

同学们凝神静听着,定远继续说道:"同学们,读书以来,有没有被人瞧不起过?"

"有。"

"有!"

……

同学们不好意思地低着头轻声说道。

"为什么呢?"定远又问。

"因为我们成绩差。"一个孩子轻声回答。

"你们只说对了一半,因为有的同学生活没目标,没方向,自己都不知道自己将来要过什么样的生活,自己都看不起自己,别人当然看不起你。"定远停了停,继续说,"你们想永远被人看不起吗?"

"不想!"同学们齐声答道。

"好,有志气。那怎么办?"定远又问。

同学们又低下头,都不说话。

稍等了一会儿,定远说:"靠天靠地都不如靠自己,只有自己才能改变自己的命运,只有自己才能让自己抬起头来生活。"

同学们慢慢抬起头来,看着老师,眼睛睁得大大的。

"这里,我希望同学们做到五件事,我已经用复写纸写下来。"说着,分发给每一个同学。

"我念一下,第一件事是每天告诉自己,我要读高中,考大学。这是我们全班同学的目标,我希望三年后,我们班的22个同学都能考上高中,但是必须从今天开始,按时到校,认真听课,努力学习。你们说班上谁学习最努力?"定远问道。

"唐小闯。"大家齐答道。

"好,你们向唐小闯学习。他怎么听课你们就怎么听课,他多早到校你们就多早到校。第二件事是每天快步上学,边走边背英语单词。我们已经拖了后腿,只有比别人走得快才能追上他们。我初中时就是天天在来回的路上背英语单词,这是一种享受。第三件事是每天至少提一个问题,不管哪一科,只要不懂,都可以提,写下来贴到教室进门左边自己的名字下边,每个同学都可以帮别人答疑。解决了的问题就打上'√',确实解决不了的就问老师。"

同学们互相看着,有的同学踮起脚跟看了看进门处自己的名字,才明白自己的名字为什么在那儿贴着。上方"不耻下问"四个字是定远用毛笔写的，格外醒目。

"第四件事是不能以学习为借口不帮父母干农活。我们都是农村孩子，农忙时，我们必须下地劳动。一个不懂得体贴孝敬父母的人，学习再好也没用。第五件事是不能找任何理由不到学校上课。同学们，你们做得到吗？"

"做得到！"唐小闯最先脱口而出，其他同学也跟着坚定回答。

"好！有了你们的决心，我就有了信心！三年后，我们全班同学都要考上高中！"

定远激动地说着，转身在黑板最上方写下"考上高中"四个大字。同学们不由自主地鼓起掌来，特别响！

"来，这些彩色粉笔给你们，每人在黑板上画上自己想画的图案，边画边许下心愿。"

"好好好！"

学生们一拥而上，有的画了一朵云，有的画了一颗星，还有的画了一朵花。唐小闯在最旁边画了一个人，左手拿着一本书，右手拿着一根教鞭。周龙呢，在左上方画了两只大大的眼睛；王云梅认真地画着一根针管；何小妮呢，画了一朵高高的荷花，满意地回到座位；何英子呢，画了一只高飞的鸟儿。

一会儿工夫，整个黑板画满了画。

定远欣赏着这些画，说道："同学们，这是我们共同完成的一幅最美的画。能告诉我这些画表达的愿望吗？"

"老师，我长大了想当您一样的好老师。"唐小闯第一个站起来说道。

"好！"同学们跟着定远鼓掌。

"尧老师，我就想画画。"周龙站起来用衣袖擦了擦鼻涕。

"好，想画画是好事，但得有文化，否则你只能成为画画的，不能成为艺术家，艺术家得有文化。"定远说道。

"王云梅,你画的是针管吗?什么意思?"定远问道。

"我想当医生,治好我妈的病。"王云梅轻声说道。

"只要努力,你一定行。"定远鼓励道。

看着同学们画的画,定远激动地说:"同学们,今天我很高兴,因为我们播下了希望的种子。我,还有你们的父母,都期待着它们生根、发芽、开花、结果。"

"嗯!"同学们点着头,使劲鼓掌。

主题班会后,何小妮跑了过来,问道:"尧老师,您刚才为什么不问我为什么画了那么高一朵荷花呢?"

"哦,为什么呢?"

"我要实现我姐的愿望,靠读书跳出农村。因为我姐说了,农村人低人一等,别人看不起,她还叫我不信问您呢!"

定远心里一阵跳,开学这段时间忙着理顺班上的事,还是何小妮报名那天远远地看了何花一眼,平时想见何花,可又不知怎么去找她。

"谁说农村人低人一等,农村人也有志气,像你姐一样!"定远说着,心里暗暗有些自责,得找机会去看看何花了。

二十六

做一回主

中秋节到了,下午不上课,师生都回家过节。小石老师上午第四节课一下,打着领带穿着皮鞋一溜烟跑了,刘老师说他是到丝厂"绕"女朋友去了。定远准备回家陪父母过节,路过教室时,看到何小妮一个人在教室看书,催她快回去。

何小妮吞吞吐吐地说:"我……我不想回去……"

"怎么?有什么事吗?"定远关切地问道。

"我父亲天天逼我姐去相亲,我姐死活不去,家里天天吵,我听烦了,不想回去。"

定远听后,心里"咯噔"一下,脑海里浮现着与何花见面的情景,嘴上傻傻地问道:"你姐为什么不去呢?"

"我姐说她要自己找,别人介绍的一概不要。"

何小妮又问道:"尧老师,女孩儿长大了非要嫁人吗?为什么我姐最近经常偷偷哭,以前她可不是这样。六年级时,我每天学的知识,她都要我教他,现在她也不学了。"

"哦,你回家告诉你父亲,现在是新社会,不能强迫你姐。还有,告诉你姐姐,她送给我的按摩书很有用,我爸爸的腿好了很多,谢谢她!"

"嗯,好呢!"何小妮高兴起来,收起书回家了。

看着何小妮跑远的身影,定远心里嘀咕道:"何花怎么老哭呢?这么爱笑的姑娘怎么会哭呢?不行,我得去看看。"

返回寝室,定远换上了何花给他做的白衬衣,拿出小圆镜照了照,一想起要去见何花,心里怦怦直跳。来到何花家的院子,何小妮最先看到,忙向屋内喊道:"爸,妈,尧老师来啦!"

何小妮跑到定远跟前,拉着他的手臂高兴地说:"尧老师,您不是说回家过节吗?怎么到我家来啦?"

定远的脸一下红了,不好意思地朝里屋看了看,说:"我,嘿,我来家访呀!"

何花在里屋听到了,跑到窗前掀开窗帘,见定远又穿着她亲手做的白衬衣,赶忙放下窗帘,背靠着墙傻傻地笑,心里扑通扑通直跳。还是上次取回照片时两人在路口说过话,一两个月不见定远来找自己,何花以为定远看不起她这个农村人,背地里不知流过多少泪。

一见定远来,她忙取下镜子拨弄了几下刘海,感觉不自然,用嘴向上吹了吹,又照了照镜子,才满意地跑了出来,害羞地说道:"你来啦!"

"嗯!"定远也有些不自然。

"你看,尧老师不喊,没礼貌。"何大伯责怪道。

"没事,何大伯。"定远坐下,看了看何花,两人目光刚好碰到一起,又都避开了。

"尧老师，还没吃饭吧？快来一起吃饭。"何大娘端着菜出来。

"不了，我就是来看看，一会儿就走。"定远推辞道。

"就一起吃嘛，我家莲藕糍粑可好吃啦！"何小妮极力挽留。

"莲藕糍粑？怎么做的？"定远好奇地问。

"我姐姐发明的，把糍粑裹在一片一片的莲藕外面，用油煎一下，然后用荷叶包着上锅蒸，蒸熟后拌上红糖水，最好吃了。"何小妮比画着说道。

"一起吃吧，尝尝莲藕糍粑。"何大娘也说。

"就是，尧老师，尝尝吧，我家何花手巧着呢，学裁缝也是一把好手，就是怪我没让她读书，成天怪我哩，你也顺便劝劝她！"何大伯边说边递过一个莲藕糍粑。

"爸，您说什么啦？"何花不好意思地嗔怪。

定远看了一眼何花，闻了一下莲藕糍粑，说："嗯，香。何花，你是怎么想到这么做的?"

"我是看电视剧《红楼梦》中一道茄子菜有那么多配料，就自己瞎琢磨的。"何花不好意思地说。

"喜欢思考，爱动手，何大伯您真该让何花多读书。"定远说道，又咬了一口莲藕糍粑。

"我说嘛，爸，您听听！"何花接话道。

"不过，何花，我认为也不能老埋怨父母。"定远又说道。

"尧老师说得好，说得好！文化人说话就是不同。"何大伯又给定远夹了一个莲藕糍粑，说道，"大闺女没让读书，是我目光短浅，小闺女能读到哪儿我供到哪儿。"

"我知道了，埋怨过去没用，要把现在的事做好。所以，爸，您也不能再做让我以后埋怨您的事。"何花低着头说道。

"唉，都由着你，由着你。"何大伯叹了一口气。

定远起身要走，何花从厨房拿了一些莲藕糍粑，用一张新鲜荷叶包着，递给定远说："给，拿回去伯父伯母尝尝。"

定远也不推辞，说："嗯，这么好吃，他们一定喜欢吃。"

回到家，父母早备了一桌菜，还在等着定远。定远忙把莲藕糍粑放到桌上，打开荷叶，一股香气扑来，还有一个莲蓬，定远忙把莲蓬拿了回来。定兰要莲蓬，定远就是不给。

母亲夹起一个莲藕糍粑，闻了闻问道："这是什么？一股荷花香。"

"妈，您说对了，这就是何花做的，香吧！"定远给父亲也夹了一个。

"我吃了几十年的糍粑，还不知道这种做法。"母亲咬了一口说，"嗯，好吃，是谁送给你的？"

"何花送的！"定远有些羞涩。

"啥？"

"是何花送的，我一个学生的姐姐叫何花。"定远忙解释道。

"就是送你荷花鞋垫那个姑娘送的？"母亲问道。

"嗯！"

"这个姑娘不错，心思巧，手巧，可惜是个农村姑娘。"母亲放下筷子说道。

"农村姑娘怎么啦？她可不是一般的农村姑娘。"定远急忙解释。

这时，门外有人在问："是尧老师家吗？"

"是是是！"定兰迎了出去，定远也跟了出去。

一见是何花，定远有些不好意思，说道："你怎么来啦？"

"刚才在我家，你把草帽落下啦，给你送来。"何花有些不好意思。不知哪来的勇气，找到一个不成理由的理由就来了。心要来，脚是停不住的。

定远忙把何花请到自己的寝室坐下,何花坐着,有些手足无措,定远也不知说什么。

定远妈把定远爸拉进厨房,低声说道:"他爸,这姑娘好看是好看,可就是农村的!"

"哎,都怪我,没让定远读高中考大学,一步输步步输,哎!"定远爸叹气道。

这时,定远来厨房看有没有炒的南瓜子。

母亲趁机说:"定远,你可要想好,她可是农村户口,以后孩子也跟着是农村户口……"

"妈,我的事你们别管。"

"终身大事,我们不管谁管?你二姨正给你寻着哩!我说,定远……"

"妈!我的事让我做一回主,好吗?"定远甩下一句话端着南瓜子回寝室了。定远爸在旁边拉了拉定远妈,摇着头叫她别再说。

何花正在寝室翻看定远书桌上的书,见定远端着南瓜子进来,说道:"我,我是不是该回去了?"

"别,何花,来,吃我妈炒的南瓜子,特好吃,我读中师时,就是靠南瓜子结交了一寝室的朋友。"

"真羡慕你,能读上书。"

"我一个中师生,相当于高中生,没读多少书,好多人都瞧不起我们中师生的,可我偏要做出个中师生的样儿来。"

何花笑道:"怪不得我家小妮回家老夸你,连说话语气都像你。"

"嘿嘿!"定远不好意思地笑了笑,不停地搓着手。

"哦,刚才我看伯父的腿好多了!"何花无话找话。

"好多了,还得挂拐杖,多谢你送的那本书。"定远偷瞄了一眼何花，不好意思地说道："还有，谢谢你送给我的鞋垫。"

"嗯，我还以为你不喜欢呢！"何花不好意思地低着头，双手不停地扯着辫子上的白手绢。

"只是我没舍得穿，那么漂亮的荷花，不忍心踩在脚下。"定远看着自己的脚，也不敢抬头看何花。

一时间，两人竟不知再说什么。

好一会儿，还是何花先开口，她指了指书桌上的书："你有这么多书呀！"

"嗯，每次进城，我都会买书。"定远看了一眼何花，两人的脸都红了。

"我也喜欢看书，这两年爱看《红楼梦》，看不懂的地方就对照电视剧看。"何花说。

"你看《红楼梦》？我读中师时也看过，有的地方看起来还很吃力。"定远不敢相信眼前这个只有小学四年级文化的姑娘也爱看书。

"你喜欢《红楼梦》中的哪个人物？"何花扑闪着大眼睛问道。

"我只是囫囵吞枣地看了一遍，谈不上特别喜欢谁。"定远说。

"我看了两遍，特别喜欢晴雯，心比天高，身为下贱，可有做人的尊严。"何花说。

"何花，你真让我刮目相看，你要坚持读书，一定比我行。"定远眼里冒着钦佩的光。

"没能读上书，又能怎样？人不能总生活在埋怨中吧，没读书也能把生活过好，你说呢？"何花望着定远，认真地说道。

"是，是，人不能总生活在埋怨中，要生活在现在。我一直有个大学梦，每当看到别人，包括我姐姐定辉考上大学，我心里都很不是滋味。我不如你看得开，我不如你。"定远看着何花，多了一份欣赏、爱慕，看得何花有些不好意思起来。

何花走后，定远躺在床上想着何花刚才说的话，认定了何花就是自己一生的知己。

这时，母亲又进来了，对定远说道："定远，你的事我们不管，但你得好好想想，你可以找吃皇粮的，你二姨说了……"

"二姨说，二姨说，什么人都给我介绍来，人家还瞧不上我，你们不嫌丢人，我还嫌丢人。"定远生气地把头转向里面。

"你这孩子，白读了几年中师，找个农村人还不如不读书。"一向温和的母亲有些生气了，她一生要强惯了。

"这时知道白读了，那时怎么非要我读中师呢？我就是一个中师生，就是一个农村人！我就喜欢农村的！"定远一听母亲说何花是农村人就来气儿。为了何花，他第一次顶撞了母亲。

"你？！"

一向听话的儿子今天怎么了？母亲怔住了，被父亲劝着推出了房间。身后，传来定远近乎哭诉的声音："我就不能自己做一回主吗？"

"哎，怪我呀！都怪我呀！"父亲捶着双腿不停地叹气，母亲也流下泪来。

听到父亲的话，定远如梦初醒，翻身坐起来，为自己刚才顶撞父母的话感到很自责。他走出来，认错道："爸，妈，对不起，我刚才不该顶撞你们。只是我和何花的事你们别管，她是个难得的好姑娘。"

"定远——"母亲还想劝说，父亲拉了她一下，说："不说了，听定远的，让他自己做主。"

二十七

"我算服你了！"

每天早上，定远总是站在操场边，等着每个学生到来。刘老师说，定远工作起来，心中就只有学生了。

星期一，唐小闯又早早来到学校，一见到老师，兴奋地跑过来说："尧老师，上周的英语单词我全会背全会写啦！"

"嗯，不错，背给我听听。"

"face，脸，每天洗脸很费事，我就记住了，f-a-c-e；dog，狗，狗咬人就要打狗，d-o-g；black，黑色，天黑了就不来客了，b-l-a-c-k……"

"哈哈，联想记忆，方法不错，但要注意发音，比如dog，中间o的发音，介于拼音a和o之间，一定要发准。还有，记得帮助其他同学。"

"嗯！"唐小闯一溜烟儿跑向教室。

何花和何小妮一同来了，见了定远，何小妮说了声"尧老师好"就往教室去了。

定远朝办公室看了看，生怕刘老师看见，小声说道："你来啦！"

"我到乡场去，顺道送小妮过来。"何花害羞地笑了一下，转身要走。

"哎，你，天天送小妮过来吧。"

何花心领神会，高兴地转身走了。定远还想说几句，这时，周龙满头大汗跑过来问道："尧老师，我今天是第几名到校？"

"第3名，不错，周龙，继续加油！"定远说着伸出手和周龙击了一掌，叫他天天坚持！

同学们陆陆续续都来齐了，全班书声琅琅。

朗读声把刘老师吸引了过来，刘老师走到教室门口看了看，问定远道："小尧，你用的什么方法，这些孩子这么早来学校读书？"

"嘿嘿！也没用啥方法，只是让家长和孩子都有了目标！"

"说来听听。"

"我给家长和孩子各提了五条建议，家长开始重视孩子教育了。孩子们变化也很大，到学校都比以前早了。"

"小尧啊，我算服你了，其他班的学生才七零八落来了几个人，你看，你这个班的学生已经在你拼我赶地学习了！"

定远也很高兴，说道："孩子们早上来了爱读啥就读啥，这样开始一天的学习，他们的心情会很愉快。"

"嗯，有想法，小伙子，在我们这个乡旮旯儿真屈才了。"

"刘老师，我只是想让和我一样出生在农村的孩子有机会读高中考大学。这也是我这三年的目标。"

下午的生物课，附中的老师又推生病没来，定远只好自己顶上。他把孩子们带到校外，给孩子们讲"叶序"这一节。只听定远说，叶序有三种基本类型：互生型、对生型、轮生型，叫学生们先看书上的解释，然后自己对照解释找相应的植物叶子。学生们拿起书认真看起来，边看边对照着找起来。

"尧老师，竹叶是互生的！"何英子最先发现，惊喜地说道。

"哈哈，我也找到了，杨槐叶是对生型。"何小妮摘下一个小枝，扬了扬。

"我也发现了，金纽扣的叶子也是对生型的。我平时怎么没发现植物叶子还有排序呢？"周龙摸着脑袋说道，摸脑袋成了他的习惯动作。

定远走了过去，说："学习知识有趣吧，通过学习，你会学到许多以前你不知道的知识。"

"嗯，我开始有点喜欢生物了，以后我画植物也要注意画出叶子的叶序来。"周龙说。

"悟性高，不错。喜欢就好，还有好多奥秘呢！"定远连连夸奖。

轮生型的植物同学们一直没找到，定远说，没找到不要紧，记住书上的解释，回家再找，找到了拿到学校来告诉同学们。

在户外上课是向中师的生物老师廖老师学的，看着同学们兴奋的样子，定远觉得还应多到户外上课，不能老把学生关在教室里。

愉快的一节课快结束了，为了奖励同学们，定远教起大家折小船来。

"将竹叶的两端这样折后撕下一个口子……"定远教着，学生们跟着做，很快就做出一只只小船来。

"走，到那边池塘去放小船。"定远朝同学们挥了一下手。

"好呢，放小船啰！"同学们欢快地跟了去。

一只只小船在水中荡漾，这时，何英子和几个女生一边向小船浇水一边唱起了《让我们荡起双桨》，一会儿又"咯咯咯"直笑，这才是定远最希望看到的样子。因为他坚信一句话——让学生爱上学校就会爱上学习。

下午最后一节课，是自由问题和答疑的时间，定远微笑着看着孩子们，让他们互相答疑，唐小闯的位置常常围满了人。有时，唐小闯也被难住了，定远就会走过去问需不需要帮忙，唐小闯总会倔强地抬起头说暂时不需要，要再想想。定远就会识趣儿地走开。

何小妮举起了手，定远走了过去。何小妮说："尧老师，能再教我今天的单词吗？我回家要教我姐姐，我怕教错了。"

"你姐姐也想学英语？"

"嗯，从中秋节那天开始，我姐天天吵着我教她。"

"你姐真好学，来，我教你……"想着何花这么好学，他真想放学后马上能见到何花。

每周星期六下午放学后，所有村校的老师要到中心校开会。这周周六，刚下过雨，路很滑，刘老师穿着雨筒靴，找了一根木棍拄着。定远、小石和其他三位老师在胶鞋上套了一根草绳防滑，跟在刘老师后面。

"嗨！我们这像红军长征。"刘老师回过头说道。

"红军长征只走一遍，我们这是周周走，何年何月是个头哦？"小石老师没好气地说道。

"小石，你才走了几年？我都快走三十年啦！"刘老师喘着气说道。

"哪年把路修宽一点，能骑自行车就好了。"小石老师叹道。

"难咯，几十年都没变过的路，能有石板路让我们走就差不多了。"刘老师望了望前面蜿蜒的小路，说道。

"每周开会，每周开会，都是认真备课、认真上课，听烦了。"小石老师又在埋怨,他似乎除了埋怨就没别的话可说。

定远听得有些烦了,转移话题道:"刘老师,今天我要找李校长问问,开学快一个月啦,我班的地理课一直没老师上。"

"小尧啊,估计地理课是没人来上啦,附中的老师不愿到我们村校来,你看,碰到下雨天,谁愿意来。即使安排了也像生物老师那样,周周推说有事,还不是你自己顶上。"刘老师累了,站着喘了口气,说道,"幸好你是个万金油,顶得上。"

"思想品德课是我上,生物课也经常是我上,再上地理,我实在忙不过来备课。"定远说道。

"你呀,一天想的都是学生,我算服你了!"这话刘老师可是说过很多次了。

"哎,依我说,那个地理、生物上不上无所谓,反正毕业又不考。"小石老师说道。

"哪里的话,地理生物有用得很,要教给学生很多未知的知识。"定远反驳道。

"我初中读书时,地理课、生物课基本都没上过,还不是过来了。"小石老师说道。

"怎么可能不上呢?我初中时,黄老师可是教了我们生物地理的,他只是不爱上体育课。不学生物,大自然的好多奥秘学生都不知道;不学地理,以后连地图的上北下南左西右东都搞不清楚。那会害了这些学生的!"定远声音有些大。

"好,打住,打住,我不说了还不行吗?"小石老师知道说不过定远,不再说了。

当天的周例会,李校长最后讲话,只听他在台上反复强调着:"老师们,我们要培养的是德智体美全面发展的学生,我们要关心关爱学生,让学生成长为合格的社会主义接班人。好,今天我就讲到这里,散会。"

大家热烈鼓掌。李校长用手顺了顺那缕遮秃顶的头发，满意地起身离开。定远急忙追上李校长说："李校长，学生要全面发展，可是我们班的地理课一个月了没老师上，怎么办？"

李校长迟疑了一下，说："中心校也差老师，不瞒你说，附中的地理课也没上。"

"那怎么办？李校长，课表上排着课的。"

李校长看了看会场的老师，压低声音说："小尧哇，课表是应付上级检查的，地理课不上就不上吧，反正不是什么主科，问题不大。"

"那怎么行，李校长？祖国的大江南北都不了解，还谈什么爱国，谈什么社会主义接班人？"定远有些急了，大声说道。

见会场还有很多人没离开，李校长把声音压得更低，说："好好好，我想办法，你今天先到教务处把地球仪、教学挂图拿回去，我来想办法。去吧去吧！"

"那好吧，李校长，早点把老师派来。"定远又回头说道。

定远从中心校教务处出来，手里拿着一个地球仪和几张挂图，地球仪上积满了灰，他用衣袖擦了擦，放到腋下用衣服遮住，然后冒着小雨，满心欢喜地回学校去了。

定远还记得自己读初中时，在黄老师那儿拿到一张中国地图，着迷得连上厕所都在拿着看。有一次，一个同学没带手纸，站起来硬把定远手中的地图撕了一个角去擦屁股，定远急了，提起裤子和那个男生干了一仗，那是他第一次也是唯一一次和同学打架。定远还记得黄老师上地理课总是眉飞色舞：东北平原"棒打狍子，瓢舀鱼"，瓢舀鱼，那得该多少鱼呀！长江中下游平原被称为"鱼米之乡"，那里的人该不会饿肚子吧！哪里的石油多，哪里的煤矿多，哪里的铁矿丰富，黄老师都了若指掌。每次上地理课，定远就会觉得自己很幸运，生在了一个富饶的国家，长大了,一定要走出去好好看看。想着这些,定远心想,一定要让孩子们学地理,不然孩子们就不知道世界有多大,会成为真正的井底蛙。

晚上,端着煤油灯,定远又迷上了地球仪……

接连一两周,还是没有地理老师的消息,没有办法,定远只好决定自己上地理课,他一个人相当于就上了六门课,加上音体美,一共是九门课,等于包班,跟黄老师当年教自己时差不多。每天下午放学后,他先回家给父亲按摩脚,然后再到学校备课,每天晚上备课到深夜。饿了,就开水泡冷饭吃。何花送给定远的那只猫已经长大,只要定远吃饭,它就会在一旁叫着,等着分一点儿食物。定远总会挑起几粒米,喂到猫咪的嘴里。小石老师总说定远是铁打的,不知道累。

何花听小妮说定远常常用开水泡冷饭,很是心疼,又不好意思到学校来看他。晚上,她叫小妮教她学英语,可是心不在焉的,怎么都发不准音。

只听小妮一遍一遍耐心地教着:"black,black。"

何花呢,每次把k的音发得很重。

"姐,你今天怎么啦?老是发不准音。"小妮有些生气了。

"没有啊,我觉得发对了的,不信去问你尧老师,我刚才在外面看到他寝室的灯亮着的。"何花边说边向学校这边望。

"好,问就去问。"小妮不服气地说道。

两姐妹来到定远寝室门外,定远正在转着地球仪研究时区,一点没注意到门外有人。

小妮调皮地在门外学猫叫了几声:"喵,喵,喵——"

定远被惊醒了,转身看到何花两姐妹,惊喜道:"是你们,快进来!"

小妮一见面就说:"尧老师,我姐今天学单词老学不会,她还不承认。"

"我会呀，你听，black，black。"何花念道。

"对呀，没错，很标准。"定远听后说道。

"姐——你骗人，刚才在家就不会，见到尧老师就会啦！"小妮生气地噘着嘴。

定远和何花两人相视一笑。这几天，定远画了一幅水粉画想送给何花，可就是找不到借口送给她。

"小妮，好好教你姐姐，你这个小老师不错。"

"嗯！"

趁小妮去玩地球仪的功夫，何花偷偷从怀里掏出两个热乎乎的鸡蛋塞给定远。定远看了一眼何花，也不推辞，忙接过来放进口袋里，然后拿起一本书，说道："何花，你不是喜欢看书吗？《青春之歌》，我中师的好朋友送给我的，你肯定喜欢。"

"好哇，好哇，你推荐的一定不错。"何花接过，见里面有一张折叠好的画，忙关上书，望着定远害羞地笑着。

"什么书？我要看。"小妮过来抢。

"不行，我先看了来。好了，回家了。"何花把书举得高高的，一脸的笑。

两姐妹走出去没多远，何花突然跑了回来，轻声说道："以后要按时吃饭，不要为了学生把自己累垮了。"

"嗯，我知道。"定远望着何花，他多想留何花再说会儿话呀。不知从哪时起，何花已是他心中的一份牵挂和思念。

何花回到家，偷偷拿出定远送给她的画，荷叶上面，一朵粉色荷花含苞待放，最左边竖着写有两行字——出淤泥而不染，濯清涟而不妖。"淤"和"濯"两个字何花不认识，她忙拿出字典来查。尽管何花还不是很懂这两行字的意思，但她明白定远的心意。

二十八

喝喜酒

元旦节前,定远收到一张喜帖,白川杨和林小丽元旦要结婚了,邀请他前去参加婚礼。定远一收到喜帖,第一个想到的就是带何花一起去。

趁着早上何花送小妮来学校的机会,定远偷偷告诉何花,何花笑着点头同意了。

元旦节那天,何花偷偷跟着定远来到白川杨家。白川杨家张灯结彩,欧必进、夏浩男、贾丹早到了。定远一进门,几个老同学迎了过来,欧必进一把拉住定远,说:"终于把你盼来了,我们都出来迎了好多遍了。"

"哇,尧定远,比读书时看起来老成多了。"贾丹说道。

"这位是?"看着何花,欧必进问道。

"她叫何花。"定远有些不好意思。

"哦，漂亮，定远有眼光，好福气！"欧必进满是羡慕。

白川杨和林小丽也迎了过来。白川杨一身毛蓝色西装，特别精神；林小丽穿着一件红色的修身呢子大衣，搭了一条白纱巾，显得温婉可人。

"白川杨、林小丽，你们真是天造地设的一对儿。"定远赞叹道。

"谢谢，欢迎欢迎。哦，这位是？"白川杨问道。

"我叫何花。"何花有些害羞，跟在定远身旁。

林小丽热情地拉着何花的手，说："何花，嗯，好听的名字，人也像荷花一样漂亮，说说，你是怎样把我们班的才子抢到手的？"

何花害羞地笑着。

"就是，还是何花有魅力！你们是在一个学校教书吗？"贾丹问道。

"我，我……"何花脸红了。

"她不是老师。"定远忙说道。

"那我猜是丝厂的，丝厂的女孩儿漂亮。"没心没肺的贾丹一点没变，全然没看出何花的脸红了又红。

"不是，我是农村的。"何花轻声说道。

一时间，气氛很尴尬，欧必进忙说道："农村的好，农村的好，农村姑娘勤劳善良。"说完转身狠狠地看了贾丹一眼，贾丹不好意思地吐了吐舌头。

定远偷偷伸手拉住何花的手，何花想挣脱，定远死死抓住不放。

"尧定远，你们也快点请喝喜酒！说来还得谢谢你，暑假到你学校后，对我触动很大，这不，教学上有点成绩了，小丽才愿意嫁给我的。"白川杨容光焕发，额头上泛着亮光，幸福地望着林小丽。

"那是，一个男人得有上进心和事业心。"林小丽说道。

"我们中师出来的哪个没有事业心？你看班长，自告奋勇到最偏远的村校，就这一点，就让我佩服得五体投地。"夏浩男说道。

"我也是，最佩服班长。"定远也说道。

"哎，别说我了。喂，白川杨，你是不是为了结婚，叫人家林小丽把岁数改大了。我记得她在班上年龄最小，毕业时不到十八岁，应该还没满二十岁。"欧必进说道。

"喂喂喂，班长，先管好你自己，免得到时又一个人孤独地唱《我祈祷》。"白川杨看了看贾丹，向欧必进眨了眨眼。

"你女朋友呢？"夏浩男问欧必进。

"我哪里有女朋友？谁会看得起我这个中师生，家里又穷，等几年再说呗！"

"有眼不识泰山，这么英俊潇洒，这么有责任心的男人……"夏浩男还要说，定远忙给他使眼色，示意贾丹在这儿。

贾丹呢，装作没听见，转头向四处张望。

"呵，大家只顾说话，冷落何花了，何花你别见怪。"林小丽说道。

半天没说话的何花说："哪里会呢？我认真听着呢！"

定远转头望了一眼何花，朝她笑了笑。

贾丹站起来说："走，何花，我们瞧瞧新娘子的婚房，我昨天来帮忙布置的。"

林小丽起身带着贾丹和何花去了，留下几个男生。

欧必进轻声问定远，说："喂，尧定远，几时开始的？你和何花有共同语言吗？"

"应该算最近才开始的，何花可不是一般的农村姑娘。"定远答道。

"嗯，看得出来。哎，如果保送读大学的是你，又会是怎样的情形呢?"欧必进感慨道。

"是呀，有时一个选择就会改变人的一生，像我初中那些选择读高中的同学，好多都考上大学啦！考上海交大的那个同学，初中成绩和我差不多。你看我，不管怎么努力，一个中师生在直属中学还是找不到存在感。"夏浩男也感慨道。

"何花说过，人不能总生活在埋怨中。"定远说道。

"这话是何花说的?"欧必进和夏浩男都很惊讶。

"是呀，就这句话让我对她另眼相看。"

"哦，确实不一般，看来上帝给我们关上一扇门时，也会为我们打开一扇窗。"夏浩男若有所思地说道。

酒席上，白川杨和林小丽来敬酒。欧必进代表同学们说："你们是我们班唯一的一对儿，也是最早结婚的一对儿，祝你们新婚快乐，早生贵子，永远幸福！"

"早生贵子，新婚快乐！干杯！"大家的祝福声一片。

"我们班那么多女生，男生们快去追呀！我们等着喝你们的喜酒！"林小丽笑道。

"中师女生眼光都高得很，毕业后我追过一个低年级的师妹，你猜她回信息怎么说，她说她已是中师生了，不想再找个中师生。哎，中师生被人瞧不起！"夏浩男愤愤地说。

"谁谁谁，哪个女生，我帮你理论理论。"贾丹说道，"中师生自己瞧不起中师生，哼！说出来我去找她问清楚，中师生咋了？中师生如果读高中考大学，准能考上好大学！"

"别别别，人家已找了个专科生了。"夏浩男说完，一杯酒下肚了。

"贾丹，别为他操心，你还是为你自己操心吧！"白川杨说道。

"我不急，本姑娘嫁得出去，我要擦亮眼睛慢慢选，哪像你们这么着急就结婚。"贾丹泼辣的性格一直未变。

"班长，有机会哟！"定远凑近欧必进耳朵低声说道。

"人家不找中师生！"欧必进压低声音，把中师生三个字说得很重。

"那说不准，我帮你问问。"定远说着转头就问，"贾丹，你不也说过不找中师生吗？"

"哎，不……"欧必进想制止，可是来不及了。

"那是读中师时不懂事说的话，文凭不重要，关键要入本姑娘的法眼。怎么，想追我？何花可在这儿哟！"贾丹玩笑道。

"不敢，不敢。"定远笑道，用胳膊肘碰了碰欧必进。

欧必进忙端起酒杯说："来，来，来，我敬大家一杯，愿中师友谊长存，友谊长存，干杯。"

"干杯，干杯！"大家一饮而尽。

"哦，差点忘了告诉你们一个好消息，中师生工作满三年就可以参加成人高考读大学。"夏浩男突然说道。

"成人高考？王超来信说过。"定远也说道。

"我还没有听说过，快说说。"欧必进也很兴奋。

"就是参加专门为成人举办的高考，考上了就可以读大学，只能考专科。如果读离职，得脱产学习2年；如果读函授，得学习3年。"夏浩男解释道。

"太好了！"定远边说边把筷子往桌上一敲，把一桌人都吓了一跳。

"啊！不好意思，不好意思！"定远忙道歉。

"那我们约好，一起参加成人高考。"欧必进举起杯，激动地说，"来，为成人高考，干杯！"

"干杯！"

二十九

爱相随

　　元旦节过后,天气越来越冷,风呼呼地往教室里灌。石桌子,冷得浸骨。一到下课时间,孩子们都不停地跺着脚,脚还没跺暖和,又上课了。孩子们的手上、脚上全长了冻疮。一只只小手伸出来,肿得通红,有的地方已经溃烂,流着脓水。定远几天前贴在窗棂上的报纸,不到一天工夫就被风吹破,残留的报纸随风舞动着,也在瑟瑟发抖。

　　还有半个月就是全县期末统考了,定远正带着全班同学认真复习,他希望同学们能考出好成绩,给学生、学生家长,也给自己多一份信心。

　　教室里,定远正讲着:"同学们,这次期末考试是我们班第一次参加全县期末考试,平时大家很努力,期末复习也很重要,必须把本学期学习的内容从头到尾复习一遍,把平时易错的题做一遍。每一科每复习完一章，就到我这儿来抽题去做，过关了再复习下一章，没过关继续复习上一章。这叫过关复习法。天气越来越冷，只要你们有学习的热情，天再冷也冷不了学习的热情。同学们，你们说是吗？"

"是！"同学们响亮地回答着。

定远这一番话算是期末考试复习动员令。下午第三节课后，已是4点30分，有的同学还在教室复习，定远催促了几次，他们就是不走。

唐小闯是每天来得最早，走得最晚的一个。定远走到他跟前说道："唐小闯，好样的，有老师当年学习的劲儿，但你们中午都没吃饭，现在一定饿了，回家吃了饭再复习也不迟。"

"没事，尧老师，你看我带的啥？"唐小闯从书包里拿出一个本子，里面夹着一个大麦粑。

"就这又冷又硬的，抵不了饿，快回去。"定远坚持道。

"我饿惯了，这章复习完就走，回家的路上可以回忆一下复习的内容。您教的试着记忆法很好，认真看一遍书，回忆一遍，基本就不会忘了。"唐小闯说道。

"不行，长个子要紧，快回家。"定远关上了唐小闯的书。

"何小妮，你也快回去，饿呢！"定远催促着。

"小妮，小妮！"窗外，何花来了。

定远见了忙迎了出去，解释道："要期末考试了，这几个学生赶都赶不走。"

"你真有办法。"何花一脸的崇拜。

"不是，他们现在又冷又饿，不像直属中学的学生中午有饭吃。还有，你看这个教室，连块挡风的玻璃都没有，太冷了。"

"哪有读书不苦的，你不也这么过来的吗？"

"就是因为吃过苦，才知道学生们又冷又饿的滋味儿。"

两人正说着，何花突然有了一个主意，说干脆中午在家给学生们煮饭挑过来。

"你不是在缝纫厂上班吗？你爸妈肯定不会同意。"定远说道。

"我已经出师了，可以自己在家接活儿了，不用到缝纫厂。再说，我也不喜欢待在缝纫厂，每天只负责缝衣领，一点意思都没有，我不喜欢。还有你，也和学生一样，中午都没吃饭吧，长期这样怎么行？"何花一直心疼定远的身体，早就在寻思如何解决定远的吃饭问题。

"我倒是习惯了，只是这些学生，哎！"定远说着，看了看教室里还在认真复习的学生。

"不行，你经常开水泡冷饭吃不好，身体可是革命的本钱，连我这个只有小学文化的人都知道，你还不懂这个理儿？我家离得近，煮了挑过来，学生们愿意拿点粮食的拿点粮食就行了。"何花主意已定。

"我看这个办法好！"刘老师不知什么时候来了。

何花有些不好意思，恭恭敬敬地叫道："刘老师好！"

"小学生下午只上两节课，初中生下午有三节课，长期中午不吃饭对身体不好！还有你，定远，一个人上九门课，每天备课、上课连轴转儿，再好的身体都会累垮的。"刘老师看着定远，说道。

"就是，你看刘老师也这么说，就这么定了，我走了。"何花说着转身走了。

何花走后，刘老师拍了拍定远的肩说："何花这孩子，就是心眼儿好，小尧哇，好福气哟！"

"是是是，嘿嘿！"定远也开心地笑了，能碰到何花，确实是自己的福气。

何花回到家,把煮饭的事儿向父母说了。何大伯一听,气不打一处来,用烟斗使劲敲着门,说:"不行不行,我看你这丫头疯了,好好的缝纫厂不去,要回来煮饭,你没看你们缝纫厂的那些姐妹,好多都嫁到了乡场上。你倒好,不干了!"

"就是,花儿,别的妈都依你,这事儿不行。为了你进缝纫厂,家里可没少花钱。村里那些姐妹羡慕你都来不及,你还不愿干?你在缝纫厂,介绍的对象再差也差不到哪里去,这个理儿你不是不明白。"何大娘在一旁劝道。

"反正我不去了。"何花固执地说道。

"你敢?看我不一烟斗敲死你!"何大伯气得拿起烟斗差点敲了下去。

"反正我定了,我就是要给小妮她们班的同学煮饭。"何花毫不退步。

"你——"何大伯气得说不出话来。

他拿出烟叶卷起来,卷了半天,卷不好,生气地把烟叶扔到地上,使劲用脚碾了又碾说:"不听话我就碾死你。"

"碾死就碾死,反正我不去缝纫厂。"何花还在嘴硬。

"你,你是要把我气死!"何大伯气得拿烟斗的手直抖。

何大娘忙把他推到一边说:"好好好!你出去,我来说闺女。"

何大伯出去了,何大娘坐下来,说道:"花儿,妈这一辈子没生个儿娃子,把你和妮儿当宝贝养,看把你惯的。给妈说实话,是不是喜欢人家尧老师了?"

"妈——"何花不好意思起来,低着头说道:"就是看到他最近瘦了很心疼。"

"傻孩子,那不是喜欢是啥?尧老师知道么?"何大娘说道。

"妈——"何花转向一边,低头用手指头抠着凳子。

"尧老师那孩子我喜欢,好,妈不拦你,你爸的工作我来做。"何大娘满心欢喜。

"嗯,谢谢妈!"何花高兴起来。

何大伯的工作终于做通了,说干就干,第二天,何花煮了土豆炒饭和南瓜汤,还有一盆鸡蛋羹。上午第四节课一下,同学们吃上了热气腾腾的饭菜。

"谢谢你,何花。"定远看着满头大汗的何花,心疼道,"快擦擦汗,辛苦你了。"

"不辛苦!"何花一边用衣袖擦汗,一边看着定远说。

"来,你的!"何花也给定远盛了一碗。

"嗯,真香,第一次吃到这么好吃的土豆炒饭和鸡蛋羹。"定远边吃边问,"同学们,何花姐煮的饭好吃吗?"

"太好吃了。"唐小闯嘴里包着一大口饭说道。

"这样吧,同学们,回家给你爸妈说,要中午在学校搭伙的,自己把粮食、蔬菜背到何花姐那儿,由何花姐帮我们煮,我也一样,全凭自愿。"

"好,下午不挨饿了。"同学们欢呼起来。

"行,今天中午这顿算我请的。"何花端起南瓜汤给每个孩子加汤,教室里显得格外温暖。

何花送给定远的那只猫寻着味儿来了,在窗台上喵喵地叫着。何花把它抱了下来,舀了一碗土豆饭给它。猫咪仰着头,看着何花撒娇般"喵呜"叫了一声,它也不会挨饿了!

期末考试成绩出来了,定远班的语文、数学、英语三科的平均成绩、及格率均居全县前三名,其他几门学科也居全县中上水平,农中远超附中的成绩。

在区小学期末座谈会上,李校长说:"上半年,尧老师送的小学毕业年级考出了骄人的成绩,有人说里边有原来老师的功劳。这学期，他教的三门学科都位列全县前三名，农中学生基础很差，居然能考出这么好的成绩，这有力地证明了一句话——没有教不好的学生，只有不会教的老师。这个成绩的取得，一定是有原因的。尧老师，你说几句，向大家介绍介绍经验。"

没想到李校长会点到自己，定远站起来说道："李校长，其实也没什么经验，我只是让家长和孩子都有了目标，然后教给学生学习方法，教会学生学会吃苦。"

"小尧老师，你就把家长和学生必须遵守的五条向大家介绍介绍吧！"刘老师在一旁说道。

"什么五条？快说说。"大家问道。

定远分享着，大家频频点头，不停地发出赞叹声。

定远分享完，李校长说："尧老师的介绍对我们很有启发，我认为要当好一个老师，只有责任心还不行，还得多动脑子，多想办法。我希望大家多向尧老师学习，尧老师也要把好的经验总结出来，写成论文发表出去，让更多的老师学习。"

大家鼓着掌，向定远投来赞许的目光。

散会后，定远兴冲冲地径直朝何花家走去，刚好碰到何花出来挑水。定远高兴地说："何花，我正要去找你。"

"什么事这么高兴？"何花放下水桶问道。

"我们班这次期末考试考得很好，有三科都是全县前三名。小妮也考得很好，好几科都是九十几分。"

"真的？太好了。我就知道你行！"

"我倒不是在乎成绩多少名，我是高兴我的教学方法得到了证明。李校长说得对，我要把这些总结出来，写成论文拿去发表。"

"有文化真好！"何花看着定远，羡慕地说。

"有文化跟学历没关系。你也一样，尽管你只有小学文化，但我觉得你爱学习、爱思考，比好多初中生、高中生都强。"

"真的？"

"嗯！还有你善良、有爱心，我们班取得这么好的成绩跟你也有关，谢谢你！何花。"定远感激地看着何花。

何花害羞地笑了一下，避开了定远的目光，说："我才不要你谢呢！"

"你笑起来好好看！"

"说什么啦！"何花娇嗔地把脸转向一边。

"真的，你真漂亮！寒假要放一个月的假，我想见你怎么办？"

"不和你说了，我去挑水了。"

"我去帮你挑水。给，我今天在中心校借的书，你喜欢也可以拿一本去看。"定远把书递给何花，挑着水桶挑水去了。

定远挑着水来到何花家，何大伯见了，忙说："何花，你怎么让尧老师挑水，真不懂事。"

"何大伯，是我要挑的，何花平时给班上同学煮饭、挑饭，够辛苦的。"

定远把水挑进厨房，何花帮忙把水倒进水缸里，水溅到了两人的额头上，何花忙掏出手绢给定远擦了擦额头上的水。定远拉住何花的手情不自禁地说："何花，有你真好！"

何花低头一笑，定远拿过手绢也帮何花擦掉了额上的水。

何大娘拉了拉何大伯，高兴地指了指厨房，心里乐开了花。

拿通知书那天，定远激动地告诉每个同学："同学们，通过一学期的努力，我们取得了好成绩。这是我们共同努力的结果，也是你们爸爸妈妈支持的结果。今天，你们回家的第一件事就是向爸爸妈妈说声谢谢，感谢他们对你们学习的重视和支持。这一学期的努力也告诉我们一个道理，只要我们自己不放弃，上天就不会放弃我们。"

教室里响起了长时间的掌声。

定远继续说道:"当然,我们还有很多弱项,比如有的同学字很差,有的同学英语发音不准,有的同学个子不高,有的同学偏科。我希望这个寒假,每一个同学都能补补自己的弱项,开学第一天作为礼物送给我,好不好?"

"好!"同学们齐声答道。

"尧老师,还有寒假作业吗?"周龙问。

"没有了,你们把自己的弱项补起来,开学时作为礼物送给我就行了。同学们,不要让我失望,我们下期见!"

"好,下期见。"

"我一定给尧老师一个惊喜。"

"我也是。"

"我也会。"

同学们一个个争先恐后地保证着。

春节前,定远约了何花到城里玩。他把何花带到丹丰县师范门口,告诉何花说,这就是当年那个曾让他讨厌且差点退学的师范,是这所学校教会了他吃苦,教会了他不要怨天尤人;是这所学校把一个什么都不会的农村娃,教成了一个什么都会一点儿的万金油!

何花笑着,看着满脸笑容的定远,眼前这个男人,帅气、阳光,有使不完的活力,她真想跑过去亲吻他一下。

"学高为师,身正为范,何花,你知道楼顶那八个字的意思吗?"

"我不全懂,但我知道说的就是你这样的!"

"嘿嘿嘿,何花,你真好!真会说话。"

定远拉着何花说:"走,我们去买录音机和英语磁带,教学生学英语，发音必须标准。"

来到新华书店，定远看了看录音机，最便宜的也要200多块，是他三个月的工资了。一年多来，定远每个月给母亲30块钱贴补家用，剩下的30多块钱，除去零用，只节省下百多块钱。定远看着录音机，只好说太贵了，买不起，明年再买。

突然，定远看到旁边展柜上有明信片，欣喜地说："我要给每个学生买一张明信片作为新学期礼物。"

定远拿出一大摞明信片，挑选了22张。

"服务员，22张明信片，一共多少钱？"定远高声问道。

"两角钱一张，一共四块四。"

服务员是一个50来岁的大姐，她好奇地问道："你买这么多明信片干什么？一般人都只买几张的。"

"他买来新学期送给学生的，他有22个学生。"何花抢着说道。

服务员大姐打量着定远，投来意味深长的目光，说道："我平常只看到学生买来送给老师，没想到还有老师买来送给学生的，当你的学生一定很幸福。"

"你说对了，大姐。"何花笑着应道。

"姑娘，这是你男朋友吧？好眼力。"服务员大姐又说道。

何花看了看定远，两人相视一笑。

走出新华书店，定远拉着何花来到了百货大楼，他要给何花买一条围巾。一看价格，二十五元，何花说什么也不要。

"不行，这是我第一次送你礼物，你一定要收下。这条枣红色的围巾怎样？我看挺适合你的。"定远执意要买，拿着围巾要何花试。

何花只好顺从地拿着围巾在镜子前试，这是心爱的人送给她的，看着镜子里的自己，笑得特别开心。付完钱，两人走出了百货大楼。

"你等会儿,我去买点东西就出来,你别跟着。"何花转身回到百货大楼。她来到卖毛线的柜台,买了一斤半枣红色的毛线,她要给定远织一件毛衣。

提着毛线出来,定远问她买的什么,何花卖关子道:"不告诉你,这是秘密,春节后你就知道了。"

"好吧,我不问。何花,春节了,我想给我爸妈一人做一件新衣服,你去帮我选一下布料。"

"这样吧,我改天到缝纫厂去选布料,我来做。"

"那太好了,他们要是知道是你亲自给他们做衣服,心里一定很高兴。"

"为什么呢?"

"他们未来的儿媳妇给他们做衣服,能不高兴吗?"定远对着何花的耳朵低声说道。

"你,谁是你媳妇?"何花听完撒娇地噘着嘴,脸羞得通红。

定远一把抓住何花的手,郑重地说:"等我一满22岁就娶你,你就是我媳妇。"

何花害羞地说道:"人家还没想好呢!"

"我不管,我想好了,这辈子,你就是我的媳妇。"

何花更害羞了,脸上却溢满了幸福。

春节那天,定远爸妈穿上何花做的新衣裳,逢人便说这是儿媳妇给他们做的,手巧着呢!在他们心里,只要儿子喜欢,他们就不再反对了,何况何花确实讨人喜欢。

邻居们便一阵夸奖,定远爸高兴得合不拢嘴,说:"你看,剩的边角料给我做了一个垫子,盖在膝盖上暖和,暖和!"

"呦,你这儿媳妇还没过门就这么有孝心,难得,难得。"邻居们又是一阵夸。

"那可不是。"定远爸妈更是高兴，定远也跟着高兴。

新学期开始了，定远早早地拿着写好的明信片站在操场边等着他的每一个学生。这时，何花来了，穿着一件米色呢子大衣，围着定远给她买的枣红色围巾，衬着白里透红的皮肤，又添了几分漂亮。

"你来啦！我正想着你会来，你就来了。"定远迎了过去。

"给，春节前在百货大楼买的毛线，我给你织的毛衣，试试吧，看合不合身。"

"哦，真好看，织得真好，何花，你的手咋这么巧呢？"定远说着就要去拉何花的手。

何花忙指了指办公室，说："这是学校。"

"哦，我忘了。"定远吐了吐舌头。

"来，这儿风大，先把毛衣披上。"何花把毛衣披在定远肩上。

这时，刘老师出来了，打趣说："我道是哪儿的喜鹊喳喳叫，原来是你俩呀！好事，好事！"

定远和何花都低着头，互相偷偷看着，笑着不知怎么回答。

"尧老师，何花姐，我来啦！我是最早的吗？"唐小闯上气不接下气地跑来了。

"哟，小闯长高了一些了。"何花迎了上去。

"来，唐小闯，送给你的新学期礼物，一张明信片。"定远念着明信片上的新学期寄语："把握生命的每分每秒，用知识改变命运。"

"谢谢你，尧老师，给，我的礼物！"唐小闯拿出一个本子，里面是他天天练的字。他认真地说道，"尧老师，我天天在家练字时就在想你是怎么写的，你看，我的字有进步么？"

定远打开本子一看，说道："嗯，有进步，特别是这一竖，写得有骨力,还要坚持天天练,每天练三十分钟,你的字一定会写得比我的漂亮。"

"哦,周龙来啦!"何花喊道。

"行啊,周龙,今天居然来这么早。"定远招呼着周龙。

"尧老师,我早就盼着来学校啦!"周龙不好意思地摸着头说。

"我也是。"唐小闯在一旁说道。

"来,周龙,给你的新学期礼物,看看明信片上写的什么。"定远递给周龙一张明信片。

"哇,我的礼物,谢谢尧老师。"周龙一字一句地念着明信片上的字:"只要有理想,你一定会看到更广阔的世界。"念完,他眼里闪着亮光,这是他读书以来收到的第一份礼物,而且是老师送的。

周龙从书包里取出了一摞画来,说,"尧老师,我就是喜欢画画,你看,我寒假画了这么多。这是我送给你的礼物。"

素描、水粉、白描……定远一边翻看一边赞叹道:"你这小子,进步可真大。假期我问了,你初中毕业可以考美专,但还得好好练,文化课也不能落下。这样吧,你每天放学后可以在学校画一个小时的画,我来指导。"

"太好了,太好了,谢谢尧老师。"周龙跳了起来。

"只不过,要把你教进美专,我还得一起自学才行。"

"尧老师,我来了。"旁边传来弱弱的声音,定远转身一看,是王云梅。

"哦,王云梅,老师正盼着你来呢。"

定远蹲下,扶着瘦小的王云梅的肩,说道:"这是给你的礼物,你若坚强,全世界都会给你让路。"定远念着明信片上的字,他希望王云梅能坚强地面对生活中的不幸。

王云梅眼里泛着泪光,望着敬爱的尧老师,使劲点了点头。她把手里攥得紧紧的纸条递给了老师,说:"尧老师,这是我给您的礼物。"

定远打开纸条,只见上面写道:"我要努力学习,考上高中。——送给尧老师的礼物。"

定远看着纸条,低声对王云梅说:"谢谢你,这是我收到的最好的礼物。来,我们约定,共同努力!"

何英子来了,交了厚厚一本数学作业给老师。何英子说,数学是自己的差科,寒假做了很多题,可是见到难题还是不会做,都有难题恐惧症了。

定远拿出给何英子的明信片,只见卡片上写着:"难题不要怕,只要肯思考,就一定会豁然开朗。"何英子点了点头,高兴地拿着明信片到教室去了。

这时,何小妮提着一台录音机兴奋地跑到定远面前,用英语问候道:"Good morning teacher! I want to see you!"

"哟,小妮,英语说得比上学期好听呢!怎么练的?"定远问道。

"就是它,录音机教的。"何小妮把录音机递到定远面前说,"我姐买的,她说送给我们班。"

定远感激地望着何花,轻声说了声:"你真好!替孩子们谢谢你!"

"谢什么,我也是为了我家小妮。"聪明的何花最会说话。

"等我以后有了钱再还你。"

"谁要你还了?我也算你半个学生呢!当你的学生真幸福。"

定远和何花,两人的心越来越近了。

新的一学期,何花坚持天天在家给22个学生和心上人煮中午饭。每到中午时,何花都会准时挑着饭菜到教室。同学们见到何花，总会亲热地称呼何花姐。

每次看到何花满头大汗时，定远都会心疼地递上手绢，何花总是会心地一笑。

一个星期天赶场日，定远到场上给父亲抓药，想顺道去给父母买两个熨斗糕（一种南方小吃，以米、油、蛋为原料，用铁烙碗烙熟即可食用，外酥里嫩。因制作的器具很像老式的熨斗而得名。南方一些地方至今还有卖的）回去吃。定远十岁时生过一场病，一直发高烧，母亲花5分钱买回两个熨斗糕，吃了居然病就好了。定远至今还记得熨斗糕那酥香软糯的味道，那是儿时抹不去的记忆。卖熨斗糕的大娘拿起一个纸糊的盒子，装了两个熨斗糕给定远。定远接过一看，纸盒上有"少年文艺"的字样，一阵欣喜，忙问大娘哪来的书糊的纸盒。初中时，不知黄老师在哪儿搞到一本《少年文艺》，定远借来如饥似渴地看了好几遍，那是定远看过的第一本课外书。

大娘用钳子不停地翻动着熨斗糕，说是在废品店买的旧书，一共十几本，花一块钱买的。

"卖给我，卖给我，大娘。"定远欣喜万分。

大娘不肯，说是卖了没有盒子装熨斗糕。定远好说歹说，大娘才同意定远到供销社买30张白纸来换。定远换了书，满心欢喜地抱着回到学校，感觉自己捡到宝了。

第二天，定远拿着书兴奋地告诉同学们，这些《少年文艺》内容很精彩，很难得，叫他们一定要认真看，看完后回家讲给父母听，还要把书的感悟写下来，贴到教室后边的"百草园"里。

"百草园"是开学前定远精心设计装饰的，左边写着"玩要开心玩"，右边写着"学要痛快学"。定远说，什么都可以往百草园里面装，画得好的画可以贴上去，读到的好文章可以抄上去，写得好的作文也可以贴上去，他只负责欣赏。"百草园"很快贴满了，只要定远站到"百草园"处一看，就有学生围过来，叽叽喳喳分享自己贴出来的成果。好，要的就是这个效果，定远的教学目的达到了。

暑假，定远按李校长说的写了点教学论文，寄出去两篇，都石沉大海。

一天，何花到寝室给他拆被子去洗，见他愁眉苦脸地坐在那儿，便安慰道："别着急，就像我刚学做衣服，一件不成做两件，两件不成就做三件，我送给你的那件衬衣是我练习了五件衬衣后才做成功的。"

定远拉着何花的手，有些消沉地说："出来工作快两年了，其他的事都得心应手，唯有这论文，让我很有挫败感，暂时我不想写了，放放再说。"

何花看到书桌边墙上贴的白纸上，有用烟头烫的"何花"两个字，地上还有一个

烟头。

"定远，你抽烟了？"何花问道。

"放假时一个学生家长递给我的，写论文写得总不满意，就抽了一支。"定远解释道。

"那是什么？就不怕把房子点燃。"何花指了指墙上烫的何花两个字，害羞道。

"想你的时候烫的。"定远望着何花，深情地说。

"走，定远，我带你去个地方，出去透透气。"何花说着，随手抱上了猫咪。

两人手拉着手，爬到学校旁边最高的坡顶上，何花指着四周说："定远，你看，四周的山坡一圈一圈的，好像都围着这个坡顶一样。我小时候经常爬到这儿来，每次都在想，那一圈一圈的山坡外面是不是还有山坡？我就想，这辈子一定要走出去，看看

外面的世界。"

"真的是站得高,看得远。"定远欣喜地四处张望,赞叹道,"蓝天、白云,绿油油的庄稼,这就是一幅大自然的杰作,我该带上画板来画下来。"

"定远,你不能总把自己关起来,要多出来走走。"

"好!谢谢你,何花,你就是井沿上的鸟儿,告诉我外面的世界很大很大。"

"我没你说的那么好,我就是希望看到你笑,不要被几篇论文就打趴下,尽管我不知道论文是什么。"

"花儿,我这一生还有个愿望,就是读大学。我一定要读一回大学,感受大学的生活,看看外面的世界,到时带着你一起去看外面的世界。"定远望着何花,伸手帮她理了理脸上的头发。

"好,我相信你!"何花把头靠在定远的胸前,感觉格外幸福和踏实。

趁何花不注意,定远亲了何花额头一下。何花也不躲,更加靠紧了定远。定远望着四周,心情舒展了许多。他找来一些狗尾草,教何花编出一个鸡蛋大小的装蛐蛐的小笼子,笼子有个小口,可以开关。定远在旁边的草丛里找到一只蛐蛐,关进小笼里,两人开心地斗起蛐蛐来。

周遭安静下来,蛐蛐震动着翅膀叫几声,定远说:"糟了,蛐蛐在呼唤它的女朋友了,怎么办?"

"你怎么知道它在呼唤女朋友?"何花看着笼子里的蛐蛐,笑道。

"因为只有男蛐蛐才会叫哇,这个时候,孤独的关在笼子里,它一定最想它的女朋友。"定远看着何花,有些一语双关。

"那快放了,我们不能让它们分开。"何花说道。

"好,听你的,放了。"定远打开笼子,把笼子放到草丛里,直到看到蛐蛐从笼子里爬出来,两人才放心地坐了回来。

"我们也永远不分开!"何花望着定远,深情地说道。

"嗯!永远不分开!"定远紧紧握着何花的手。

猫咪在何花怀里躺着,不时发出"喵呜"声,撒娇得让人疼。

257

三十

成人高考

1990年暑假,尧家真是喜事连连。定辉师范学院毕业,作为优秀毕业生分配到丹丰县中学教书,定平考上了自己喜欢的天文学专业,父亲自己挂着拐杖可以走路了。母亲特意杀了一只鸡,煮了一桌好菜,叫上何花,一家人准备高高兴兴地吃一顿饭。

饭桌上,母亲说:"现在好了,定辉到城里教书了,定平也考上大学了,等两年定兰也会考大学。眼瞅着几个娃都有出息啦,当妈的高兴,今天我一定要喝一杯。来,他爸,我们喝一杯。"

"好,喝一杯!"

父亲端起一杯酒一饮而尽,然后颤颤巍巍地站起来,给定远夹了一个鸡腿,说:"定远,这个给你。我这条腿呀,多亏了你呀!"

"爸,看您说的什么客气话?这个给妈吃。"定远说着,把鸡腿夹给了母亲。

"嗨,你这孩子。"母亲说着,又把鸡腿夹给了定远。

"远儿啦,你就把这鸡腿吃了吧,你吃了爸高兴。"父亲说道。

"好,我吃!爸,我吃。"

父亲又喝了一口酒,说道:"这个家就苦了定远一个人了,当年我如果咬咬牙,他也会读高中考大学,不至于在农村教书。哎——"

"爸,你又来了,这个话你不知说了多少遍了,还老提。"定远阻止道。

"是呀,这个家就苦了远儿了。上次你那几个同学来,说你为了这个家,放弃了保送读大学。你傻呀,远儿。"母亲一说就抹起眼泪来。

定辉忙安慰母亲。

"妈,我不怨谁,是我自己决定的,我不后悔。你看,我不生活得好好的吗?年年被区小学评为先进教师。还有,不到农村教书,我能碰到这么好的何花么?"定远说完,转头深情地看着何花。

"叔,姨,你们放心,我会好好待定远的。"何花向定远父母保证道。

"哎,何花,多亏有你陪他。远儿啦,什么事都喜欢自己扛,自从碰到你呀,脸上的笑容才多了。"母亲高兴地说。

"叔,姨,以后我就和他一起扛。"何花说话时,定远伸手偷偷握住了她的手。

"嗯,好好好!"母亲起身给何花夹了一个鸡翅膀。

转眼到了1991年春节,定平回到家,拿出一大摞书兴奋地说："哥，你猜我给你带的啥？"

"啥？"

"成人高考书！"

"成人高考书！太好了，我正准备春节后去买呢！"定远翻着一本本的书，说道，"你又节约生活费了？"

"没有，我在学校勤工俭学挣的，下学期我还会有奖学金的！"

"好，比哥有出息，我这就开始准备成人高考。一开学上五门课，没时间看书。"

"哥，我说你要考就考离职的，大学生活真的丰富多彩，图书馆的书多得几辈子都看不完。"

"好，读离职，读离职。"定远边翻书边答道。

三月份，欧必进给定远寄来一封信，约好一起报名参加成人高考。

定远拿着报名表找区小学李校长签字，李校长说："好，年轻人有追求，我支持你。"

报名之后，定远更忙了，白天备课、上课，晚上复习，一天没有一点休息时间。

"定远，你也别太拼了，注意身体。"何花总在一边劝他。

"没事，好多年没这么复习了，得给学生做榜样。嘿，你别说，我发现我的记忆力超好，政治、历史，看一遍记住了大多数。"

"我知道你一定行。"

"哎，何花，我说，如果我当年读高中，是不是会考上一个好大学？"

"不提以前，你还叫你爸别提这事呢！"

"哦，我只是想求证一下我会不会考上好大学，没别的意思，在我爸妈面前我一定不会提这事儿。"

"你就好好考个好成绩再说吧!"

"好,你就瞧好吧!"定远信心十足。

五月,成人高考。何花一直在考场外面等着,一出场,何花就问难不难,似乎比定远还着急。

这时,远远的跑来一个人,是欧必进。他喊道:"哎,何花好!尧定远,你考得怎样?"

"应该不错吧!"

"什么叫应该不错,你肯定考个高分,我知道你的实力。"

"你呢?考得怎样?"

"我觉得应该能考上。我报的函授,函授分低一些。"

"你怎么不读离职?去感受一下大学生活,弥补下我们中师生的遗憾。"

"我不去读离职,我想早点在教学上做出点成绩给贾丹瞧瞧,我必须让她刮目相看。"

"还没追上她?"

"没有,去了两次信也不敢明说,我怕她一口回绝我。她也来考了,她想报离职,区上说差老师上课,不让她报离职,为这事她还和区校长大吵了一架。"

"嗯,这像贾丹的性格。哎,夏浩男呢?还有白川杨小两口来考了吗?"

"没有,听说夏浩男当上公务员啦!林小丽怀孕了,要当妈妈啦!"

"哦!这一两年大家变化大!"

"是呀!夏浩男发表了很多文章,被县政府挖去当秘书了。"欧必进解释道,随后又补充了一句,"看来确实如张校长所说,只要是金子,就一定会被发现的。"

还是那个信心满满的欧必进，中师时的欧必进，精神头儿还在。

"走，我请你们吃饺子。"欧必进说道。

"不，我请你吃面条。走，何花，我带你去个地方。"定远带着他们来到刚读中师时和王超一起吃面的面条摊，老板还是原来的老板，只不过桌椅换了新的。

"老板，三碗豌豆面，都要四两的。"定远说道。

"怎么叫四两？三两就够了。"欧必进说道。

"就是，太多了。"何花也说道。

"你们不知道，刚读师范时，就是第一个教师节前，我和王超来吃二两面，没吃饱，再要了二两，结果每人花了八毛钱，把我俩呀，后悔得什么似的，晚饭都没吃，幸好张校长那天晚上来发了面包。"定远回忆道。

"哦，原来是带我们来忆苦思甜啦！"欧必进说道。

"算是吧，说实话，读中师时我经常是处于半饥饿状态。"定远笑道。

"从现在开始，我不会让你再饿着。"何花温柔地轻声低语。

"何花，好好照顾定远，他可是天下难得的好人。"欧必进说道。

"嗯，我知道。"何花害羞地应着。

面条来了，一人一大碗。

"好，快吃，我经常做梦都在这儿吃面条，里面的豌豆特别好吃。"定远呼啦呼啦吃了起来。

看着定远的馋样儿，何花忍不住笑了。

定远用筷子夹起面条看了又看，说道："嗯，怎么没有原来的好吃？还没有何花煮的面条好吃。"

"这叫时位之移人也，我的尧定远同学。"欧必进接话道。

"我没变呀,我还是那个穷中师生啦!"

"至少不会挨饿了呀!"

"那倒也是,不过还是何花煮的饭菜好吃。"

"欧必进刚才说什么一人?"何花低声问定远。

"我回去慢慢告诉你。"定远低声说道。

"哦,定远,我忘了告诉你,我那个村校教室是危房,现在我和学生全部搬到山脚下的点校了,我还是那儿的大队辅导员,中师所学终于派上用场啦!"欧必进边吃面条边说道。

"嗯,你就是当官的料,我说,不出五年,你一定是个校长,像张校长那样的校长。"

"嘿嘿!那是我的目标。"欧必进一脸的笑,又说道:"只不过我每天还得负责接送那六个学生上学、放学,来回一趟要近两个小时。不过这也倒好,顺便把身体锻炼了。"欧必进说得非常轻松。

"欧必进,好班长,你是我的榜样!何花,你知道吗,他是我的榜样,不,是中师生的榜样。"定远听了欧必进的话,很是敬佩。

"你才是中师生的骄傲!教学成绩那么好!"欧必进说道。

"不说了,用面条干杯,为中师生干杯!何花,你也来!"定远看到欧必进找回了当年状态,特别高兴。

"干!"

三个人端起碗碰在了一起。

一个月后,成绩出来了,不出所料,500分的总分,定远考了429分。李校长告诉他,他的成绩应该是11个区县的最高分,算成人高考状元,特别是历史,100分的总分考了98分,是一个近乎满分的分数了。

拿着成绩单,定远兴冲冲地跑到何花家,一进门就对何花说:"何花,我考上了,我考上大学了,我终于可以读大学了。"

"看把你高兴的,我早知道你考得上。"何花也高兴地拿着成绩单反复看。

"姐,什么成绩单?"何小妮跑了过来。

"你尧老师的成人高考成绩单,他可以读大学了啦!"何花高兴地说道。

"那谁来教我们呢?"何小妮问道。

何小妮的话,让定远不知怎么回答。是呀,他太想读大学了,欧必进来信约起报名,他就去报名了。报名前,找李校长签字,李校长也没说不让他读离职。两个月来,定远一心在复习迎考,其他的也没有多想。是呀,谁来教何小妮他们呢?一想到这个问题,定远像被泼了一盆冷水,高兴不起来了。

"还有那么多老师呢!"何花说道,看了看定远。

第二天,定远走进教室,见同学们一个个哭红了眼,忙问发生了什么事。

唐小闯站起来说道:"尧老师,听说您下学期不教我们了,我们怎么办?"

教室里传来嘤嘤的哭声。

"尧老师,你不教我们了,谁每天下午教我画画呀?"周龙站起来,满怀期待地看着老师。

王云梅趴在桌上哭起来,特别伤心。

"王云梅,别哭。"何小妮在一旁劝着。

"我只是去读两年大学……"定远解释道。

"可那时我们已经初中毕业了。"唐小闯带着哭腔说完,全班一片啜泣声。

"尧老师,您不教我们,我就不读了。"何英子噘着嘴说道。

"同学们,我一直想读大学,没考虑到你们的感受,我来想办法，请你们相信我。先让我们好好复习，争取期末考试考出好成绩。来，请打开书上的复习题。"

下午放学后，定远像往常一样批改完作业准备回家，一走出办公室，只见全班同学分列两边，正等着他。

"你们这是干什么？"

"尧老师，我们不想让你走。"周龙忍住眼泪，眼巴巴地望着他。

在场的同学，有的用衣袖捂着脸在哭；有的哭成了大花脸，不停地打噎。

"同学们，请相信我，我来想办法。"定远走过去安慰。

"尧老师，您不是说要带领我们全班同学都考上高中吗？你怎么先走了呢？你走了，我们……"唐小闯说不下去了，低着头，眼泪不听话地滚了出来，一滴一滴地滴到地上，如大雨点。定远还是第一次见到这么大滴的眼泪，心里猛地紧了一下。

"哦，对不起，唐小闯，先把眼泪擦了。"定远走过去扶住唐小闯。

"尧老师……"唐小闯喊了声尧老师，再也说不出话来。

"同学们，对不起，对不起，我去申请读函授，不读离职，这样就能把你们教毕业！"

定远话一说完，同学们破涕为笑，互相拉着手跳起来，说道："哦，尧老师不走了，尧老师不走了！"

第二天放学后，定远决定去找李校长。

在李校长办公室，李校长给定远倒了一杯水，说："小尧，什么事？是不是又是哪个附中的老师没去上课？"

"不是，李校长，这次是我的事。我还是不去读离职，想麻烦李校长找人帮我说一下，改成函授，怎样？"

"啥？改成函授？小尧哇，小尧，你知道离职名额多紧张吗？

当初不是看你小子有本事，我才不会面红耳赤去给你争取离职名额。为这事儿，我还跟一个校长吵了一架。现在好了，离职名额争取到了，你也考上了，你才说不去，要换函授，

这不浪费一个离职指标吗？"

"谢谢李校长！对不起。"

"不是对不起的事，关键是这是换不过来的，要么读离职，要么明年再考。去年有个老师也是想离职换函授，找了好多关系也没能换过来。你自己好好考虑吧！"

"主要是我那个班没人上课。"定远为难地说道。

"我早想好了，就派附中的老师去上，反正他们的课时不足。从私心来说，我是很不情愿你去读离职的。我是觉得你是个人才，得给你更广阔的空间。我够意思吧，不像我年轻时碰到的领导，处处给我小鞋穿。"

"可，我那些学生……"

"你好好想想吧，我去城里开会了。"

从李校长办公室出来，定远很沮丧。他一个人回到学校，拿出好久没吹的笛子，坐在办公室门口的梯步上，试了试音，吹起了电视剧《渴望》的主题曲。

此时，何花正在家缝制衣服，听到笛声，知道定远回来了。

嗯，不对，定远有心事。何花皱了皱眉头，放下手中的活儿，急急忙忙赶到学校。

定远看到何花来了，停止了吹笛，耷拉着脑袋，低头不语。

何花走过去，坐在定远旁边。半晌，两人无语。

"何花，我想今年放弃读离职，明年再考，这样就能把小妮他们送毕业。"定远终于抬起头来，望着何花说。

"小妮都回家讲了，我就知道你会做出这样的决定。"何花把头靠在定远肩上，继续说道，"做你的学生真幸福，你怎么决定

我都支持你。"

"走,我们到最高那个山坡去。"定远拉着何花的手,一路跑到了坡顶,看着四周一圈一圈的山坡,定远把手放到嘴边做成喇叭状,大声喊道:"喂,尧定远是个好老师吗?"

何花把手也放到嘴边,高声回道:"是!"

定远欣慰地转过头看着何花,又向着远方喊道:"我一定会带何花去看外面的世界的!"

"我相信你——"何花大声应道,声音拖得老长,传向田野,传向天际。

三十一

一道风景

1991年6月,雨水特别多,三天两头下雨,持续下了二十多天。孩子们上学,有的戴着斗笠,有的披着蓑衣,还有的干脆披一块种庄稼用的薄膜就来了。一进校园,孩子们就在操场边捡一根小木棍或者一块儿小石头,刮掉鞋上的泥巴。连续的雨天,教室屋顶有几处开始漏雨,定远只好和何花搬来坛坛罐罐接雨。黑板上方也在漏雨,雨水流下来把黑板淋湿了一大半。

上课时,教室外在下雨,教室内也在叮咚叮咚的滴雨。雨下久了,同学们早上到学校的积极性也受到影响。

定远问道:"同学们,下雨天烦不烦人?"

"烦!"

"太烦了!老下雨。"

同学们七嘴八舌地说道。

"这样吧,我来讲个故事给你们听。从前有一位母亲,她有两个儿子,大儿子是卖盐的,二儿子是卖伞的。下雨了妈妈担心盐受潮了,卖不出去;天晴了,妈妈又担心天不下雨,伞卖不出去。就这样,无论天晴还是下雨,她都是愁眉不展,没有开心的时候。一天,一个老先生告诉她,为何你不换一种心态来看这件事呢?如果下雨了,二儿子的伞能够多卖出去;如果天晴了,大儿子的盐也好卖了。如果这么想,不是可以整天开心吗?"定远停了停,继续问道,"同学们,这个故事告诉我们什么道理呢?"

唐小闯站起来说道:"尧老师,我知道了,同一问题从不同的角度去思考,就会有不同的心情。"

"说得好,对同一问题如何去想,决定权在我们自己。比如天老下雨,我们可以想成是上天在考验我们的毅力,我们早上偏要早点到学校。"

"对,我们不能被老天爷打败。"周龙说道。

"嗯,周龙这话说得漂亮。这样,既然老天爷要天天下雨,我们就来享受一下雨景,雨中背雨诗,好不好?"

"好!"

"从初一开始,同学们每天背的一首古诗,这个时候该派上用场了。同学们,准备好了吗?"

"准备好了!"

"好,自己来抢,谁先站起来谁先说。"

"好雨知时节,当春乃发生。"唐小闯反应最快。

"哦,把我的说了。"有人在嘀咕。

"沾衣欲湿杏花雨,吹面不寒杨柳风。"何小妮迅速站起来念道。

"空山新雨后,天气晚来秋。"周龙也不示弱。

"夜阑卧听风吹雨,铁马冰河入梦来。"唐小闯又站起来。

"天街小雨润如酥,草色遥看近却无。"王云梅怯怯地站起来念道。

"王云梅,不错,初一时教给大家的诗还记得。"定远大声鼓励。

"南朝四百八十寺,多少楼台烟雨中。"这次是何英子。

"嚯,不错。"定远向何英子竖起了大拇指。

"夜来风雨声,花落知多少。"

"七八个星天外,两三点雨山前。"

"水光潋滟晴方好,山色空蒙雨亦奇。"

"清明时节雨纷纷,路上行人欲断魂。"

"松间沙路净无泥,潇潇暮雨子规啼。"

……

同学们纷纷站起来念道。

"还有吗?同学们。"

一时间大家想不起来了。

王云梅慢慢站起来念道:"青箬笠,绿蓑衣,斜风细雨不须归。"

"好极了,大家是不是该给王云梅同学掌声呢?"王云梅很内向,又有些自卑,定远总是抓住一切机会鼓励她。教室里顿时响起了掌声,王云梅露出了灿烂的笑容。

"好了,同学们,还有一周就期末统考了,我们一定要加油!"定远又鼓劲道。

"老师,我们一定会考好。"唐小闯代表大家表态。

"嗯,老师相信同学们。"

同学们立即打开书认真复习起来。

期末考试那天,老天爷没有停雨的意思,定远带着22个学生,早上7点从河坝村校出发,他们必须在8点30分前赶到中心校。孩子们戴着斗笠，披着蓑衣，搭着薄膜，脚上套着草绳。定远还特意给每个孩子准备了一根竹竿，用来拄着走路。唐小闯是班长，走在最前面，定远走在最后面压阵。看着孩子们不惧困难，有说有笑的样子，定远很欣慰。

"有雨天边亮，无雨顶上光，同学们，四周很亮，估计会下大暴雨，加快脚步！"定远吩咐道。

"好！"回声响亮。

"同学们，背首诗怎么样？"定远提议道。

"好！尧老师，背《红军不怕远征难》。"何英子最先欢呼。

"那你起个头！"定远喊道。

"收到！"何英子清了清嗓子，领着同学们一起背起了《七律·长征》——

<blockquote>
红军不怕远征难，
万水千山只等闲，
五岭逶迤腾细浪，
乌蒙磅礴走泥丸。
金沙水拍云崖暖，
大渡桥横铁索寒。
更喜岷山千里雪，
三军过后尽——开——颜——
</blockquote>

孩子们的朗诵声非常响亮，一群白鹤从树林里窜了出来，飞向远方，同学们走得更快了，终于在8点30分前赶到了中心校。

"同学们，你们就是长征归来的勇士，你们就是一道风景！"定远觉得这群孩子越来越可爱了。

第一堂考语文，有一道附加题，写关于"雨"的诗。一出考场，同学们叽叽喳喳围着定远兴奋地说道："尧老师，您太会猜题了，居然有一道题是写关于雨的诗。"

"啊，这么巧，只不过不是我会猜题。机会总是留给有准备的人，是你们自己准备得好。"定远解释道。

在定远心中，孩子们战胜困难的勇气和决心远比考试更重要。他爱这些孩子们，不得不承认，他爱上了教师这个职业，因为一切都有活生生的生命回应。自己还谈不上人类灵魂的工程师，但至少是学生成长的伴随者、见证者。定远感到了丝丝欣慰，这种欣慰是甜的、幸福的！

三十二

永远的班长

第二堂考试才开考,只听李校长在办公楼阳台上大声喊定远接电话,说对方有十万火急的事情找他。

是谁呢?定远赶紧跑到李校长办公室,拿起电话,还没开口,只听对方说:"尧定远,我是白川杨,你快来,到欧必进学校来。"

"什么事?这么急。"

"欧必进昨天送学生回家,路上出事啦!"

"啊,严不严重?"

"已经走了,你快来,我挂啦!"

"什么?"电话从定远手中滑落,发出"嘀嘀"的声音。他不敢相信这是真的,他宁愿相信这是调皮的白川杨想见几个老室友开的一个大玩笑。

"怎么了？小尧。"李校长在一旁问道。

一声霹雳，像要把整个地球劈开。定远回过神来，急忙拉着李校长的手说："李校长，我班的学生麻烦你安排老师代管一下，我中师的班长出事了，必须马上去一趟。"

"什么事这么急，等考试完了再去不行吗？"

"我班长没啦！"定远几乎哭了出来。

"哦，好，你去吧，我来安排。"李校长忙说道。

在去的途中，想着欧必进的点点滴滴，他怎么也不相信那么追求上进的班长会突然没了，眼泪一次次模糊了双眼。到了欧必进的学校门口，远远看到校园里黑压压的人群，已经有很多人在那儿。白川杨看到定远，忙走了出来。

定远一把拉住白川杨问道："怎么回事？好好的怎么一下就出事了？"

"哎，小学不是期末考试已经结束了吗，学生昨天拿通知书，班长把那几个山上的学生送回去，在路上，遇到塌方。为了保护那几个学生，他抱着最小的那个学生拼命跑，在最后那一刻，他把那个学生推了出去，自己却被掩埋在下面了。"

怎么可能？定远还是不敢相信。他走了进去，看到躺在那儿用白布遮着的遗体，心里一万个不承认躺着的就是他最敬佩的班长。他跟跟跄跄走到遗体跟前，想揭开白布，希望证明一下那不是他的班长。白川杨一把抓住他的手，摇着头说，还是不揭开吧，已经不成样儿了，班长爱美。

定远一把抱住白川杨，不停地捶着他的肩，哭道："老天不长眼，老天不长眼！说好的终生为友，他怎么可以先走？他怎么可以先走？"

"定远，我同你一样难过，班长他早已是我们的标杆，是我们的精神支柱。或许他想母亲了，想到那边尽尽孝。"白川杨哽咽着说不下去了。

欧必进的那六个学生,满身是泥,站在一旁,哭着不肯离开。

"孩子,你们回去吧,我安排人送你们。山上的路抢修通了。"一个老师过来说道。

"不,我们要陪着欧老师。"大一点儿的那个女孩儿是刘细妹,已经哭成泪人,不停地打嗝。

欧必进的哥哥也赶回来了,端着欧必进的遗像,一直低着头,木偶一般。夏浩男来了,林小丽大着个肚子也来了,能通知到的同学都来了。

"叫你别来,你怎么来了?"白川杨责怪林小丽道。

"我来送班长一程。"林小丽说着,眼泪直往下掉。

"贾丹怎么没来?"定远问林小丽。

"应该快到了,她的学校离这儿最远。"林小丽伤心地说。

天阴沉得厉害,"咔嚓"一声,天在轰塌,地在崩裂,每个人的心都在撕裂。是老天在后悔么?定远望了望天,摇了摇头,叹老天太不长眼。

这时,白川杨指了指外面,说道:"贾丹到了。"

贾丹几步跨了进来,在梯步被绊了一下,差点摔倒,看着眼前的一切,她笑道:"同学们,你们这个玩笑开大了,玩笑开大了。"

"贾丹!"林小丽拉住贾丹。

"欧必进,你给我起来,别给我装了。"贾丹大声吼道,还在笑。

"贾丹!班长已经走啦!"林小丽哭道。

"欧必进,你不是要追我吗?怎么,你怕啦!"

贾丹哭着一下瘫坐到地上,嘴里不停地念着:"你这个胆小鬼,你这个胆小鬼……"

定远和白川杨忙过去扶起贾丹,定远说:"贾丹,你来了,班长一定最高兴。班长他……他一直想做个让你刮目相看的中师生。"

"他早就让我刮目相看了,他早就让我刮目相看了呀……"贾丹喃喃地说着。

"班长,你听到了吗?贾丹早就对你刮目相看啦!"定远朝着欧必进的遗体说道。

贾丹不停地摇着头,喃喃道:"欧必进,你真不够意思,毕业后,我一直在等着你追我,你不该用这种方式让我刮目相看,你不该这样对我……"

"贾丹,班长心里一直最在意的是你,你好好和他说说话吧!"定远流着泪说道。

白川杨从衣袋里掏出一张纸展开,那是欧必进的函授录取通知书,上面沾满血渍和污泥,最下边用钢笔写的那句"我要做个让人刮目相看的中师生"已经模糊不清了。白川杨递给定远,示意同学们传看一下。大家一看到那句话,男女生都哭作一团。最后,白川杨把录取通知书交给了贾丹,说道:"贾丹,班长的录取通知书,给你吧,留个念想!"

贾丹接过录取通知书,手不停地颤抖,看着"我要做个让人刮目相看的中师生"那句话,她的心都碎了,半天才哭出声来,眼泪一滴一滴地滴在"欧必进"三个字上。欧必进,他们的班长,再也无缘大学梦了。那个充满活力的班长,那个毛遂自荐的班长,那个拿着吉他摇摆着唱《冬天里的一把火》的班长,那个如北方的狼一样的班长再也回不来了……

两天后,料理完欧必进的后事,定远失魂落魄地回来了。何花在学校焦急地等着他,一见到定远,整个人都呆住了。

"怎么了？定远。"何花拉住定远。定远一把抱住何花，痛哭起来。

"欧必进走了，我再也没有班长了。"

"啊！定远，你快到寝室休息一下。"看着定远伤心的样子，何花忙把定远扶进了寝室。

坐在床沿上，定远讷讷地说："何花，你知道吗？班长一直是我的精神支柱，每当我快扛不住时，就会想到他，他和我约定过，要做让人刮目相看的中师生。"

"定远，你已经做到了，你的教学成绩又是全县前三名，刘老师告诉我了。"

"他走了，我的心突然像被掏空了一样，我找不到了方向。"

"定远，你先休息一下，把衣服换来我洗了，到处都是泥。"何花心疼道。

定远不停地摇着头，一直讷讷地说着："他还要当张校长那样的校长，何花，你知道吗？他一直想当张校长那样的校长，他行的，他是那块料，他怎么可以说走就走了呢？"

"定远，你累了，你先躺下休息一下。"何花帮定远脱了鞋，给他盖上了毯子。

定远躺到床上，嘴里不停地念着："他怎么可以说走就走了呢？他怎么可以说走就走了呢……"

"定远，你再难过也改变不了事实，定远！"看着定远魂不守舍的伤心样儿，何花有些急了。

"何花，你不知道班长有多优秀，有多上进！"定远突然又坐起身来。

"我知道，我知道，你快睡下。"定远睡下，安静了一些。

何花放下蚊帐准备离开，定远突然抓住她的手说："何花，你别走，你别走，你走了我就更空了。"

"好，我不走，我看着你睡。"何花心疼地握紧了定远的手。

定远拉着何花的手慢慢睡着了，眼角的泪还在微微颤动，何花掏出手绢轻轻帮他把泪擦掉，自己却掉下泪来。

"何花，你别走，你别走！"睡梦中，定远双手紧紧抓住何花的手不放。

"好，我没走，我没走。"看着定远的样子，何花心里十分难受。

整个暑假，定远都是在伤心中度过的。夏浩男写了一篇报告文学，题目叫《永远的班长》，登在《丹丰报》上。看着夏浩男寄来的报纸，定远又是一阵伤感。如果班长还在，他们约好要回丹丰师范去看看的。如果班长还在，说不定贾丹已经答应他，说不定明年还能喝上他们的喜酒。可是一切来得让同学们措手不及。贾丹给定远写了一封信，信上说，她要完成欧必进的心愿，做一个让人刮目相看的中师生。

在定远的心里，也坚定了一个信念，那就是做一个让人刮目相看的中师生！

快开学了，定远来到学校。何花用竹竿绑着扫帚正在帮他清扫寝室的蜘蛛网。定远见了，满是感激，幸亏有何花在。

"定远，从今天开始，我要天天陪着你，不让你受一点儿罪。"何花见到定远，第一句话就让定远心里一阵温暖。

"何花，你放心，我会振作起来，不会让班长失望的，我会做一个让人刮目相看的中师生，完成班长生前的遗愿。"定远又活了回来。

"嗯！我支持你。我去打水，把门窗和床上的灰尘全部擦掉。"何花听了高兴起来。

定远拿出一张叠好的毛笔字展开，上面是他毕业时写的"同居一室，终生为友"几个字。他留有两张，一张在家里，是留给黄石山的，这张是给自己的。他把这几个字工工整整地贴在墙上，欧必进不在了，友谊会永存。

他又拿出一张宣纸，写下了李益的《塞下曲》。这首诗中有他的名字，冥冥中，他一直觉得这首诗在召唤着他。不，应该是欧必进的离开让他更加坚定了扎根乡村教育的决心。

"仍留一箭射天山，仍留一箭射天山!"看着贴到墙上的《塞下曲》，定远心里又燃起了无穷的力量。

初三年级，定远上了语文、数学、英语、物理四科，新学科化学由附中派来的老师上。化学老师是一个五十多岁的老教师，姓汪。汪老师是附中派来的老师中难得的好老师，他每天背着化学那些瓶瓶罐罐来上课，让定远很感动。前行的路上，多了一分力量，少了一分孤单。

一天，定远正在专心备课，刘老师从区小学回来，一进办公室就对定远说："小尧，你小子要出名了，'一二九'青年教师交流会，教育局点名要你参加并发言。"

"我有什么好说的?"定远忙着备课，头都没抬。

"你还没有说的? 一个村校的初中班，年年考全县前三名，他们说这叫'牛犊现象'，叫你好好准备。"

定远放下笔，叹了声气，说："如果说最有资格发言的，应该是我中师的班长欧必进，可惜他，唉!"

"小尧，好好准备，给我们河坝村校长长脸，不，应该是给你们这些优秀的中师生长长脸。"

定远想了想，说道："好，我认真准备。刘老师!"

……

"一二九"青年教师交流会上，教育局局长说道："今天，我们召开的是'一二九'青年教师交流会，来参会的都是全县青年教师中的佼佼者，有高中教师，也有小学教师，有直属中学教师，也有边远村校教师。首先请我县偏远村校的尧定远老师上台发言。从教三年多，他的教学成绩年年名列前茅。村校的学生能考出这样的成绩可不简单啦，请大家欢迎尧老师先给我们分享。"

定远走上发言席，敬了一个礼，说："我是一个中师生，我今天是代表我中师的班长、我的挚友来的，他叫欧必进。三年前，中师毕业时，他自愿申请到全县最偏远的村校任教。那是一个半山腰的学校，一个人的孤独，条件的艰苦，加上他母亲的突然离世，都没能把他打败。他说，他要当一个让人刮目相看的中师生；他说，他要当一个真心实意为学生着想的好校长。他说，他要……可……"

定远哽咽着说不下去了，一秒，两秒，三秒，教育局局长鼓起掌来，台下也响起了一片掌声。白川杨作为青年教师代表也来开会了，台下，他早已泪流满面。

定远稳了稳情绪，抬起头接着说道："可，一切都不可能了，他走了，为了救他的学生，他献出了年轻的生命。他只有22岁，好多梦想都还没来得及去实现，他永远地走了，再也回不来了，再也回不来了……"

定远停了停，说："做一个让人刮目相看的中师生，这句话一直在我耳边回响。我知道，很多人质疑我们中师生的能力，认为初中毕业考进师范，学了三年就出来当老师，自己还乳臭未干，有何能力站上讲台？我也曾为自己没有机会考进大学自卑过、埋怨过，但是，今天我要说，我是中师生，就是一个万金油，其实不精也不专，但，我一定能做一个让人刮目相看的中师生，一定能当一个好老师，这也算是对我的班长的一点告慰！"

台下响起了雷鸣般的掌声。

定远继续说道："我是农民的儿子，我深知农村的艰难，我希望我能尽我所能，让农村的孩子有机会走出去看看外面的世界。工作三年多了，我很感谢我的领导和同事，他们没有过多干涉我自由开展教育教学工作，而是不停地鼓励我，我才能大胆地把中师所学灵活地用到工作中。他们说我是初生牛犊不怕虎，其实是他们的包容和肯定给了我不怕虎的勇气，应该谢谢的是他们，谢谢大家！"

全场又是一阵掌声，白川杨站起来，激动地用双手给定远竖起了大拇指。是的，为了班长，他们必须振作起来，必须做一个好老师，否则，无法向心中的班长交待！

会后，白川杨跑到定远跟前说道："尧定远，你讲出了我们中师生的心声，班长一定会很高兴。"

一说到班长，两人都不再说话，默默地低下了头。

好一会儿，白川杨抬起头来说道："以前班长常说，你读中师是老天埋没人才，今天，我认为老天让你读中师，是为了让更多的学生碰到你这样的好老师，老天的安排是对的。"

"别只说我了，你也是优秀青年教师代表。"

"我和你比差远了。哦，忘了告诉你，我当爸爸啦，添了一个可爱的女儿，两个多月啦！自从有了女儿后，突然感觉自己长大了，可烦心事也多了。"

"哦，祝贺祝贺，你和林小丽应该是我们班最早当爸妈的。"

白川杨没有再接话，脸上闪过一丝忧郁。

"走，到丹丰师范去看看，有些怀念那时的生活了。"白川杨提议道，两人向丹丰师范走去。

三十三

一曲终了

白川杨推着自行车,两人来到丹丰师范,正是下午课外活动时间。操场比以前扩宽了些,操场上,学弟学妹们正在练习跳"山羊";篮球场边围得水泄不通,不时传来喝彩声。礼堂正在排练合唱,唱的《亚洲雄风》。他俩驻足听了好一会儿,想起一起排练节目、一起去照相的点点滴滴,中师时光是难忘的。他俩又来到驼背柑处,定远想起和王超挑砖的情景,驼背柑依然倾斜着身子,枝繁叶茂,它是坚强的。

白川杨想起林小丽坐在台阶上哭的样子,苦笑了一下。突然,他拍了一下手,说道:"糟了,忘去买奶粉了,快走!"

"怎么买奶粉?"

"小丽没奶水,哎!奶粉贵得很。我得马上去买。"

"好,我陪你去。"

"行，我用自行车载你。"

说着，白川杨载着定远从丹丰师范出来，向百货大楼飞奔而去。

两人来到百货大楼，找了很多遍，也没找到奶粉。

白川杨急了，找到一个售货员大姐问道："大姐，上个月我在这个柜台看到的奶粉，怎么没啦？"

那个售货员大姐爱理不理地说："早没啰！来货一两天就抢光啦！"

"糟了，怎么办？小丽非跟我吵不可，她会认为我是故意的，烦死人了。"白川杨着急起来。

"大姐，其他地方有卖的吗？"定远问道。

"呵，百货大楼都没有，其他地方怎么会有？"售货员大姐不屑地说着走开了。

"糟了，糟了。"白川杨还在四处找，希望能找到一包，哪怕一小包也行。

看着白川杨心烦的样子，定远也想不出办法，只好劝道："回家好好跟小丽说说，她在班上女生中是最通情达理的。"

"哎，小丽自从生孩子后就变了。常无缘无故发脾气，经常说她长胖了，再也不能跳舞了，还说她如果不是读中师，就不会这么早结婚，也不会这么早生孩子。你看，孩子都生了，还说这些有用吗？我又没有爸妈可依靠，什么都得靠我们自己。"

"她应该才满20岁，也难怪，可能她还没有准备好当妈妈，你要好好安慰她。"

"哎，没用。她现在脾气变得很怪，想给她抓点中药发奶水，她不愿意，非要给孩子买奶粉，你知道我们那点工资，哪里够买奶粉？"听着白川杨一声声叹气，定远也跟着着急，不知如何是好。

"尧定远，你知道吗？现在的我好想有爸妈可以依靠呀，这样我们就可以把孩子交给他们管，就没这么多烦心事啦！"因为没买到奶粉，白川杨的心情烦透了，诉苦道。

定远把手搭在白川杨肩上，拍了拍。曾经那个多才多艺，常自称百步穿杨的白川杨，被一包奶粉就弄得心烦意乱。

白川杨耷拉着脑袋走出百货大楼，抬头发现自己的自行车不见了，在附近找了一圈，还是不见踪影。

"糟了，刚才忘上锁了，该死的小偷。尧定远，快帮我找。"白川杨的脸跟心情一样阴沉。

"好！我去那边找。"定远跑了几步，又跑回来问道，"什么牌子的？有什么标志？"

"永久牌的，右边扶手上小丽挂有一根红绳。"白川杨边说边留意路边的自行车。

定远边走边看，一看到永久牌的自行车就去看扶手上有没有红绳。有位姑娘推着一辆永久牌自行车，与白川杨那辆成色差不多，可右边扶手上挂着一个布包，隐隐约约里边有红线。定远心里一喜，想看个究竟，偷偷摸摸跟着走了很长一段路。那个姑娘发现定远在跟踪，以为定远不怀好意，害怕地骑上自行车跑了。上车时，那姑娘把布袋往里边挪了挪，没有红绳。定远一阵失望，又感觉自己很好笑。

白川杨看到一大叔骑的自行车很像自己的自行车，冲上去一把拦下，那人差点摔倒。可一看，扶手上没有红绳，连连抱歉道："对不起，对不起！"

"神经病，吃错药了吧！"那人大声骂道。

"对不起，对不起！"白川杨不停地躬身作揖道歉。

定远喘着粗气跑回来，说道："那边我全找了，没有。"

"别找了，谁会那么笨？偷了车早藏起来了。"白川杨失望地说道。

"哎，也是，该死的小偷，这个社会怎么总有小偷？"定远插着腰，生气地说。

白川杨在旁边一台阶上坐下，低着头半天不说话。

定远也坐下，劝道："算了，丢都丢了。"

"你不知道，自行车是小丽的命根子，才买半年，花了我俩一个月的工资，她每个月回娘家要骑的。这回不知她又该怎样跟我吵了。"白川杨心情坏到了极点。

"哎！回去好好说，我元旦节来看你们，顺便看看小侄女。"定远有些不放心，安慰道。

"好，你去吧，我坐一会儿回去。"白川杨头也不抬，挥了挥手，示意定远先去坐客车。

"那你也早点回去，晚了赶不上客车。"定远提醒道。

"好，你去吧！"白川杨一直低着头。这时，他特别想吹一曲，摸了摸口袋，没带口琴，只好作罢！还是什么优秀教师，狗屁个优秀教师。开个会，所有的烦心事都来了，奶粉没买成，自行车也丢了，就不该来买这该死的奶粉。白川杨越想越生气，在台阶上狠狠地捶了自己几下，抬起头，望着穿梭的人群，看着眼前的小两口骑着自行车有说有笑的样子，孤独、无助之感涌上心头……

晚上九点多钟，白川杨才拖着疲惫的身子回到学校。他没赶上客车，走了4个多小时的路，此时的他又累又饿。去年，为了结婚，他和林小丽一起调到了乡附中。作为双职工，在学校分有一室一厨的寝室。寝室没有厕所，上厕所得到全校师生共用的那个大厕所。

一进家门，孩子正在声嘶力竭地哭，林小丽抱着孩子不停地抹眼泪。

"怎么啦？洋洋哭得这么厉害。"

"一下午换了六七条裤子，刚换上又尿湿了。你买的奶粉呢？"

"卖……卖完了，没买到。"

"怎么可能，一个县城没奶粉，怕花钱吧？"林小丽生气了。

"真没有了。"

白川杨把孩子抱过来，边哄边不停地晃动着，孩子还是使劲哭。他只好把孩子放到床上，打开裹着的线毯，才发现孩子的裤子又尿湿了，里面的线毯也湿了。

"哦，洋洋尿尿了，爸爸马上给你换。"白川杨一边哄孩子，一边准备给孩子换裤子。

"已经没有裤子换了。"林小丽生气地坐在一边，一脸委屈地说道。

"哦，我去生炉子烤。"白川杨说着去厨房生炉子了。蜂窝煤窜出的烟味儿很大，呛得他一阵咳嗽。他忙把厨房门关上，怕烟味儿窜到卧室去。

林小丽一边给孩子脱裤子，一边抹着眼泪哄孩子："洋洋不哭，哦，洋洋不哭，爸爸舍不得给你买奶粉，爸爸坏，爸爸坏。"

火生好了，白川杨取下晾着的湿裤子烤起来，一阵白雾窜出来，一下把眼镜片给蒙住了。他取下眼镜，用衣角擦了擦，又歪着头，躲着雾气，不停地翻动裤子烤起来。此时的他，真难以与曾经那个吹口琴的白川杨的模样联系起来，生活已经让他有些焦头烂额了。

晚上，躺到床上，白川杨说："小丽，要不跟你妈说说，再来帮我们带几个月的孩子。"

"不行，月子里她已经累了一个月了，我不想再辛苦她，要叫就叫你妈来。"林小丽回了一句，转过身去。

"小丽,你现在怎么这么不讲理?我没妈,我从小就没妈,你叫我到哪里去给你找一个妈?"

"那你就买奶粉呀!"林小丽生气地坐起来。

"小丽,我去买了,百货大楼的奶粉真卖完啦,尧定远可以作证,为买奶粉,自行车也给小偷偷啦!"

"什么?自行车给丢啦?"林小丽弹了起来。

"对不起,小丽,我们以后攒钱再买……"

"呵!你说得倒轻松,现在一个月给洋洋买奶粉的钱都不够,还买自行车?我怎么会嫁给你,我真是瞎眼了。"

"小丽,你怎么……算了,今天不吵了,我现在累得很,睡吧!"

林小丽哭起来,说道:"生孩子这一两个月,我没一天睡好过,一会儿喝奶,一会儿尿尿,我快受不了啦!"

"小丽,你快睡下,别着凉。"白川杨劝道。

林小丽仍旧坐着,不肯躺下。白川杨给她披上睡衣,她生气地甩开,喃喃地说道:"我就不该这么早结婚,我该听我妈的话,不找老师,找老师会穷一辈子,连奶粉都买不起。"

"小丽,这话你已经说了很多遍了,后悔还来得及。"白川杨也有些生气了。

"这话可是你说的,那就离婚吧!"

"你?林小丽,我可没说离婚。"白川杨吼道。

"我现在活明白了,我想离,行了吧!读中师时,我太小,别人说我在谈恋爱,我就认为我恋爱啦!我是稀里糊涂谈恋爱,稀里糊涂结婚,稀里糊涂生孩子,我不想再稀里糊涂活下去啦!"

"行,一切还来得及,你去找那些有钱人吧!"白川杨气得喉咙被堵了一样。

"行就行!"林小丽生气地躺下,抹了一晚上的泪。第二天一早，她没有打声招呼，连孩子都没看一眼就回娘家了。

一连几天，白川杨只好用背带背着孩子备课、改作业。上课时，就叫其他老师帮忙抱孩子。晚上，回到寝室，看着空荡荡的家，冷锅冷灶，又是一阵透心的凉。

多年来，白川杨有个习惯，遇到伤心事就想吹口琴，他拿出口琴，用手擦了擦，吹起了《再回首》：

> 再回首云遮断归途
> 再回首荆棘密布
> 今夜不会再有难舍的旧梦
> 曾经与你拥有的梦
> 今后要向谁诉说
> ……

一曲终了，那个曾经爱笑的白川杨早已泪流满面，眼泪滴到孩子的嘴角边，孩子动着嘴唇舔着，该是又饿了。

"洋洋，洋洋！"看着女儿可爱的小脸，白川杨再也控制不住自己，抱着女儿痛哭起来。

自从上次分别后，定远一直惦记着白川杨。元旦节到了，他和何花提着定平邮寄回来的两包奶粉，专程来看望白川杨一家子。

这段时间，白川杨身心俱疲，眼下挂着黑眼圈，眼神黯淡无光。他常常拿出一张照片一看就是半天，那是中师第一次表演节目后在相馆照的照片，林小丽做着舞蹈动作，举起的手像搂着后排白川杨的头一样。当年的林小丽多可爱呀，怎么一包奶粉就让她变了呢？一辆自行车有那么重要吗？白川杨一直恍恍惚惚地想不明白问题出在哪儿。想起毕业时两人跳的《大约在冬季》的舞蹈，难道真会离开？

此时，白川杨正抱着女儿，见定远和何花来了，很是感动，说道："尧定远，谢谢你！能和你在中师同寝室真是幸运。"

"同居一室，终生为友，你忘啦？跟我还客气，给，我叫我弟弟定平在省城买的奶粉。"定远放下奶粉说道。

"谢谢你！谢谢你！"白川杨有些想哭。

何花低声问定远："白川杨怎么跟结婚时像两个人一样？你快问问他怎么回事？"

何花忙抱过洋洋逗起来，洋洋咧着小嘴儿直笑。

"哦，好可爱。"何花抱着孩子到阳台上去了。

定远一把拉过白川杨，问道："怎么了？白川杨，脸色这么不好，林小丽呢？"

"小丽回娘家了，她要跟我离婚。"白川杨难过地转过头去。

"啥？离婚！怎么回事？"定远吃了一惊。

"她说她现在才活明白，天天无缘无故跟我吵，说我是个中师生，说我没钱，说我窝囊，说我……"白川杨说不下去了。

"这个林小丽怎么变了？白川杨，两口子哪有不吵架的？趁元旦去把她接回来。"

"不用了，她妈本来就瞧不起我这个中师生。"

"白川杨，林小丽是突然当妈妈，有些不适应，过段时间会好的。"

"不知道，她的产假还没休完，回娘家二十几天了，也不回来看看女儿，她居然狠得下心。"

"哎，要不我去劝劝？"

"不用，让她慢慢想想吧，如果她真认为嫁给我委屈了，我成全她。"

"哎！别冲动，慢慢来，给孩子一个完整的家。"定远劝道。

"一想到女儿可能跟我一样从小没有完整的家,我就特别难受,特别难受,真的……"白川杨还是忍不住在定远面前伤心地流下泪来。

"不会的,不会的!我相信林小丽。"定远拍了拍白川杨的肩,安慰道。

从白川杨家出来,定远心情很沉重,他没想到白川杨和林小丽才结婚一年,就闹到要离婚的地步。白川杨可是班上公认的"开心果",成天把百步穿杨挂在嘴边,似乎永远没有烦恼,永远可以百步穿杨无所不能,现在怎么会变成这样了?一个情字,对白川杨来说曾是最美好的,现在,却是最苦涩的。

"你也不用着急,林小丽可能是耍小性子。"见定远脸色不好,何花安慰道。

"我看没那么简单,林小丽也是,不理白川杨可以,怎么可以不管孩子?"定远有些责怪林小丽。

"有句俗话叫什么?叫清官难断家务事,这事你管不了。"何花劝道。

"那也是。"定远回过神来,拉着何花的手说,"何花,我们两个一定要好一辈子。"

"嗯,好一辈子,你在哪儿我在哪儿。"何花高兴地回道。

"生了孩子后,我们也要一样好,永远不分开。"定远握紧了何花的手。

"你坏,谁说要生孩子了?"何花害羞起来。

"要生,要生,你这么漂亮,生的孩子一定很漂亮。"定远高兴起来。

"好,什么都依你!"何花温柔地答道,紧紧地靠着定远的肩。

三十四

"尧点子"

1992年春,初三最后一学期,同学们都投入了紧张的复习中。在新学期复习动员会上,定远做了复习动员和安排。

"同学们,本学期是初中最关键的一学期,通过全面系统复习,它也将是同学们成绩提升最快的一学期。我们仍然采用过关复习法,每一科每一个章节必须搞懂后才进入下一章节,必须章章过关,节节过关,人人过关。同学们,你们有信心吗?"

"有!"

同学们干劲十足。

"根据我以前的学习经验,复习最关键的是你自己看书,查漏补缺,不懂就问同学、问老师,只有你自己看懂了才是真的懂了。我要做的就是提前出好每章的过关题,每章只选10道题,做对了就复习下一章。"定远拿出一张大纸展开,继续说道,"同学们，这是复习冲刺进度表，每个同学的名字都在上面，每一科每过关一章，我就会在上面标上进度。还有，全班分成三个小组，唐小闯、何小妮和我各负责一个小组，比一比哪一个小组复习进度最快。"

"哦，还有小组比赛！"有的同学站起来看自己是哪个小组。

"每个同学要记住，不能给自己的小组拖后腿，小组成员要互相监督和提醒。这个表就贴在黑板旁边，大家随时都可以看到。"定远边说，边把统计表贴在黑板旁边，上面还写有六个标准的楷体字：抢时间，提效率。

"这下好了，谁都不敢偷懒了。"周龙偷偷说道。

"我们小组的几个，下课后到我这儿来，小组开会。"唐小闯站起来说道。

"我们小组的也要开会。"何小妮也站起来说道。

定远这个小组的成员主要是班上成绩靠后的同学，之所以把这些同学编成一组，主要是为了单独给他们出一套简单一点的题，让他们也找到学习的自信，不能伤他们的自尊心。定远望着他们说道："那我们这个小组的也要开会，我们也不能落后。"

经过几年的磨炼，教学上，定远越来越老练，点子也特别多。刘老师经常喊他"尧点子"。在作文教学上，定远一直坚持把学生喊到办公室面改，每学期每个学生至少面改两次，每面改一个作文，至少花半个小时。小石老师经常说定远这样改作文太费时了，定远总是说面改确实费时间，但效果好，能让学生知道为什么这么改。前两年他也没面改，但发现作文本发下去，学生只关注老师给的评语和分数，根本不看具体哪些地方有问题，跟没改差不多，所以他才想到面改。

一天下午，刘老师在一旁翻看定远班上的作文，边翻边夸奖："小尧，这些学生的作文确实写得好，看来面改的效果真不错。就你小子点子多，脑子灵活，怪不得你这个班年年考得这么好。"

定远听了自是高兴，只听刘老师还在感叹："成功是有原因的，这话一点不假。小尧，你不简单啦，你就是个尧点子！在这个村校确实屈才啰！"

"刘老师，我也不是什么人才。只是付出后有点收获还是很高兴的！"定远说道。

"这就是当老师的命，学生的一点儿成绩就能让自己满足。"刘老师感慨道。

"也许是吧！"定远继续批改起作业来。

不管什么时候，定远从来不会让学生死读书。紧张复习期间，他坚持每周带孩子们到操场跑步、打球，有时还要组织一场小组拔河比赛和接力赛。

三月，是杂交水稻播种育苗的时间，水还刺骨的冷。南方雨水多，春天三天两头都会下雨，村民们早已戴着斗笠披着蓑衣下田了。一天早上第一节语文课，天刚放晴，到处还雾蒙蒙的，定远决定带孩子们到田间感受农民春播的辛苦。

看到定远带学生来了，村民们都很热情，纷纷立起身来招呼定远。看得出来，定远很受当地村民欢迎。定远指着忙碌的农民说道："同学们，如果农民伯伯现在不播种，秋天会有收获吗？"

"没有！"

"不播种哪会有收获？"

同学们纷纷说道。

定远继续说道："是的，不播种哪会有收获呢？同学们，你们要记住，要想有收获就必须要付出。这样吧，我们脱下鞋袜，下到田里，帮农民伯伯清理杂草，好不好？"

"啊！太冷啦！"同学们你看看我，我看看你，都不敢下去。

"怕冷的不下来。"定远说着,第一个下到田里,泥下的温度更低。

孩子们见老师下田了,也只得脱掉鞋袜,挽起裤管下田了。

"啊,好刺骨!"

"钻心的冷!"

"不,是冷得钻心地痛。"何英子说道。

冰一样冷的泥让孩子们不停地抽动着双腿,牙齿磕巴磕巴直响。

王云梅呢,一个人什么也不说,已经清理了一大把杂草。

"怎么样,同学们,感受到你们的父母在家劳作的辛苦了吗?"定远问道。

"感受到了,可平时没听他们说过苦。"唐小闯说道。

"同学们,不付出艰辛的劳动就不可能有收获,我们学习也一样。记住了吗?"

"记住啦!"

同学们动手清理起田里的杂草来,这时他们已忘记了寒冷。

一节课的时间到了,定远说道:"同学们,生活即教育,我们要向生活学习。今天的生活体验课就上到这里。"

同学们从田里起来,双脚冻得通红,没有一个再喊冷。他们提着鞋,光着脚,跟着老师喊着"一二一"的口号回学校了。

喊声传向四周,田里的农民纷纷直起腰来说:"这个尧老师,真有办法,还没见过哪个老师把学生带到田里来的。"

"就是,学校来了个尧老师,不是整个学校活起来了,是整个村庄都活起来了。"大家不停地夸着定远。何花爸妈也在自家田里忙农活儿,听到大家的议论,心里自然是高兴得不得了。

"何花他爸,你家可找到了个好女婿啦!"一个大娘大声朝何花爸妈喊道。

"是，我家何花有福！"何大伯乐呵呵地回道，育起苗来动作更轻快了。

回学校的途中，要路过何花家。何花正忙着给孩子们准备午饭，听到"一二一"的喊声走了出来，见孩子们一个个双脚冻得通红，责怪定远道："你把他们带到哪儿了，就不怕感冒？"

"同学们，怕不怕？"定远问道。

"不怕！"同学们齐声答道。

"跟你一个模子了，我去给他们烧点热水。"何花说道。

"不用热水，就用水缸里的水。"

"什么？太冷啦！"何花不同意。

"没事，我去舀水。"定远进屋提了一桶水出来，手里拿着水瓢，说："同学们，水缸里的水更冷，怕不怕？"

"不怕！"

"好，准备好，给你们腿上浇水啦！"

"不经一番寒彻骨，怎得梅花扑鼻香？"每舀一瓢水浇在孩子们腿上，定远就念上一句。

孩子们弯腰洗脚，也大声念道：

"不经一番寒彻骨，怎得梅花扑鼻香？"

"不经一番寒彻骨，怎得梅花扑鼻香？"

"不经一番寒彻骨，怎得梅花扑鼻香？"

……

"看你，给这些孩子打鸡血了。"何花笑道。

"嗯，这是我这四年来上得最成功的一堂课。你一会儿就多帮我烧一桶姜汤来就行啦！"

"嗯，我早想到啦！"

"何花，你是我的贤内助。"定远小声说道。

何花娇羞地看了一眼定远，忙着烧姜汤去了。

三十五

志愿风波

开始填报志愿了，学生有两种选择，要么选择中师中专，要么选择高中。放学时，定远对全体同学说，毕业考试前要填报志愿，根据历次考试的成绩，全班应该有三五个同学能考上中师中专，他希望几位同学回家跟爸爸妈妈商量一下，第二天早上要填报上交。

"尧老师，我想报中师，以后像您一样当老师。"唐小闯站起来说道。

"尧老师，我也想当您一样的老师。"何小妮也站起来说道。

"同学们，你们想当老师，让我很欣慰，但如果要征求我的意见的话，我希望你们都能读高中，以后全部考大学，想当老师那时可以报师范院校，以后同样可以当老师。"

第二天，同学们一早来到学校，围着定远填志愿。

唐小闯说:"尧老师,我爸说您说怎么填就怎么填,我读到哪儿他供到哪儿,我报高中。"

"哦,你爸爸开明。"定远脱口而出。

"嘿嘿,自从初一那次家长会后,我爸可讲理啦!"唐小闯咧开嘴憨笑着。

王云梅也来了,定远问道:"王云梅,你填什么,你有可能上得了中师分数线,但读高中你也能考个好大学。"

王云梅说:"尧老师,我爸说听您的准没错。"

"王云梅,你家的情况我知道,我还以为你爸会让你读中师呢!既然你们的父母都没反对意见,那我们全班报高中,以后都考大学,周龙考美术中专。"

"好,我们大家都努力!"唐小闯说道。

当天放学后,唐小闯到讲台上对全班同学说:"同学们,尧老师为了我们,大学都没有去上成,我们一定要努力,绝不能辜负尧老师的期望,我们全班同学都要考上高中。"

"嗯!"大家不住点头。

"我建议,最后两个多月,我们每天早到校、晚回家,语文英语不懂的,多问何小妮;数理化不懂的,我愿意帮大家,我们不能什么都去问尧老师,他太累了,他还要准备今年的成人高考。"唐小闯俨然一个小老师。几年了,个子没长多少,但已经很懂事了。

唐小闯继续说道:"我们不仅要自己努力考上高中,还要帮全班同学都考上高中。"说完在黑板最上边写下"我们一起考高中"几个字。

第二天上午,定远进教室看到黑板上的字,高兴地说:"同学们,你们好学、上进、互助,让我看到了你们身上学习文化知识以外的美德,这才是受益一生的珍宝。同学们,我为你们感到骄傲，愿我们全班同学都考上高中。"

同学们听了，心里美美的，露出了幸福的笑容。

几天后的一个下午，课间时分，定远正在教室和男生们较量掰手腕。李校长气冲冲地进到教室，刘老师端着一杯水跟在后面。一见定远，李校长把学生的报名表往桌上一扔，阴沉着脸对定远说："小尧哇，小尧，你看看你班填的什么志愿，除了一个学生报考美术中专，其余的学生全部报的高中，是吗？"

"是的，李校长，怎么啦？"定远忙站起来。

"还问怎么啦？你呀你，咋不开窍呢？辛辛苦苦三年，收获的时候却藏着掖着。"李校长气得把脸转向一边。

"李校长，我没藏啊，都填报了志愿的。"定远说道。

学生们望着李校长，搞不懂发生了什么。

"你呀！是真不懂还是假不懂，考上高中谁算你的成绩，中师中专考得多才是老师的本事，这你都不懂？"李校长气得不停地用手指头敲着桌子。

"不是，李校长……"定远还想解释。

李校长生气地打断定远的话，说道："你看乡附中，学生成绩比你班差得多，全部都报了中师中专。他们都还要去碰碰运气，你倒好，全部不报！你看这是个什么事？"

"不是……"定远正准备解释，一旁的刘老师忙解围道："好，好！我们下来做学生的工作，李校长。"

李校长还不消气，说："不是我说你，小尧，你这样做，是会影响我们区小学的学年考核成绩的，还会影响你个人的发展。据我了解，你这个班起码有5个能考上中师中专，这在全县村校是破纪录的事。我们举着双手准备为你鼓掌时，你却撤退了，这是个什么事儿？"

"谢谢李校长，我知道您是为我好，您先坐。"定远给李校长端来一根凳子让他坐下,继续说道,"李校长,我承认,学生全部报高中是受我的影响。没能读高中考大学是我多年的遗憾,潜意识里我希望他们直接读高中考大学,不要像我,现在只能读成人大学。"

"你看,你看,我说是不?"李校长摊着手,气得额冒青筋,吼道,"你,你这叫自私!不考虑学生的家庭经济情况,不考虑我们区小学在全县的升学率排名,你今天必须把志愿给我改过来!"

"李校长,您这才叫自私,为了点儿所谓的排名,不惜牺牲学生的未来,不惜……"定远也不服气,有些生气了。

"小尧!"刘老师喝止道。

"你听听,刘老师!你听听。我还自私了,我还不是为了我们区小学在县上能说上话!"

"那您就更自私了,您只在乎您的官帽!"定远犟脾气一上来,嘴上也没个把门儿。

"尧定远!"刘老师大声吼道。

"什么?!"李校长拍着桌子站起来。

"李校长,您也冷静一下,先喝口水。"刘老师忙端上水让李校长喝。

"不喝不喝,气饱了。"李校长气得额上那缕遮秃顶的头发也掉了下来,同学们见了偷偷直笑。

"去去去,同学们出教室去。"刘老师把学生赶走了。

"刘老师,你说,我是在乎官帽吗?我是那样的人吗?我在乎我们不被其他区小学赶超,我自私吗?我错了吗?"李校长每问一句,就使劲用手指头敲一下桌子。

"小尧,快过来给李校长道歉。"刘老师喊道。

这时,唐小闯、何小妮、何英子、周龙四人喊了声"报告"

进来了。唐小闯拿着一张纸说道:"李校长,这是刚才我们全班同学签的字,我们自愿填报高中,与尧老师无关。周龙自愿填报美术中专。"唐小闯说完,偷瞄了一眼他们最信任的尧老师,做了个鬼脸。

"你们这几个小滑头,又来凑什么热闹?"刘老师说着接过签字的纸递给李校长,问道,"李校长,你看现在怎么办?"

"哼,你们这些不知好歹的家伙儿,算我白在其他老师和同学面前表扬你们师生啦!"李校长说着,用手顺了顺那缕头发。

"对不起,李校长,我觉得只要对学生好,那点荣誉又算什么呢?"定远静下心来,恭敬地说道。

"小尧,我今天又算重新认识你啦!只要对学生好就行!好!好!我也说不过你,只是太可惜啦!你还是太年轻啦!"李校长叹了一口气,算是默许了。

"是,是,李校长。"定远也偷瞄了唐小闯他们一眼,举了举拳头,松了一口气。

还有两周就毕业考试,何花每天变着花样儿给孩子们做好吃的。孩子们喜欢吃土豆泥,她就给孩子们做土豆泥;孩子们喜欢吃绿豆芽,她就亲自动手发绿豆芽。家长们送来了鸡蛋,她就给孩子们做番茄炒鸡蛋。

中午第四节课一下,同学们都迎了出来,帮忙拿碗端饭。

"何花姐,你做的菜最香了。"周龙大口吃着饭菜说道。

"嗯,吃了再添一点。"何花把剩下的菜分给了每个孩子。

"嗯,好吃,我也要。"定远调皮地把碗递了过去。

"看把你馋的,给!"何花也给定远分了一点儿。

定远轻声对何花说道:"何花,你做菜的手艺不比国营大食店师傅的手艺差,我这辈子有福啦!"

"喜欢吃,我一辈子给你做。"何花轻声回道,两人偷偷相视一笑。

毕业考试那天，定远和何花一起把学生们送到三中考场。

进考室前，王云梅拉了拉何花的手说："何花姐，我有些紧张。"

"不怕，你行的。"何花又转身大声对同学们说道，"同学们，好好考，考好了何花姐给你们做莲藕糍粑吃。"

"好好好，莲藕糍粑好吃！去年吃了我天天都在想。"唐小闯说道。

刘老师不放心，也跟来了，在一旁千叮咛万嘱咐。化学汪老师也专程来看孩子们，反复说着八个字——认真读题，细心答卷。在定远心中，刘老师和汪老师的敬业精神一直是他学习的榜样。

"同学们，你们沉着考试就行，就当作平时定时作业，考完了一人一支冰糕，我请客。"定远说道。

"哇，有冰糕吃啦！谢谢尧老师！"周龙叫起来。

"周龙，虽然你美术专业线过了，但文考成绩也很重要，不要掉以轻心。"定远叮嘱道。

"放心，尧老师，我肯定不会在试卷上画画。"周龙做了一个鬼脸。

"好好好，你们去考试吧，相信你们的实力，我可去操场打乒乓球了。"定远说完，向操场去了。看着老师轻松的样子，孩子们也轻松了许多。

公布毕业成绩的日子到了，定远穿上何花给他做的那件白衬衣，早早地来到区小学等候。

李校长一见到定远，异常高兴地拉着定远说："小尧啊，你这次可又出名了。这次初中毕业考试，咱们班的平均成绩居全县第一名，你知道吗？是全县第一名。县属中学的几个校长不服，反复算了几遍，结果不得不服，咱们班22个学生的平均成绩居全县第一名，这是创了整个尧家乡办学的历史记录！"李校长说得很激动，拉着定远的手不放，定远想抽手都抽不回来。

"李校长，他们都能上高中吗？何英子上了吗？"何英子的成绩一直不稳定，定远最担心她。

"能！我看了，最差那个也能读五中的高中。"李校长这才松开定远的手，拍了拍定远的肩。

"太好了！"定远击了一下掌，差点儿跳起来。

"快拿了成绩单回去报告喜讯吧，还有那个何花，我都听说了，有她的功劳。"李校长今天异常和蔼。

"嗯！"定远一路小跑回到学校，何花和22个孩子早已等在校园，见定远回来了，都跑了过来。

"尧老师，我们考上没？"大家争着问。

定远只是笑，不说话。

"考上没，你说呀！"何花也急了。

"都考上啦！七个上了丹丰县中学，十个上了三中，四个上了五中。周龙的成绩过了文考线，他也能上美专啦！"

"尧老师，我们都考上啦？"何英子还有些不大相信。

"都考上啦！你也考上了五中。"定远大声说道。

"耶！都考上啰，都考上啰！"同学们欢呼起来。

"同学们，高中就全靠你们啦！老师下学期也将离职读大学了。"今天定远的心情是工作以来最舒畅的一天。

"尧老师，我们会想念您的，还有何花姐。"唐小闯说道。

"不，我希望你们忘了我，我希望你们一定要去发现每个高中老师的好，没有哪个老师不希望自己学生好的，只是方式方法不同而已。所以，我希望你们忘了我，这样，你们才能尽快投入高中，接受新的老师。"定远郑重地说道。

"尧老师,我们不会忘记您的,忘了谁都不会忘了您。"何英子望着老师,声音有些哽咽。

"尧老师,您放心,为了您,我们一定会努力学习,三年后我们都要考上大学。同学们,你们说是不是?"唐小闯说道。

"是!"声音无比响亮。

这时,唐小闯突然提高音量说:"同学们,我记得小学六年级尧老师教我们《长城》一课时,曾和我们有个约定,那就是三十年后我们一起去看万里长城,现在已经过了四年了,二十六年后我们一起去看万里长城。尧老师,到时我们全班一起去!"

"好!我们一起去,还有你何花姐!"定远说道。

三十六

百年好合

1992年暑假,定远和何花终于结婚了。婚礼上,定远第一次穿上了油亮的皮鞋,身穿白衬衣,打着一条红领带,显得格外精神。何花呢,穿着一条红裙子,盘起的头发上插着一束白色的满天星,两人在那儿一站,新郎新娘,郎才女貌,真正的天造地设。

"你看,这才叫天生一对儿。"

"哟!新媳妇才叫漂亮,是方圆十里的美人胚子。"

"新郎官也是十里八村难找的出息人儿,对他爸妈那叫一个孝顺。"

……

亲朋邻里七嘴八舌议论着,何花挽着定远的手臂只是笑,笑起来更漂亮了。定远爸妈听了,更是笑得合不拢嘴,乐呵呵地在一旁招呼着客人。

"花儿，你今天真漂亮，越看越漂亮。以后我要对你更好，让你越来越漂亮。"定远拉着何花的手，看着她一脸幸福地说。

"嗯，我知道，碰到你真幸福。"何花害羞地回道。

何花送给定远的那只猫走到跟前，抬头"喵呜"叫了几声，像在为他们送祝福。那只猫是他俩爱情的见证。何花说，从见定远的第一天开始，她就喜欢上他了，所以才会叫小妮送猫给他。定远看着何花，说他知道。今天，两个幸福的人儿终于走到了一起。

这时，只听有人在喊："尧定远，我们来啦！"

循声望去，只见夏浩男几个老同学到了。定远的婚礼，他只请了夏浩男、白川杨两人，结果来了四人。定远忙迎了上去。

"你看这两位是谁？"夏浩男指了指一起来的另两位同学。

"哇，王超，长高了。"定远先认出王超，两位老同学、同桌、室友，紧紧地拥抱在一起。

"这位是？"另一个人定远认不大出来。对方一笑，定远一下就认出来了。

"啊，黄石山，我都认不得你了，七年没见了，经常想起你的！"

"我也经常想起你。这位是弟媳吧！好福气，尧定远。"黄石山说道。

"祝你们百年好合，早生贵子，这是我们几个同学的一点心意。"白川杨把大家一起买的礼物送给了定远，被套、枕套、热水瓶，每一件礼物上都有一对欢快的鸳鸯。在几位老同学心里，如果送钱的话会玷污他们之间纯真的友情，所以在来之前，他们专程到县城百货大楼为定远和何花精心挑选了礼物。

"好，好，像白川杨一样早生贵子。"夏浩男热情祝福。

定远看到白川杨表情有些不自然，把他拉到一边问道："你和林小丽现在情况怎样？她怎么没来？"

"还能怎样？离了，孩子归我，听说她已经找了个乡政府的。哎，你大喜的日子，今天不提这个。"白川杨脸上掠过一阵阴云，又说道，"你结婚我没告诉贾丹，怕大家一见面想起班长会伤感。我们来时说了，今天是你大喜的日子，大家不提伤心事。"

晚上，同学们都没走，大家好不容易聚到一起，围坐在一起，伴着四周田野的蛙声，有说不完的话。

黄石山感慨地说："我这么多年最大的遗憾是没能读完中师当一名老师，高考时，阴差阳错也没能被师范院校录取，现在读完财经大学，分配到财政部门工作，这辈子算与老师无缘了。"

"你倒好，至少是名牌大学毕业。我原来在直属中学，中师生是没什么地位的。现在作为公务员，什么都讲初学历，初学历是中师就失去了很多机会。"夏浩男早没了当年的傲气，抱怨地说道。

"你们不知道吧，尧定远去年在全县青年教师大会上发言。今年，他所教的初中毕业班平均成绩全县第一，这在全县都传开啦！"白川杨说道。

"我就知道尧定远是最行的！"王超说，"我在大学稍微想偷懒时，就想到尧定远把保送名额让给我的情景，就不敢怠慢了。本来我该回丹丰师范教书的，学校同意我考研究生，主攻教育学，还要读三年研究生。我不在大学混个人样儿出来，都不敢来见尧定远。"

何花笑着，对身边这个男人多了一份敬重，她下意识地朝定远身边靠了靠。

"哎哎哎，我们只忙着叙旧，忘了今天是尧定远的洞房花烛夜了。"黄石山说道。

"不不不，你们今天能来，才是最美的花好月圆夜。"定远进屋拿出一张书法作品说道，"黄石山，你看这是什么？"

"同居一室，终生为友。"大家一齐念道。

"黄石山，你还记得我们的约定吗？毕业时我给每个同学写了一张，包括你的。"定远说道。

"记得记得，谢谢你们记得我！谢谢你们！"黄石山忙接过来反复看着，心里满是感激。

"尧定远，记得七年前的约定吗？你要吹笛子给我听，现在吹得怎样？"黄石山问道。

"记得，记得，我去拿笛子，我有几根笛子，你和我一起吹。"定远起身回屋拿出笛子。

"吹什么呢？"定远问道。

"就吹《牧羊曲》吧！"黄石山说。

白川杨怕大家忘了情，忙起身一把夺过笛子，说道："我建议留点悬念，后会有期，那时再合奏。"

夏浩男心领神会，也说道："好，我也赞成下一次合奏。走，闹洞房去。"

"好，闹洞房！"几个老同学拥着定远和何花闹洞房去了。

8月22日，定远陪何花回娘家，一进门就看到何小妮耷拉着脑袋坐在门口不说话。

"发生什么事了，小妮？"何花忙问道。

"前几天，王云梅的父亲给自家盖房瓦时，从房顶摔下来，送到医院没抢救过来。"何小妮伤心地说道，她在替好朋友王云梅担心。

"啥？"定远吃了一惊，"咋不来通知我们？"

"你们刚结婚，爸妈不让告诉你们，怕你们去冲了喜！"

"这可怎么办？她那妈，哎，这可怎么办呢？"定远急得挠着头团团转。

"王云梅说,她不读高中了,她妈没人照顾。前几天我们本来还约好开学一起去丹丰中学报名的。"何小妮说道。

"那怎么行呢?不行不行,我得去看看王云梅。"定远说完放下东西就要走。

"我也去。"何花也跟了去。

到了王云梅家,只见王云梅的母亲坐在门口傻笑着,发出"嘿嘿嘿"的笑声。王云梅拿着扫帚在打扫一片狼藉的地坝。

"王云梅!"定远喊道。

"尧老师……"王云梅喊了声尧老师,再也说不出话来,眼泪止不住地往下流。

"别哭,王云梅,别哭。"定远忙走过去安慰道,"有老师在,老师想办法。"

"尧,老师……"王云梅已经泣不成声。

"别哭,云梅。"何花一把把王云梅的头抱在怀里,轻声安慰。

"王云梅,你读高中的学费我来想办法。只是谁来照顾你母亲呢?有亲戚吗?"定远问道。

王云梅摇摇头。

"这可怎么办呢?"定远也为难了。

"定远,这样可不可以,王云梅不去读丹丰县中学,就读三中,离家近点可走读,晚上她妈还得她陪着。至于中午饭,就由我在我妈家煮好后送过来,反正过来也只有十来分钟。"何花说道。

"哎,暂时也只能这么办了,可是又要辛苦你,我不忍心。"定远望着善良的何花为难地说。

"你还有更好的办法吗?我没事。"何花说道。

王云梅扑通一声跪在地上，不停地磕头哭道："谢谢尧老师，谢谢何花姐！我不读高中，我不能再给你们添麻烦。"

"快起来！"定远和何花把王云梅扶了起来。

"不管多难都要读书，不要像我，现在想读都没机会。"何花用手擦着王云梅的眼泪。

"王云梅，就按你何花姐说的定了，你高中的学费、生活费我来想办法，你妈的午饭由何花姐煮了送过来。"定远安排道。

"尧老师，你看我妈她以前只是笑，不会发出'嘿嘿嘿'的声音。自从我爸走了，她天天在那'嘿嘿嘿'地笑，听得我心里发慌，担心她……"王云梅怯怯地看着母亲。

"没事，王云梅，可能你妈能感受到你爸走了。"何花安慰道。

"嘿嘿嘿，嘿嘿！"王云梅的母亲还在那儿笑，叫人疼得慌。

一家的顶梁柱没了，看着这个家，看着瘦小的王云梅，何花心里也一阵难受，偷偷抹了好几次眼泪。

回到何花娘家，定远还在纠结："花儿，又要让你为我分忧，我真过意不去。"

何花接话："我这儿倒没什么，只是你答应给王云梅交学费、生活费，这才是一笔不小的开支。你那点工资，每月不到一百元，你读离职每月还得要生活费吧，定兰今年又读大学，家里的开支更多了，爸的腿也还在长期用药，怎么开支得过来？"

"我也愁这个，好在姐工作了，家里有她帮衬，定平有奖学金，基本不用操心。定兰吧，我肯定得每月给她生活费。就是王云梅的学费和每月的生活费，怎么办呢？要不，我找姐先借一点儿应急。"定远实在想不出更好的办法。

"别，姐怀孕几个月啦，正是用钱的时候，姐夫也是老师，工资都不高，姐家经济应该也不宽裕。"

"那倒也是，可怎么办呢？我也得交学费。"

"你先别急，远儿，我有点积蓄，先把王云梅的学费交上。大不了我辛苦一点儿，每月替人多做几件衣服。"

何花说着，从箱子里把存折翻出来给了定远，上面是何花每月存入的替人做衣服的钱。

"花儿，我尧定远何德何能娶了你这么善解人意的媳妇呀！"定远拉着何花的手激动地说。

"能嫁给你才是我这辈子的福气！"何花幸福地靠在定远肩上，定远紧紧地抱着她。

"远儿，要给王云梅妈送饭，我就得住在娘家，你爸妈会不会有意见？"何花抬头问道。

"不会，我妈最通情达理。"

"爸的腿现在还不能使重力，家里缺劳力，跟妈说一声，我周末和下午回去干活儿。"

"不行，那你太辛苦啦！我心疼。我去读离职期间，你就在娘家住，我担心你一个人在我家住不习惯。现在我担心的是你爸妈会不会有意见。"

"他们有什么意见，他们巴不得找个倒插门女婿。"

"花儿，我是说给王云梅母亲送饭的事。"

"哦，我忘了这事，这得好好给我爸说才行，我妈没问题。要不这样，你先到学校去，我现在就到地里找爸去，我先给他说，他要实在不同意，你再出面，他总不会不给他逢人便夸的女婿一个面子吧！"

"好，行！"

两人商量好后，何花到地里去了。何大伯正在地里伺候他种的烟叶。何花远远地喊道："爸，我回来啦！"

看到女儿，何大伯很高兴，问道："花儿，回来啦，定远呢?"

"他到学校去了,一会儿来。爸,叫您少抽烟少抽烟,你倒好,又种了这么多烟叶。"

"嫁出去的闺女泼出去的水,现在不好意思要你的零花钱啦!我多种了些拿到乡场去卖。"

何大伯已剪下了一堆烟叶。

"爸,看您说的,就把我泼出去啦!定远去读书了,我就回来住。"

"好好好,回来住!哦,要不得,要不得,你公婆会有意见的。"

"爸,我和定远商量好了的,他去读书期间我就回来住,只是……"

"只是什么?"

"只是我每天要给王云梅妈端中午饭去!"

"你说啥?"

"我每天中午要给王云梅妈端饭去。王云梅那孩子怪可怜的,她读书去了,她那妈中午得吃饭。"

"什么,给那个才死了男人的疯婆子端饭,你不嫌晦气,我还嫌晦气。不行不行,绝对不行!"

"爸,什么晦不晦气的,王云梅的事把定远急得什么似的,总不至于让他今年又不去读离职吧!"

"何花呀!爸就你和小妮两个丫头,含在嘴里都怕化了,爸怎舍得你去吃苦呀!你才结婚,不能去冲了喜呀!孩子!"何大伯急得拿烟斗不停地拍自己的大腿。

"爸,我知道你心疼我,我不信封建迷信那一套。我只知道,定远关心的,我也要关心。定远就是我的喜,谁都冲不掉,你放心吧,爸!"

"就他管得远，毕了业的学生他还管。你已经给那些孩子煮了两三年的饭啦，难不成要煮一辈子？"何大伯生气地把剪下的烟叶一扔，走到地边一块石头上坐下，不停地抽起烟来。

见父亲生气，何花乖巧地拿起剪刀帮着剪起烟叶来。

何大伯吸了一口烟说道："花儿，不是我说定远，不要什么事都往身上揽，得看自己挑不挑得动。他倒好，非要去读什么离职，揽下活儿还不是累你一个人。"

"爸，是我的主意。"

"你的主意，哼！我还不知道你，什么都由着他。"

"爸，我不想定远学习分心，他好不容易读上大学。"

"你呀你，从来都不听话，就是你娘惯的，现在你又去惯定远，我算管不住你了。"

"谢谢爸！你算同意啰，我每月还给您零花钱，可不能把我泼出去。"何花高兴地说道。

"何花，何花！"定远找来了，远远地喊道。

"喂，在这儿，定远，快来帮爸把烟叶背回去。"何花应道。

定远一听，知道说通了，跑过来说道："爸，我来背。"

"花儿，怎能让定远背呢？这有多重，我自己背。"何大伯一把背起了一大背烟叶。

"爸，您刚才不是说不能把他惯坏了吗？"何花调皮地说道。

"这孩子，我说了吗？走，定远，今晚咱爷俩儿好好喝一杯，你真是天下打着灯笼火把都找不到的好老师。"何大伯对这个女婿是一百个满意。

晚上，定远陪何大伯喝了很多酒。何大伯醉醺醺的，说得最多的就是让定远好好待何花，何花好好待定远，他们要白头偕老，百年好合！

三十七

成人大学

8月28日,定远要到省教育学院读成人大学了,必须先从尧家乡赶早班车到县城,再坐到省城的长途汽车。何花送定远到乡场时,天还没大亮,远远已看到一些黑影等在那儿了。车还没来,何花一会儿嘱咐定远路上记得吃饭盒里的莲藕糍粑,一会儿低声提醒定远,钱缝在内裤上了,不要露馅。

"我知道了,随时小心。"定远拍了拍内裤上的钱袋。

何花一把拉住定远的手,小声说道:"你是怕小偷不知道?"

这几天,定远一直觉得很过意不去,他舍不得离开何花,可一想到定平和王超来信说到的大学生活,还是狠心地决定去读离职。

"花儿,我是不是很自私,为了读离职,把你一人留在家里。"定远拉着何花的手说道。

"胡说,如果因为我,你不去读离职,那还不把我后悔死。"

"花儿,我国庆就回来。"

"太远啦,又花钱。"

"我不管,多请一两天假,我一定要回来。"

"好,中秋节等你回来了一起过。我给你做莲藕糍粑。"

"嗯!"定远又握了握何花的手。

车来了,早班车赶车的人不是很多,定远上车后在后排找了个座位坐了下来。

何花在窗外喊道:"到了记得给家里来信,免得爸妈担心。"

"我知道,等天大亮了你再回去,在家里不要太累,少接点布料。"定远站起来向着窗外的何花喊道。

"知道了,你都说了十遍啦!"

车开动了,何花不停地向定远挥着手绢,尽管心里有一万个不舍,但她知道,一定要让定远去读离职,一定要让定远圆上大学梦,所以,她一直装作轻松愉快的样子微笑着。车已开走了,何花还在那儿挥着手,定远转过身,趴在后窗玻璃上看着何花,心里难免一阵难受。

从现在开始,终于可以读上大学了,很快,定远的心情又好起来,打篮球、画画,看很多很多的书,他把大学生活想得很美好,慢慢睡着了。醒来时,定远发现车上有个小伙子,留着长头发,十四五岁的样子,一会儿往车前面窜,一会儿又往车后面挤,定远一直注意着他。那个小伙子在一个座位旁停了下来,座位上的大爷正打着呼噜睡觉。那个小伙子假装探着身子看窗外,另一只手却在掏大爷的上衣袋。

"哎,小伙子,你来坐一下,你都站了好一会儿了。"定远灵机一动,大声喊道。睡觉的大爷醒了,那个小伙子忙缩回了手。

"过来坐,小伙子!"定远还在喊。

那个小伙子很不情愿地过来坐下，一脸的不高兴。

"小伙子，你是尧家乡的吧！你跟我的学生差不多大。"定远说道。

"你是老师？"那个小伙子抬起头来问道，本能地往旁边挤了挤。

"是的，河坝村校的，怎么？不像吗？"

"老师都很凶，你不大像。"那个小伙子说道。

定远又问道："你在哪个学校读书？"

"初二时被班主任赶出校门就没读书了。"小伙子说着，眼睛还在滴溜溜到处转。

"哦，你该继续回学校读书，看得出你头脑很灵活。"定远劝道。

"我？哼！我那班主任从来都说我是笨猪。哼！"小伙子连"哼"了两声。

"你看起来跟我才教毕业的学生差不多大，今年他们全考上高中了。"定远想尽力挽回那个小伙子，又说道，"有一次一个客车售票员说尧家乡是穷山恶水，二流子多，我很生气，我就发誓要把他们教好，让他们个个读高中考大学……"

这时车停了，那个小伙子忙起身说："老师，我下车了。"然后三两步跨向车门走了。

"小伙子，记得去读书！"定远站起来冲着小伙子的背影喊道，一车人都回头诧异地望着他。

再看时，那个小伙子已不见了踪影。阻止了一场扒窃，本该高兴，可定远高兴不起来，好像那个小伙子是他赶出学校的一样。

从县城到省城，一路颠簸，坐了九个多小时的客车。定远背着背包，提着读中师时大伯送的那口木箱，又换乘了两趟公交车,才到了省教育学院。22岁的他,现在才读了个成人大学,但不管怎样,至少圆了多年的大学梦,定远心里充满了无限期待。

这个成人大学,与他想象的不一样。他读的中文专业,一个班的同学,来自不同的系统,多数是教育系统的教师,还有行政部门、公安部门的,年龄最大的已有42岁。省教院也不像定平说的那样走班上课,而是有固定的教室,每天还要上两节晚自习。定远本来想读英语专业的,可英语专业只有函授,没有离职,他就只好选择了中文专业。

省教院的图书馆,有两层楼,里面有很多图书。每天下午下课后,定远最喜欢去的地方就是图书馆,在那儿,他可以如饥似渴地看书。这就是他希望的大学生活。

一天下午下课后,定远来到图书馆,看到书架上有一本《语文教学通讯》,刚要伸手去拿,旁边一只手先拿了去。原来是同班的女同学罗立欧,来自丹丰县五中,全班只有他们两人是丹丰县的。罗立欧是丹丰师范八六级的,算起来,是师妹。

"哦,是你呀!师兄,你叫什么远,哦,一下忘了,这书先给你看。"罗立欧笑了笑,把杂志给了定远。

"我叫尧定远。"

"哦,对对对,尧定远,我好像在哪儿见过这个名字。你也喜欢看《语文教学通讯》?"罗立欧扶了扶眼镜问道。

"不是,我向《语文教学通讯》投过几次稿,都没被采用。"

"我在《语文教学通讯》上发过一篇。"

"啊,你真行,我怎么投不中呀?"

"嘘,小声点,这是图书馆。"罗立欧示意道,"我刚开始也是这样,多投几次就中了。你把你写的稿子给我看看,让我看看是什么原因。"

"嗯,好,好,谢谢你!国庆节我回家带来。"

周六晚上，寝室其他几个同学都到学校舞厅跳交谊舞去了，定远没去，他正坐在寝室的书桌旁给何花写信。他要把大学的所见所闻一股脑儿告诉何花。

十点后，寝室的同学陆陆续续回来了，见定远正在写信封上的地址、姓名，其中一个同学一把抢过信封念道："何花！哈，这么快就想媳妇啦！"

"快给我！"定远不好意思地起身去抓信封。

一个同学说道："尧定远，不是我说你，这是成人大学，周末都不出去玩一会儿，来读离职干什么？还不如读函授！"

"我不会跳舞。"定远有些难为情地说。

"不会我教你呀，来来来！"一个同学拉起定远就跳起来，嘴里不停地念着，"一二三，一二三，转圈，哎哟！"

定远踩到了那个同学的脚，那个同学说道："看来真不会，这更得去学，下周末我们一起去，包把你教会。"

晚上，定远躺在床上睡不着，脑海里全是何花的影子。尧定远啦，尧定远，你来读离职干什么，不就是想当一回真正的大学生吗？可是你也太自私了，留下何花一人在家，要照顾两边的父母，还要照顾王云梅的母亲。定远越想越觉得对不起何花，翻来覆去好久才睡着。

国庆节到了，归心似箭的定远回到家，看到何花瘦了一圈，忙问道："花儿，你怎么瘦了？才一个月，瘦多了。"

何花只是笑，有些不好意思。

"她一天忙里忙外，又吃不下东西，能不瘦？"定远妈在一旁纳鞋底，笑着说道。

"怎么回事？怎么吃不下东西？去医院看了吗？"定远不停地问道。

"傻小子，你要当爸啦！"定远妈高兴地说道。

"啥？花儿，我要当爸啦？"定远兴奋地拉住何花的手。

何花害羞地点点头。

"我真的要当爸啦？在哪儿？哦，在肚子里，我听听。"定远说着脑袋就往何花肚子凑。

何花指了指定远妈，把定远推开，娇嗔地说道："去，还早啦！"

"远儿啦，不是我说你，何花一到星期六都要给那个疯婆子端饭去，平时还要忙着接布料做衣服，看把你媳妇累的，你不心疼，妈还心疼哩！"定远妈放下鞋底说道。

"就是，对不起，花儿。"定远又拉住何花的手，望着何花心疼道。

"我在家能行，你放心吧！"何花知道不能让定远分心。何花的善解人意让定远又是一阵自责。

国庆假后，定远返回了省教院，带了原来写的没投中的稿子让罗立欧帮他修改。

第二天，罗立欧拿着稿子兴冲冲来到定远座位旁坐下，用质疑的口吻问道："尧定远，这是你写的吗？这是你平时的真实做法？"

"是呀，怎么啦？"定远把平常的一些做法又简单地向罗立欧讲了一遍。

罗立欧不停地称赞，很有思想，很有想法。如果不是亲眼所见，亲耳所闻，她根本不相信一个村校的老师会有这么多好的教学方法。

罗立欧又不解地问："村校初中都是一些其他学校挑剩的学生，你还这么认真？"

定远说："就是因为他们底子差，用这些方法才更有效。"

"快说说，效果怎么样？"罗立欧越发好奇。

"还行吧！22个学生都考上高中了。"定远说着，拿出其中一篇退回的稿子看起来。

"什么叫还行吧！一个村校22个学生全考上高中，你还这么谦虚？改天可得好好教教我。"罗立欧满脸佩服。

"行，你先帮我看看论文吧，怎么一篇都投不中？"定远指着论文说道。

罗立欧说，她最初也是一篇都投不中，后来借了几本教学杂志，专门研究分析杂志需要什么稿子，稿子的风格是什么，然后对路的发过去，就被采用了。罗立欧这么一点，定远算明白了，原来自己打的是无准备之仗，没有做到有的放矢。

罗立欧说："我看了，你那几篇论文投另几本杂志的几个专栏一定能投中，一会儿我把那几本杂志名给你，图书馆有。"

"好，你投中过多少篇？"看着罗立欧老练的样子，定远问道。

"去年投中了三篇。"看得出，罗立欧有些自豪。

"真了不起，还是你有办法。"这回轮到定远佩服了。

"我跟你说，只教书不会写论文不行，以后评职称、评先进什么的，全靠这个的。"别看罗立欧读中师时比定远矮一级，说起话来一套一套的。

定远说："我倒没想这么多，只是想写下来。还有，不瞒你说，想挣点稿费，听说有不少吧！"

"那倒也是，我们中学，投中一篇稿子，学校还要给两倍的奖励。"罗立欧看着论文说道。

"哦，这么好哇！能挣稿费就行。"定远有些惊讶。

"稿费什么的不重要，关键是不写不行啊，我一个中师生，在中学，不写点东西出来，怎么在中学立住脚？还不被人瞧不起？"罗立欧说道。

定远说:"我有两个同学在中学教书,他们也感觉总被人瞧不起,主要是大家不相信中师生。"

"是吗?我还以为只是我那个学校是这样呢!"罗立欧说着,指着一篇论文说道:来,我给你说,你这几篇稿子,还得把题目修改一下,题好一半文……"

罗立欧给定远讲得头头是道,定远忍不住问道:"你工作几年啦?怎么这么有经验?"

"不是给你说过了吗?我比你矮一级,工作三年啦!其实都是逼的,中师生要在中学立住脚,必须练就一身本领才行!"罗立欧说完,从题目、结构、小标题、开头、结尾几个方面都提出了修改意见。

接下来的一两周,定远到图书馆翻了好几本杂志,反复琢磨,反复修改了很多次,才把一篇稿子投了出去。

一个月后,定远居然真的收到了稿子录用通知书,他高兴得差点跳起来,拿着信兴冲冲地来到罗立欧座位前说道:"罗立欧,中了,中了,你看!还有12元稿费。"

罗立欧接过去念道:"浅议生活教育的重要性,哇,恭喜你!这么快就悟出门道了。"

"这还得谢谢你!"定远兴奋得很。

"谢我干啥,得了稿费请我吃一顿就行了。"

"这?"定远有些迟疑。

"算了吧,小气,逗你呢!下午给我讲讲你是怎么教出全县第一名的就行。"罗立欧说道。

"那行,那行!"定远乐呵呵地回到座位,拿着用稿通知书看了又看,然后工整地折好装回信封。

罗立欧走过来说道:"哎,尧定远,你写稿子是为了挣稿费吗?这么高兴。"

"嗯,既是,·也不是。"定远说道。

"我看就是,怎么这么财迷?12元稿费就乐成这样?"罗立欧有些不屑。

"我财迷?是,我财迷。我的一个学生几乎算孤儿了,我每月得给她寄生活费,如果学校有端盘子、扫地的活儿,我都愿意干。"定远把信小心翼翼地夹进一本书里。

"你每月还得给学生生活费?就你那百来元工资?"罗立欧很吃惊。

"是的,我已经给学生许诺了,那个学生可怜得很。"定远的心情一下沉重下来。

"行啊,你算又让我刮目相看了。哦,校门处贴得有找家教老师的广告,你可以打电话去试试。"罗立欧认真地说道。

"真的,怎么不早说?我这就去看。"定远一溜烟儿出去了。

下午,定远一进教室就对罗立欧说,他中午去面试家教了,家长和孩子都满意。那家人是做生意的,要求他每周去辅导三次,一次两个小时,周日上午必须去。做得好的话,一个月可以挣百来块钱,相当于一个月工资了,这样王云梅的学费和每个月的生活费就不用愁了。

罗立欧听着,叹道:"你这样的老师快失传了。"

就这样,定远边读书边当家教,生活忙碌而充实。确实,只要有钱了,王云梅读书的事就解决了,何花也不用那么累了,定远感到从头到脚都轻松起来。

一天,定远一进教室,发现自己的同桌变成了罗立欧。

"罗立欧,你怎么坐到这儿来了?"定远问道。

"方便请教你这个老师呀!"罗立欧一脸的笑。

"那好,我也好好请教你。"对罗立欧这样的同桌,定远是欢迎的。

一天上《逻辑学》，一节课上了半本书，什么大前提、小前提、结论，教授讲得口若悬河，同学们听得云里雾里。下课时，教授说这是逻辑推理三段论最基础也最简单的知识，所以讲得很快，叫同学们课后自己去看看就行。

"这也讲得太快了，我都被绕晕了。"罗立欧问定远，"你呢？听懂了吗？"

"听懂了，结合事例一想就通了。"定远说道。

"我怎么越听越糊涂，本来很明白的道理，用什么A呀、B呀、C呀什么的，就乱了，给我讲讲。"

"来，我给你讲……"定远认真地讲了起来。

罗立欧听着，时不时抬头用崇拜的眼光看着定远。

"我脸上有脏东西吗？"定远用手摸了摸自己的脸。

"没有啊！"罗立欧只是笑。

"那你怎么老盯着我看？"定远不解地说道。

罗立欧扑哧笑出声来："呵呵，你这个老师要求也太严了，还不能让学生看？"

定远不再理会，拿出一篇稿子来，说道："来，我昨天晚上写了一篇关于学生自主学习探究的稿子，请帮我斧正斧正。"

"还斧正斧正，好酸哦，重说过。"

"好好好，重说重说，请罗立欧老师帮我修改修改。"定远纠正道。

"这还差不多。"罗立欧说着，接过稿子认真看起来，边看边对定远说："我认为每一点该加上一个小标题，还有，这句话显得多余，还有这句……不过，结尾点睛之笔总结得很不错……"

定远认真听着，频频点头道："我算找到真正的老师了，谢谢你！"

这时，寝室那几个同学在教室一角看着定远，一脸坏笑。

晚上回到寝室，一个室友对定远说："注意哦，寝室有人在交桃花运啰！"

"谁？"定远问道。

几个室友你一句我一句阴阳怪气地说道："你小子装吧，有了荷花可不能再想桃花哟！"

"看你们想到哪儿去了！不要瞎说，再瞎说，每天打开水的任务我可不干了。"定远有些生气，说道。

寝室里定远年龄最小，他每天晚自习后回寝室最早，总是提着四个开水瓶去打开水。

"别别别，兄弟，只不过我敢保证，那个罗密欧对你有意思！"那个室友说道。

"什么罗密欧？还朱丽叶哟！人家叫罗立欧！"定远纠正道。

"好好好，罗立欧！"几个室友又是一阵坏笑。

"怎么可能？我都结婚了，我都要当爸啦！"定远急红了脸。

"罗什么欧，她知道吗？"几个室友互相眨着眼，问道。

"叫罗立欧！"定远提高音量强调道，似乎只有提高音量才能证明自己的清白。

"你看，急了吧！"室友们还不肯放过定远。

"我急什么？你们……嗨！"定远不知怎解释，只好不说了。

"哈哈，真急了，露馅了吧！"室友们还在火上浇油。

"你们？嗨！我平白无故给人家讲我结婚了干什么？不跟你们瞎扯了，我修改稿子了。"定远说完，拿出一篇稿子来修改，几个室友才意犹未尽地作罢。

星期六的晚上，罗立欧在男生宿舍楼下叫人带信给定远，说有事要找他。

路灯下，罗立欧穿着一件红色风衣，脚穿白色高跟鞋，见定远下来，忙上前说道："尧定远，走，今晚罗老师教你一项新技能！"

"什么技能？"定远问道。

没等定远搞清楚，罗立欧拉起定远就走，说道："走嘛，到了你就知道啦！"

罗立欧生拉硬拽，硬把定远拉到了学校舞厅。舞厅里闪着霓虹灯，定远不时用手遮挡闪烁而过的灯光。

"没来过吧！我就知道。"罗立欧放大声音对着定远耳朵说道。

"我可跳不来交谊舞。"定远难为情地说道。

"谁天生就会呀，我教你吧！嘿，这首歌是《像雾像雨又像风》，很好听，来，我教你，跟着我的脚步走。你这只手放到我的腰上就行。"罗立欧大方地把定远的手放到自己的腰上。

定远勉强跟着走了几步，连连摆手道："不行，不行，我还是回寝室改稿子吧。"

"不懂礼仪，女士邀请男士，男士不能拒绝。"罗立欧拉着定远的手不放。

"我真不会。"定远有些急了，把罗立欧拉到一边说道。

"哼！思想在作怪，周总理还喜欢跳交谊舞呢！我们学校还举办过青年教师交谊舞大赛。"罗立欧有些生气了。

"你们学校还会举办交谊舞大赛？"定远问道。

"当然，不然怎敢当你的老师？中师生不是万金油吗？跳舞也不能落下。我还教我班学生跳过交谊舞呢！"罗立欧又高兴起来。

"啥？教学生跳。"定远算是第一次听到教学生跳交谊舞。

"对呀，学生们很喜欢我教他们跳交谊舞的，正常交往有什么好奇怪的？"罗立欧显然在指责定远。

定远感觉罗立欧像来自另一个星球一样，不知不觉间，被罗立欧带着跟上了节拍。

　　"你看，不就会了吗？学得比我想象的快，中师三年的音乐课没白上。"罗立欧微笑着看着定远，夸奖道。

　　两人离得太近了，定远忙避开目光。远处，同寝室那三个同学正挤眉弄眼看着定远笑。定远也不理会，专心学起交谊舞来。

　　舞会散场回到寝室，一个室友说："尧定远，我们叫你去舞厅，你不去，今天罗立欧叫你怎么去了？"

　　"这是正常的健身休闲方式，你们别想歪了。"定远边洗脸边说。

　　"哟哟哟，转变得倒挺快的，注意哟，家有美荷哟！"

　　定远摇了摇头，不以为然地笑了笑。

　　晚上，睡到床上，想着室友的玩笑话，定远决定第二天一定告诉罗立欧自己已经结婚的事，以免发生误会，但转念一想，是自己多虑了吧，人家罗立欧那么优秀，那么直率，根本没往那方面想，自己无缘无故说自己已经结婚了，岂不好笑？定远笑了笑，睡了。

　　临近期末考试了，大家都投入到紧张的复习中。定远喜欢到图书馆看书，每次刚坐下，罗立欧就神不知鬼不觉地坐到他的身边来。定远一发现，罗立欧就会捂着嘴小声说，碰巧，碰巧！示意是图书馆，不要说话。

　　自从上次室友开玩笑后，定远有意同罗立欧保持一定距离。有一天，定远干脆就在教室看书，罗立欧也留在了教室看书。结果，一个教室，只有他俩在那儿复习。一会儿，寝室的三个室友走进来看到只有他俩，故意咳了几声。其中一个说道："我说不回教室复习吧，你俩偏要回教室，教室的灯光够啦！"

　　罗立欧正在专心复习，全然没听见。定远知道那几个室友又在取笑自己，抬起头瞪了他们一眼。

"好好好，走走走！"那几个室友推搡着走了。

"等等，我跟你们回寝室。"定远拿着书追了出去。

"唉，尧定远，你不复习啦！"罗立欧大声喊道。

"不复习了！"定远在门外答道。

"哼！"罗立欧自己看起书来，有些不高兴。

三十八

透心的凉

期末考试结束了,罗立欧问定远:"尧定远,你哪天回去?我们一起回丹丰县,我一个人路上怕小偷。"

"这?"定远心里有些不愿意,担心那几个室友又乱说,但又不好拒绝。

"怎么?班上只有我们两个老乡,我来时差点被几个小偷欺负啦!"罗立欧乞求地望着定远。

"好吧,我走得早,明早一早走。"定远说道。

第二天一早,两人来到省城长途汽车站,车站已经挤满了人。

"罗立欧,你看好行李,钱拿我去买票。"定远把背包给了罗立欧。

来到买票窗口,定远说:"买两张丹丰县的票,不要一排的。"

"我怎么知道是不是一排的?"售票大姐像没睡醒,打了个哈欠说道。

"那就一张前面一点的,一张最后一排的。"定远说道。

"卖了这么多年的票,第一次碰到这种要求,给!下一个!"售票大姐有些不耐烦,把票扔了出来。

定远和罗立欧上了车,他把前面那张票给了罗立欧,自己到最后一排坐下。

"你怎么没买一排的?怕我吃了你?"罗立欧惊讶地问道。

"我在后排能看清楚谁是小偷。"定远说道。罗立欧也生气地不再争执。

客车经过几个站口,上来十来个人,没有座位了,售票员就搬出一些小板凳让他们坐到过道上。

司机在前面大声吼道:"过道上坐的人不要站起来,被警察发现超载大家都走不成。"

长途汽车是不准超载的,明知超载却还要超载,这些乱象该谁来管?定远看着眼前的一切,敢怒不敢言,只得把头转向窗外。

又过了一个站口,几个坐在走道上的年轻人站了起来,不停地抖动手和脚。其中一个说道:"凳子太矮啦,脚都硬了。"

"哥儿几个,坐下,被警察发现要罚我们的款。"售票员转身站起来赔着笑脸说道。

"这一段路没警察,我们熟。"一个人嬉皮笑脸地说道。

车上好多人睡着了,罗立欧也在睡觉。定远发现这几个人不对劲儿,就一直死死地盯着他们。

那几个人挤在一起,再一看,其中一个正伸手掏罗立欧的手提包。

"喂，罗立欧，罗立欧，把你的包给我。"情急之下，定远站起来大声喊道。

定远这一喊，车上好多人都醒了，罗立欧也醒了，睡眼惺忪地回过头说道："不重，我自己拿。"

定远做了个"小偷"的嘴型，罗立欧明白了，看了一眼身边几个流里流气的人，转身把包抱得紧紧的。

定远的这一举动明显惹怒了那几个人，他们相互看了一眼，慢慢往后排定远的位置移去。

"兄弟，我们没过节吧？"一个人突然伸手拉住定远的衣领龇牙咧嘴地说。

"你要干什么？"定远站了起来。

"你说我要干什么？打！"那个人说着把定远摁倒在座位上就开打。

"喂！你们凭什么打人？"罗立欧冲了过来。

"小娘们儿，过去，别讨打。"一个人把罗立欧一推，罗立欧摔倒在过道上。

几个人的拳打脚踢，定远完全没有还手的机会，只得抱着头蜷缩到地上。旁边的人都害怕地挤到一边，没有一个人敢出来劝一句。

"别打啦，别打啦！"罗立欧哭喊着扑了上去，又被一个人推倒在地。

"别打啦，别打啦，他是老师，他是好老师，他是……"罗立欧哭喊着爬了过去，抱住一个人的腿不放。

"臭娘们，去！是老师是吧，是老师就该管闲事？老子最恨的就是老师。"那个人给了罗立欧一脚，又朝定远一阵打。

这时车停了，不知谁喊了一声："警察来了！"

"快跑！警察来了！"几个人一哄而下。

那几个人一下车，车门马上就关上开走了。那几个人下车发现没警察，疯狂地在外面拍着车门，追着跑了几米。

罗立欧忙过去扶起定远，定远的脸已经被打得青一块紫一块的，鼻子和嘴角流着血，手上也流着血。

"你傻呀，这些人你敢惹？"罗立欧拿出手绢给定远擦着嘴角的血，哭道。

前排一位大哥回过头来说道："这位老师你也是，那几个人一上车我就知道是小偷，大家都不说，你就装没看见就行啦，你还不是自讨苦吃。"

"你们还好意思说，刚才谁都不出来劝一下。"罗立欧生气地回道。

"妹子，我们劝就跟你男人一个下场，谁敢劝？连司机和售票员都拿他们没办法。"那位大哥又说道。

"别乱说，我不是她男人，哎哟——"定远一说话，疼得忙用手捂住鼻子。

"别说话，一会儿到了丹丰县医院检查一下，看伤到骨头没有。"罗立欧不停地抹着眼泪。

"妹子，不是你男人你这么伤心干吗？"那位大哥回过头来又说道。

"你给我闭嘴。"罗立欧吼道。

"好好好，我不说了，不说了。"那位大哥识趣儿地回过头去。

"不行，我要去找司机，为什么刚才打了那么长时间才停车？"罗立欧说着站起来就往前面走去，定远捂着鼻子想拉没拉住。

车子正在拐弯，罗立欧差点摔倒，她跌跌撞撞走到司机跟前，生气地质问道："司机师傅，我问你，为什么刚才那几个人打了那么长时间你才停车？打死人了怎么办？"

司机边开车边说道："你这妹子不讲理啊，刚才是谁救了你们，不是我，怕你也爬不起来了。现在好了，我得罪了这些人，以后跑这条线路他们还会找我麻烦的。"

"就是，妹子，我们得罪不起这些二流子。"售票员也在一旁说道。

"我是听说被打的是老师，才硬着头皮停车的。你倒好，还来质问我，哼！"司机有些不服气。

"就是，妹子，刚才那声'警察来了'就是我喊的，那几个二流子下车发现被骗了，不知现在正商量怎么报复我们呢。快回去坐好吧！"售票员大姐无奈地解释道。

罗立欧回到最后一排，旁边一个小伙子站起来说道："来，你坐这儿，我到你那个座位去坐。"

罗立欧坐了下来，看着定远脸上的伤，问道："还疼吗？"

"不疼了，没事，我伤心的是那几个人说最恨的是老师。"定远低声说道，心里一阵凉。

"是呀，想想当老师真可悲。"罗立欧一脸的委屈。

"我们老师怎么啦？我开学到省教院，车上碰到一个十几岁的小偷，他说他是被老师赶出校园的，哎，你说，哎哟……"定远疼得又捂住了嘴。

"别想那么多了，你休息一会儿。"罗立欧又拿手绢擦了擦定远嘴角的血渍。

定远闭上了眼睛，他想休息一会儿。好不容易到了丹丰县，下车后，罗立欧硬要拉定远去医院检查，定远说什么也不去。

"没事，没打到要害，我要赶车回去，你也赶快去坐车，晚了赶不上车了。注意坐靠窗的座位，不要打瞌睡。"定远叮嘱道。

"嗯，谢谢你！"罗立欧噙着眼泪说道，她看着定远上了到尧家乡的客车，才转身去找到自己乡的客车。

客车到尧家乡时，已是下午四点，远远看到何花挺着个大肚子正朝这边望。

"喂，何花！我在这儿。"定远朝窗外挥了挥手，连忙往车门口挤。

"定远，定远。"何花高兴地挥着手喊道。

定远挤下车，跑到何花跟前说道："花儿，你咋来了？这么冷的天，还挺着个大肚子。"

"你怎么啦？脸上青一块紫一块的。"何花吃惊地问道。

"没事，今天早上不小心摔了一跤，走，回家！"定远拉着何花就要走。

"你怎么那么不小心呢？你看这眼睛，都肿成一条缝儿啦！"何花心疼地看着定远脸上的伤，用嘴轻轻吹了又吹。

"没事，花儿，回家热敷一下就好了。农村长大的，皮实得很。"定远握紧拳头做了一个有力的动作。

"你的手，你的手也摔伤啦？"何花看到定远手上的紫血块儿，一把拉住。

"你怎么这么不小心呢？万一摔个好歹怎么得了？"何花的眼泪掉了下来。

"你看你，我不是好好的吗？不要哭，哭对肚子里的宝宝不好。"定远忙心疼地用衣袖去擦何花的眼泪。

"笑一个，花儿，我喜欢你笑！"

何花哭笑了一下，又是一阵千叮咛万嘱咐，叫定远以后要小心，千万不能有事。

"好好，保证注意。"定远拉住何花的手，心里对自己在车上的冲动一阵自责，明明可以智取，偏偏那时忘了，真要被那几个二流子打个好歹，还不把何花伤心死呀！下次一定注意，遇事用脑子，遇事用脑子，定远在心里反复叮嘱自己。

"给，给你烧的红薯，饿了吧！"何花从怀里掏出一个红薯来。在何花怀里捂了一下午了，还是热乎的。

"嗯，是饿了，谢谢花儿。"定远狼吞虎咽地吃起来，被打肿的脸更明显了，何花又一阵心疼。

"太好吃了，给，花儿，你也吃。"定远拿着红薯要喂何花。

"我刚吃过了，你自己吃。"

"不行，就要你吃一口我才吃。"

"好好好，我吃。"何花吃了一小口，又把红薯推给了定远。

"花儿，这么冷的天，你不该来接我的。你看，脸都冻红了。"

"妈说孕妇要多活动，我寻思这几天你该放寒假了，给王云梅妈送完饭，我就来了。"

"这几天你都来的？"定远心疼地帮何花把围巾捂了捂。

"才来了三天。"

"都怪我不好，忙着期末考试，忘了给你来信。"

何花挽着定远的胳膊，幸福地往家里走。走到一个水缺处，定远小心翼翼地扶着何花，生怕何花摔了。

"我哪有那么金贵？看把你紧张的。"何花娇嗔道，满脸的幸福。

"可不，你现在可是国家级的大熊猫！"

"什么大熊猫，很丑吗？"

"大熊猫是我国的国宝，很珍贵，很可爱，你就是我的国宝。"

"去，学会油嘴滑舌了。"

"唉，让我和小宝贝儿打打招呼！我还没和他说话呢？"定远边说边用手去摸何花的肚子。

"到处都是人，害不害臊。"何花把定远的手推开。

"嘿嘿，真嫉妒你，天天和我们的小宝贝儿在一起。"

"哪有当爸的嫉妒这个的？定远，我说，为了我们的小宝贝，你一定要照顾好自己，像今天这样的大花脸，会把宝宝吓坏的。"

"嗯，我知道，不管什么时候都要想到你和宝宝，照顾好自己，我已经在心里告诉自己十遍啦！"

"那还差不多！今天回去看你爸妈，我都一周没回去了。"何花紧紧地搂住定远的胳膊，这是她一生的依靠。

回到家，定远妈正在整理柴草，一见定远，吓得扔下手中的柴，一把拉住定远问道："你这是怎么啦？远儿，谁下的狠手？谁下的狠手？"

"妈，没事，我今天早上摔了一跤。"定远使劲挤出一个笑容来，笑容是变形的，让人看了更心疼。

"妈，没事。我去倒热水给他热敷一下。"何花进厨房倒水去了。

"你，你怎么这么不小心呢？你要有个三长两短，还让妈活不活？"定远妈说着，不停地用围裙擦眼泪。

"妈——哪有那么严重？一两天就好了。"

"让妈看看，你从小就没伤过，这不像是摔的，刚才当着何花的面前不好说，怕她着急。跟妈说，谁打的你，妈跟他拼命。"母亲不停地抚摸着儿子脸上的伤。

"妈——，谁敢打我？我这不好好的？"定远说着进里屋放包去了。

放下包，定远取下镜子照了照，自己也吓了一跳，想着自己被打的场面，想着那几个人说最恨的就是老师，他感到一阵心寒，比被打还难受。

何花端来热水，让定远热敷。热热的帕子敷在脸上，想着"最恨的就是老师"那句话，心里却是透心的凉……

三十九

一百个爱

晚上,定远从包里拿出一样东西,小心翼翼地打开,递给何花说道:"花儿,你看,这是什么?"

"是什么?真漂亮。"

"这叫发卡,你看左边还有朵荷花呢,喜欢吗?"

"喜欢。"

"来,我给你夹上,卖发卡的小姑娘教我了,一边梳一点头发过来,这样夹在头顶。好,你看漂不漂亮?"定远帮何花夹上发卡,拿过镜子让何花看。

何花看着镜子里的自己,甜甜地笑了。

"我的何花真漂亮。"定远仔细端详着妻子,轻轻地在何花额头亲吻了一下。

"又浪费钱了,挺贵吧!"

"不贵，是我第一次稿费买的。来，这是我的稿费加家教费，给你。"定远拿出一叠钱来。

"这么多，你拿去给妈，家里开支大。"

"花儿，我每月都给定兰寄生活费了，家里这几年也好过了。倒是你，挺着个大肚子还要踩缝纫机，现在开始不许接布料了，不能再这么辛苦，王云梅的学费和生活费够了。"

"过了春节就不接布料了，春节前可能还要忙一阵子，都是乡里乡亲的，不接不好。"

"好吧，听你的。"定远拿出两件婴儿衣服，说道："花儿，你看我还买了啥？"

"远儿，我会买布做，花那个钱不值。"

"值，我舍不得让你这么辛苦。一直都是你在帮我，我亏欠你太多了。来，我要亲亲我们的小宝贝儿。"

定远把脸贴在何花的肚子上，轻声喊道："宝贝儿，爸爸回来了，高兴吗？"

"哟，动了，在踢我。"

"在哪儿？"

"这儿，这儿。"

"嗯，亲一下，是欢迎爸爸回来吧！"定远幸福地亲了一口，何花笑得特别开心，但一看到定远乌青的眼睛，又是一阵心疼。

第二天，何花又要去给王云梅妈送饭，定远说："我去吧，你今天就别去了。"

何花说："你就别去了，自从王云梅爸去世后，王云梅妈很怕生，好不容易不怕我了，你去会吓着她。明天王云梅就放寒假，她在家就放心了。"

"花儿，辛苦你了。要不，下学期我们拿钱请她家周围的邻居送饭。"

"我问过，没有人家愿意，都说王云梅妈是疯婆子，怕出事。"

"让她到幸福院怎么样？"

"我也问过，说是精神病人不接。先就这样吧，慢慢想办法，还有我妈帮衬着！"

"唉，就是辛苦你了，我过意不去。"

"先这样吧！"何花说着又给王云梅妈送饭去了。定远看着何花大着个肚子离开的背影，心里又是一阵自责，发誓一辈子要好好待何花。

春节，定平定兰也回来了，定远专程到乡场买了鞭炮，一家人要高高兴兴地过一个祥和的春节。

腊月三十上午，定远照例给邻居们每家每户写对联，何花在一旁帮忙，等邻居们都满意地拿着对联离去之后，定远才开始写自家的对联。何花说她喜欢"天增岁月人增寿，春满乾坤福满门"这副对联。定远说只要何花喜欢就好，于是写了这副对联贴在大门上。

定远又裁了一张巴掌大的红纸，用隶书工工整整写了一个"爱"字。写完之后，摊在手上，用嘴"噗嗤噗嗤"吹干墨汁儿。等墨汁儿完全干后，定远捧着用心写的"爱"字，对何花说："花儿，这是我俩一起过的第一个春节，以后每年春节我都要写一个爱字给你。"

何花欣喜地接过这个"爱"字，捧在手心吻了又吻，说："嗯！每年一个，我要一百个。"

"好！我给你写一百个。"说完，两人捧着这个"爱"字，心里溢满了幸福。

转眼，春节过了，定远又得返回学校，何花非要一大早起床，大着个肚子送定远到乡场赶车。

车来了，何花依依不舍地送定远上车。上车前，她从棉服口袋里掏出两个鸡蛋，硬要塞给定远。

"花儿，你真好，读中师时，妈也是这样塞鸡蛋给我的。"

"傻瓜，就是妈让我给你的。"何花说着，示意定远快上车。

"哎！"定远有些想流泪，坚持放了一个鸡蛋到何花手里，转身上了车。

车发动了，定远探出头来，叮嘱道："花儿，注意身体，照顾好我们的宝宝，等我五一回来。"

"嗯！"何花挥着手，舍不得心爱的丈夫离开。

"花儿，不要再接布料。"车已慢慢开远，定远还在回过头大声叮嘱。

"嗯！知道了！你放心吧！"何花望着客车离开的方向，一手捂着肚子，一手挥着鸡蛋，迟迟不肯离开。

新学期，定远把大学生活安排得满满的，除了上课和必去的三次校外辅导，基本都是泡在图书馆里。他想多看一点书，想多写点论文。

一天，定远在《演讲与口才》上读到一篇题为《为了悲剧不再重演》的演讲稿，里面写了一个学生因为期终考试成绩没脸见人，竟用绳子把自己的生身父母活活勒死的故事，加上经历的几次"小偷"事件，定远越来越觉得加强学生思想品德教育特别重要。他一口气写下两篇论文，一篇是《差生是怎么"炼"成的》，另一篇是《"三管齐下"挽救差生》。这次，他不是为了稿费，而是为了全社会都来关注学生的思想品德教育，他认为作为教师有义务、有责任把这个问题提出来。

罗立欧看了定远的两篇论文，赞叹道："尧定远，当今社会，大家都在忙着挣钱，好多老师也忙着下海，像你这样有责任心的老师真是太少了。"

定远郑重其事地说:"我寒假做了个社会调查,我们那儿的二流子、小混混,多半没读初中,或初中没读毕业就被开除了。街上的二流子、小混混越来越多,一帮带一帮,就带坏了整个社会风气。学校把这些成绩差的学生提前赶到社会,是对学生的不负责任,也是对社会的不负责任。"

罗立欧笑出声来,说道:"尧定远,你知道你刚才说话的语气像谁吗?"

"像谁?"

"像我们校长。"罗立欧清了清嗓子,学道:"老师们,五个手指头都有长短,不能把成绩差的学生提前赶到社会上,这是对学生的不负责任,也是对社会的不负责任,嗯啊!"

"对呀,你们校长是个好校长。"

"可你知道吗?老师们为了平均分和及格率,总会想尽办法偷偷把差生赶出校门。"

"为什么呢?"

"为了排名靠前呀!学校要排名,排到后面多丢人,关键是什么评先进、评职称全看这个,唯成绩是论。"

"你也赶过学生?"定远问道。

"我可没有,我一直记得丹丰师范校园那八个大字。"

"学高为师,身正为范。"两人同时说道,说完都笑了起来。

定远说道:"是是是,从进师范那天起,那八个字就像紧箍咒一样时刻在我耳边念着魔咒。"

"同感同感,大师兄!"罗立欧双手握在一起,做了个拱手的动作。

看着罗立欧手舞足蹈的样子,定远忍不住说道:"喂,罗立欧,你很像我中师的一个同学,她叫贾丹,也有点男子汉性格。"

"真的?那以后得引见引见。"

"好的,有机会让你们认识。"

罗立欧性格很直率,又是同一个县同一所学校毕业的,共同话题自然多一些,大家见惯不怪,室友们也不再阴阳怪气说什么了。现在,定远和罗立欧交往起来也坦然多了。

"哦,看我,看我,忘了一件很重要的事。"罗立欧拍了拍脑袋,从一本书里拿出一幅书法作品来,兴奋地说道,"你看,大师兄,我就说第一次听到你名字的时候觉得很熟,感觉哪儿看到过,结果在这幅书法作品里,我寒假在家里翻出来的。"

罗立欧兴奋地念道:"伏波惟愿裹尸还,定远何须生入关。莫遣只轮归海窟,仍留一箭射天山。你看,这里面是不是有'定远'两个字?"

定远一看,吃了一惊,忙问道:"你这幅字是哪来的?"

"中师时班上有个男生一直追我,他送我的。我那时喜欢写毛笔字,他就到高年级同学那儿给我要了这幅书法作品来我临摹。"

"要的?"

"嗯!我能感觉到作品主人是用心在写每一个字,这幅字的主人一定有故事,所以我一直把这幅字保存了下来。"罗立欧反复欣赏着书法作品。

"呵呵,追你的那个男生倒是很用心,你怎么没嫁给他?"

"嗨!读中师时太小,我中师毕业十八岁不到,不懂这个,结果把那个优秀的男生弄丢了,他现在已为人夫啦!我呢,出来几年都找不到合适的。哼,如果现在再让我碰到合适的,我一定要死死把他抓住,不放!"罗立欧做了一个用手抓的动作。

"呵呵,幸好弄丢了!"定远小声说道,看起书来。

"你说啥?"

"我说,像你性格。"

"嗯,还是大师兄了解我。你看,我这儿还有啥?"罗立欧拿出路遥的三大本《平凡的世界》放在定远面前。

"《平凡的世界》,哪儿来的?"定远欣喜地拿起一本翻起来。

"你不是想看吗?我托人买到了。我也很用心吧!"

"哦,太好了,这套书在图书馆根本借不到,每次去借都说被借走了,快借给我看看!"

"好吧,我先人后己,你看了我再看。不过,你得先回答我一个问题。"

"什么问题?说吧!"定远边翻书边说道。

"我最近看完了钱钟书的《围城》,书上说婚姻是一座围城,城外的人想进去,城里的人想出来,是吗?"罗立欧一本正经地问道。

"你问这个干啥?"定远看着书说道。

"大师兄,请你放下书认真地回答我!"罗立欧一把夺过书,认真地看着定远说道,"听说你已经是城里的人了,给我这个城外的人说说呗!"

"我没觉得婚姻是一座围城,这个我真不懂。"定远说着又要来夺书,罗立欧手一扬,没拿到。

"你妻子一定很好很好吧!"罗立欧扶扶眼镜,睁着大大的眼睛问道。

"是的,她勤劳、善良、漂亮,中国女人该有的优点她都有。"

"是你的中师同学?"

"不是,她是农村的。"

"你爱她吗?"罗立欧一本正经地问道。

"当然,你怎么这么问?"定远诧异地看着罗立欧说道,"我要给她一百个爱。"

"一百个爱?"

"是的,每年写一个,百分百的爱。"说起何花,定远是幸福的。

"你们有共同语言?"

"当然有,她不是一般的农村女孩儿,我都快当爸了。"定远一脸的幸福。

"哦,大师兄,我心里凉得很,我怎么在中师时没遇上你呢?你怎么那时不和我同年级同班呢?我怎么……"罗立欧嘟着嘴趴在桌上,一只手不停地摆弄着钢笔。

"你这么优秀,一定会碰上优秀的意中人的,大师兄帮你留意。"定远拿过一本《平凡的世界》翻起来。

"嗯!大师兄给我把关,碰上你真好!婚姻是围城,我也要冲进去看看。"罗立欧嘟着嘴说道。

"好好好,你冲,我给你加油!我看《平凡的世界》了。"定远不再理罗立欧。

"关键是得碰到一个值得我往里冲的人啦!"罗立欧一脸的失落趴在桌上,嘟哝着,一百个爱!一百个爱!我也要一百个爱!

四十

留点尊严

自从班长欧必进离开后,大家的心里藏着一个痛,每每见面时、电话里、书信里,大家都会有意无意地避开与班长有关的话题。可是一提到贾丹,大家还是不自觉会想起欧必进——他们永远的班长,而对欧必进最念念不忘的,当然还是贾丹。

贾丹常常会坐在寝室发呆,回过神来时,心里总会暗暗发誓,她一定要当一个张校长那样的好校长,这是她这一两年拼命工作的精神动力。那个好强的贾丹、目空一切的贾丹、崇尚自由的贾丹,经过一两年的调整,做出了一个重大决定,她要完成欧必进的心愿。可是,对一个中师生来说,特别是对一个女生来说,要当上校长何其艰难,她要走的路还很长。

一天下午,林小丽骑着自行车来看贾丹,自行车还没停稳,就在门外大声喊。贾丹正在备课,站起来从窗户望出去,差点儿没认出林小丽来。只见林小丽烫着时下最流行的卷发，戴着金灿灿的耳环，踩着真丝裤，穿着高跟鞋，完全和中师时那个小鸟依人的林妹妹判若两人。

一进门，她就急匆匆的问贾丹："贾丹，我上周跟你说的事，你考虑得怎样了？"

"算了吧，我没心情想这些。"贾丹放下笔望着窗外。

"贾丹，不是我说你，班长他已经走了很久啦，你又不是他什么人，你又何必——"林小丽见贾丹脸色很难看，忙又说，"好好好，我不说了，不说了。你这周末好歹去见人一面，我都给人说了，给我个面子。"

"小丽，我现在只想好好教书，做出点儿成绩，下一周我要参加青年教师教学大赛，五月份还要参加全县班主任基本功大赛，我要准备的太多了，真的没时间。"

"贾丹，你以前不是最追求自由自在的生活吗？一到周末和寒暑假都出去游玩，现在怎么热衷于虚名了？"林小丽觉得贾丹变了，正如贾丹认为林小丽变了一样。尽管现在两人的学校调离得很近，心却远了。

"你不懂我的！"

贾丹一句话，说得林小丽有些尴尬，但她还是强装笑脸说道："贾丹，我们是这么多年的好朋友，我不会害你，找男人比选学校填志愿都重要，这是一辈子的事情。那个人和我家那位是铁哥们儿，家境好，有背景，又是公务员，他说以后可以让我们也进政府机关……"

贾丹打断林小丽的话，说道："呵呵，林小丽，是你想进政府机关吧，我说你怎么这么热情？你就这么瞧不起老师？"

"不是，我的教学成绩从来都不差。"林小丽辩驳道。

"可是你压根儿就瞧不起老师，居然会和白川杨离婚！哼！

就凭这一点，班上好多同学对你都有看法。"贾丹完全不给林小丽面子，只顾自己一吐为快。

"你？贾丹，好！算我白来了。"林小丽生气地拿起包就走了，走到门口时又回过头来对贾丹说道："贾丹，我告诉你，贫贱夫妻百事哀，你没尝过连孩子奶粉都买不起的日子，尝过了你就理解我了。我不生你的气，我走了。"

贾丹也不挽留，她知道她和林小丽已是两路人了。

林小丽气呼呼出来，骑着自行车直接到白川杨那儿看孩子。上周末去看孩子，孩子见了她怎么都不叫妈妈，她很伤心。今天她无论如何要把孩子接过去住几天，不然孩子不认她了。

刚走到房门口，就看到白爷爷和一个戴着眼镜的陌生男人在屋里，神色凝重。白川杨站在窗前看着外面，几个人都不说话。

洋洋在地垫上玩着积木，见妈妈来啦，抬头看了一眼，也不喊，又低头玩起积木来。

"小丽来啦！"白爷爷招呼道。

"嗯，爷爷，我来接洋洋过去住几天。"林小丽回道。

"你叫洋洋？真乖，来，快过来！"那个戴眼镜的中年男子伸过手来，洋洋直往旁边躲。

"是我给取的洋洋，我是希望她能姓杨。"白爷爷说道。

"爷爷！"白川杨打断了爷爷的话，转过身对林小丽说道："你把洋洋带过去，我这儿有事。"

"什么事这么严肃？"林小丽问道。

"没什么，你抱洋洋过去吧！"白川杨说着就去抱洋洋。

"我不，我不！"洋洋直往白川杨身后挤。

"洋洋乖，爸爸等两天来接你。"白川杨蹲下帮洋洋系着鞋带。

"不，我要爸爸，我要爸爸！"洋洋哭闹起来。

白川杨把洋洋塞到林小丽怀里,洋洋哭着被抱走了。想到自己离婚给不了洋洋完整的家,白川杨特别难受。

"我去送洋洋。"白爷爷跟了出去。

屋里只剩下白川杨和那个陌生男人。只听那个陌生男人说道:"川杨,是爸爸对不起你,我们那一批知青当年都回去了,如果带上你,我和你妈妈都回不去……"

"所以你们就把我扔下,一扔就是二十几年。你们好狠心,当别的小朋友欺负我没有爸妈时,你们在哪儿?我结婚时,你们在哪儿?我孩子没人带时,你们在哪儿?我离婚时,你们又在哪儿?"白川杨哭喊着说道。

那个陌生男人站起来,说道:"对不起,川杨。现在好了,我有了自己经营了十几年的大公司,可我没有其他的孩子,我希望你去帮我打理,可以把白大爷带着一起去。我知道老师工资不高,在我那儿工作一个月相当于你在学校工作几年……"

白川杨打断了他的话,说:"不,杨先生,我不会去。可能在你们这些有钱人的眼里看不起我们这些穷教书的,但我们有我们的尊严。你,还有那个林小丽,你们越是看不起老师,我们越要干出个人样儿来!"

"川杨?"

"请叫我白川杨!"

"是我给你取的名字,希望你能百步穿杨,但我更希望你记住你的祖籍在四川,你姓杨。"白川杨的父亲很激动,取下眼镜用手擦着镜片。

"我只想知道我妈在哪儿!"白川杨冷冷地说道。

"她也在成都,另成了家。"

"呵呵,你们为什么要生我?生了我为什么要抛弃我?抛下我为什么还要分开?你走吧,我生活得很好!"

"川杨！你要理解那个年代，我们有不得已的苦衷，我就是回来还孽债的！"

"孽债，哼，我是你们的孽债！你走吧，我有我的尊严！"白川杨面无表情。

"不是，川杨，我不是说你是孽债，我是说……"

"你走吧，给我留点尊严！"白川杨近乎哀求道。

"好吧，我走了，你随时可以打电话给我，这是我的电话。"白川杨的父亲留下一张名片起身走了。

一会儿，林小丽抱着孩子回来了，孩子还在打噎。她一进门就说："白川杨，刚才爷爷都给我说了，我认为为了洋洋，你该去你爸那儿，毕竟是大城市，对孩子……"

"呵呵，阔太太，后悔了吧，没想到我还有个当大老板的爹！你，给我滚！"白川杨用手指着林小丽，愤怒地说道。

"你——"林小丽气得转身就走了，孩子也不抱了。

孩子被父母凶神恶煞的样子吓得哇哇大哭起来。听着孩子的哭声，白川杨坐在椅子上抱头痛哭起来。好一会儿，他拿出口琴，吹起了儿歌：红公鸡，咯咯咯，抓抓脸蛋笑话我，笑我不学习，笑我不劳动，只有伸手要馍馍，羞呀羞死我……

一曲终了，泪，止不住地流。洋洋在一旁好奇地玩着口琴，不时把口琴往爸爸嘴边放，嘴里说着"吹，吹——"，全然不知他的爸爸已泪流满面。

四十一

别梦寒

1993年四月下旬,何花的肚子已经大出怀了,定远的那只猫陪伴着她。何花天天数着日历,盼定远五一节回家。没事时,她最喜欢拿着定远春节写的那个"爱"字,一看就是半天。下雨天,她就坐在门前,细数屋檐的雨滴,一滴、两滴、三滴……希望数着数着,定远能够突然出现。

眼看天气越来越热,何花想趁生孩子前给定远做件衬衣。她买回一块天蓝色布料裁剪起来。何大娘见了,心疼道:"花儿,你的脚已经肿了,就别再做衣服啦!"

"没事,妈,我给定远做件衬衣,我怕以后没时间做。"何花用画粉熟练地在布料上画着线。

"哎,你呀,一天就是定远定远的。"何大娘说着出去了。

一天的工夫,何花就做好了一件衬衣。看着衬衣,她突发奇想，在右边袖口里绣朵粉色荷花，让定远写字画画时都想起她。这个主意让何花很兴奋，她抽出粉色的丝线绣起来，一针连着一针，通过疏密针脚绣出了一朵粉色荷花，小小的，很别致。

"花儿，还在干吗？临产前要多运动。"何大娘又进来催促道。

"好呢，妈，马上就好！"

"你在绣什么？我看看。"何大娘拿过衬衣，叹道："哟，一朵荷花，啧啧啧，我家花儿的手就是巧。定远啦，算他有福啰！"

"妈，是我有福，定远他人好。"何花仔细端详着这朵小小的荷花，她似乎看到定远穿着衬衣举起右手板书的情景，开心地笑了。

"何花，今天就我去送饭，你大着个肚子不去了。"何大娘在厨房喊道。

"不，妈，我也去，我感觉这几天王云梅妈不对劲儿。"何花扶着腰走了出来。

"哎，这次定远回来我就跟他说，疯婆子的事得想个办法，长期这样可不行。"何大伯在地坝编着背篼怨道，他对长年给疯婆子送饭这事儿一直不满。可每次他一埋怨，何花都会挡回去，她不想定远因为这事儿在学校不安心。

"爸，定远在想办法。"何花提着饭跟了出去，边走边说道。

"想办法想了几个月了，他倒好，在学校享清闲，苦你一个人。"何大伯没好气地正了正背篼说道。

在送饭的路上，何大娘说："花儿，你爸说得对，这样送饭何年是个头啊？定远这孩子心太实，我没见过哪个老师像他这样的。"

"妈，辛苦你了，快啦！快啦！"何花撒娇道。

"你也是，总惯着定远，什么都由着他。"

"好好好,回来我说他。妈,我跟你说,这几天每天送饭去,王云梅妈都死死地盯着我,让人瘆得慌。"

"啊,是不是精神病犯了?"

"不会吧,听王云梅说,她妈除了傻笑,没犯过病,连感冒都没有过。"

"哎,她这个妈也怪可怜的。"

到了王云梅家地坝,不见王云梅妈像往常一样坐在门口。

"妈,不对,每天王云梅妈都是坐在大门口的,今天到哪儿去了?我进去看看。"何花用手扶着腰,吃力的走上梯步,进了堂屋,见四下没人,便喊道:"大姐,大姐,你在哪儿?"

何花又走到里间门口喊,屋子里有点动静,何花走了进去。那间屋子自从王云梅的父亲出事后,一直垮着,没有修缮,到处结满了蜘蛛网。

"大姐?大姐?"何花着急地喊着,"你到哪儿去了?"

"嘿嘿,嘿嘿嘿!"屋顶突然传来傻笑声。

循声望去,只见王云梅妈坐在一根歪斜的木头上,看着何花傻笑。

"天哪,你是怎么上去的?危险!快下来?"何花往里走了几步,着急地喊道。

这一喊,王云梅妈像被惊着了,站起来又往高处爬。

"天哪,别……"何花话没说完,只听"轰"的一声,所有的瓦和木头全部垮了下来。

听到"轰"的一声响,何大娘扔下饭盒就往屋里跑。

"花儿,花儿,我的花儿呀!"何大娘用手掀着木头,掀不动,大声喊道,"我的天哪,快来人啦!快来人啦!"

听到响声,附近的邻居来了,七八个男子掀开木头,看到何花和王云梅妈倒在地上,流了很多血,急忙找来担架把两人往乡医院送。经过一个多小时的路程才到乡医院，医生一看，王云梅妈已经没有了呼吸。何花还有一丝气息，她的双手死死地护着肚子。

"快，抢救。"医生说道。

"医生，求您一定要救活我女儿，求您啦！"何大娘拉着医生哭喊道。

"我们知道，你快让开！"

何花被推进了手术室。

"花儿，花儿，花儿怎么了？"何大伯也赶来了。

"她爸，花儿她……"何大娘泣不成声，何大伯忙把她扶到椅子上坐下。

何花进手术室已经很长时间了，何大伯拿着烟斗，背着手在医院走廊不停地走着，一会儿又到手术室门口往里看。

突然，手术室传来一声婴儿啼哭。

"生了，生了，谢天谢地，谢天谢地！"何大娘双手合十祷告着，何大伯扶着她的手在颤抖，浑浊的泪填满了皱纹。

手术室门开了，医生抱出了孩子，对何大娘说："对不起，孩子保住了，大人没能保住。"

"啊！"何大娘差点晕倒，哭喊道，"你们怎么可以只救孩子，不救大人？你们怎么可以不救她呀？"

"对不起，要不是今天碰上县医院妇产科医生到我们这儿培训剖腹产技术，恐怕连孩子都抢救不出来。"医生解释道。

"你们还我女儿，你们还我女儿啦！"何大娘抱着孩子瘫坐在地上。

医生推着何花的遗体出来了，何大伯扑上去哭喊道："花儿啦，花儿，你是怎么啦？你这是怎么啦呀？你可不能吓唬爸呀！我的花儿呀！"

何大娘爬起来使劲推着何花,想叫醒她:"花儿,花儿,你醒醒,你醒醒!你看看孩子呀!你看看孩子呀!天哪!你要我的命呀!"

这时,定远妈也来了,看到何花的遗体,手里提着的一袋鸡蛋掉到地上,溅了一地。她呆呆地站了几秒才回过神跑过来,不停地哭喊何花。

"都怪你,都怪你家定远,要当好人,搭上了我女儿的性命!"何大娘生气地推开定远妈。

"你们赔我女儿,你们赔我女儿啦!我不活啦!"何大娘哭得一把鼻涕一把眼泪。

"亲家,我已经找人打电话给定远了,应该在回来的路上了。"定远妈流着泪说道。

"回来还有什么用啊,人都没啦,人都没啦!花儿啦!我的花儿啦!"何大娘边哭边跺脚,哭得更伤心了。

何大伯拉着何花的手,眼泪鼻涕一大把,嘴唇瑟瑟发抖,好不容易才挤出几个字:"带花儿回家。"

定远妈想把何花拉回自己家,但动了动嘴唇,没敢说出来。

定远赶回来时,已是晚上八点多了。一进院坝,看见大门口摆着的遗体,他惊呆了。回来的路上,他想了很多种可能,唯独没想到眼前这一幕。

"花儿,花儿!"定远念着心爱人儿的名字,看着眼前的一切,挪不动脚。

"远儿!何花她——"定远妈走过去拉了拉定远的手。

"花儿,花儿,何花,何花!"定远回过神来,连滚带爬地爬了过来。

定远妈一把抱住他,哭着劝道:"远儿啦,远儿!何花没啦!"

"花儿，花儿，花儿不可能丢下我，花儿不可能丢下我。"定远扑过去，扶着何花的遗体哭喊道："花儿啦，我回来啦！我回来啦！你睁开眼看看我，睁开眼看看我呀！"

定远不停地用双手捶着头说道："都怪我，都怪我呀，非要读什么离职，非要读什么大学，我把花儿弄丢了，我把花儿弄丢了呀！"

何大娘在一旁抱着才出生几个小时的外孙子，呆呆的，她已哭不出来了。

唐小闯的父亲在一旁，几次想劝定远，动了动嘴唇，叹了声气，又退了回去。

周龙的父亲在一旁叹道："哎！要怪就怪那个死疯婆子，造孽呀！"

"都是我不好，都是我不好哇！"看着儿子悲痛欲绝的样子，定远爸拄着拐杖在一旁跺着脚，呼天抢地地哭起来。唐小闯和周龙的父亲忙过去扶住定远爸，定远爸使劲捶着自己的腿，嘴里反复念着都是自己不好，鼻涕掉得老长。

"花儿，花儿……"定远坐在地上，目光呆滞，喃喃地念着爱妻的名字，不肯起来。

何大娘把孩子抱了过来，说道："定远，孩子救出来了。你看！"

定远一把抱过孩子，孩子正噜着小嘴儿，他心疼地把孩子搂在怀里，不停地喊着："花儿，花儿，花儿！"

就这样，定远搂着孩子，陪了何花一夜。

何花送给定远的那只猫，在不远处望着定远，不停地叫着。

"喵呜，喵呜，喵呜——"

那一夜，太凄凉……

在定远的坚持下，何花的坟墓就在离学校不远处的高坡上，那是他俩经常去的地方,他希望何花能看到更远的地方。

办完丧事后,定远回家像变了个人,成天躺在床上,不说话,也不吃饭。定远妈过来用蒲扇给他扇蚊帐里的蚊子,想着儿子小时候说最喜欢自己给他扇蚊子的模样,看着眼前这个成天以泪洗面的儿子,定远妈不停地用衣袖抹眼泪。

定远妈慢慢放下蚊帐,说道:"远儿,有妈在,啊!"

定远听了,把手伸进嘴里,死死咬着,强迫自己不哭出声来。

定远爸拄着拐杖走进来,坐在凳子上叹了一口气,说道:"远儿,你还记得我家田边的那个陡坎吗?过了这个坎儿就好啦!"

见定远不应声,定远爸又叹了一口气,说道:"要怪就怪你爸没本事,还拖累你!"

定远愣愣地看着帐顶,想着和何花在一起的点点滴滴,眼泪淌个不停。一百个爱,他才只给何花写了一个。

一连十几天,阴雨绵绵,大门口那副"天增岁月人增寿"的对联,不知什么时候被扯掉了一半,嵌在风中,偶尔翻动一下。一个家,除了悲痛,还是悲痛。屋顶上,除了乌云,还是乌云……

定远把自己关在寝室,对着何花给他做的衬衣和荷花鞋垫发呆。有时,他拿出春节给何花写的"爱"字,一看就是半天,那个"爱"字已经被眼泪打湿了很多遍,模糊得看不清字了。一家人都沉浸在悲伤中,在定远面前更是战战兢兢,不敢多说一句话。

定远妈抱着孩子走到门口,推开门,动了动嘴唇,想说什么,但看到定远胡子拉碴、目光呆滞的样子,叹了口气,又退了出去。

"妈,把念何给我。"定远突然说道。

"啥?"

"把念何给我,孩子就叫念何。"

"哎,好!好!就叫念何,就叫念何!"定远终于开口说话了,定远妈高兴得边擦眼泪边把孩子抱了进来。

"妈,你出去吧!我想单独和念何待一会儿。"

"哎!"

定远妈抹着泪出去了,定远抱着正在甜甜睡觉的念何,在他的小脸儿上亲了一下,终于控制不住自己,搂着孩子失声痛哭起来。

"念何,念何,花儿……"

屋外,定远妈流着泪又是一阵叹气!

"念何,咱爷俩好好陪你妈妈,好好陪你妈妈……"定远把头紧靠在包孩子的褥子上,这是他活下去的唯一希望。

何花的突然离去,对定远的打击是致命的。看着何花拿手绢给自己擦脸的那张照片,她笑得那么甜,怎么能说走就走了呢?何花做的新衬衫,袖口那朵粉色小荷花,恍惚间映出了何花的笑脸,若隐若现。花儿,花儿!定远用手抚摸着小荷花,何花的脸一下不见了,又是一阵撕心裂肺的痛。

定远已无心回省教院读书,他决定回到河坝村校,这样可以离何花近一点,不然何花一个人孤零零地躺在山坡上,他不忍心。他要守着儿子,这是他和何花的孩子,是他俩的血脉,他负了何花,不能再负孩子。

定远主意已定,第二天,他来到尧家乡教办。由于撤区并乡,原来的区小学已经撤了。李校长任尧家乡教办的主任,专门负责尧家乡几所小学的管理工作。定远向李主任说出了自己的想法,李主任十分同情地对他说:"小尧啊,你的心情我理解,要回来任教我当然欢迎，但我希望你能到中心校教书，在村校教书着实委屈你了。何况，那是个伤心之地，以免触景生情。"

"谢谢李主任的好意，我已经想好，还是回河坝村校吧，我要多陪陪何花。"

"哎！好吧，想开一些。教育局领导知道你们夫妇帮助王云梅的事了，决定在全县掀起学习你的热潮。"

"不需要，李主任。我只希望教育局能帮助王云梅读完高中和大学，那孩子是学习的料，不能这么毁了。"

"你呀，小尧，你什么时候多为自己着想呀？哎！王云梅的事，我正在联系希望工程，你就管好你自己吧！"李主任叹着气，起身拍了拍定远的肩膀。

半个月后，定远来到省教院，向校领导和班主任说明情况后，办理了退学手续。

定远来到寝室拿生活用品，室友们看着憔悴不堪的他，都想劝他留下来。一个室友说："尧定远，想开些吧，生活还得过，书还是该继续读，毕竟都读了快两学期了。"

定远挤出一个笑，说道："谢谢你们的好意，我去意已决，请把这几本《平凡的世界》帮忙还给罗立欧一下。"

几个室友只得把定远送到校门口。

"天塌不下来的，兄弟。"

"对，振作起来，你是我见过的最优秀的最好学的中师生，你一定要振作起来。"

室友们安慰着他，他接过行李，说了声谢谢，转身走了。身后曾是他向往已久的成人大学，身后有让他如痴如醉的图书馆，身后还有他没看完的书。一切的一切，对于定远来说，都不那么重要了，他心里只有一个执念，就是回去陪何花，陪孩子。

长途汽车站的人不是很多，定远上车后就闭上了眼睛，他太累了，想好好休息一下。

车子发动了，只听有人在喊："等一下，司机师傅等一下。"

声音有些耳熟，定远睁开眼睛，循声望去，只见罗立欧抱着几本书，气喘吁吁地跑来，边跑边喊。

罗立欧看到了定远，喊道："喂，尧定远，给你书。"

罗立欧在车窗外踮起脚跟，把三本书递给了定远，说："这三本《平凡的世界》送给你，你一定要看完！"

"嗯，谢谢你！"

定远站起来接过书，探出身子对罗立欧说道："谢谢你！好好读大学。"

"嗯！"

车开动了，"好好读大学"几个字，让罗立欧想哭。看着车子渐渐远去，她突然朝着车子开去的方向喊道："尧定远，我会来找你的！"

回到村校，定远暂时接了一个班的两门课来上。上完课之后，他要么把自己关在寝室，要么回家抱念何。每天黄昏时，他会到何花的坟前和何花说说话。有时在操场边摘一束金纽扣，拿去放到何花的坟头；有时抱着那只猫，陪着何花一坐就是几个小时。

一天放学后，定远又到何花的坟头，吹起了《红楼梦》的主题曲《枉凝眉》，他知道，何花喜欢听《红楼梦》里的歌曲。想着和何花在一起的幸福，眼泪是秋流到冬，春流到夏……

    一个枉自嗟呀，

    一个空劳牵挂，

    一个是水中月，

    一个是镜中花，

想眼中，
能有多少泪珠儿，
怎经得秋流到冬尽，
春流到夏……

刘老师听到笛声，叹了口气，说道："哎，老天不该呀！老天不该呀！"

何花爸妈在屋里抱着外孙子，听到哀婉的笛声，知道是定远在吹，眼泪抹了一把又一把。

何大娘抱着外孙说："念何啊念何，你爸苦哇！"

看着孩子香甜睡着的样儿，何大娘心疼地说："可怜的娃呀，一生下来都没见到过娘。"说着，又是一阵眼泪。

周围的村民听到笛声，既为何花叹息，也为定远叹息。大家都说，多好的一对儿呀，上天怎么忍心拆散呢？不是说好人有好报吗？上天怎么不长眼睛呢？这么多年，村民们是知道定远和何花的好的，他们也跟着定远伤心叹气。

转眼快放暑假了，定远收到了罗立欧的信。罗立欧在信上说："尧定远，我相信你是个男子汉，生活不会把那个充满热情、充满智慧、好学上进的尧定远打败。平凡的世界，每个人的人生都不易，我希望你振作起来，没有哪个女人希望自己的丈夫消极沉沦。如果泉下有知，我相信何花嫂子也希望看到你振作起来。"

振作起来，谈何容易。放暑假那天，老师和学生都走了，定远还一个人坐在办公桌前发呆，想着何花的一颦一笑，想着何花每次挑饭菜到学校时满头大汗的情景，定远又情不自禁地流下泪来。

"尧老师，尧老师。"窗外，传来学生的喊声。

定远赶快擦掉眼泪，起身迎了出去。这时，唐小闯、何小妮、何英子，还有王云梅进来了。

一见到他们的尧老师，王云梅扑通一声跪在地上泣不成声。

"快起来！"定远扶着王云梅。

"对不起，尧老师！对不起，是我害了何花姐。"王云梅哭着不肯起来，何小妮在一旁也哭得厉害。

"快起来！王云梅。"定远拉着王云梅的手。

"对不起，尧老师。"王云梅哭着，何英子好说歹说才把她扶了起来。

"对不起，尧老师，如果头一年你去读大学，或许就没有今天的事，都怪我们，当时太自私了。"唐小闯也难过地低下了头。

"哪有那么多如果，这个世界是没办法说如果的，我不怪你们。"定远说道。

"我们班的好多同学都说，在高中再也没有碰到你这么好的老师了，可是，这么好的老师却被我们害了，大家都很伤心……"唐小闯说不下去了。

"唐小闯，我不是说过上高中后不能把我拿去和高中的老师比吗？"定远言语严肃，教育学生的一点一滴他还记得，这就是老师，再悲伤，心中始终有学生。

"我知道错了，尧老师，我会告诉同学们，只有在高中努力学习，才能回报尧老师。"唐小闯抬头看着老师，认真说道。

"好，你作为班长要多关注同学们在不同学校学习的情况。"

"嗯，同学们成绩都不错，按高中老师的说法，我们河坝村校去的学生自学能力强，有冲劲，后劲足。"

定远听了，脸上浮现一丝欣慰。

1993年秋期，定远主动接了小学一年级，从"aoe"开始，他投入了忙碌中。班上28个学生，多数家里还不富有，他只希望能和孩子们一起成长。

站在讲台上，定远似乎忘记了一切痛苦，他正在认真地给学生们纠正三声的发音，调值"214"和"313"，学生们基本上区别不出来，定远就一个一个纠正，直到每个学生发音准确为止。多数孩子还不会数数，他就拿起高粱秆，一下一下地数，或者掰着孩子的手指头不厌其烦地教。

走下讲台，回到念何外婆家，看着念何，那小脸蛋儿几乎是何花的翻版，有一种赶不走的痛在定远心里泛起。定远朝何花墓地望去，花儿，你在那边还好吧！你知道我有多想你吗？你知道念何多需要妈妈吗？花儿，没有你的日子太难熬了。想着想着，定远又抱着孩子流下泪来。孩子已开始会笑了，看着定远直笑。

"乖，念何！"说着，定远又忍不住哭出声来。

何大娘在屋外听得揪心，叹着气哭道："造孽呀！"

何大伯坐在门槛不停地抽着旱烟，两眼深陷。就这样，一家人在悲伤中苦苦熬着，日常都小心翼翼地从不提何花两个字。

春节到了，定远只写了一个爱字，还是隶书，还是巴掌大的纸，只不过纸变成了绿色，他要给何花捎去……

1994年夏天，刚收完玉米，稻谷还没有熟。念何已经1岁多了，可爱的念何越长越像何花。全家又有了欢笑。

一天，念何骑在定远肩上，欢呼着用双手去抓蜻蜓，嘴里正不停地念着"蜻——蜓，蜻——蜓"。爷俩追赶着蜻蜓，念何发出咯咯咯的笑声，何大娘也在一旁乐呵呵地帮着抓。

"是尧定远家吗？"一家子正玩得高兴之际，已经大学毕业的罗立欧，穿着一身白色连衣裙，突然来到了他们面前。

"罗立欧，你怎么来了？"定远放下念何，纳闷道。

何大娘接过念何，抱着进屋去了。

"我现在毕业了，给你写了十几封信，你一封都没回我，我不应该来问问吗？"罗立欧质问道。

"哦，对不起，我一直心情不好，所以……走吧，我们到学校去谈。"定远说着，就往学校走，罗立欧跟了去。

到了学校，罗立欧着实吓了一跳，说道："这就是你们学校？这就是你教出全县第一的学校？"

"是的，让你失望了。"定远环视了一下学校，他已好久没认真看过学校了。

"不，尧定远，我知道你一定付出了很多很多，我把你的教学成绩和感人事迹向我们校长说了，还把你发表的文章给他看了。他说，只要你愿意，他愿意到教育局去说情，把你要到我们五中教书。"

"还是算了吧，我不想离开这里。"定远语气很坚决，说话时，抬头望了望旁边那个高坡。

"尧定远，从今年开始，我们学校要专科以上的文凭才能进的，校长愿意为你破例，你还不领情？"罗立欧不解地问。

"谢谢你，罗立欧，我觉得待在这儿挺好。"定远低着头，话很少。

"我知道为什么，可是尧定远，人得往前看，不能老生活在过去。我相信嫂子也希望……"罗立欧还想往下说，看到定远脸色变得很难看，忙停住了。

过了好一会儿，定远说："我留在这儿不全是为了何花，也不全是为了孩子。哎，反正不想离开这里了。"

"不是，尧定远，我希望你能走出来。"罗立欧望着定远，面对眼前这个一年来让她日夜牵挂的男人，她心里有很多话想说，可又不知从何说起。

两人都不说话，沉默了好一会儿，罗立欧鼓起勇气，抬起头说道："尧定远，我早已视你为知己，今天我一定要把心里的话说出来。中师三年，我不懂得怎么谈恋爱，工作三年，好多人介绍，我都看不上眼。作为一个中师生，好不容易争取到读成人大学的机会，我相信在大学里能碰到自己心仪的人，我曾告诉自己，只要碰到了，一定要牢牢抓住，不让幸福溜走。可是，一切似乎都晚了。有时我在想，因为读中师，把我们的人生和爱情轨迹全改变了。读大学时，上天安排我碰到了你，我认为是上天对我的眷顾，可我还是错了，上天只是和我开了一个玩笑而已……"罗立欧苦笑了一下，转过头看着远处，没再继续说。

"对不起，罗立欧，我只想做《平凡世界》里的孙少安，我要在这里安营扎寨，过自己平凡的日子。以前的我，就是想要的太多，想离职读大学，想走出小山村到大城市，想得太多，却失去了再也找不回的东西……"定远说不下去了，又低下了头。

"你想做《平凡世界》里的孙少安，我却不会做《平凡世界》里的润叶。"罗立欧望着定远，一字一句地说，"好吧！我给你时间，我还会给你写信的，直到收到你的回信为止。"

罗立欧苦笑了一下，转身走了，转身那一瞬，已成泪人儿。或许真的是造化弄人，没遇见就是没遇见，遇见了就是遇见了，谁都斗不过时间。

罗立欧走了，定远又回到念何外婆家，念何在外婆怀里睡着了。何大娘见定远回来了，说道："远儿，花儿都走了一年了，你该考虑自己的事了。"

"妈，你怎么这么说，我没想过这事，我只想守着你们二老，替何花孝敬你们。"

"我知道你是个孝顺的孩子，可你也不能老是这样一个人过下去，念何也需要一个妈呀！"

"妈，我会带念何好好长大，好好念书！"定远说完进屋去了。

念何外婆叹了口气，摇了摇头，看着念何，忍不住又是一阵伤心。

从来不需要想起，永远也不会忘记，定远躺在床上，脑海里全是何花的身影。

南方的暑假，知了永远不会缺席，声音似乎比往年哑了一些。一天，定远妈托人叫定远带念何回去，说是大姐定辉一家子回来了。定平呢，大学毕业，分配到省城工作，也趁暑假带女朋友回来了。定兰呢，读大二，已出落得如花似玉。定远爸叫几个孩子回来，是想让定远一起开心一下。

难得聚齐，定远妈忙活了一下午，煮了一桌子好菜，一家人围着吃起来。饭桌上，定远爸给定远夹了一块酸渣肉，说："远儿，尝尝你妈的手艺，好久没吃上了吧！"

定远又给母亲夹了一块咸鸭蛋，说："妈，辛苦一下午了，您吃！"

念何突然跟着念道："妈，妈——嘻嘻！"

这一念，大家突然怔住了。定远妈忙起身抱过念何说道："念何，来，婆婆抱着吃。"

"妈妈，我也要吃那个。"定辉的女儿比念何大几个月，指着咸鸭蛋直要。定辉忙起身给女儿夹了一块咸鸭蛋。

念何在婆婆的怀里又高兴地叫起来："妈妈，妈——妈——"

"念何，乖，吃这个。"定远妈抹着泪打岔道。

"妈妈，妈——妈！"念何咬着小嘴，不停地叫着。

大家不知如何是好，你看着我，我看着你，心里都挺难受。定远低着头，不停地夹碗里的米饭吃，几滴泪落在碗里，挥之不去的痛令心头都在滴血。

定远突然放下碗筷，端起酒杯，说道："来，我敬爸妈一杯，爸妈辛苦了。"

定辉、定平、定兰也一起端着酒杯祝父母身体健康！

"好，好，好!"定远爸妈高兴起来。

"姐、定平，还有定兰，你们要多带爸妈到城里玩，他们一辈子待在农村，没见过大城市，没坐过飞机轮船，要多带他们出去看看。"定远叮嘱着。

"我知道，哥，等我在省城安顿下来，就来接爸妈，省城的公园可漂亮了……"定平接话道。

定远爸"咳"了一声，示意定平不要说，他怕伤了定远的心。定平意识到自己失言了，忙停住了话。

"妈，县城公园里有个'千秋不败'园，秋天菊花开得特别漂亮，我读中师那会儿去写过生。秋天来了，姐带爸妈去看看，照照相。"定远说道，又给父亲夹了一块盐蛋。

"嗯，好!"定辉应了一声。

吃完晚饭，定远给念何和定辉的女儿各做了一个纸风车，两个孩子在一起玩起来。小姐姐怎么做，念何就跟在后边怎么做，一直撵着小姐姐跑。跑累了，小姐姐跑过去抱住妈妈的腿要抱，念何也跟着跑过去抱住姑姑的腿，仰着头，小嘴跟着叫妈妈抱，妈妈抱。

"是我的妈妈。"小姐姐推了念何一把。

念何受了委屈，把嘴噘得老高，站在一旁可怜巴巴地望着小姐姐和姑姑。

定远跑过去抱起念何，说道："念何，叫姑姑。"

"不，我要妈妈，我要妈妈!"念何终于忍不住，伤心地哭起来。

"哦，对不起，念何! 对不起，念何!"看着念何的伤心样儿，定远心都碎了，不停地用手给念何擦眼泪。

"来，姑姑抱。"定辉也流下泪来，把女儿交给丈夫，伸手来抱念何。念何却转过身，趴在爸爸的肩上，哭得更伤心了，边哭边吵着要外婆。

定远没办法，只好抱着念何回去了。自从何花离开后，定远大部分时间都住在念何外婆家，他觉得住在那儿，离何花近一点，何花才不会孤单。从来不需要想起，永远也不会忘记，何花就在他的心中。

晚上，定远爸妈躺在床上好久不能入睡。定远妈说："孩子他爸，你说孩子们都回来了，本该高兴，可一看到定远一个人，心里就堵得慌。还有那个念何，唉！"

"谁说不是呀，这个家就苦了他了。如果当年我们咬咬牙，遂了远儿的意，让他读高中考大学，他今天不也像定平一样在省城工作吗？怎么会落到现在……哎！"定远爸也叹着气。

"说那些还有用吗？命都被改啦！哎，睡吧！"定远妈转过身去，睡了。

一夜无话。

四十二

接力棒

1997年7月,刘老师退休了,临走前,交给定远一个单子。上面写着:每年春季开学前要除掉办公室四周的杂草,不然会有蛇;每年夏季前要翻盖一次屋顶的瓦,不然会漏雨;厕所两年要清掏一次,找河坝村村长安排人;每次开会要向乡教办要老师;有两个教室是石桌子,要向乡教办要木桌子……

刘老师写了满满一页纸。看着这些问题,定远很惭愧。在河坝村校工作9年了,自己从未关心过这些问题,全是刘老师在操心。

"刘老师,辛苦您了!"定远感激地说道,"您才是河坝村校的默默奉献者。"

"这算不得什么,在这一天就要负责一天。你已经够苦了,我不想让你操这些心。"刘老师说着,拍了拍定远的肩膀。

定远很感动，专程买了两瓶啤酒，又特地从念何外婆家带来一些炒花生，他要给刘老师饯行。

两人拿起酒瓶碰了一下，定远说道："来，喝一个，祝刘老师工作……哦，不，祝刘老师身体健康，笑口常开！"

"好，笑口常开！"刘老师说完，一仰头，咕咚咕咚喝了两大口啤酒，继续说道，"小尧啊，我教了几十年的书，一辈子都守在这个村校，怨过、恨过，可真要离开了，心里却又十分的不舍。这就是老师，一把贱骨头哇！"

"刘老师，我爸妈到省城我弟家去了，我有时间像您一样全身心扑在学校了。您可要常回来看看，有您在，我心里才踏实。"看着刘老师，定远心里有尊重，也有不舍。

"这个接力棒交给你，我放心，可我又不忍心交给你呀！孩子，你不能在这守一辈子，你得走出去。小石他们调走了，新分来的中师生不到半年，辞职下海的下海，找关系调走的调走，只有你，那么多到中心校的机会都不去，你叫我说你什么好呢？"刘老师说完，又喝了一口酒。

"刘老师，我走了，这里的孩子怎么办呢？"定远说着，也喝了一口酒。

刘老师摆了摆手，继续说道："小尧啊，我是一个高中生，当了一辈子民师，前两年才转为公办教师，在这守一辈子，我知足啦！你呢？你不同，你不能太委屈自己啦，离开你，这里的娃照样活！"刘老师用手擦了一下嘴边的酒渍，抬起头望着窗外。

"谢谢刘老师，我也考虑过这个问题，可看到这些孩子，又有些不忍心。我是本地人，我不在这儿坚守，外地人就更留不住。如果没了这村校，这里的娃要走一个多小时的路才能上学。"定远说道。他这段时间也一直在纠结这个问题。

"理儿是这个理儿，可孩子呀，你也该为自己考虑啦！何花会心疼的！看着你这个样子，我都不忍心哟！"刘老师摇了摇头。

定远低下头去，剥着花生，剥开的花生全在手里，一颗也没吃。

"来，干了，刘老师。"两人拿起酒瓶脆生生地猛一碰，一仰头，一瓶啤酒全进了肚里，和着啤酒吞下的，还有两个男人的苦。

"好，我走啦！接力棒只有交给你啦！"刘老师起身，有些颤颤巍巍。他背起铺盖枕头，还有一床破了边的席子，手上用网兜提着洗脸盆和漱口盅，这就是他几十年来在学校的全部家当。

望着刘老师的背影，一股莫名的伤感涌上心头，定远冲着刘老师喊道："刘老师，这里的孩子会想您的！"

刘老师没有回头，扬起一只手挥了挥，有些佝偻的背，消失在了操场边……

黄老师辞职了，小石老师调走了。只有刘老师，坚守到了最后，一个人，孤零零的，没有鲜花，没有掌声，离开了他守了一辈子的村校。他的心中，还牵挂着这里的一砖一瓦，一草一木和一个个放不下的娃。定远追了出去，想再送一程刘老师。他抄小路爬到一个小山坡顶，远远地目送着刘老师，心里想起了一个词——苦行僧。刘老师在河坝村校当了一辈子的苦行僧，他心中的苦，只有定远能懂，亦如只有刘老师才懂定远一样。望着刘老师的背影，想着和刘老师在一起的日子，定远心里又是一阵难受。他朝着刘老师的背影大声喊道："刘老师——常回学校看看——"

远远的，刘老师停了下来，转过身，朝定远挥了挥手，一直憋在眼窝子里的泪滑了下来。

见刘老师停下来，定远又大声喊道："刘老师——常回学校来看看！"

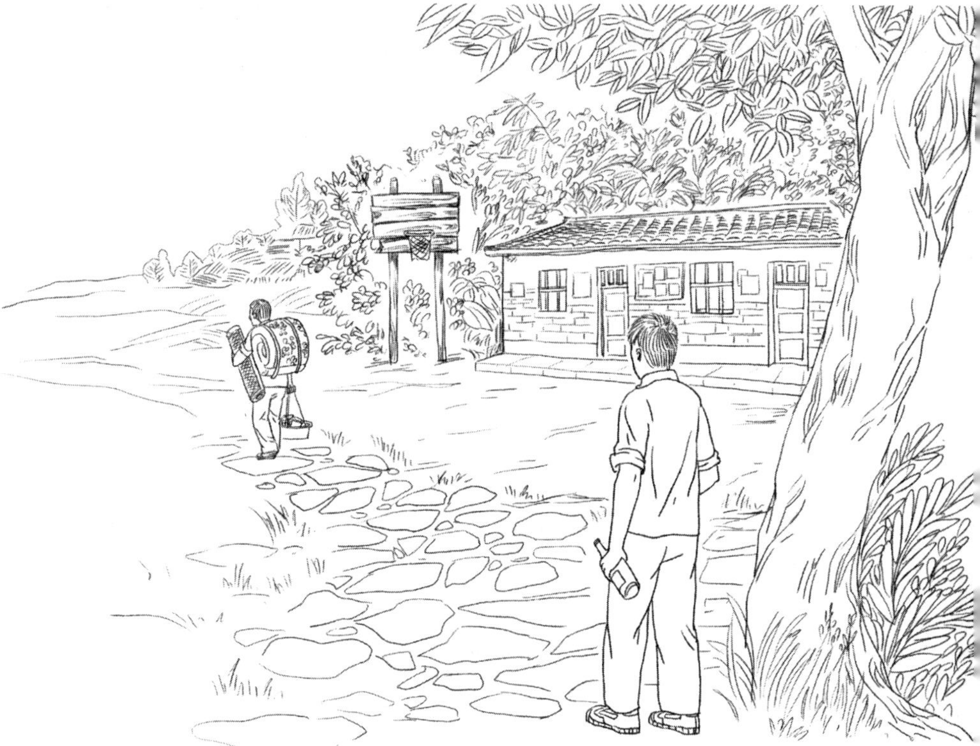

"唉——"一声沙哑的声音从刘老师那边传来,定远流下泪来,直到完全看不见刘老师,才一个人孤零零地回到学校,心又像被掏空了一样。

暑假过后,河坝村校分来了两个女教师,今年才中师毕业。她们在校时都是学生会干部,学习了定远的先进事迹后,自愿申请到河坝村校当老师。这让定远想起了自己的班长欧必进,他当年也有这样的豪情和壮志。定远听了既高兴又忧虑,高兴的是上级终于重视村校的发展,解了村校的燃眉之急,忧虑的是两位女教师留不留得住,这儿可不是女教师待的地方。

8月31日,两位女教师来报到了,高个子那位姓游,矮的那位姓闵。两人都才满18岁,各背了一大包行李,大有在这儿大干一番的劲头。定远作为唯一的"老"教师,热情地接待了她们,向她们介绍道:"这里是寝室,你们两人共住一间;那边是教室,厕所在教室后边。"

两位女教师跟在定远后面,闵老师问道:"尧老师,平时学校就我们三个人吗?"

"嗯,我们一人负责一个班,每个班有两个年级,复式教学,中师应该学过,到这里就是真正的实践了。"定远说道。

"可是我们在城里实习时,都没有开展复式教学。"游老师有些畏难了。

"没事,我可以指导你们,这不难,注意好两个年级的时间分配就行。"定远说道。

回到寝室,游老师看着屋顶上的蜘蛛网,还有那个窗门洞,说道:"哎,我怎么也没想到这里条件这么差,我真后悔一时冲动申请来这里。不行,我想离开了,现在走还来得及。"

"你离开了,我一个人怎么办?"闵老师说道,"我可是当着全班同学立下扎根村校的誓言的。"

"我也是。那好吧，我先坚持试试。"游老师说着，揭开锅盖，看着锈迹斑斑的铁锅，自言自语道："希望我们能咬牙坚持下来。"

9月3日，开始正式上课了。一堂课同时面对两个年级的学生，两个新老师有些无从下手。

闵老师不停地敲着教鞭，喊道："同学们，静一静，静一静。"两个年级的学生闹成一团，闵老师招呼住低年级的学生，高年级又有人跑出了教室。

定远在隔壁教室听见了，安顿好学生，过来指导闵老师。

"闵老师，复式教学要特别注重组织教学，导学时间少，学生自学时间多，老师要善于引导学生自主学习。"定远边说边把学生安顿到位置上坐下。

"我，我已经被他们闹晕了……"闵老师有些委屈。

"你是新老师，不要急着上课，可以先组织些活动，和学生拉近距离，学生对你有亲近感就好了。"

定远正在给闵老师指导，教室门口一个学生急切地喊道："尧老师，尧老师，游老师被气哭了。"

"什么？"定远又赶快跑到游老师的班，见游老师正站在教室外面抹眼泪。教室里两个打架的男孩儿还在气呼呼地对峙着，谁也不肯认输。

定远走进教室，批评学生道："同学们，你们是这么欢迎新老师的吗？气走了游老师谁来教你们？"

同学们都低头不说话。

定远又走到教室外面对游老师说："游老师，不管发生了什么，老师都不能在课堂上离开自己的讲台。"

"我……"游老师话没说出来，眼泪却先流了下来。

晚上，游老师和闵老师躺在床上，游老师说："我不知道我还能坚持多少天，你呢？"

"我也不知道，先咬咬牙再说。"闵老师说道。

这时，房顶上传来窸窸窣窣的响声，闵老师害怕得坐起来，心跳得厉害。游老师用毯子盖住自己，偷偷探出脑袋问道："还有声音吗？"

"还有，有……"闵老师语无伦次。

游老师又一把用毯子盖住自己说："是不是老鼠？"

"不像，我觉得可能是……可能是蛇。"

"啊?!"

游老师吓得坐了起来，一把抱住闵老师，说道："怎么办？怎么办？我最怕蛇。"她的声音跟着身体在发抖，闵老师也浑身发抖。

"尧老师，尧老师!"闵老师下了床，大声向隔壁喊道。

游老师也跟着下了床，在室内敲着门大声喊道："尧老师，快来呀，有蛇!"

定远为了两位女教师，专门留在了学校，他听到隔壁的叫声，连忙穿上衣裤过来问道："哪里有蛇？"

闵老师把门打开，怯怯地指了指房顶。

"让我看看。"定远拿着手电筒四处照了照屋顶，说，"没有啊!"

"刚才一直窸窸窣窣的。"游老师躲在定远身后怯怯地说。

"哦，可能是我养的那只猫，你们这一叫，早把它吓跑了。"

两位女老师这才睡回床上，一直睁着眼睛，不敢睡觉。

一会儿，游老师说："怎么办？我想上厕所。"

"我也是。可外面黑乎乎的，要绕过操场才能去厕所，我怕。"闵老师说道。

"我也怕。不行，我明天必须离开这里，我受不了了。"游老师紧紧抓着闵老师的胳膊不放。

"我也是。"闵老师也惊魂未定。

第二天天一亮,两位老师收拾好行李来到定远寝室门口,定远正在洗漱。

游老师低着头说道:"尧老师,我们走了。本来我们是满怀热情来的,可没想到现实环境这么吓人,对不起,我们被现实打败了。"

"看你们俩的黑眼圈,一晚没睡吧!这儿确实不是女生待的地方,你们来之前我都给李主任说过,可李主任说是你们自己硬要来的,如果坚持不下去可以回中心校。"定远晾着洗脸帕说道。

"对不起,对不起!"游老师不停鞠躬道歉。

"我不拦你们,免得中途再换老师。去年,两个男生来,一个待了一期,另一个勉强待了一年,都走了。你们走吧!我也留不住你们。"

两位女老师背着行李走了,早没了来时的精神头。看着她们远去的背影,又看看破烂不堪的校园,定远叹了一声气。

那一天,他一个人上了三个班,六个年级,像陀螺一样在三个教室转。

放学后,定远感到很饿,他做了一碗白水面吃起来。想着何花生前给他煮的咸菜鸡蛋面,白水面实在太难吃了。他吃了几口,突然没了胃口,想去看何花。

开学这几天太忙,一直没去看望何花。他抱着猫,拿着《平凡的世界》和笛子,朝何花坟地走去。

何花坟头的青草愈发茂盛,定远春天种下的菊花打花苞了。微风中,花骨朵摇曳着,像在欢迎定远。定远俯下腰,深深地亲吻了一下花苞。何花爱美,定远每次去,都要把坟前坟后的落叶清理一遍;何花喜欢看书,定远一有空就带上书去给何花读上一段。

猫躺在定远怀里，定远翻开《平凡的世界》，说道："花儿，上次给你读到哪儿啦？对，读到润叶结婚了，你说润叶该不该结这个婚呢？我给你读吧！"定远一字一句读了起来。

慢慢的，天已近黄昏，定远合上书，望着远方层层叠叠的山坡，说道："花儿，今天心里烦，新来的老师待一天就走了，这里的孩子眼巴巴没人上课，咋办呢？刘老师把河坝村校这个接力棒交给了我，我担心接不住，担心把河坝村校办没了。哎！不说这些烦心事了。我给你吹一曲《红楼梦》中的《红豆曲》吧，你最喜欢听的一首。"

　　　　滴不尽相思血泪抛红豆，
　　　　开不完春柳春花满画楼。
　　　　睡不稳纱窗风雨黄昏后，
　　　　忘不了新愁与旧愁。
　　　　……

一曲《红豆曲》在山坡间回荡，可是怎么也叫不醒故去的人儿，一滴泪顺着脸颊滑落。远处，两只飞鸟正比翼飞过，只有定远，一个人，孤苦地诉说着相思泪。那只猫跑到何花的坟头，向着夜空"喵呜喵呜"的叫了几声，从此，再也没有回来过。

何大娘正在院坝逗念何玩，听到山坡上的笛声，又是一阵叹气。

念何四岁多了，咯咯咯笑着往外婆围裙口袋装石子，一边装一边念着："一颗、两颗、三颗、四颗……"

何大伯在一旁蹲着抽旱烟，他猛吸了一口烟，说道："我说那个定远，就是太倔，村校老师都走了几拨了，就他非要留下！"

"哎，这孩子，就是心太实，我家花儿就是看上了他这一点儿。这么多年了，他也对得住咱家花儿啦！"何大娘望着何花墓地的方向说道。

定远回来了，念何一见爸爸，马上缠着要听故事。

"好吧，讲故事啰！"定远一把举起儿子，念何咯咯咯直笑。

"讲什么呢？"定远问道。

"讲王妈妈的儿子是个真孝子。"

"这个我不会讲。"

"外婆讲给我听的，可好听了。"

"那你讲给我听。"

"嗯，好吧！"念何认真地讲起来，"传说王妈妈有个儿子被老虎吃了。"

"哦，怎么办呢？"

"王妈妈死后，老虎说，我吃了王妈妈的儿子，我就要在王妈妈坟前守孝三年。"

"哦！还有这么好心的老虎呀！"

"对呀！爸爸，我的妈妈呢？外婆说妈妈出远门了，什么时候回来呀？念何想妈妈了。"念何仰起肉嘟嘟的小脸儿问道，他已经到了爱问为什么的年龄，一连串的为什么让定远不知怎么回答。

"妈妈出远门了，她在天上，妈妈看得见念何。"定远指着天空说道。

"是那颗最亮的星星吗？"念何仰着头，指着天空问道。

"是，那是妈妈漂亮的眼睛。"定远顺着念何的手望去。

"嗯，我要多看一会儿妈妈。"念何仰着头，看着那颗最亮的星星不转眼。

定远一把搂住念何，亲吻着念何的头发，含泪望着天上那颗星星……

好不容易把念何哄睡了，定远回到学校寝室。桌上，摆着一大摞信，全是罗立欧寄来的。这么多年了，罗立欧坚持每月给定远写一封信，从未间断过。开学前几天，罗立欧又寄来了一封信，信上说："尧定远，尽管你不回我的信，但我相信你一定会看我的信。如果你一直不回我的信，说明你过得不好，我还会每月写一封信给你，直到你给我回信为止，我就是要和你倔到底……"

看着这些信，定远决定给罗立欧回一封信。他拿出一张纸写道："罗立欧同学，你好！谢谢你这么多年来对我的关心。有时我快撑不下去时，是你和你送的《平凡的世界》给了我力量，在这里，向你真诚地说声谢谢！听说现在读中师的男生少女生多，我们这种村校又不是女生待的地方，村校的娃眼睁睁没人上课，村校快办不下去了，这个接力棒到我这儿算是到头了。我已经回信给你，以后你就别再给我写信了吧！祝一切安好！尧定远。"

写完信后，那天晚上，六个年级的课，他备课到深夜3点。

四十三

"出来跟我干!"

第二天下午,定远到乡场交信时到乡教办去了一趟,没老师上课可是一个件事情。一见定远,李主任就知道是什么事,没等定远开口,先说道:"小尧呀,我知道你来干什么,没人给学生上课,我也急呀。河坝村校远,中心校的老师一个个都不愿意去代课。我正在给教育局打报告,这几天学校就由你一个人多费点心!啊!多费点心!"

"那得快一点,我一个人实在忙不过来。"定远焦急地说道。

"行行行,就这几天解决,你去吧!"李主任有些焦头烂额,示意定远快走。

从李主任那儿出来,定远突然想起了初中班主任黄老师。嘿!咋忘了?让黄老师先来代几天课呀!定远想着,忙向黄老师家走去。

这几年，定远心情一直不好，黄老师家好几年都没去了，只听说黄老师做生意发了。黄老师家已修起了两层小洋楼，铝合金门窗，宽大的外阳台，在当地算得上数一数二的富。

见到定远，黄老师很高兴，忙给定远倒上一杯茶，说道："定远，你尝尝，这是铁观音，好喝。"

师娘身体比以前好了很多，给定远削了一个苹果，说道："给，定远，吃苹果。我就喜欢定远这娃，你黄老师也经常念叨你。"

"我不吃，师娘。"黄老师家的变化让定远有些不知所措。

"你就吃嘛，别客气，等会儿回去时给你家孩子带点回去，我这儿苹果多的是。"

黄老师说道。

黄老师虽然苍老了许多，但穿着比以前讲究了。他穿着一件崭新的花格子衬衣，戴着金丝眼镜，打着领带，头发用摩丝打理得油光可鉴，让定远有些不敢认。在定远心目中，黄老师一直戴着厚厚的一边镜片破了的眼镜，金丝眼镜下是黄老师么？定远努力寻找着黄老师当年的模样。

"黄老师，我这次来……"定远正要说代课的事，黄老师的手机响了。

黄老师说了声："等会儿，定远，有个重要客户要涂料，我先打个电话。"

只听黄老师在电话里说道："邱经理好！……您要5吨涂料，是吧？……没问题，明天就能发货……好好好，老规矩，我知道。"

黄老师接完电话对定远说道："定远啦，你不来找我，我也准备来找你了。我跟你说，我以前教过的一个学生，比你高两届，初中毕业就出去闯了。现在在涂料厂当销售经理，我跟着他在做涂料生意，我家老大老二也在跟着跑涂料销路。"黄老师喝了一口茶，继续说道："现在到处搞修建，做涂料生意赚钱得很。要不，你出来跟我干。"

"这，我还没考虑过，现在学校正差老师哩！"定远说道。

"你呀，跟我当年一个样儿，学校离了你就不转了？我是不忍心你在那个村校陷一辈子。教书能挣几个小钱儿？哎！这么多年来，我一直后悔当初劝你读了中师。"黄老师拿出打火机点了一支烟，吸了一口，才想起问定远："哦，定远，你抽烟吗？"

"我不抽烟。"定远摆了摆手。

"也是，教师那点工资，养家都难，也不敢抽烟，你出来跟我干吧！"黄老师用食指抖了抖烟灰，说道。

"可是，学校现在只有我一个老师了。"定远望着黄老师。

"你呀，说来说去还是那句话。这些年我经常在外面跑生意，你的事我也听说了一些。你回去好好想想吧，不为你自己，也该为自己的孩子想想吧！想好了再答复我。"黄老师说道。

"是呀，定远，听你黄老师的，其他人想加进来还不行呢！来，这些苹果给孩子带回去。"师娘给定远装了一大袋苹果。

"不要，师娘。"定远推辞着。

"跟我们还客气，你当年可没少给我家孩子带好吃的。"师娘说着，硬把苹果塞给了定远。

定远提着苹果出来，心里很不是滋味，又说不出来是什么滋味。黄老师真的变了，从内到外都变了，变得自己都不认识了。他的大学梦呢？他忘了吗？那个要学英语的黄老师呢？哪儿去了？他不是说农村孩子只有读书这条路吗？他的孩子呢？怎么全跑去做生意了？定远有些想不明白。

定远提起苹果看了看，一个个又红又大的苹果像在嘲笑自己，这么多年了，他还没给念何买过苹果呢！当的个什么爹！他下意识地把苹果朝身后藏了藏。

定远提着苹果回到学校,明天的课还有两个年级的没备,他得赶紧备课。

不知怎的,备课时,定远有些静不下心来,黄老师的话一直在耳边回响。教书能挣几个小钱?是呀,教书能挣几个小钱呢?连苹果都舍不得买给孩子吃。定远摇了摇头,苦笑了一下,继续备起课来。

晚上,念何和外婆正在院子里唱着儿歌玩拍手游戏,只听念何用稚嫩的声音念着:"苹果香,苹果甜,银行叔叔去取钱,取的什么钱,毛主席万万岁。"

"毛主席万万岁,耶!"念何伸出小手和外婆对拍了一下。

"外婆,苹果是什么样子的?"念何扬起小脸问道。

"苹果呀,苹果是圆的,念何的小脸蛋呀,就是红苹果。"外婆捧着念何的小脸蛋儿说道。

这时,定远备完课回来了,念何是他一天忙完后的牵挂,一进院子,定远喊道:"念何!爸爸回来啦!"

"爸爸回来啦!"念何喊着立马从外婆怀里下来,屁颠儿屁颠儿地跑了过来。

"爸爸,你提的是什么?"念何拉着爸爸提的口袋好奇地问道。

"哦,这是苹果,来,爸爸削给你吃。"

"苹果,外婆!苹果,我们有苹果啦!"念何拉着口袋,高兴得手舞足蹈。

看着念何的高兴劲儿,定远心里一阵自责。

定远拿起水果刀削起苹果来,念何在一旁看得直流口水,趁定远不注意,捡起地上的苹果皮就往嘴里放。

"念何,脏!快吐出来。"定远忙说道。

念何不听,调皮地笑着满院子跑,边嚼边拍着手唱:"苹果香,苹果甜,银行叔叔去取钱……"

"念何,快吐出来,怎么不听话了?"定远放下手中的小刀追了过去,一把抱住念何,要他吐出来。

念何不肯,咬着苹果皮还在笑。定远用手捏住他的脸蛋儿,生气地说道:"快吐出来!没志气!"

念何"哇"的一声哭起来。

"怎么了,怎么了?"何大娘跑了出来,抱起念何说道:"定远,你看你,孩子调个皮,怎么就没志气了?"

念何还在"哇哇"大哭,定远看得心疼,忙切下一块苹果给念何道:"念何,不哭了,来,吃这个。"

念何看了爸爸一眼,伸出小手,扑了过来。

定远抱着念何,一阵心酸,他拍了拍念何的背,说道:"念何,对不起,是爸爸不好,爸爸没给你买苹果吃,是爸爸不好。"

"爸爸好!"念何脸上还挂着泪,打着噎说道。

"念何!"定远一把把孩子搂在怀里,哽咽着说道,"念何乖,爸爸以后经常给你买苹果吃。"

"嗯!还有香蕉,还有姑姑家小姐姐喝的牛奶。"念何还在打噎,说得让人心疼。

"嗯,买香蕉,买牛奶。"定远偷偷抹了抹眼泪,对儿子满怀愧疚。

自从何花走后,念何外婆家的收入少了,定远一个月不到300元的工资,要负担一家子大大小小的开支,还有小妮读高中、读大学的学费、生活费。好在定兰也工作了,自己家里基本不用操心了。

生活的捉襟见肘,确实亏待了儿子,要是何花知道了,该多心疼啊!晚上,定远躺在床上翻来覆去睡不着觉。下午黄老师说的话一直在他脑海里打转儿：不为自己，也该为自己的孩子想想吧！是呀，该为念何想想了，河坝村校不是离了自己就不转了，乡教办和教育局不是正在想办法么？

念何躺在旁边睡着了，嘴里不停地说着梦话："苹果，吃苹果……"

"嗯，爸爸给你买苹果。"定远拍着念何说道，他心里有了一个决定，辞职跟着黄老师挣钱，挣很多很多的钱，给念何买苹果，买香蕉，还有牛奶！定远心里异常地平静。突然，他感到有些胃疼，忙用手反复揉了几下胃。

明天就是教师节了，下午乡教办要召开庆祝大会。对，明天下午就去交辞职申请。今年教师节，听说自己又被评为了"优秀教师"，优不优秀无所谓了，定远主意已定。他下床来，写好了辞职申请。辞职申请很简单，就八个字：申请辞职，下海挣钱。

第二天上午，他还得给三个班的学生上课，在新老师没来之前，自己还不能走。这一天，他破例没在教室门口迎接学生，而是到寝室收拾行李，他下定决心要离开这里了。

上课了，定远先来到自己那个班，刚进教室，同学们突然站起来，大声喊道："祝尧老师教师节快乐！"

定远还没回过神来，同学们又争先恐后跑到跟前，手里拿着一束束野花。

"尧老师，这是我们上学路上采的野花，送给你，祝您教师节快乐！"班长带头说道。

"尧老师，这是我采的野菊花，很香。"

"尧老师，这种紫色的小花儿很好看，送给您。"

……

定远被同学们的这一举动弄得不知如何是好了，忙接过一束束野花，连声说道："谢谢，谢谢同学们！"

定远摸了摸口袋里的辞职申请，如芒在背。如果自己辞职了，这些孩子怎么办？外地老师会来么？来了留得住么？看着这些孩子，定远内心好一阵自责。不行，不能心软，一定要辞职。先不管怎样，把今天的课上了再说。

下午，学生放假，乡教办要开教师节庆祝大会。时间还早，定远来到邮局，收到十几张明信片和贾丹的一封来信。明信片全是前年考上大学的学生寄来的，唐小闯在明信片中写道："尧老师，我很庆幸考上了师范院校，我会用一生践行，当一名您这样的好老师！"

我是好老师吗？定远想起了自己当年在高坡上问何花这个问题时，何花大声回答的情景。我还是好老师吗？定远不自觉地又摸了摸口袋里的辞职信。

"你们老师就是好，过个节就收到这么多明信片。"邮局一个工作人员说道。

定远笑了笑，没有回答，打开贾丹的来信读起来。贾丹在信上说：尧定远，白川杨离职读英语研究生去了，他说他要证明给林小丽看，中师生只要努力，就能百步穿杨。当年欧必进给我来信说，他和你约定一定要当一个让人刮目相看的中师生，今天，我要代他和你守这个约定。今年，我已经竞争上岗当上了一所小学的副校长，为此，我奋斗了五年，不为别的，就为完成欧必进的遗愿，就为当一个让人刮目相看的中师生！让我们互相加油吧！

看着贾丹的来信，定远感到很羞愧，羞愧的是自己忘了当初和欧必进的约定。不行，我不能丢中师生的脸。他毫不犹豫地把辞职信拿出来，撕了个粉碎，扔进了邮局的垃圾桶里。

撕掉辞职信，定远突然感觉一身轻松，他大步向乡教办走去。教师节表彰会上，定远作为优秀教师代表上台领奖。

只听李主任介绍道:"河坝村校的尧定远老师,一个人坚守河坝村校,这几天,他一个人上三个班六个年级,没有叫一声苦,没有多要一分钱的待遇,他就是我们身边的榜样,让我们先把掌声给他。"

李主任说完,带头向着定远激动地鼓掌。定远听了,笑了一下,表情有些不大自然。

李主任拿起话筒又说道:"今天给尧定远老师颁奖的是尧家乡新上任的乡长助理王大明,有请王助理。"

定远怔了一下:"王大明,怎么这么熟悉的名字?"

王助理打着领带,精神抖擞地走上台来,一上台来就一把握住定远的手,说:"尧定远,是我呀!王大明。我才调到尧家乡几天,正想着哪天去看你。"

"哦,长变了,我都有些认不出来了。"

王大明接过话筒,激动地说道:"这位尧定远老师是我的初中同学、同桌,当年如果不是他的鼓励,我可能初中毕业就在家务农了。当然还有我初中的班主任黄老师,是他多次上门给我父母做工作,才让我读上了高中。你看,一个人一生碰到好老师是多么的重要。尧定远老师当年是我们班遥遥领先的第一名,现在,在教学岗位上,他的教学成绩也是遥遥领先,我为我有这么优秀的同学感到骄傲,我为农村的孩子能碰到这么优秀的老师而感到高兴。向尧老师致敬!"

李主任接过话筒说道:"让我们再次为优秀的尧定远老师鼓掌。"

定远抬起头来,心中坚定了方向!

四十四 女儿情

定远从教师节颁奖现场出来,就急急忙忙往学校赶,他要忙着备课、改作业,心中再无杂念。刚到学校,远远看到一个年轻女子背着背包在看学习专栏。

"哎,请问,你找谁?"定远喊道。

那女子一回头,定远脱口叫道:"罗立欧,你怎么来啦?"

罗立欧只是看着定远笑,等定远走近了,才说道:"怎么,不欢迎?"

"不是,你来干什么?"

"我来教书呀,这儿不是差老师吗?"

"这儿可不是女教师待的地方,你趁早回去吧!"

"回不去了,教育局已经同意我到这儿支教了。给,介绍信,明天你拿去交给乡教办主任吧!"

定远接过介绍信，看了一眼，摇了摇头，说："你呀，看你能坚持几天！你不该来的。"

罗立欧笑了笑，指着墙上的学习专栏说："这是你办的吧！每日一成语、每周一故事、每月一歌，还有窗外的世界。嗯，内容够丰富的。"

"这里的孩子见的世面少，看的书也不多，这个学习专栏，孩子们喜欢看。"定远说道。

"你又让我刮目相看了，我要留下来，慢慢偷师学艺。"

"先别乐观，这儿真不是女教师待的地方。"

定远把罗立欧带到寝室，说："这个寝室来来去去好几拨老师了，开学那两个女老师来住了一晚就当逃兵了，我劝你还是趁早回去。"

"先别劝我回去，我饿了，我要吃饭。同学一场，请我吃个饭总可以吧！"

"这？我寝室只有面条。"定远面露难色。

"你平时就吃面条？"罗立欧皱了一下眉头，问道。

"中午忙不过来，就吃面条。"

"只吃面对身体可不好。不行，我要吃饭。"

罗立欧就是这样的豪爽性格，定远没有办法，只好说："好吧！我带你到我丈母娘家去吃，只要你不嫌弃。"

"走吧，谁嫌弃？上次我去过。"罗立欧跟在定远后面，朝念何外婆家走去。

念何正在和外婆一起用包谷棒砌"高楼"，见爸爸回来了，身后还跟着一个人，跑过来拉着爸爸的手害羞地问是谁。

"念何，好乖。"罗立欧弯下腰，笑着看着念何。

"快，叫罗阿姨。"定远抱起念何，然后向念何外婆说："妈，这是今天学校新来的罗老师。学校没饭吃，家里还有饭吗？"

"有有有，罗老师快坐。"念何外婆忙拉过一根条凳，说道："我去加两个菜，马上就好，你先坐。"

念何外婆往厨房去了。罗立欧从挂包里拿出一个彩色瓶子，对念何说："你叫念何，是吧？你看阿姨这是什么玩具呀？"

罗立欧拧开瓶盖，轻轻吹了一口气，吹出好多泡泡来，五颜六色的泡泡瞬间飞了起来。

"哇，好多泡泡。"念何从定远怀里下来，满院子去追。

"又来啰，念何！"罗立欧又吹了一口，念何高兴得伸手去乱抓。

"来，念何来吹。"罗立欧喊道。

念何跑过来吹了一口，泡泡飞了出去，他挥着小手又追泡泡去了。

"好玩吗？"罗立欧问道。

"好玩，好玩。"念何欢呼道。

"来，送给你。"

念何拿着瓶子，玩起吹泡泡来。

"念何像你，长得俊，又聪明。"罗立欧对定远说。

"不，长得像他妈妈。"定远看着念何说道。

罗立欧发现自己说错了话，有些不好意思。

"念何，别摔着了。"定远喊道。

念何跑了过来，说："罗阿姨，你吹。"

"好呢！"罗立欧吹了一口，念何又去追泡泡去了。

"这小子，倒是不怕生。"定远对罗立欧说道。

念何跑了过来，认真地问定远："爸爸，罗阿姨是妈妈吗？"

"念何，别乱说。"

"其他小朋友的妈妈都是跟爸爸一起的。"

"念何！"定远大声喝道。

念何噘起小嘴，眼泪花花儿的。

"你怎么这么大声吼孩子，来，念何，如果你喜欢，可以叫我罗妈妈。"罗立欧一把抱过念何。

"真的?"

"真的。"

"哦，我有妈妈了，我有妈妈了。"

念何在院子里挥着小手跑起圈来。

吃完饭回到学校后，定远对罗立欧说："这个学校不适合女教师待，你明天回去吧!"

"为什么?"

"晚上有猫呀、老鼠呀到处窜，说不定还有那个什么?"

"那个什么?"

"蛇!"

罗立欧忙躲到定远后面，惊慌地说道："啊，我最怕蛇。"

"所以我劝你还是死了这条心，明天回去吧!"

"哦，你是编来吓唬我的吧？我可不是被吓大的。"

"哎，你会后悔的!"

"一辈子，你不走我也不走。"罗立欧关寝室门前探出头来调皮地说道。

定远只得摇了摇头，说："我看你能坚持几天，明天就给你三个年级上。"

第二天，定远对罗立欧说："在新老师来之前，我俩一人上三个年级，你一、三、五，共29个学生；我二、四、六，共30个学生。"

"没问题。"罗立欧兴奋得很。

"哎，你上过复式班吗?"

"没上过，所以来学呀!"

"我跟你说，三个年级的话，低年级的孩子最好安排坐中间，他们坐不住，需要时刻关注。你今天就先和他们熟悉一下，不上新课。"

"我知道，尧老师，你发表的那篇《小学生复式教学初探》，我早看过啦!"

"哦!"

"你写的每篇教学论文我都看过，你上半年是不是发表了6篇?"

"是，你怎么知道的?"

"只要我想知道我就能知道。"罗立欧笑了一下，说完进教室去了。

定远安顿好自己的学生，偷偷跑到隔壁教室后门，只听罗立欧说："同学们，我是你们新来的罗老师，我不走啦!"

五年级的学生鼓起掌来，一年级的学生愣愣的，也跟着鼓掌。

"同学们，罗老师想先教你们唱一首歌，以后课前你们都可以唱，这首歌的名字叫《幸福拍手歌》。"

罗立欧唱起来："如果感到幸福，你就拍拍手，啪啪!"

学生们也跟着拍手唱起来："如果感到幸福，你就拍拍手，啪啪!"

"如果感到幸福，你就跺跺脚，咚咚!"罗立欧微笑着，边唱边跺脚。说实话，罗立欧真的很可爱! 定远不得不承认这一点。

学生们也跟着边唱边跺起脚来："如果感到幸福，你就跺跺脚，咚咚!"

定远见罗立欧沉着老练，放心地进自己教室去了。

罗立欧毕竟是有多年教龄的教师，很快就适应了复式教学法，学生们也很喜欢她，可这里的条件太差了，罗立欧能坚持下来么？对罗立欧来说，最头疼的是吃饭问题，以前在单设中学，学校有食堂，她完全不用担心这个问题。现在呢，就算要煮饭，锅碗瓢盆也没有，不可能老到念何外婆家去吃呀！还有，定远中午经常吃开水泡饭和面条，那怎么行呢？不行，得自己煮饭吃。说干就干，罗立欧到乡场买回锅碗瓢盆，仅电饭煲和电炒锅就花了她一个月的工资。她还特意买了几盘磁带，得让校园充满欢乐，特别是让定远快乐起来。

"罗立欧，你是要在这儿安营扎寨吗？"定远看罗立欧买回这么多炊具，问道。

"对呀！我就是要在这儿安营扎寨。"

"你真傻，你就是个傻丫头，好好的单设中学不待，非要到这儿来受苦。"

"我说，尧定远同学，别喊我傻丫头，本姑娘都26岁啦，我妈都说我是嫁不出去的老姑娘啦！如果我傻的话，你更傻，不过傻得可爱，嘻嘻！"罗立欧说着，笑了一下，忙着整理锅碗瓢盆。

自从罗立欧来了之后，多了一个可以说说话的人，定远的心情倒是比以前好了许多。罗立欧每天开开心心的，说话都带着笑，一点没被困难吓倒。定远也不再提让她回去的话了。

一天，他俩正在办公室备课改作业，罗立欧碰到一个问题需要查成语词典。定远说他寝室有，就在书桌上，叫罗立欧自己去拿。

罗立欧去取成语词典时，无意间瞟到贴墙的纸上用烟头烫的何花两个字，她盯着那两个字看了好一会儿，每一笔该有多少爱在里边呀！再一看，床那边的墙上，糊墙的白纸上也有用烟头烫的好些个何花的名字，还有一朵朵荷花。罗立欧的心猛紧了一下，拿着成语词典，靠在墙上，一股酸酸的感觉涌上心头。自己是不是不该来？自己是不是错了？从定远的寝室出来，罗立欧的脸上失去了笑容。

"拿到了吗？就在桌上，怎么找了这么长时间？"定远边改作业边问。

罗立欧似乎没有听到定远的话，没有回答。

"怎么啦？脸色这么难看？"定远抬起头来。

"哦，我突然有些不舒服，我想回寝室休息一会儿。"罗立欧起身回寝室去了。

"怎么才好好的，一下就不舒服了，是不是感冒了？"定远跟了过来。

"没事，我休息一会儿。"罗立欧关上寝室门，靠在门上，仰着头，感觉自己快要窒息了。

"那你休息一会儿。"定远在门外说。

定远回到寝室，感觉罗立欧今天怪怪的。他躺在床上，反复琢磨着。她是不是感冒了？人家大老远来这儿支教，人生地不熟的。嗯，是自己太大意了，没有照顾好她。定远有些自责，罗立欧来了这么久，还没有吃顿好的，他想去念何外婆家看能不能端点好吃的过来。

"罗立欧，你休息会儿，我去看看念何就过来。"定远在屋外喊道。

"嗯！"罗立欧应了一声，趴在了床上，用枕头捂住自己的头，脑海里全是定远用烟头烫的何花的名字。她又一把抓起旁边的一个布娃娃盖在头上，不停地拍打着布娃娃的头。

突然，罗立欧坐了起来，使劲用手向后理了理头发，自言自语道："怎么啦？罗立欧，小气鬼！你不是来融化顽石的吗？你不是说要抓住他不放吗？今天怎么啦？"

罗立欧又使劲搓了搓脸，吐了一口气，站起来，说道："哼，我罗立欧是谁？我罗立欧是蒸不烂、煮不熟、捶不扁、炒不爆、响当当的铜豌豆。尧定远，我吃定你了。"

不一会儿，定远带着念何，端了一碗咸菜鸡蛋面过来。

"罗妈妈，罗妈妈！"念何拍着门喊道。

"哦，念何来啦！"罗立欧忙起来开了门。

"罗妈妈，爸爸说你病了，我摸摸。"念何踮起脚要摸罗妈妈的额头。

"没有，我好得很，念何来了我就好啦！"罗立欧摸了一下念何的小脸蛋儿。

"你?"眼前的罗立欧又精气神十足，定远觉得很怪。

"罗妈妈，快吃我爸爸煮的咸菜鸡蛋面。爸爸偏心，不让我尝一口。"念何说道。

"这小子，嘴最快。给，我们这儿平常最好吃的就是咸菜鸡蛋面。"定远把一大碗面递给罗立欧。

"我没病。"罗立欧接过面，一脸的幸福。

"没病啦，那我端走了。"定远说着就要去端回面。

罗立欧忙把面藏到一边，说："哎哎哎，我要吃，来，念何，罗妈妈喂你吃。"

"好！好！罗妈妈喂。"念何走到跟前，罗立欧一口一口地喂他吃起来。

"来，念何吃鸡蛋。"罗立欧夹起鸡蛋要念何吃。

"嗷呜！"念何笑着，咬下一大口。

看着念何高兴的样子，定远很开心，好久没这么舒心了！

国庆节到了，定远想办一期"庆国庆"学习专栏。

罗立欧一听，高兴地说道："好主意，好主意，我也来，在原来的学校我都没有展示的机会。你负责写字，我负责版面设计和插图。"

"你会画画?"

"别小看我,我可是中师生,万金油!"

罗立欧在左边画了一面迎风飘扬的五星红旗,在右下方画了一大束红色气球呼应,中间设计了大小不同的灯笼边框用于装文字。整个版面大气、灵动,有节日气氛。

"嗯,不错,一改我以前的呆板风格。之前我还自认为办得不错,今天一比,甘拜下风。"定远看着,不停地夸奖。

"别夸我,我会骄傲的。我的黑板字就不行,字由你来写。"罗立欧拍了拍手,站在远处看了看,一会儿在这儿改改,一会儿在那儿改改,直到自己满意为止。

"你呀,就有些像我中师的同学贾丹,做事雷厉风行。她现在可是副校长了,你却来我们这个村校受苦,你真不该来。"定远边写字边说道。

"怎么又说这话了?那你为什么不肯离开这里呢?"罗立欧反问道。

"我也不知道自己为什么不离开这里。"定远在一本书上选着学习专栏的内容,说道。

"呵呵,我知道,我不说。"

定远笑了笑,说道:"我留在这里,有很多原因,你不同,你有更广阔的世界。"

"我的世界就是……"

罗立欧想说"我的世界就是你",可话到嘴边,没好意思说出口。

"就是什么?"定远边写字边问道。

"反正你不走我也不会走。"罗立欧说完进办公室去了,脸上洋溢着灿烂的笑容。

罗立欧从小娇生惯养,养成了我行我素的性格,这次到河坝村校支教,她爸妈怎么劝都劝不住,没办法,只得由着女儿。国庆节期间，罗立欧的妈妈放心不下女儿，背着一大包东西来了。刚到校园，看到这么差的环境，不管三七二十一，拉着罗立欧就要走。

"妈，我到这儿来是教育局同意了的，怎么能说走就走呢？"罗立欧说道。

"我不管，在这个鸟不拉屎的地方，出了事怎么办？闺女。"罗立欧的妈妈着急地说道。

"妈，会出什么事呢？有尧老师在。"

"尧老师，尧老师在哪儿？"

"尧老师回家去了。"

"对呀，人家是本地人，你到这儿来算什么？"

"妈！我主意已定，就要在这儿支教，这里离不开我。"

"怎么就非得是你呢？闺女，碰到坏人怎么办？国庆节放这么多天假也不回去，你要担心死我呀？"罗立欧的妈妈急得要哭。

"妈，这里没有坏人。"

"闺女呀，你都这么大了，在这里男朋友都找不到，再不嫁就真的嫁不出去啦！"

"妈，春节前我一定把自己嫁出去，你就放心吧！"

"谁来了？"定远回来了，一进办公室就问道。

"尧老师回来了，你看他像坏人吗？"罗立欧躲到定远后面。

"这位是？"定远问道。

"她是我妈，见了我就要拉我走。"

"大娘好！"定远礼貌地喊道。

"学校就你们俩？嗯，不行不行，闺女，跟我回去。"罗立欧的妈妈说着又要来拉她。

"要不，你就跟你妈回去，这儿确实不是女孩子待的地方。"定远劝说道。

"你就这么想赶我走吗？我就那么讨人厌吗？"罗立欧突然哭起来。

"不是，我……"见罗立欧哭了，定远不知怎么办才好。

"不是又是什么，天天要赶我走。"罗立欧一把鼻涕一把泪的。

"要不，大娘，让罗立欧再坚持几天，她坚持不了了我再送她回来。"定远向罗立欧妈妈说道。

"哎哟，闺女！你咋不听话呢？"见罗立欧哭了，她的妈妈也没辙了。

"大娘，你看我不是坏人吧，我保证把你女儿保护好。"定远说。

"哎，尧老师，我看你也不是坏人，我生了四个儿子才有了这么个宝贝疙瘩，你可要保护好她，拜托你了。来，这些吃的，全给你们，全给你们。"罗立欧的妈妈把包里的蛋呀肉的，全拿了出来。又悄悄叮嘱道："尧老师，等两天麻烦你把她给我送回来。"

"嗯，好的！大娘。"定远小声回道。

等母亲走后，罗立欧破涕为笑，说道："还是这招灵，我妈就怕我哭。"

"你呀，刚才是假哭？"定远吃惊地问道。

"刚才可是真哭，现在谁赶我走我就哭。"罗立欧洋洋自得地说。

"哎哟，你？"定远无可奈何地看着罗立欧，拿她一点办法也没有。

得想办法把罗立欧赶走，一个女孩子长期在这儿可不是办法。这么好的女孩儿，不能在这儿耽误了，她应该如贾丹一样，有更好的前程。可是罗立欧不怕吃苦，整天嘻嘻哈哈的，学生们都很喜欢她。怎么才能赶走她呢？关键是答应了罗立欧的妈妈了。定远一时想不出更好的办法。

下午，定远又拿着笛子和《平凡的世界》到何花的坟地去了，他想去向何花诉说一下。照例，定远清理了一下坟地的杂草、枯叶，扯了几株狗尾草，编了一个装蛐蛐的小笼子，说道："花儿，你要是孤单的话，就抓蛐蛐玩吧，我给你编好了，放在这儿。"说着，定远把小笼子放在了墓碑前。墓碑上面写着"爱妻何花"四个大字，是前两年定远自己一凿一凿刻的。

定远拿出笛子，想给何花吹一曲《西游记》中的《女儿情》，何花生前喜欢听。

> 说什么王权富贵，
> 怕什么戒律清规，
> 只愿天长地久，
> 与我意中人儿紧相随，
> 爱恋伊，爱恋伊，
> 愿今生常相随……

两只蝴蝶围着定远飞来飞去，一只落到了笛子上。是花儿吗？定远很欣喜，刚要伸过手去，蝴蝶却飞走了。望着飞走的蝴蝶，定远又是一阵伤心，无心再吹笛子。他低着头，好一阵才回过神来，拿着《平凡的世界》回学校了。

今天，他心绪很乱，没有给何花念《平凡的世界》。还没到学校，就听到有人在放《女儿情》，是罗立欧，定远加快了脚步。操场上，罗立欧一个人含着泪，伴着音乐在跳舞。刚才听到定远在何花坟地吹《女儿情》，可自己的女儿情呢？

"爱恋伊，爱恋伊，愿今生常相随……"罗立欧忘情地跳着，定远不由鼓起掌来。罗立欧停下来，望着定远直笑，眼泪却流了下来。

这么好的姑娘，我能赶她走么？这么好的老师，学生们让她走么？此时，定远的心里，对罗立欧，满是感激。

从此，他再也不提让罗立欧走的事了，他知道，自己也不想她走……

四十五

教育桃花源

"注意,别摔了。"

"快跑,后面有人追上来了。"

定远和罗立欧站在办公室门口看着欢快的孩子们,有时也招呼一两句。

男生喜欢绕着操场"滚铁环",每天上学,他们的书包上准挂着铁环。滚铁环时,有人跑过来撞上是常有的事,他们呢,起初还生气,后来这样的事多了,也不生气,捡起铁环乐呵呵地继续滚。还有些男生在抽陀螺,一鞭一鞭"啪啪"直响,陀螺欢快地转着,眼看要停时,一鞭下去,又飞转起来。

女生呢,静下来喜欢翻花绳。翻花绳时,一根线,在女生们指尖传来传去,一会儿是风车,一会儿又是牛角;变一下像五角星,变一下又像筷子兜。名字是孩子们自己象形取的,可以翻出十几种花样儿来。当然女生最喜欢的还是唱着儿歌跳橡皮筋，跳橡皮筋的儿歌很多，也不知是哪儿传来的，更不知是谁原创的，就这样一个年级传一个年级地传下来了。

"马兰花，马兰花，马兰开花二十一，二五六，二五七，二八二九三十一，三五六，三五七，三八三九四十一，四五六，四五七，四八四九五十一……"

就这首儿歌，好的同学可以跳到"一百一"，然后双脚收拢，灵巧地跳出来，再跳难度更高的一级。

还有些女生在跳"橘柑抿甜"，尽管有些孩子连橘柑是什么样都不知道，但从她们的嘴里唱出来，好像她们经常买橘柑吃一样。

"橘柑抿甜，橘柑抿甜，好多钱斤？好多钱斤？角钱一斤，角钱一斤，我只有五分，我只有五分，称半斤，称半斤……"

女生们跳着橡皮筋，脸蛋红彤彤的。看着孩子们快活的样子，定远很高兴。

罗立欧在一旁看着，高兴地说道："呵，就这首儿歌，我小时候跳橡皮筋也唱，都二十年了，还经久不衰。"

定远说："这些儿歌里还有数学知识，以前我都没有注意。"

"小学校园，不，应该是咱们河坝村校的校园充满生机，就像教育的桃花源一样，这在单设中学是很难看到的。不行，我得去跳橡皮筋，找找童年的味道。"

罗立欧说着，去和学生跳起橡皮筋来。

"橘柑抿甜，橘柑抿甜，好多钱斤？好多钱斤？角钱一斤，角钱一斤，我只有五分，我只有五分，称半斤，称半斤……"学生门看着罗老师来跳橡皮筋，都围过来帮唱。

看着罗立欧小孩儿般的高兴样儿，定远也跟着高兴，是罗立欧来救活了定远，救活了河坝村校。有时，罗立欧还会跟着几个女生到墙角找地牯牛,一个一个的小窝,也是孩子们的乐园。

下午放学后,整个学校安静下来,两人又忙着备课改作业。

罗立欧边批改作业边说:"两个月来,生活忙碌而充实,我越来越喜欢这里了。"

"喜欢就好,不然这里的孩子真没人教了。"定远批改着作业回道。

"你不赶我走啦?"

"我赶得走吗?我要赶,估计学生们也不同意。还有我家那小子,一天罗妈妈罗妈妈的,叫得比我还亲。"定远整理着批改好的一摞作业本说道。

"哈哈,吃醋啦?"罗立欧歪着脑袋说道。

定远想起什么,放下笔说道:"哦,说正经的,你今天说的找童年的味道,对我很有启发,我们得让孩子们有一个快乐的童年,难忘的童年!"

"好老师,碰到尧老师三生有幸!"罗立欧向定远竖起了大拇指。

定远笑了一下,认真地说道:"学生的生活不能只是学习,还得开展丰富多彩的活动,让学生感受到学校和集体生活的乐趣,这是我中师三年学习最深的感悟。"

罗立欧歪着脑袋看着定远,笑着不说话。

"你怎么不表态?"

"我是在想,我小时候怎么没碰到这么好的老师呢?"

"正因为我们小时候读书有遗憾,才不希望我们的学生学成书呆子。"

"好,我双手赞成,我建议野炊包饺子。我跟你说,我初中和几个女生偷偷出去野炊,尽管被老师骂了个半死,但我对初中最美好的回忆就只剩那次野炊了。"

"不错的想法,只是包饺子需要买肉、买饺子皮,几十个学生的花费可不是一个小数目。"

"我们自己出吧,平时孩子们可没少给我们带米带菜送鸡蛋,我来准备材料。"

"好,我们出,就到学校不远处的水库坝上野炊。"

两人一拍即合。

星期六下午野炊,孩子们兴奋极了,有的拿盆子,有的提葱子,有的抱菜板,每个人还自己带了一双碗筷。在去的途中,孩子们唱起了幸福拍手歌:

"如果感到幸福你就拍拍手,啪啪!如果感到幸福你就拍拍手,啪啪……"

"啪啪"拍手时,调皮的孩子拍起了盆子、菜板,还有人用筷子敲起了碗,欢快的场面引来附近村民驻足观望。

有个老大爷背着小孙子说道:"多亏了这两位老师呀,河坝村校好哇!孙子你快快长哦!"

"就是,就是!"大家纷纷称赞。

快到水库坝上时,要过一个小石桥,高年级的哥哥姐姐主动站在一旁扶一二年级的小弟弟小妹妹过去。

定远看到了,欣慰地说:"你看,复式班教学最大的好处就是培养了高年级学生的责任感。"

"嗯,我已经爱上这些孩子了,我要和你一起把这些孩子教好。"罗立欧高兴地说道。

定远背着一口大黑锅,额上冒着汗珠,罗立欧拿出纸巾帮他擦了擦。

定远愣了一下,恍惚间想起了何花用手绢给自己擦脸的情景,情不自禁地说道:"嗯!谢谢你——你们!"

"你们"两个字说得很小声,只有他自己能听到。

罗立欧拉着一起来的念何高兴地往坝上跑去。

"念何，我们飞起来啦！"念何飞起小手学着罗妈妈的样子跑了起来，定远在后边看着直笑。

野炊开始了，同学们拾柴的拾柴，洗葱的洗葱，挖灶的挖灶。定远负责带几个高年级的同学生火，罗立欧负责教孩子们包饺子。南方的农村娃，好多还是第一次看到包饺子，拿着饺子皮，好奇地学起来。

"罗妈妈，这是我包的，好不好？"念何也在凑热闹，举起一个自己包的饺子说道。

"嗯，把皮再捏一下。"罗立欧帮念何捏了一下饺子皮，逗念何道，"念何，你包的饺子给谁吃呀？"

"给罗妈妈吃。"念何想都没想，奶声奶气说道。

"好，我包的这个给念何吃。"罗立欧包了一个鱼样儿的饺子放到念何面前。

"罗妈妈包的这个像鱼摆摆，我要吃。"念何一口一个罗妈妈，叫得特别甜。

"那我呢？念何。"定远在一旁问道。

"我马上给爸爸包。"念何踮起脚又拿了一张饺子皮。

"这还差不多。你看，你的地位都比我高了。"定远打趣地向罗立欧说道。

"那是！"罗立欧包着饺子，得意地说。

水开了，同学们兴奋地把饺子放进大锅里。

定远加大了火力，把同学们拾来的一大把黄豆梗放进灶里，发出噼里啪啦的响声。一个同学听见后说："嘿嘿！我感觉好像过年了。"

"我也是。"

"我也是，就是在过年。"

"我也是!"念何脆生生地跟着说道,把大家都逗笑了。

饺子熟了,罗立欧盛了满满两大盘说:"来,同学们吃饺子啰,把你们自己的碗拿出来。"

一口咬下去,葱香味扑鼻。

"太好吃了,我还是第一次吃饺子。"一个低年级的学生说道。

"这是世上最好吃的饺子。"一个高年级的学生嚼着一口饺子也说道。

这时,罗立欧发现五年级一个女生站在一边一直不肯吃,一问才知道她是想把饺子带回去给外婆吃,她外婆还没吃过饺子。

旁边一个小女孩也说道:"罗老师,我也想给我爸爸妈妈带一个回去。"

"好呢,同学们,你们先吃,还有几大盘没下锅呢,等会一人两个饺子带回去,好不好?"罗立欧大声说道。

"有那么多吗?"定远低声问。

"有,我计划着呢!"罗立欧回道。

定远和罗立欧还在忙着煮饺子。这时,一个同学夹了一个饺子要尧老师吃。

"好呢!谢谢你!"定远一口咬过饺子,边嚼边说:"嗯,好吃,好吃,同学们手艺不错,罗老师手艺真棒。"

另一个同学夹了一个饺子也要罗老师吃,罗立欧开心极了,一口咬过饺子道:"哦,谢谢你,小乖乖,我吃一个。"

"罗妈妈,我也要喂你一个。"念何端着饺子走了过来。

"哦,念何真乖,让爸爸先吃。"罗立欧指了指定远,说道。

念何又端着饺子过去了。

"嗯,乖。"定远一把抱起念何说,"来,让罗妈妈先吃。"

罗立欧笑着咬了半口饺子。

"爸爸，剩的一半你吃。"念何把剩的半个饺子送到爸爸的嘴边。

"好呢！"定远一口吃下剩下的半个饺子。罗立欧在一旁看着定远，会心地笑了。

"来来来，同学们，每人可以带两个饺子回去给家人品尝，尝尝同学们的手艺。"罗立欧边舀饺子边说。

同学们欢呼着围了过来。

定远在一旁激动地说道："同学们，今天的野炊，让我看到了你们的团结友爱，还看到了你们对长辈的孝心，这比知识更重要。我们的父母为了养育我们很不容易，我们要一辈子孝敬父母、感恩父母。"

"记住了，尧老师。"几个高年级的同学说完，其他同学也跟着说："记住了，尧老师。"

"记住了，尧老师爸爸。"念何也大声说道，大家又笑了起来，笑声传向水库，传向田野。

活动结束，回到念何外婆家，念何忙把饺子端去夹给外公外婆吃。

"外公外婆，我要孝敬你们。"念何用稚嫩的声音说道。

"哦，这么小就知道孝敬，谁教你说的？"何大娘乐呵呵地问。

"罗妈妈教我说的。"念何回过头指着罗妈妈。

罗立欧笑着朝念何挥了挥手。

"你看，活动育德比单纯说教好，我要写一篇关于活动育德的教育论文。"定远对罗立欧说道。

"呵呵，我俩想到一块了，我也想到了活动育德这个关键词。"

"那我们一起完成，争取在《中国教育报》上发表。"定远信心十足。

"嗯，到这儿来，我才找到了知音。"罗立欧看着定远笑了一下，定远也点了点头。

"念何，给罗妈妈端花生去。"何大娘很喜欢罗立欧，又看到念何很亲近她，心里早把罗立欧当成一家人了。

"远儿，你来一下。"何大娘把定远叫进屋里低声说道："远儿，这个罗老师不错，对念何又好，你该考虑个人问题啦！"

"妈——"定远阻止道。

"我知道你又要说什么，花儿都走了这么多年了，你该放下了。如果花儿泉下有知，只要对你好，对念何好，她一定会高兴的。"何大娘劝道。

"妈——"定远有些不好意思起来。

"听妈的，我知道花儿的心思，你再这样一个人孤苦伶仃的，花儿会怪妈的。"何大娘不容定远再说。

"是呀，远儿，念何也需要个妈呀，你没看见每次念何看到罗老师那高兴劲儿。"何大伯在一旁也说道。

"听我们的，快出去陪罗老师。"何大娘推了定远一下，叫他快出去。

"爸爸，快来，我要你和罗妈妈一起舀鱼。"念何在外边喊道。

"好呢！"定远应着出来了，罗立欧握着念何的双手，定远握着念何的双脚，做出舀鱼的动作，两人边舀边唱："舀鱼，舀鱼，舀到一条小鱼儿；舀鱼，舀鱼，舀到一个小念何……"

念何咯咯咯直笑……

一天，定远收到贾丹的来信，她在信中说，要带十几个老师到河坝村校来参观学习。

"我们学校有什么可参观学习的？那个贾丹真是的。"定远说道。

"没事,平时怎么样就怎么样,就让他们看看原生态的日常就行。"罗立欧说。

"呵呵,我说你俩性格有些相像吧,贾丹在信中也是这么说的。"

"我以前那个学校只要有上级来检查,或者其他学校来参观,都要把课表调整一下,还要有意识开展一些学生日常没开展的活动,那不就是教学生从小作假吗?"

"就是,一边教育学生从小要诚实守信,一边又教学生弄虚作假,这是教育的一个问题。去年,我到中心校去听课,就发现这个问题,连被提问的学生都是提前安排好了的,这样的课听了有什么用?关键是给了学生一个不良示范。"定远说得有些激动。

"哦,亲爱的尧老师,是不是又该写一篇教育论文?"罗立欧说道。

"你的脑子就是转得快,我怎么没想到?"定远摸了摸头。

"有位教育家说过,只要存在问题的地方,只要需要改进的地方,就可以写教育论文。"

"哪位教育家说的?"

"我啊!"

两人笑了起来。

"问题不是拿来说的,是拿来解决的,破折号罗立欧。"罗立欧又调皮地说道。

"这句好,这句好,我要把它写下来贴在办公室。"定远颇以为然。

几天后,贾丹带着她学校的十几个老师来了。先是听课,课堂上,看着定远和罗立欧一堂课忙着给三个年级的学生上课的情景,很受感动。

"复式教学的课很难上,要兼顾几个年级的学生,还要不停地转换思维。"一个听课的老师小声说道。

"是呀,太难了,课前备课得花很多功夫。"老师们频频称赞。

课后,贾丹不解地问道:"尧定远,复式教学每年能考全乡第一名,你们是怎么做到的?"

定远说:"不是复式教学有多好,这是迫不得已。整个课堂老师只能精讲引导,然后让学生自主学习,不然三个年级是讲不过来的。可能是学生自主学习的知识更牢固吧!"

"嗯!这点对我们改进课堂教学很有用。"贾丹激动地拉着定远的手说,"尧定远,我太佩服你们俩了,就这样的条件,你们居然能安下心来,着实让人佩服。"

课间十分,老师们在校园自由参观起来。孩子们像往常一样自由地奔跑打闹、跳绳玩游戏,滚铁环抽陀螺。一个女生来拉罗立欧去和她们一起跳绳,罗立欧去了,欢快地和孩子们跳起绳来。大家边跳边数着:"一、二、三、四……"

"平时也是这样?"贾丹睁大了眼睛问道。

"是的,只要是晴天,下课时间最热闹,我们也会和孩子们一起玩。"定远说道。

"桃花源,教育的桃花源,不,是中国的'巴学园'。"贾丹伸出大拇指。

"什么'巴学园'?"定远问道。

"我去年到上海去培训,看到一本书,叫《窗边的小豆豆》,书里写到的学校,就叫'巴学园'。"

"你到上海去培训?"

"是呀,自费去的,顺便旅游,不走出去,永远不知道外面的世界变化有多大!"

"就这一点儿,你已经让我刮目相看了,贾丹!"定远佩服道。

"你们才让我刮目相看,原来我们身边就有'巴学园'。"

罗立欧过来了,贾丹悄声对她说:"罗立欧,谢谢你能来陪尧定远,他是一块宝石,你一定要好好守候他。"

"嗯,我知道,我就是寻着宝石的亮光来的。"罗立欧说着,看了一眼定远。

贾丹又转头问定远道:"喂,老同学,你说说,你们教育学生的法宝是什么,把精华传授给我。"

"我们哪有什么法宝?"定远谦虚道。

"有,我认为是陶行知老先生说过的那句话:真教育是心心相印的活动,唯独从心里发出来的,才能打到心的深处。"快言快语的罗立欧说道。

"行啊,罗立欧,看来定远又找到知音了。"贾丹喜欢罗立欧的直爽。

"这是我在这儿的真切感受。"罗立欧说完,看着定远,满是崇拜。

"真教育是心心相印的活动,说得太好了,如果把这句话融入教育的各个环节,就没有办不好的教育。"贾丹很兴奋。

"贾校长的范儿出来了!"定远对罗立欧说道,"她和班长欧必进一样,骨子里透着自信。"

临走时,两个老同学的手紧紧握在了一起,一切都在不言中。他们知道,这背后,还有欧必进的力量。贾丹的肯定,也给了定远和罗立欧极大的信心。尽管定远对巴学园还不甚了解,但他们相信一定是一个很有魅力的学校,他们相信贾丹赞扬的一定没错。

定远对罗立欧说:"能把中师所学和一些好的教学方法用到

具体教学实践中,也是一个老师的幸福吧!"

"是呀,有些学校一味追求升学率,再有思想的老师也慢慢变成了提高升学率的机器。所以呀,有得必有失,我们这儿条件虽然艰苦,但能把自己的想法付诸实践,建我们自己的桃花源。"罗立欧说着,脸上每一个表情都写满了成就感。

"对,建我们的教育桃花源。"两人又一拍即合。

一天下午,罗立欧带着念何在定远寝室玩,看到墙上贴有一幅书法作品,再一细看,吃了一惊,问道:"你墙上怎么贴有《塞下曲》?与我的那幅一模一样。"

定远不回答,只是笑。

"哦,你这幅多了个落款,这是你写的?"

"嗯,是的,我写的。"

罗立欧有些惊喜,说道:"我就说嘛,写这幅字的人一定有故事,原来就是你,原来就是我的……呵,哈哈!"

幸福在两人心中流淌……

在念何外婆的撮合下,1998年春节,定远和罗立欧终于走到了一起。大年三十中午,定远爸妈,念何外公外婆,定辉、定远、定平各一家,还有定兰和小妮,一大家子聚在一起吃了一顿饭,就算把定远和立欧的喜事办了。

饭桌上,定远爸起身从屋里拿出两个盒子,说道:"定远,立欧,爸妈没有什么给你们的,给你们一人买了一部手机。"

"爸——"定远喊了一声,他怎么也没想到爸妈会给自己和立欧买手机。

定远爸示意定远坐下,继续说道:"我看定辉、定平他们都买上了手机,打个电话啥的方便,我跟你妈寻思着给你们也买一个,就当你们结婚,爸妈的一点儿心意。"

"爸,一部手机两三千,您哪来那么多钱?"定远说道。

"就是，爸。您该跟我说一声，我给大哥大嫂买。"定平说道。

"你们几姊妹都孝顺，平时给我和你妈的钱我们都没舍得花，再加上在城里闲着没事，我和你妈有时捡点瓶子、纸壳什么的，卖了也攒下了一些钱……"

"爸——"定远有些说不出话来，立欧忙拉了拉他。

定远爸喝了一口酒，说道："我一直觉得愧对远儿这个娃儿，如果不是当初我硬要他读中师……"

"爸，你又来了。"定远阻止道，"我不后悔读中师。"

立欧忙补充道："就是，爸，我也是中师生，这半年在河坝村校，我们和几十个孩子一起快乐生活、学习，感觉很充实，我们就像在桃花源里生活一样，我们很幸福。"

"姻伯，您就别自责了。如果不是定远哥教我们，我可能连初中都读不上，更别说读高中考大学了。我们初中班的同学都很喜欢定远哥，说定远哥是他们一生中遇到的最好的老师。"读大三的何小妮也说道。

"好，好，远儿好了就好。来，大家干一杯。"定远爸端着一杯酒喝了下去。

从此，河坝村校这桃花源里，有了一对教师夫妻。在罗立欧的陪伴下，定远终于走出了生活的低谷。

四十六

留守的爱

转眼到了2004年，春节过后，随着农民工大量涌入城市，农村的留守儿童越来越多，留守儿童的家庭教育问题、安全问题、个人卫生问题，让定远和立欧很揪心。

一天放学时，定远做了个统计，全校72个学生，父母都在家的只有4个，有45个学生的父母全都在外地打工，这45个学生要么跟着爷爷奶奶、外公外婆，要么跟着伯伯婶娘，还有的就只有几姊妹在家。

立欧很忧虑，她发现自从家长们出去打工了，好多孩子一件衣服穿两三周都没换过。这样下去，这些孩子的成长会受到影响，关键是孩子的成长只有一次，不能等啊！

定远也很着急，叹着气说道："可以理解呀，农民一年在家种庄稼挣不了多少钱，外出打工挣的钱多得多。"

"可他们没算过这个账,孩子的成长是拿多少钱都换不回来的呀!"

"谁不想多挣点钱过上好日子呢?只是苦了这些孩子了,哎——"

"要不这样,定远,我们每个月让父母和孩子通个电话怎样?"

"好是好,就是怕家长说电话费太贵了。"

"如果家长每月没打过来的,我们就叫孩子们用我们的手机打过去。"

"嗯,好!还说我是好老师,罗老师才是个好老师。"定远称赞道。

接连几天春雨,孩子们走着泥泞小路来上学,全靠脚上套的草绳防滑。学校的操场没有用水泥硬化,一到下雨天,操场上全是深一脚浅一脚的泥脚印。

看着满校园的泥浆,定远感慨道:"十年前,原来在这所学校的小石老师希望有一条水泥路通到学校,十年了,这个愿望还没有实现。要是有一条硬化的水泥路,有一块硬化的操场该多好啊!"

"是啊,农村这些孩子,条件太艰苦了。"立欧又一阵叹气。

上课时间到了,两个学生上气不接下气地跑进教室,除了两只眼睛,全身上下、头发全是泥,简直就是两个"小泥人"。

"哈哈,哪儿来的泥人?"同学们笑起来。

"是吴大宝和吴小霞。"一个同学认了出来。

"尧老师,我妹妹摔田里了,我去拉,也摔了下去,所以迟到了。"哥哥吴大宝手里抱着一摞被泥弄脏的书本,眼巴巴望着老师,浑身有些发抖。

妹妹吴小霞在一旁眼泪汪汪地望着大家,头发上还不停地往下淌着泥点子。

"快,快到寝室去洗洗。"

定远忙把两个学生带到寝室,给他们倒了盆水洗脸。

"你们的爸爸妈妈在家吗?叫他们送两套衣服来。"定远说道。

一说到爸爸妈妈,两个孩子摇了摇头,眼眶一下子红了。

"你爸妈不是没出去打工吗?"定远问道。

"上周出去了,他们说要挣钱给我们……给我们盖房子。"吴大宝说着,低下了头。

吴小霞在一旁看着哥哥,眼泪止不住的往外滚,她拉了拉哥哥的手,轻声喊着:"哥哥,哥哥!"

定远在一旁看得眼圈都红了。

转眼夏天到了,天气转热。一天课间,立欧看见吴小霞和同学玩抓石子时老在挠头发,走过去一看,发现她的头发里有好几个虱子在爬,还有一股汗臭味儿。

放学后,立欧把吴小霞留下来,烧水帮她洗头,吴大宝在一旁等着妹妹。立欧边洗边教给他们洗头的方法:"洗头时要注意水温不能过高,也不能过低,还要特别注意不要被开水瓶里的水烫着,要先倒冷水,再倒热水,记住了吗?"

吴小霞乖巧地答道:"记住了,罗老师。"

吴大宝也答道:"记住了,罗老师,谢谢罗老师!"

洗完头,立欧用毛巾给吴小霞拧干头发上的水,然后用梳子梳了梳,说道:"你看,洗了头和脸,多漂亮啊!"

吴小霞不好意思地笑了。

"哟,你看你的手指甲,很长时间没剪了吧?"定远在一旁看到吴小霞长长的黑指甲说道,"来,老师给你剪。"

定远拿出一把小剪刀,细心地给吴小霞剪起指甲来。

这时，念何抱着一个篮球进来了，见父亲正在给一个小妹妹剪指甲，不高兴地说："爸，你不是说今天放学后陪我打篮球吗？我都等你半天了啦！"

"哦，还真忘了，马上就剪完，马上啊！"

"哼，从来都没给我剪过指甲。"念何没好气地说道。

"你这小子，小时候有你外婆给你剪，你现在11岁了，可以自己剪了，什么时候轮到我了？"定远笑道。

立欧出去倒洗头水时，看到办公室门外还站着一个一年级女生，她叫刘玉竹。

"咦，玉竹，你怎么还没回去？"立欧问道。

"罗老师，我想给我妈打个电话。"刘玉竹低声说道。

"有急事吗？"立欧把刘玉竹带进办公室，问道。

刘玉竹咬着嘴唇，摇了摇头。

"来，给你手机，你记得电话号码吗？"立欧把手机给了刘玉竹。

刘玉竹点了点头，接过手机拨通了电话。电话通了，只听电话那头机器的轰鸣声很大，刘玉竹的妈妈在电话那头高声喊道："喂，是罗老师吗？"

"快叫妈，大声点。"立欧说道。

"妈，是我，玉竹。"刘玉竹一听到妈妈的声音就哭起来。

"玉竹，有事吗？"

"没……没事……"

"没事你打什么电话？我正在工厂车间，被老板看到了会被扣工资。"电话那头，刘玉竹的妈妈有些生气。

"我……"刘玉竹刚要开口再说什么，只听她妈妈在电话那头说道："玉竹，在家听舅妈的话，啊，我挂了！"

"妈……"玉竹又喊了一声，电话那头已经挂了。

刘玉竹拿着手机，眼泪像断了线的珠子滚了出来。

"怎么了，玉竹？"定远正准备同念何到操场打篮球，见玉竹在哭，忙蹲下问道。

玉竹哭得更厉害了，就是不说话。

立欧也蹲下来，不停地问道："玉竹，怎么啦？谁欺负你了吗？"

念何在一旁显得有些不耐烦，说了声："算了，又黏住了。"一个人抱着篮球打球去了。

"玉竹，是不是家里有什么事？"定远问道。

玉竹还是摇头，过了好一会儿才用手擦了擦脸上的泪水，说道："老师，今天是我生日。"

"哦，玉竹生日快乐，过生日不能哭呀！"立欧蹲下劝道。

"以前爸爸妈妈没出去打工时，每年过生日都会给我煮鸡蛋面。"玉竹说着，不停地擦眼泪，可是眼泪就是不听话，这边擦了那边脸又挂上了，整个人都哭成小花猫了。

"哦，是这样啊，来，我去给你煮面，罗老师带你去洗洗脸，你也剪剪指甲。"

定远说着，早忘了陪念何打篮球的事了。

一会儿，一碗香喷喷的面端出来了，上面还卧着个鸡蛋。

"玉竹，快吃面，我们给你唱生日歌。"定远和立欧围着玉竹，拍着手唱起了生日歌。

玉竹开心地吃起面来，脸上挂着泪还不停地抬起头朝两位老师开心地笑。

外边操场上，念何发气地投了一会儿球，越想越气，干脆坐在地上噘着嘴生闷气。定远这才想起念何，出去喊道："念何，你也回来吃面！"

"我不吃，我是留守儿童。"念何没好气地说道。

"你看这孩子,越来越——"

"别说他,一会儿我们去陪他抓蜻蜓做标本,他的气就消啦!"立欧说道。

"天晚了,其他同学都走了,玉竹一个人回去我不放心,我送她回去,你先去陪念何。"定远说着牵着刘玉竹走了。

"那快去快回,别让念何再生气。"立欧提醒道。

看着爸爸牵着刘玉竹的手走出校园的背影,念何站起来,把球使劲往地下一扔,球弹出老远,念何站在那儿,气呼呼的,眼泪都快憋出来了。

"念何,念何?"不管立欧怎么叫,念何就是不答应。

立欧走到念何跟前,拍了拍念何裤子上的灰尘说:"念何,看这是什么?"

念何噘着嘴把头扭向一边。

"抓蜻蜓的,要不要?"立欧扬了扬捕蜻蜓器,问道。

念何还在生气,就是不理人。

立欧扶着念何的肩,说道:"念何,你天天有爸爸妈妈在身边,而你的那些同学,爸爸妈妈长年不在家,有的同学的爸爸妈妈几年都没回家了,他们很孤独,我们得帮帮他们。"

"可是,爸爸心里只有那些留守儿童。"念何抹起眼泪来。

"爸爸心里也有念何呀,你看,爸爸给你做的捕蜻蜓器,做得多好呀!"立欧边帮念何擦眼泪边说,"对不起,念何,我们忽略了你的感受,爸爸妈妈以后一定注意。"

这时,念何慢慢转过身来,拿过捕蜻蜓器,说道:"妈妈,我错了。其实我也发现有的同学现在不爱说笑了,我们该怎么帮他们呢?"

"我和你爸爸正愁这事呢。走,先陪我家念何捕蜻蜓。"立欧说完,拉起念何捕蜻蜓去了。

晚上，定远和立欧躺在床上，都在想怎么帮这些留守儿童的问题，两人都睡不着。这一两年他俩谈得最多的就是留守儿童的问题。

"不行，我得把留守儿童的教育现状、生活现状反映出去，让全社会关注留守儿童教育问题。"定远翻身坐起来说道。

"你有什么好的解决办法吗？还是想想再说吧！"立欧劝道。

"父母长期不在身边，会严重影响留守儿童身心健康的，我认为要么留一个家长在家，要么把孩子带到身边去上学。"定远说着又躺了下来。

"据说孩子在外地上不了学，现在，连念何都发现有的同学不爱说笑了。"

"我想，我们是不是多开展一些活动，让孩子们高兴起来。还有，念何不是想学葫芦丝吗？我想给全校学生每人买一个，教他们吹葫芦丝。"

"行，结婚时我爸妈给的三千元钱还没动，就用那笔钱买吧！"立欧赞成道。

国庆节，定远和立欧到县城买葫芦丝。乐器店的老板说："你们怎么一下买72只呢？没有哪个店有这么多现货。"

"哦，我们学校有72个学生，给他们一人买一支。"定远说道。

"一个学校才72个学生，是村校吧？"

"对，是村校。"定远拿着一只葫芦丝反复试吹着。

"你们教村校的孩子学葫芦丝？还是自己掏腰包？"乐器店老板不相信地问。

"对呀，是我们给他们买，农村留守儿童多，想让他们开心一点。"立欧说道。

乐器店的老板摇了摇头，说："有些老师一天到晚喊学生去补课，一个月要收好几百的补课费。你们倒好，自己贴钱给学生买乐器，我都不敢相信。"乐器店的老板停了停，又说道："这样，这批货我不赚你们一分钱，直接从厂家批发，邮寄到你们那儿，也算我为留守儿童献一份爱心。"

"那太好了，我们代孩子们谢谢你，老板。"立欧说道。

"该谢谢的是你们，你们让我看到了真正的好老师，让我感动啊！"老板说道。

定远和立欧互相看了一眼，欣慰地笑了。

半个月后，葫芦丝到了，定远到邮局把葫芦丝挑了回来。同学们早就盼着葫芦丝了，争先恐后围着想看个究竟。

定远打开一个盒子，拿出葫芦丝说道："同学们，看，这就是葫芦丝，从今天开始，我要教你们吹葫芦丝，高不高兴？"

"高兴！"同学们目不转睛地盯着葫芦丝说道。

"哇！真的是葫芦做的。"一个学生高兴地说。

"对呀！这种葫芦做成的乐器可以吹出很好听的曲子，要不要尧老师吹一曲？"立欧问道。

"要。"孩子们欢快的声音冲破了整个校园。

"好吧，我就吹葫芦丝名曲《月光下的凤尾竹》给大家听。"定远吹了起来，悠扬的曲子在校园回荡，立欧情不自禁跳起了傣族舞。

看着翩翩起舞的妻子，定远吹得越来越陶醉，同学们不由得摇着头用手击起了节拍。

一曲终了，定远说："同学们，以后每天下午放学后，我都可以教你们吹葫芦丝。"

"老师，我们能学会吗？"一个同学问道。

"能，老师跟你们一样是农村的孩子，以前什么乐器都不会，现在不也会了吗？只要认真练，你们也可以吹出好听的曲子的！"

定远说道。

经过两个多月的练习，同学们已经会吹《金孔雀跳跳跳》和《四季歌》了。看着孩子们开心学葫芦丝的样子，定远和立欧心里特别高兴，他们期望所做的一切能赶走孩子们心中的忧伤和孤独。

眼看春节就要到了，天天都有孩子问他们的爸爸妈妈打电话回来没有，什么时候回来。如果听到说他们的爸爸妈妈要回家过年，他们的脸就会阴转晴，一双眼睛立马放出光来，蹦蹦跳跳开心地玩去了。如果听说他们的爸妈还没打电话来，或者说答复不回来过春节，那期盼的眼睛立马会涌出泪花。有的强忍泪水回教室去了，一天不讲一句话。有的女生在办公室就会嘤嘤地哭起来，老师越劝，哭得越伤心。

定远叹气道："哎，不管我们怎么做，也代替不了血浓于水的亲情。家长们为了挣钱，替孩子的成长考虑得太少了。"

立欧也揪心得很，拿出手机给每位家长发了一条短信，劝他们尽可能春节回来和孩子团聚，因为孩子需要父母爱的陪伴。

一个下午，几十条短信回了过来。立欧用笔记了一下，有二十几个家长今年还是不回家过年，理由无外乎是买不到火车票、春节有双倍工资、往返会花一个月的工资等等。

立欧叹了一口气，把手机递给定远说："定远，你看看吧，有二十几个家长春节不回来，想想那些孩子，我都想哭。"

定远拿过手机，看着来信，说道："刘玉竹的爸妈今年又不回来，连续三年不回来过春节，怎么忍得下心啦！"

"我说，定远，放假前，我们买个大生日蛋糕给孩子们过个集体生日，让他们高兴高兴。"立欧建议道。

"好，我还想给每个孩子煮个鸡蛋。对我这些农村孩子来说，鸡蛋是宝贝儿。"

"行,就依你说的。给每个孩子再煮个生日鸡蛋。"

期末考试前,立欧拿出自己的私房钱去订了七个大蛋糕,专门叮嘱要送72支蜡烛。放假那天,两个班六个年级72个学生一起过集体生日。

七个大大的生日蛋糕摆在操场中间的桌子上,立欧叫同学们每人领了一支点燃的蜡烛插在自己喜欢的蛋糕上,然后围在一起许愿吹蜡烛,拍手唱生日歌。

"祝你生日快乐,祝你生日快乐,祝你生日快乐……"

孩子们唱着、笑着,忘记了忧愁,忘记了孤独。这时,定远叫念何端出一盆鸡蛋,他和立欧发给每个孩子一个暖乎乎的鸡蛋。孩子们拿着鸡蛋,互相看着、笑着,幸福在心中流淌。

接下来,定远说:"同学们,每过一个生日,你们都会大一岁。大家都许一个新年愿望,写下来,贴在学习专栏上。"

立欧把提前准备好的各种形状的记事贴分给了每一个孩子,孩子们写好新年愿望后自己拿去贴在墙上。

看着花花绿绿的新年愿望卡,立欧念道:"我希望爸爸妈妈不要那么辛苦。"

定远接话道:"嗯,懂得体贴父母,好!"

"我希望尧老师和罗老师永远教我们。"立欧念道,然后转身对同学们说,"嗯,同学们,你们在,老师就在。"

"我希望爸爸妈妈回家过年!"立欧念着,没再往下念,因为接下来的几张写的都是"爸爸妈妈,你们快回来"。

定远说:"同学们,我知道好多同学的爸爸妈妈都出去打工了,有的今年春节又不回来,你们很想他们,可他们也有他们的难处……"

这时,有唏嘘的低泣声,立欧拉了拉定远,叫他别再说。

"不,我要说,孩子们,你们的爸爸妈妈在外打工很辛苦,他们多半是在工地上下苦力，夏天顶着烈日，冬天冒着寒风，手上长满老茧，我们要理解他们，不要怨恨爸爸妈妈……"定远没说完。

刘玉竹控制不住自己，哭道："我希望爸爸妈妈回来，我给他们捶捶背……"

"玉竹——"立欧走过去，楼住玉竹，不停地安慰她别哭，自己却流下泪来，念何也在一旁抹眼泪。

操场上，啜泣声一片……

白天集体生日的一幕，定远和立欧看在眼里，急在心里。立欧说："这段时间，留守儿童的安全问题、心理问题都让我很担心，只留孩子在家，出了事咋办？还有六年级的女生，有的已经进入青春期了，母亲的教育不能缺失呀！"

"是呀，留守儿童的问题确实是一个很重要的问题，报纸杂志上呼吁关心留守儿童的文章很多，国家会很快拿出解决办法的，我们平时只有多关心一下这些孩子了。"

"唉，我们能做的也只有这些了。"立欧叹道。

四十七

师生情

期末考试前一天正好是星期天,定远早早地坐上到县城的客车,他想在放暑假前到县城新华书店给每个孩子买一本课外书。到了新华书店,已是上午十点钟。他一本一本地选着图书,为了便于同学们互相借阅,72个孩子他要选72本图书。每一本图书,他都要打开浏览一下,哪本适合一年级的学生,哪本适合五年级的学生,就连马上毕业的六年级的学生他也考虑到了。

书店里有些城里的孩子坐在走道上看书,定远走过去问一个小女孩儿:"小同学,你在看什么书呀,这么认真?"

小女孩儿抬起头,扶了扶眼镜,说道:"叔叔,我看的是杨红樱阿姨写的《女生日记》,班里好多女生都爱看。"

"哦,这本书在哪儿取的?"定远问道。

"那儿,叔叔。"小姑娘指了一下。

"谢谢小姑娘!"

定远非常高兴,走到书架旁取下一本《女生日记》翻起来。

"青春期的不期而至……"定远念道,想起立欧曾说六年级的女生已开始面临青春期问题,她们的母亲常年不在身边,对女生的青春期教育不能忽视。

"好,就买这本。"定远取下一本,想了想,又取下两本。

这时,一个服务员大姐过来问道:"老师,你都选了两个小时了,选好了吗?"

"没呢,还早。我要选七十多本。"

"那你去吃了饭再来选吧!已经十二点过了。"

"不,我选好了再去吃饭。"

另一个服务员边吃盒饭边摇头,说:"这个老师我认识,两年前来买过书,一次要选几个小时。"

"哦,这个老师太认真了。"那个服务员大姐说着把自己的盒饭端了过来,说道:"老师,您先吃我的盒饭,一会再找。"

"不,谢谢!我得尽快找完,晚了赶不上回去的班车。"定远翻着一本书边看边回答。

"哎!这样的老师太难得了。"两个服务员感叹道。

下午两点多钟,定远终于选好了图书。他还发现了贾丹说的《窗边的小豆豆》一书,这让他很兴奋,他要买回去和立欧一起看。付钱时,定远突然感到一阵胃疼,有些头昏眼花,心慌得厉害,他一只手捂着胃,另一只手掏出钱数着。

"老师,你身体不舒服吗?我看你脸色很不好。"那个服务员大姐问道。

"没事,胃疼,老毛病了。"定远说着,头上在冒虚汗。

"不对,你看还冒这么多汗,要不你先到医院看病,书我给你留着。"

"不，今天我要赶回去，明天学生期末考试。"定远还想坚持，可胃疼得他直不起腰来，感觉浑身乏力，他蜷着身子坐在长椅上，突然吐出一口血来。

"快，快打120。"服务员大姐扶着定远急道。

十几分钟后，定远被120急救车拉到医院，输上了液，感觉好了些，但还很虚弱。

立欧接到电话赶来了，见定远虚弱的样子吓得腿都软了，伤心地说道："定远，现在怎么样？还疼吗？你担心死我了。"

"没事，老毛病。"定远挤着笑说道。

这时，医生进来，说道："都出血了，你还说没事？你这是非常严重的胃溃疡伴出血，病人家属出来一下。"

立欧心里七上八下的，跟着来到医生办公室。

"医生，我丈夫的病严重吗？"立欧着急地问道。

"他胃溃疡很严重，必须马上手术，切除溃疡部分，避免胃大出血危及生命。"

"啊？切除？"立欧急得有些语无伦次。

"你也别太着急了，他这是长期胃病造成的。他是不是长期一日三餐没规律？"

"是的！我们是村校老师，学校没食堂，学生中午都不吃午饭，我们也是早晨吃饭后，下午三点学生放学后才去煮饭吃，他以前一个人时还长期吃开水泡冷饭。"

"哦，怪不得胃病这么严重！"

"医生，请您一定要治好他，学校不能没有他，孩子们不能没有他！"立欧拉着医生的手焦急地说道。

"我知道，我们医生也理解老师的辛苦，不过，你还是要做好可能癌变的思想准备！"

"不，不！医生，请您一定要治好他，他是天下难得的好人，他不能有事!"立欧哭了起来,拉住医生的手不放。

"我只是这么一说,活检结果没出来前一切都有可能,你先稳定一下情绪。"

"他不能有事的,医生,他不能有事的。"立欧被吓得有些六神无主。

"我们也希望他没事,你放心,我们会尽力的。"医生安慰着立欧。

从医生办公室出来,立欧忍不住了,跑到厕所,放声痛哭起来。好一阵子,立欧才平复了情绪,出来用水冲了把脸,回到了病房。

定远见立欧忙问:"医生说什么?是不是这袋输完了就可以回去?"

"定远,这次你得好好在医院检查一下身体,把病彻底治好,可能还要动手术切除部分胃。"立欧强打精神说道。

"切胃?好好的,我切什么胃?哪次不是痛几天就好了?不行,明天期末考试,谁带孩子们到中心校去?"定远急道,硬要坐起来。

"我的尧老师!我已经给乡教办李主任说了,他会安排的,你就安心养病吧!"立欧扶住他,示意他睡下。

"这怎么行?不行,我们今天得回去。"定远坚持要坐起来。

"你不要命了?你有事我可怎么办?那些孩子怎么办?"立欧说着,哭起来。

见立欧哭了,定远只好说:"好,好,最怕见你哭,我不回去,不回去。"

定远有些困倦,躺了下去,刚躺下又探起身说道:"立欧,你到新华书店给服务员说一声,我今天选的书一定要给我留好,出院时……"

话没说完，吐出一口血来。

"你看，又吐血了，医生！医生！"立欧赶快跑去叫医生。

医生来了，看了看情况，对身边的护士说，做好准备，病人明天早上手术。

第二天早上，定远被推进了手术室。立欧一直坐在手术室外的凳子上，双手合十祈祷着。

几个小时后，医生终于出来了，对立欧说道："放心吧，手术很成功。"

立欧松了一口气，一下瘫坐在椅子上。

手术第七天，活检结果出来了。医生对定远说："好消息，活检结果是良性，接下来你就好好养病，恢复得好的话，二十天后就可以出院了。"

"也就是说不是癌症？"立欧想再次确定一下。

"不是癌症，但不保证以后不会癌变，所以以后要多注意。"医生说。

"我们以后会注意的，谢谢医生，谢谢医生！"定远也舒了一口气。

立欧流着泪，笑着说："听到没？以后可要注意。"

"嗯，我记住啦！不哭，不哭！为了你，为了那些孩子，我也不可能得癌症。"定远拉着立欧的手说道。

退休的刘老师听说定远生病了，急得什么似的，家人怎么劝都劝不住，非要坐两个小时的车到县医院来看定远。

见定远无大碍，刘老师的心才落下了，叹道："不幸中的万幸，定远躲过一劫，上天终于开眼啦！上天终于开眼啦！"说完，抹了一把眼泪，拉着定远的手千叮咛万嘱咐。他是不放心定远，也是不放心那些娃呀！

二十天后，立欧扶着定远出院了，第一件事就是到新华书店背书。那个新华书店的服务员大姐很感动，派新华书店的一个工人帮他们把书背到车站，还叮嘱工人一定要送上车。

那个工人小心翼翼地把书放到座位下，下车时，他突然转身问定远："老师，您还认识我吗？"

"您是？"定远完全认不出来。

"我是您十二年前在车上喊到最后一排坐的那个小伙子。要不是您的一番话，可能我也成了二流子，说不定就进去了。"那个工人不好意思地说道。

"哦，记起来了！后来呢？去读书了吗？现在过得怎样？"定远一下像见到多年未见面的学生一样高兴，完全不顾身体的虚弱。

"没去读书，班主任不让去，不过我再没有做过那事了。"那个工人说话时眼里不再有怨恨，继续说道，"现在我也有了两个孩子，学习不错，老师也好，老师还到家里来家访过。我在书店当搬运工，有时也会买书回去让孩子看，我希望他们多读一点书。"

说完，那个工人说书店还有很多书架要搬，就匆匆下车回去了。望着他的背影，还有那黝黑的臂膀，定远有些难过，转而又有一丝欣慰。

立欧扶着定远回到学校，一进校园，几十个孩子正在校园等着。他们见老师回来了，忙围了过来。

"孩子们，你们怎么来了？"定远还有些虚弱，问道。

"听说您今天出院，我们来等您，看您胃病好没有。"吴小霞说道。

"好了，早好了。你们不用担心。"定远说道，拍了拍自己的胃。

刘玉竹过来一把扶住他们的尧老师，说道："尧老师，我妈在电话里说了,您都是为我们累的,以后我们要听话,考出好成绩,不让您生气。"

"你们很听话,我没生过气呀!同学们放心,老师没问题。"定远看着孩子们,欣慰地说道。

"老师,这是我外婆做的肚兜,她说胃病是着凉了,叫您经常围这个肚兜保暖,胃病就会好的。"刘玉竹说着,拿出一个布肚兜送给老师。

"嗯,好的,谢谢你外婆!"定远接过肚兜,感谢道。

"老师,这是我家的新鲜鸡蛋,您补补身体。"

"老师,这是我妈今天早上用嫩包谷煮的包谷糊糊,我妈说包谷糊糊有营养,还养胃,叫您一定得喝,明天我还送来。"

"尧老师,这是我碾碎的金纽扣,敷在胃上,胃就不会疼。"

……

几乎每个孩子都拿有礼物,定远感动地说道:"谢谢孩子们!今天的情我领了,明天就不要再带来了,老师的胃也吃不下这么多东西。"

这时,吴大宝来了,他提着一只鸡,头上还欠着好几根鸡毛。

"老师,这是我家的老母鸡,拿去熬汤喝。刚才妹妹在家没抓到。"吴大宝说道。

"吴大宝,这可不行,这只老母鸡下的蛋是你和妹妹平时吃的,你写作文写到过,老师可不能收。"定远坚决不要。

"尧老师,是我妈打电话叫送来的。"吴大宝说道。

"不行,这个不能收。"立欧在一旁也说道。

"凭什么他们的都收了,我们的不收。"吴小霞急得要哭了。

"好好,我们收下,但你得同意我去买两只小鸡送给你们,好吗?"立欧忙蹲下对吴小霞说道。

"嗯!"吴小霞笑了,帮哥哥弄掉了头上的鸡毛。

立欧端来凳子让定远坐下,然后打开背包对同学们说道:"来,同学们,看给你们买的什么?"

"书,书!我要!"同学们争先恐后地说道。

"你们自己拿到图书室登记后借阅!"定远说道。

"好!有新书看了,有新书看了!"同学们抬着新书朝图书室走去。

定远忘记了自己的伤痛,只要看到孩子们高兴,他的心里比什么都高兴。

下午,同学们散去了,定远躺在床上休息,立欧在熬中药,医生说定远还需吃几服中药调养身子。这时,来了一对母子,母亲三十来岁,穿着一套浅蓝色职业装。身边的小男孩大约七八岁,戴着蓝框小眼镜,拉着母亲的手,好奇地四处张望。

"您好!请问尧老师在吗?"那女子问道。

"在,你是?"立欧问道。

"我是尧老师的学生。我来看望尧老师。"

这时定远出来了,看了半天没认出是谁,不好意思地说道:"女大十八变,我真认不出是谁了。"

"尧老师,您想想,您来教书的第一天碰到了哪些学生?"那女子笑道,露出两个小酒窝。

"哦!想起来了,你是小酒窝,何英子,唱歌好听!"

定远很兴奋,苍白的脸上泛出了光。

"对!尧老师,我是何英子。"何英子拉着定远的手不停晃动,高兴得像小孩儿,然后转过身来对儿子说:"儿子,这就是我给你说的天底下最好的老师,快,叫师爷。"

"师爷好!"儿子仰头叫道。

"呵,时间可过得真快,我都当师爷了。想当年我教你时才十八岁，你也只有十二岁吧！"定远笑道。

"是的，尧老师，我都奔三啦！今天我是专程来看望您的。这些年在深圳打拼，可想您啦！"何英子还紧紧拉着老师的手不放。

"好，何英子，快进去坐，你尧老师身体不太好，需要休息。"立欧在一旁说道。

"尧老师，您身体怎么了？我看你气色不好。还有，这位是师母吧？师母好！"何英子说道，还是那样的伶牙俐齿。

"没什么大问题，已经好了。"定远说道。

何英子从包里拿出两个盒子来，说道："尧老师，这是我给您买的西洋参，补身体正好用得着。这一个盒子装的是一支钢笔，我还记得尧老师的字写得非常好，只要您在黑板上写板书，我们就会在下面学。"

"老师不能收学生的东西，还是派克笔，很贵，不能要。"定远推辞道。

"我不是送的东西，我是送的一个学生的心意，一个学生的尊重，你不能伤学生的心。"何英子抢着说道。

"哎，说不过你，跟小时候一样伶牙俐齿。"定远只好作罢。

"尧老师，我还有一事相求的，您可得答应我。"何英子说着，把儿子拉了过来。

"什么事，还求不求的，说吧！"

"尧老师，我想把儿子送回来您教。我现在在深圳一家公司人力部门当负责人，工作很忙，关键是我发现我儿子所在的学校作业太多了，才读小学一年级，每天回家要做两个多小时的作业，还要我们家长批改。这么小的孩子都成学习机器了，哪里还有快乐童年可言？他爸爸说每次给孩子辅导作业，他要气死几万个细胞。"何英子越说越急。

"你舍得把孩子送回来？我们可是复式教学，一个班三个年级。"定远说道。

"舍得，舍得。我记得读小学六年级时，您教我们唱歌，让我们'挤油'，带我们放风筝，那是我人生最快乐、最幸福的时光。最重要的是您教会了我们一个道理，一个人得有远大志向。如果不是碰到您，我可能不会读初中上高中，进企业打工也不会发展得这么快。"何英子连珠炮般地说着，话语中有幸福、有自信。

"孩子还是要和父母住在一起，对孩子成长有利。"立欧在一旁说道。

"师母，为了孩子，我调回省城分公司了，我会经常回来看孩子。何况在深圳也是我妈在带孩子，我每天下班孩子早睡了，上班时孩子还没起床，跟不在我身边差不多。"何英子说道。

"只是，孩子小……"定远还想劝说。

何英子拉着老师的手臂撒娇道："我不管，尧老师，我就要把孩子交给您，交给您我放心！"

"好好好！先试一下再说吧！"定远经不住何英子的央求，说道。

何英子忙拉过儿子说："儿子，现在妈妈的老师就是你的老师了，你可是你们班最幸运的孩子了。"

她儿子睁着大大的眼睛，眼镜也挡不住满脸的期待。

"你叫什么名字？"定远问道。

"贺朗，豁然开朗的朗。"小男孩说道。

"呵，还知道豁然开朗，不错！"定远夸奖道。

"尧老师，您还记得当年给我的新年贺卡上那句话吗？面对难题不要怕，只要认真思考，就一定会豁然开朗！"何英子笑道。

"哦，这话耳熟，像你尧老师说的。"立欧在一旁笑道。

"就是，碰到尧老师这样的好老师，是我一生的幸福。"何英子说道。

"好好好！看到你们出息了，老师也高兴。"定远说着，摸了摸贺朗的头。

四十八

喜相逢

2011年，为推进义务教育均衡发展，切实缩小校际差距、城乡差距和区域差距，县政府投入资金重新修建了河坝村校。楼下是六间明亮整洁的教室、一间办公室和一间贴着白瓷砖的厨房；楼上有一间音乐室、一间书画室、一间图书室，还有三间教师寝室。每间教室不大，但能保证一个年级一间教室。

2012年秋期，新校园投入使用，学校分来了5个女大学生。这样，河坝村校再也不用开展复式教学了！开学第一天，最让孩子们高兴的是有了一个200米跑道的塑胶运动场，孩子们在运动场上打着滚儿，追逐着、跳跃着，不时发出咯咯咯的欢笑声。旁边还有两个崭新的乒乓球台，孩子们围在那儿，一会儿用手摸摸，一会儿用手拍拍，欣喜得很！最让定远和立欧感到高兴的是一条3米多宽的公路通到了学校，孩子们下雨天上学再也不用走泥泞小路啦!

看着学校的变化,定远打心里高兴,他激动地对立欧说:"立欧,没想到我们的学校会变得这么漂亮,谢谢你来陪我,让我坚持了下来,让我们的村校保留了下来。谢谢你,立欧!"

立欧笑着望着定远,说道:"哪里是我来陪你坚持了下来,分明是这里的农村娃让你坚持了下来。"

这几年,党的政策好了,农民工子女可以随父母进城读书了,可还是有些家长因为各种原因选择把孩子留在家乡读书。这些孩子从小在亲情缺失的环境长大,他们更需要老师的关心关爱,定远和立欧找到了自己的价值。

来到功能室,定远激动地说:"我做梦都想在这样的音乐室、书画室里教孩子们唱歌、画画,现在好了,我们可以把中师所学全部教给孩子啦!"

"嗯!看把你高兴的,两鬓都有白发啦!"立欧发现定远的两鬓有几根白发,心疼道。

"你也是,有白发啦,这些年跟着我受苦啰!"定远也怜爱地看着妻子。

"亲爱的尧老师,明天是正式上课的第一天,现在又有升旗台了,我建议新学期举行一个隆重的升旗仪式。"

"嗯,我也有这个想法,亲爱的罗老师。"

第二天,随着庄严国歌声的响起,全校66名学生注视着冉冉升起的五星红旗,高举右手行着队礼。唱国歌时,一位新老师上台指挥着,定远特意吹着笛子伴奏,孩子们的歌声特别嘹亮。

国旗下,定远激动地问道:"同学们,我们的新学校美不美?"

"美!"同学们大声回答。

"为了我们能和城里的孩子一样,有宽敞的教室、音乐室、书画室、图书室,党和政府为我们修建了这么漂亮的学校,还有脚下的塑胶运动场,踩着舒服吧?"

"舒服!"孩子们边说边用脚踩了踩,嘻嘻地又说道:"真舒服!真舒服!"

"那我们该怎么做?"

"努力学习!"同学们齐答道。

"对,努力学习,争做德智体美全面发展的好儿童,长大了回报祖国,好不好?"

"好!"同学们整齐的声音划破云霄。

教室里,安装了电脑、投影仪,是一个企业赞助的,新老师们正在用多媒体上课。书画室里,定远第一次教孩子们画水粉画,画的是天安门广场五星红旗迎风飘扬。音乐室里,有电子琴,还有同学们的葫芦丝。立欧正弹着电子琴教孩子们唱《红星歌》——

> 红星闪闪放光彩
> 红星灿灿暖胸怀
> 红星是咱工农的心
> 党的光辉照万代
> 红星是咱工农的心
> 党的光辉照万代……

中午,村上请来的白师傅煮了可口的饭菜给孩子们吃,孩子们再也不会挨饿了。定远也在旁边帮忙打饭,立欧走过来劝道:"尧老师,你先吃,我来帮忙,不然你的胃病又该犯啦!"

"没事,这些孩子长期中午不吃饭才容易得胃病,这下好了,孩子们中午有饭吃了。现在大家家境也好了,家长也舍得让孩子们在学校吃饭了。我高兴呀！"定远坚持把饭菜分给学生后，才端上一碗饭暖暖地吃起来。

下午第二节课后，有40分钟的自由活动时间，同学们想干什么就干什么。喜欢唱歌跳舞的就到音乐室，由立欧和一个新老师负责；喜欢打球的、喜欢写字画画的由定远负责；喜欢朗诵的，由另外三个新老师负责；喜欢阅读的，自己去图书室看书，借书时自己做好登记，归还时自己写好归还日期，完全是自主管理。

课外活动结束，总有几个高年级的男生缠着定远要打篮球比赛。定远和孩子们拼抢在一起，还是中师时那个猴儿一样机灵的定远，定远感觉自己浑身灵活起来，突然变年轻了。

"尧老师，来个3分！"立欧抱着定远的衣服，在旁边喊道。

"好呢！来了，3分！"

话音刚落，定远一个漂亮的3分球中了！

孩子们为他们的尧老师鼓起了掌。

远处，田间地头，已放学回家的放牛娃吹起了葫芦丝，恬静的乡村一派生机……

2013年5月，乡教办李主任骑着自行车飞一般地来到学校。他暑假就要退休了，工作起来还像打了鸡血一样，车还没放稳就直奔办公室找定远。

"尧老师，尧老师，天大的喜事！"李主任小跑着喊道。

"李主任，什么天大喜事？还有比建好学校更大的喜事吗？"定远边说边给李主任倒了一杯水。

"有有有，大得多！你先让我喝口水再说，我接到电话就直接到这儿来了，渴死我了。"李主任喝了一口水，兴奋地说道："告诉你，六一儿童节那天，县上新来的副县长要来和孩子们一起过儿童节，教育局局长、尧家乡的书记、乡长都要来陪同。嘿，你说这是不是天大的喜事？"

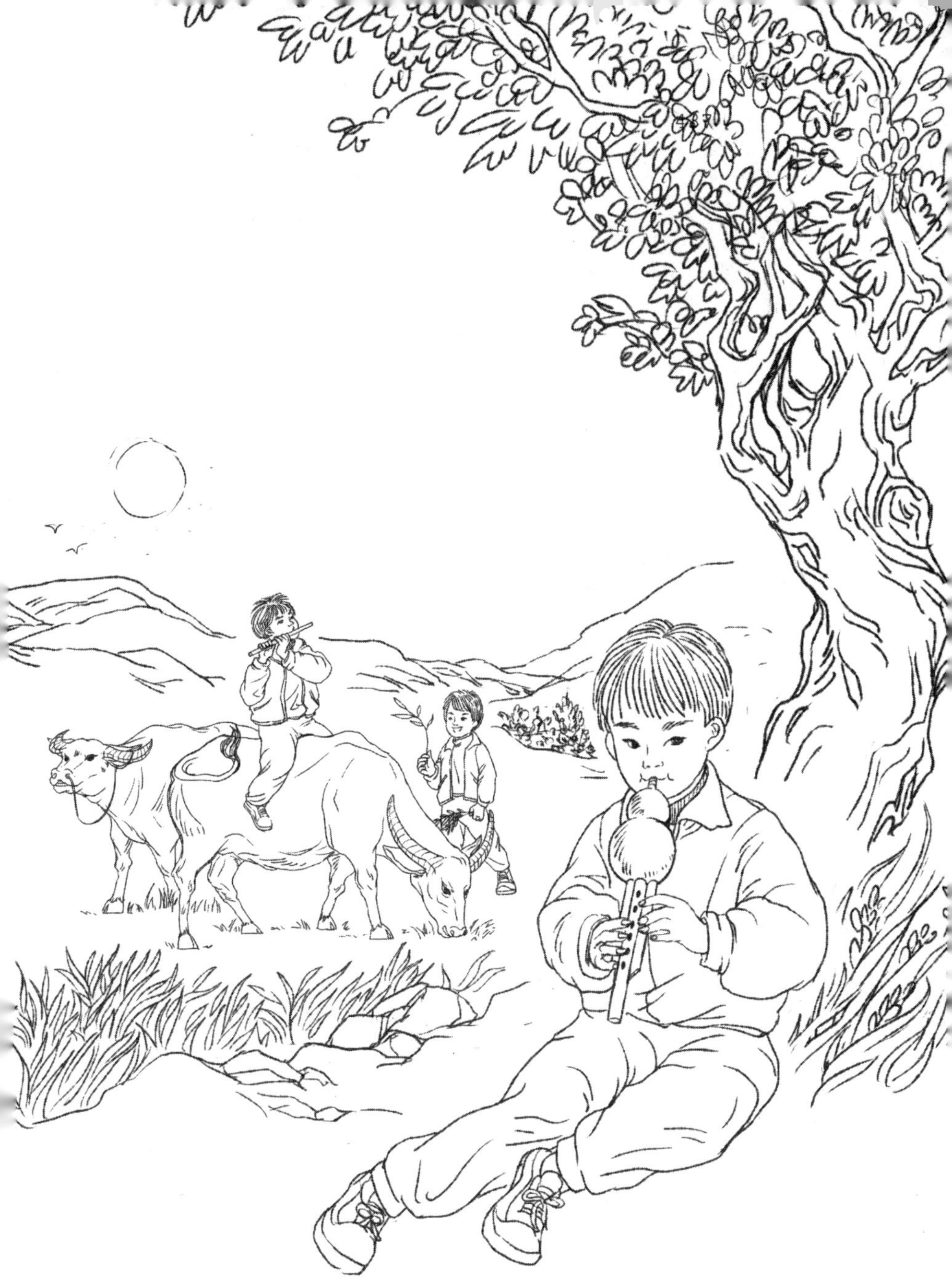

"好，那算得上大喜事，我要让他们看看农村娃并不比城里娃差，农村娃正享受着和城里娃一样的优质教育。"定远高兴起来。

"那还用说，教育局局长说就是因为咱村校的教学成绩年年名列前茅，才推荐县上领导来看的。"李主任自豪地理了理额上的头发。

"李主任，评价一个学生不能只看成绩，要看德智体美是否全面发展。我有信心让孩子们把他们日常所学展示出来，让领导们看到在村校的投入是值得的。"定远充满信心地说道。

"小尧啊，我是看着你成长的，我相信你，有什么需要就说一声。"

"如果说需要的话，那就是图书室的图书少了，孩子们爱看书，那点书不够看。"

"没问题，六一节那天送来，这里就交给你了。还有，当天要送给每个孩子书包，你准备下，看在哪个教室合适。"李主任拍了拍定远的肩，吩咐道。

"好，没问题，您就放心吧！"二十五年的从教经历，让定远更加自信，更加从容。

6月1日，儿童节。上午十点钟，三辆小车开到了学校，一共来了七八位领导。

一下车，李主任忙介绍道："黄县长，这就是扎根在这儿二十五年的尧定远老师，还有她的爱人罗立欧老师。"

"是你？"定远一看，吃了一惊。

"是我，黄石山，才调回县里半个月，我回到县里最想见的人就是你呀！"黄县长一把握住定远的手，激动地说。

"你们认识？"李主任摸不着头脑。

"岂止认识，我们是中师同班同学。如果不是我的年龄问题，我也和尧老师一样会成为一名光荣的人民教师。"黄县长说着，又转向立欧，笑着说道："你就是那位为了爱情从直属中学飞到村校来的罗老师吧，夏浩男跟我讲的，我代表这里的孩子谢谢你，我也代表我们寝室的那几个同学，感谢你对尧定远同学的陪伴，谢谢你！"

立欧被说得脸都红了，说道："黄县长，要说谢谢的是我们，谢谢党和政府给我们村校的孩子修了这么漂亮的学校。"

"听说这个村校原来条件很差，你们在这里一守就是二十几年，把一生的感情都倾注在这里，着实让人佩服，好多人都做不到这一点啦！"黄县长说着，竖起了大拇指，兴奋地继续说道："走，给我介绍介绍！让我这个一直想当老师的人羡慕羡慕。"

来到操场，一些孩子正在打篮球，一个男生一个躲闪，球进了。

"这些孩子训练有素，应该不是一天两天的功夫吧？"黄县长赞叹道。

"改建前，学校的体育器材只有一个篮球桩，为了让孩子们有个好身体，特别是长个子，我就经常教他们打篮球，你看，现在这几个孩子灵敏着呢，有时我还防不住他们。"定远说道。

"后来你在中师学打过篮球？"

"学过呀，什么投球呀，运球呀，传球呀，全部要计入考试成绩的，我还进了校篮球队的。"

"嗯，没读完中师真是人生的一大遗憾。"黄县长感慨道。

"走，我带你到教室和各功能室去看看。"定远带着黄县长一行来到新建的教室。看着崭新的桌椅，还有电脑、投影仪，黄县长说："好，与城里学校的设备一样，也有'班班通'了。桌椅也比我们小时候坐的石桌子强多了。国家富强了，现在的孩子享福啊！"

"是啊，这真得感谢党和政府对农村孩子的特别关注。"定远把特别两个字说得格外重。

"黄县长，这些电脑和投影仪是四川一位老总赞助的，他给我县每一所乡村小学都捐赠了电脑和投影仪。"教育局局长说道。

"哦，那得好好宣传一下这样的爱心人士。"黄县长停下脚步说道。

"他的孩子就在丹丰中学教英语，年年教高三，英语口语特别好。县上碰到有外商来投资，就会请他去当翻译。"教育局局长补充道。

"哦，教师队伍真是卧虎藏龙啊！"黄县长又是一阵赞叹。

"听说那个老师也是中师生，自学考研学英语，叫白川杨。"教育局局长继续说道。

"白川杨？"黄县长和定远异口同声地说道。

"你们都认识？"教育局局长一脸疑惑。

"哈哈，我们的同学，一个寝室的，看来他真是百步穿杨了！"黄县长说道，"我这个只读了一个月中师的人，也为中师生感到骄傲啊！"

黄县长一行饶有兴致地来到二楼图书室，一进门，黄县长随手拿起一本书翻看起来，翻到后边几页纸上写的推荐理由，转过头问定远："推荐理由？孩子们看完还要写推荐理由吗？"

"是的，我和罗老师专门在每本书后面贴的推荐表，每个月还要评比最佳推荐者。"定远在一旁介绍道。

"嗯，你的点子就是多，好点子，好点子。"黄县长夸奖道。

"这个村校退休的刘老师就是喊他'尧点子'。"李主任在一旁说道。

"嗯，尧点子，不错，名副其实。"黄县长笑道。

这时，图书室里有几个小朋友取下图书在自觉登记，教育局局长介绍道:"他们的图书室全凭学生自我管理,尧老师的论文介绍过。"

定远说:"我是想培养学生的自主管理能力,同时,也是想让孩子们感受到老师对他们的充分信任。孩子们可以在这里看书,也可以把书带回家。这么多年来,从未丢过一本书。"

"这个教育理念好!不错,真是个'尧点子'。"黄县长对定远佩服得很。

"黄县长,到隔壁书画室看一看。"李主任在前面引路。

书画室里有孩子们的书法作品、绘画作品,还有定远的书法作品和立欧的工笔画。此时,两个新老师正在和孩子们一起制作版画。

看着书画室里的作品和孩子们制作的版画,黄县长说道:"定远,你知道这个场景让我想起了什么吗?让我想起了刚进师范过的第一个教师节,高年级同学展出的作品可把我们这些一年级新生惊呆了。"

"嗯,当时你还说,很庆幸自己读上了中师!"定远说道。

"那可不是?可惜造化弄人,让我与中师失之交臂,现在想想还是遗憾啦!当老师可是我一生的心愿,幸好现在分管教育,弥补了我的一些遗憾。我也愿把我的一生奉献给教育事业。"黄县长感慨道。

"黄县长,如果您当老师,我相信您一定是一个很优秀的老师。"李主任说道。

"哦,为什么呢?"

"因为一个优秀的教师一定要有教育情怀,像尧老师、罗老师这样的。"李主任回道。

"说得好,当年的中师,让一个个十七八岁的青年练就了扎实的教育教学基本功,但这还不够,还得有一种对教育持久的、特殊的、难以割舍的感情，这种感情源自对教育、对学生发自内心的深沉的爱。没有这种情怀的，早跳槽的跳槽，下海的下海了。记得当年丹丰师范的张校长说过一句话——方寸讲台，没有扎实学识是立不住的。今天，我还要加上一句——方寸讲台，没有仁爱之心是立不稳的。坚守下来的这些老师，甘于清贫，甘于寂寞，他们才是最值得尊敬的人。我提议，让我们把掌声送给尧老师和罗老师。"

大家一阵热烈的掌声。

"走，到音乐室，我有惊喜送给你。"定远说。

音乐室里，十几个高年级的孩子早已等在那儿了，见领导们一进屋，拿起葫芦丝吹起了《牧羊曲》……

"这……"黄县长有些激动。

"我刚才临时通知孩子们换的曲子，希望你喜欢。"定远说道。

"嗯，喜欢，喜欢。"黄县长眼里分明含着泪花。

"给，你的笛子，邀请你和我们一起合奏一曲。"

黄县长接过笛子，和定远一道，伴着同学们的葫芦丝一起吹奏起来。中师时他们排练节目的点点滴滴又浮现在眼前，眼泪模糊了双眼。

一曲终了，两位老同学紧紧地拥抱在一起……

黄县长取下眼镜擦了擦，激动地说："同学们，谢谢你们优美的曲声把我带回到了当年难忘的中师岁月，虽然只有一个月，但我为自己曾是一名中师生感到自豪，我为有这么优秀的中师同学感到骄傲！同学们，看到你们的表现，我很欣慰，我们农村娃享受到了和城里娃一样的优质资源，这里最该感谢的就是你们的老师——尧老师和罗老师，当然还有几位新老师，谢谢你们对农村孩子的付出。"黄县长说着，向老师们鞠了一躬。

大家鼓起掌来，两个新老师带着其他孩子也进来了。

黄县长说道："孩子们，你们今天的表现真棒，今天是你们的节日，祝你们节日快乐！我私人花钱给学校每一个孩子买了一个书包，希望你们喜欢！也是为了满足一个梦想当老师的人的一点小小心愿！孩子们，你们碰上了一个好时代，希望你们好好学习，不辜负把最美的青春献给了这里的两位老师！希望你们立志成才，不辜负党和政府对我们农村孩子的关爱！愿每个孩子都能享受阳光雨露，茁壮成长！希望将来有一天，你们也能像你们的尧老师、罗老师一样，练就一身本领，回报祖国，在各行各业为祖国做贡献！"

全场响起了热烈的掌声。黄县长和大家一道，把书包分发给了孩子们。拿着漂亮的书包，孩子们一脸的灿烂。

四十九

纽扣花开

时间到了2018年。

一批一批的学生从村校毕业升入初中，又有一批一批的学生来到村校。定远和立欧就像船夫一样，送走了一批学生又回过头来去迎接下一批学生，他们的生活忙碌而充实。

办公室里，每毕业一个班，就有一张毕业照，大大小小的照片，有黑白的，有彩色的，已足足贴了三十张，其中一张是定远教的全考上高中的初中班，这些孩子都已年过四十啦！

看着这些照片，定远无限感慨。

"你看，唐小闯当年多矮，就像个小学生。"定远笑道。

"呵，现在应该比你还高一头，谁会想到当年这个小不点儿现在会成为全省出名的校长呢？"立欧在一旁说道。

"这小子不错，每年春节回来和我谈起教育工作来，一套一套的，很有思想。时间过得真快呀！我在河坝村校都三十年了。"

"是呀，你看，你的白发都比黑发多了。"立欧转过头来看着丈夫，问道："有一丁点儿后悔吗？"

"以前有过，现在不后悔。学高为师，身正为范，我没有给中师生丢脸。你呢，后悔吗？"定远问道。

"能到这儿来，我就没想到过后悔！走，老尧，快出去吧，孩子们等急了。"立欧拉着定远来到操场，他们今天要和2018级的15个小学毕业生合影留念。

在照了一张正式照片之后，照相的年轻女教师说："同学们，来张活泼一点儿的，一——二——三！"

"尧爸爸，罗妈妈，我们爱你们！"孩子们一拥而上，争着拥抱两位老师，幸福被永远定格！

"太好了，发到网上。题目就叫'乡村老师和他们的留守孩子'。"那位女教师刚把照片发到网上，一会儿工夫就有上千点击量，第二天点击量就上万了。

几天后，陆续收到了来自四面八方的捐赠，有书包，有图书，还有衣服、鞋子等。看着这些东西，定远对那位女教师说道："你赶快在网上说一声，我们这儿的孩子享受到了和城里孩子一样的优质资源，叫他们把这些物资寄到最贫困的边远山区去吧，谢谢他们啦！"

2018年教师节，庆祝主题为"弘扬高尚师德，潜心立德树人"，定远被省人民政府评为"最美乡村教师"。9月9日那天，正好是星期天，定远到省电视台参加颁奖典礼。颁奖典礼很隆重，专门为每一个"最美乡村教师"写了颁奖词。

定远的颁奖词上这样写道：方寸讲台，为爱坚守。三十年，当年那个血气方刚的小伙子已年近半百。在那个偏远的乡村小学，最美的青春在那儿，最美的梦想在那儿，最美的爱情在那儿！三十年，几多孤独，几多清贫，几多无助，寒来暑往，衣带渐宽终不悔；三十年，几多追求，几多坚守，几多奉献，斗转星移，唯有师魂铸春秋。

主持人念完颁奖词，全场爆发出经久不息的掌声。

"尧老师，您说几句吧！"主持人把话筒递给了定远。

定远接过话筒，激动地说道："谢谢大家给了我这么高的荣誉，我是一名中师生，有人说中师生是被牺牲的一代，是错过名牌大学的一代，是最不幸的一代，可我要说，我要感激那个年代，感谢三年的中师生活，是中师让我发现了我身上的无限可能，是中师让我找到了我的人生价值。我们学习的目的不是为了脱离贫困的家乡，而是为了让家乡脱离贫困。我为我是一名中师生感到骄傲！"

定远说完，全场又是一阵掌声。

主持人说道："有请省委高文滔副书记给尧定远老师颁发'最美乡村教师'荣誉奖牌。"

高书记给定远送上了鲜花和奖牌，他深情地说道："谢谢尧老师为乡村教育做出的贡献，他就是'四有好老师'的典范，中师生就是中国基础教育的脊梁！我们各级党委和政府要积极响应习近平总书记的号召，满腔热情关心教师，让广大教师安心从教、热心从教、舒心从教、静心从教，让广大教师在岗位上有幸福感、事业上有成就感、社会上有荣誉感，让教师成为让人羡慕的职业。"

台下，掌声雷动。

定远爸妈在弟弟定平家，看到电视里的定远，两位老人喜极而泣，老泪纵横。

"爸，妈，哥得奖了，你们该高兴才是。"定平说道。

"是啊，我们高兴，我们高兴，你哥不容易呀！"定远妈连连点头。

"快看,哥的学生上台啦!"

只听主持人说道:"从教无私,桃李三千承雨露;育人有道,栋梁四方铭恩泽。尧老师的学生已遍布全国各地,我们今天也把他的部分学生请到了现场,想给尧老师一份节日的惊喜。"

只见王云梅、周龙、吴小霞、刘玉竹走上台来,定远呆住了,欣喜地说道:"长大了,长高了,可我脑海里还是他们儿时的模样。"

周龙给了他亲爱的尧老师一个拥抱,激动地说道:"尧老师,您是我的恩师,您的恩情终生难忘。"

"快说说吧,你们现在都在干什么?"主持人说道。

"在尧老师的鼓励下,我才有机会学美术,我现在是一名平面设计师。"周龙自我介绍道。

"我是一名医生,我的愿望就是救死扶伤。我多么希望我能穿越时空去救醒何花姐,也就是尧老师故去的爱人。她为了救我妈妈早早地走了,这是我一辈子的痛。尧老师,对不起!"王云梅说完,含泪深深地向老师鞠了一躬。

"云梅,都过去了,看到你出息了,何花姐也会欣慰的。"定远忙擦掉眼角的泪。

"尧老师,我是一名大三学生,我正在申请到大山去支教,我想当一名您这样的好老师。"刘玉竹说道。

"好,好,长大了,人也漂亮了。"定远欣慰地说道。

"尧老师,我今年刚考上研究生,为了参加这次活动,我向学院请了假,学院的王院长还让我给您带来一封信。"吴小霞说着,把信递给了定远。

"王院长是谁?"定远纳闷道。

"尧老师,请看大屏幕。"主持人说道。

大屏幕上，王超院长说道："尧定远老师是我的中师同学，他是我们班学习最刻苦、成绩最优秀、能力最强的一个，是他把保送读大学的名额让给了我，他才应该是真正的大学生，他是我们中师生的骄傲！"

场内，掌声再次响起。

接着，大屏幕上，出现了唐小闯的身影，他说道："尧老师，我是唐小闯，我在英国参加一个教育学术交流会，所以今天我不能到现场。来自世界各国的教育友人听说了您的教育故事，他们要向您说声教师节快乐。"

说完，唐小闯和十几个外国友人在大屏幕上拱手齐声说道："祝尧老师教师节快乐！Happy Teachers' Day！"

"教师节快乐！"定远激动地向大屏幕挥着手，没想到自己和外国人的第一次交流会是在这样的场合。

此时，贾丹正带着全校教师观看教师节颁奖典礼现场直播，她已是丹丰县实验中学的校长。看完颁奖典礼，她站起来对全校老师激动地说道："老师们，今天接受颁奖的尧定远老师就是我的中师同学，他和我的另一位挚友相约要成为令人刮目相看的中师生。他，不，是他们，都做到了，我很高兴！"

贾丹哽咽着有些说不出话来，半晌，才抬起头来，笑了一下，继续说道："不好意思，我太激动了。我，也是一名中师生。以前，我们都不敢说我们是中师生，现在，我们可以自豪地说自己是中师生了。教师重要，就在于教师的工作是塑造灵魂、塑造生命、塑造人的工作。老师们，现在还有人瞧不起教师这个职业，我们要用实际行动向他们证明，教师就是最有爱心的一个群体，教师就是最无私的一个群体，教师就是最甘于寂寞的一个群体。教师，无愧于太阳底下最光辉的职业！"

全体老师站起来，为自己，也为他们的校长鼓掌。

夏浩男正在家里看电视，他已经是县政府办公室主任，看到定远获奖的场景，马上拿出手机给白川杨打了过去："喂，白川杨，你看到尧定远上电视了吗？他被评为'最美乡村教师'啦！"

"哦，我在忙着备课，我马上看。"白川杨边接电话边打开电脑看起来。

"喂，白川杨，尧定远为我们中师生长脸啦！"电话那头，夏浩男还在说。

"是呀，我现在出去，只要说我是中师生，别人都不会小看了。"白川杨说道。

"我说，白川杨，我的女儿今年考上师范大学啦，现在师范院校的录取分高得很，看来教师这个职业越来越有吸引力啦！"

"祝贺祝贺，我家洋洋也在从事教育学方面的研究，春节回家都开始指导我了！"

"后生可畏，后生可畏呀！"夏浩男在电话那头感慨道。

9月9日下午，定远乘高铁，两个半小时就回到了丹丰县，已升任丹丰县县长的黄石山带着一行人到高铁站迎接了他，两个老同学相拥而泣，感慨万千。

9月10日一早，定远回到学校，年轻教师围着定远不停地问这问那。定远风趣地说，我最大的感受是高铁真快，小偷不见了，祖国变化太大啦！这时，何英子来了。她手里拿着一大束金纽扣花，恭恭敬敬递给他的尧老师，说道："尧老师，送给您金纽扣花，祝您教师节快乐！一生幸福！"

"好好好！何英子！谢谢你！"定远接过花，满是幸福地说道，"我喜欢金纽扣。"

"尧老师，我们农村人喜欢金纽扣花，它看起来不起眼，遇到牙痛咳嗽什么的，一用就好了。我觉得尧老师也像金纽扣，我们乡村也离不开您。"何英子认真地说道。

立欧端来一杯水,问道:"何英子,你家贺朗怎么样?"

"他呀,经常念叨你们,还说长大了要学农,像袁隆平爷爷那样研究农业。"

"嗯,有志气。咦,何英子,你怎么回来了?今天星期一你不上班?"定远问道。

何英子笑道:"我呀,专程回来给您送教师节礼物的!当然,我也不走啦!我要留下来建设家乡,像尧老师一样,为乡村做贡献!"

"太好了!乡村需要你们这些年轻人。不过,你想好回来怎么发展吗?"定远问道。

"想好了,尧老师,我已经流转了1000亩土地发展中药材,同时发展乡村旅游。"何英子自信满满。

"我相信你有这个能力,你才是一颗乡村纽扣,乡村需要你们这些年轻人回来维系。"定远兴奋得很,乡村振兴有希望了。

"嗯,乡村纽扣,我喜欢,我要把尧老师这颗乡村纽扣传承下去。"何英子笑着,露出两个小酒窝。

此时,全国教育大会正在北京召开。听到电视里习近平总书记说"教育是国之大计、党之大计"时,定远和立欧的眼里泛起了激动的光……

晚上,念何发来微信视频,兴奋地说道:"老爸,今天电视上你可出彩了,我为您感到骄傲。我准备今年研究生毕业就和刘玉竹一道到大山去支教。"

"怎么?和刘玉竹一道?"

"是呀,她可是你未来的儿媳妇。"念何在电话那头说道。

"念何说什么?"立欧在一旁问道。

"念何说刘玉竹是我们未来的儿媳妇,就是今天上台那个,当年我们给她下鸡蛋面过生日那个。"定远高兴地回过头说道。

"记着呢，记着呢，好，好，好！"立欧高兴得不停点头。

"念何，记住一点，只有爱孩子的人才可以教育孩子。要想教师成为受人尊重的职业，首先得值得别人尊重。"定远在电话里叮嘱道。

"知道了，爸！您放心吧！"念何在电话那头说道。

看着念何有出息了，定远和立欧也很高兴。定远说："曾经一心想离开农村到大城市，没想到却成了一颗乡村纽扣，不走啦！此生无憾！"

"是呀，我感到特别有幸福感！能为这些农村孩子扣好人生的第一粒扣子，也是人生的一件幸事！"立欧说着，靠着定远，一脸的幸福。

教师节后的第二天，定远和立欧一起来到何花的坟前，他把"最美乡村教师"的奖牌拿出来，说道："何花，这个奖牌有三分之一是你的，有三分之一是立欧的，这个奖牌属于我们三个人的。"

立欧在旁边拍了拍定远的肩，说道："何花姐，念何已经长大了，出息了，还找了个漂亮的女朋友，您就放心吧！"

定远反过手来，拉着立欧的手，说道："何花，你就放心吧！立欧待我很好，待念何很好，待爸妈也很好，这些年多亏她了，你就放心吧！"

"何花姐，现在学校修好了，教师的工资待遇也提高了。这些年，乡村教师还有生活补助和乡镇工作津贴，我们手头也宽裕了，准备国庆节带六个爸妈出去旅游，让他们也高兴高兴。"

"嗯，花儿，你就放心吧，爸妈有我们呢！"

2018年10月，定远光荣地加入了中国共产党。

2018年12月，定远被评为"特级教师"，破格评为"高级教师"。

2019年3月,河坝村被确定为"乡村振兴示范村",重点打造民宿和乡村旅游。按投资团队选点时的说法,这个村有学校,有学校就有灵气,有学校就有人气,乡风文明差不了,乡村振兴肯定快。

2019年6月,定远作为全县年龄最大的考生参加高考,拿到了师范院校的录取通知书,终于圆了他的大学梦。

2019年国庆节,唐小闯、何小妮、周龙、王云梅、何英子等十几位同学,如约和他们的尧老师、罗老师登上了长城。定远还特意带上了何花的照片,当年说了,他要带何花一起登长城。

"我们这辈子,一定要到长城去看一看。"当年定远的话还在学生们耳边回响。

"谢谢尧老师,是您给我们点燃了希望!"唐小闯对着长城外的崇山峻岭喊道,声音在山间回荡!

"谢谢您,尧老师!"大家一起喊道。

望着蜿蜒的长城,定远心里无比激动,说道:"同学们,要感谢就感谢这个伟大的时代吧!改革开放40年,我们的祖国发生了翻天覆地的变化,是这个伟大的时代让我们这些农村娃有机会读上书,让我们这些农村娃享有了公平的教育资源和教育机会,要感谢就感谢伟大的祖国吧!"

"祖国万岁,祖国万岁!"同学们的喊道响彻云霄。

百年大计,教育为本。教师是立教之本,兴教之源。一个人遇到好老师是人生的幸运,一个学校拥有好教师是学校的光荣,一个民族源源不断涌现出一批又一批好教师则是民族的希望!

后记

有这么一群人,十五六岁初中毕业,三年中师学习,十八九岁回农村当老师。他们,就是中师生,我也是。

20世纪八九十年代,全国培养了400多万中师生,专为农村小学培养的。随着时代发展,2000年后,各地中师陆续停办。慢慢地,90后、00后不知道什么是中师生,但他们大多却是中师教育的受益者。中师生是挺起中国基础教育的脊梁。

近几年,最早的中师生已到退休年龄,最年轻的中师生也近不惑之年,全国第一个中师生博物馆在重庆江津建成。"中师生"作为一个有年代感的词,话题越来越多。

有人说,中师生是真正接受素质教育的一代,他们是幸运的!

有人说,中师生是错过985、211的一代,他们不止于此!

有人说，中师生是万金油，一专多能！

我想说，中师生是金纽扣，维系着整个乡村！

几十年的教学生涯，方知三寸讲台的神圣，它是有魔力的……

于是，2020年，新冠疫情期间，宅在家，每天伏案十五六个小时，写一代中师生，有些迫不及待。思到当年，五味杂陈；情到深处，泪如泉涌。幸福占几分，心酸有几分；小悔占几分，无怨有几分。

初稿完成时，纽扣花正开。送给几位中师同学把脉，他们说，像看到自己，哭了；送给两位00后试反应，他们说写的就是他们的老师，其中一个男孩儿说他以后也要当老师。

最初，写这本书的本意是为记下一代中师生，因为我说的，你懂！现在，我想把这本书分享给所有老师，包括师范院校的准老师们，因为真教育是心心相印的活动，只此四字，希望你们能收到。我还想把这本书奉给各行各业悄然绽放的人们，这样，主人公尧定远才不孤单！

有人问，小说中哪个是我？我说，哪个都是，哪个都不是。有人又问，故事有原型么？有，又没有。除了人名、地名以外，都是真的，因为里面的感情是至诚无伪的。所有真实的故事，是为拾起岁月磨砺的珍珠，如那碗豌豆面、挑砖挣馒头票……所有虚构的情节，是为弥补岁月匆匆的遗憾，如舍下学生读离职的悔、教育桃花源的盼……

谨以此书，献给向着光的你，你们！

张玉琼

2022年8月